J.A. Konrath
Der Chemiker

Das Buch

In *Der Lebkuchenmann* jagte Lieutenant Jacqueline »Jack« Daniels einen Serienkiller mit einer Vorliebe für Weihnachtsgebäck. In *Guter Bulle, böser Bulle* brachte sie einen Mörder zur Strecke, der seine Opfer zerstückelte. In *Die Psychopathen* hatte sie es mit einer ganzen Familie durchgedrehter Gewalttäter zu tun.

Aber nun begegnet Jack ihrem bis dahin gefährlichsten Gegner. *Der Chemiker* ist ein Soziopath, der das Trinkwasser von Chicago vergiften will.

Fünfzigtausend Menschen, so sein diabolischer Plan, will er zur Strecke bringen – und so zum gefährlichsten Terroristen in der Geschichte der USA werden. Wird ihn Jack stoppen können – und nebenbei entscheiden, ob sie den überraschenden Heiratsantrag ihres Freundes Latham annehmen soll? Und all das, ohne dabei ihren Ruf und ihre geistige Gesundheit zu ruinieren?

Begleiten Sie Jack Daniels, ihren Partner Herb Benedict und ihren alten Widersacher Harry McGlade bei ihrem vierten und herausforderndsten Fall.

Der Autor

J.A. Konrath hat im Rahmen seiner Jack-Daniels-Serie bereits acht Romane verfasst, die in keiner bestimmten Reihenfolge gelesen werden müssen. In deutscher Sprache sind bisher die Titel *Mr. K*, *Kite*, *Der Lebkuchenmann*, *Guter Bulle, böser Bulle*, *Die Psychopathen* und *Alle wollen Tequila* erschienen.

Konrath ist zudem unter dem Pseudonym Jack Kilborn Autor mehrerer Horrorromane, darunter die Bestseller *Angst*, *Trapped: Die Insel des Dr. Plincer*, *Das Hotel* und *Draculas*. Zuletzt erschien von Jack Kilborn der Horrorthriller *Haunted House*. Die Verkaufszahlen von J.A. Konraths E-Books haben die Millionengrenze überschritten.

J.A. KONRATH

**EIN
JACK-DANIELS-THRILLER**

Aus dem Amerikanischen von Peter Zmyj

Die Originalausgabe erschien 2007 unter dem Titel »Dirty Martini«
im Selbstverlag.

Deutsche Erstveröffentlichung bei
Edition M, Amazon Media EU S.à r.l.
5 Rue Plaetis, L-2338, Luxembourg
April 2015
Copyright © der Originalausgabe 2007
by J.A. Konrath
All rights reserved.
Copyright © der deutschsprachigen Ausgabe 2015
by Peter Zmyj

Die Übersetzung dieses Buches wurde durch AmazonCrossing ermöglicht.

Umschlaggestaltung: bürosüd° München, www.buerosued.de
Lektorat: Simon Jaspersen
Satz: Jan Dildei
Printed in Germany
by Amazon Distribution GmbH
Amazonstraße 1
04347 Leipzig, Germany

ISBN: 978-1-477-82240-1

www.edition-m-verlag.de

VORWORT

Der Chemiker habe ich in dem Wissen geschrieben, dass darin kein Blut fließen würde. Nach *Die Psychopathen*, in dem gleich ein ganzes Best-of von Serienmördern in Aktion getreten war, beschloss ich, dass im nächsten Band der Jack-Daniels-Serie kein Blut vorkommen sollte. Der Schurke sollte diesmal seine Opfer vergiften. Der vorliegende Band ist mein verträglichster Jack-Daniels-Roman, weil er keine Szenen enthält, die zarte Gemüter verschrecken könnten. Außerdem hat er eines meiner Lieblingsenden, viel zum Lachen und mehr Romantik als in den vorhergehenden Bänden dieser Reihe.

An dieser Stelle möchte ich erwähnen, dass dies mein erstes Buch ist, in dem ich mir eine Selbstzensur auferlegt habe. In *Der Lebkuchenmann* habe ich eine Szene eingebaut, in der ich schildere, wie man Schokoladenriegel tödlich präpariert, und in *Guter Bulle, böser Bulle* erfährt der Leser, wie man einen Lügendetektor austrickst. Und schließlich beschrieb ich in *Die Psychopathen* in einigem Detail den Ausbruch aus einem Gefängnis. Im vorliegenden Band geht es unter anderem um die Herstellung einer Bombe, und da ich keine Nachahmungstäter inspirieren wollte, habe ich mir bewusst ein paar künstlerische Freiheiten erlaubt.

Sollten Sie also vorhaben, eine Großstadt in die Luft zu sprengen, müssen Sie sich die Anleitungen aus dem Internet beschaffen – wie jeder andere auch. Oder noch besser: Sie versuchen es erst gar nicht.

Und wie immer möchte ich Ihnen an dieser Stelle danken, dass Sie meine Bücher lesen.

*Ich widme dieses Buch Jim Coursey,
der von Anfang an immer für mich da war.
Wir werden immer beste Freunde bleiben, Junge!*

PROLOG

Dieses Mal gibt es keine Überwachungskameras, aber er muss trotzdem vorsichtig sein. Je kleiner der Laden, desto größer die Wahrscheinlichkeit, dass sich jemand an ihn erinnert.

Er hat sich für diese Aktion verkleidet. Falscher Schnurrbart, schulterlange Perücke. Sein Gesichtsschmuck, bestehend aus Nasenring und Lippenpiercing, ist zum Anklippen, und die Kampfstiefel haben erhöhte Sohlen, die ihn etwa sieben Zentimeter größer machen. Er trägt ein T-Shirt mit einem Aufdruck der Band Guns N' Roses, das er für fünfundzwanzig Cent in einem Secondhandladen erstanden hat, und darüber ein nur geringfügig teureres rotes Flanellhemd. Die langen Ärmel verbergen den Schlauch.

Wenn die Polizei später Zeugen befragt, werden die sich nur an seine Kleidung erinnern, aber nicht an sein Gesicht.

Er hat einen guten Zeitpunkt gewählt – in dem Geschäft herrscht Hochbetrieb. Die Frau hinter dem Ladentisch unterhält sich mit einer Kundin auf Deutsch. In der Schlange hinter ihr warten drei Leute. Zu seiner Linken schiebt eine alte Frau einen kleinen Einkaufswagen und sucht das Regal mit den importierten Konservendosen ab. Weiter hinten nimmt sich ein Mann eine Halbliterflasche Weihenstephaner Bier.

In der Feinkostabteilung findet er das frische Obst. Er tut so, als müsse er überlegen, was er möchte, und greift schließlich nach einem roten Apfel. Er hält die Frucht in seiner linken Hand, ohne sie mit den Fingerspitzen zu berühren. In der rechten Handfläche befindet sich die mit dem Schlauch in seinem Ärmel verbundene Injektionspistole. Sie ist zehn Zentimeter lang und sieht aus wie die Miniaturausführung einer Heißklebepistole. Er hält die Mündung an die Oberfläche des Apfels und drückt ab.

Für einen Sekundenbruchteil ertönt ein Zischen. Er legt den Apfel zurück, nimmt sich den nächsten vor und wiederholt die Prozedur.

Pssssssttttt.

Nach vier Äpfeln, ein paar Kartoffeln und einem Joghurtbecher muss die Injektionspistole neu eingestellt werden, was bestimmt Aufmerksamkeit erregen wird. Er verlässt das Lebensmittelgeschäft ohne Einkauf, tritt hinaus auf die Irving Park Road und mischt sich unter die Fußgänger.

In ethnischen Geschäften hat man leichtes Spiel. In einem Supermarkt im Chinesenviertel hat er heute schon ein paar Sternfrüchte und getrockneten Fisch vergiftet, in einer polnischen Metzgerei in der West Side fast den gesamten Vorrat Krakauer. In Wrigleyville hat er die Filiale einer großen Lebensmittelkette besucht und dort auf die Schnelle Äpfel, Birnen und abgepacktes Hackfleisch präpariert. Den Kopf hat er die ganze Zeit gesenkt gehalten, damit sein Gesicht nicht von Überwachungskameras gefilmt wird. Und schließlich hat er eine halbe Stunde in der Cafeteria des Art Institute, südlich von der in ganz Chicago bekannten Einkaufsstraße Magnificent Mile, verbracht und sich mit seiner Spritze so richtig ausgetobt – Milch- und Fruchtsafttüten, Obst und Schokoriegel. Sogar in die Ventile eines Getränkeautomaten hat er eine Giftwolke gesprüht, als die Bedienung hinter dem Tresen kurz weggeschaut hat.

Zwei Stationen liegen noch vor ihm: ein Restaurant mit

All-you-can-eat-Büfett in der Halsted Street und ein Lebensmittelgeschäft an der North Side. Danach ist Feierabend.

Für heute jedenfalls.

Morgen kommen acht weitere Läden dran – vorausgesetzt, die Nachrichten lösen nicht schon vorher eine Panikwelle aus. Die Inkubationszeit liegt zwischen ein paar Stunden und ein paar Tagen. Es besteht also die Möglichkeit, dass es schon heute Nacht die ersten Opfer geben wird. Lähmung löst Angst und Schrecken aus, und sobald die ersten Symptome auftreten, werden die Infizierten in die Krankenhäuser rennen. Die Diagnose ist nicht einfach, aber irgendwann wird das Gift entdeckt und man benachrichtigt die Buchstabensuppen-Behörden – das CDC, die WHO, das FBI, das CPD.

Falls die Panik zu früh einsetzt, muss er seinen Plan beschleunigen und die zweite Runde anders angehen.

Er ist gespannt, was passieren wird.

Er geht die Lincoln Avenue entlang und besucht unterwegs ein Schnellrestaurant. In der Herrentoilette entfernt er die Injektionspistole vom Schlauch und steckt sie in die Tasche. Er wäscht sich die Hände mit Seife und hält sie unter das Warmluftgebläse mit der Aufschrift *Zum Schutz Ihrer Gesundheit*. Ein Lächeln huscht über sein Gesicht. Als er fertig ist, nimmt er ein feuchtes, mit Alkohol getränktes Reinigungstuch und säubert noch einmal die Hände.

An der Verkaufstheke bestellt er einen Burger mit Pommes frites und wirft beim Essen immer wieder verstohlene Blicke in Richtung der Kinder, die sich nebenan im Spielzimmer austoben.

Auf Spielplätzen wimmelt es nur so vor Bakterien. Kinder husten und niesen mit offenem Mund, putzen sich mit den Fingern die Nasen und fassen anschließend die Rutschbahnen, die Klettergerüste, die Plastikbälle und andere Kinder an. Ein einziger Bazillenherd.

Nach dem Essen geht er erneut auf die Herrentoilette, befestigt die Injektionspistole wieder am Schlauch in seinem Ärmel und schüttelt die Kartusche am Gürtel unter dem Hemd.

Es ist noch eine Menge drin.

Er stellt die Injektionspistole an, indem er mit einem Schlüssel die Feder zurückdreht, verlässt die Herrentoilette und begibt sich in das Spielzimmer, wo ein Dutzend Paar bunte Kinderschuhe herumliegen. Er kniet sich mit einem Bein hin und tut so, als würde er sich die Schnürsenkel binden.

In Wirklichkeit präpariert er mit seiner Pistole die Gummisohlen von fünf verschiedenen Schuhen.

Ein kleines Kind stößt ihn von hinten an.

»Das ist mein Schuh.«

Er lächelt den Jungen an. »Ich weiß. Er ist auf den Boden gefallen. Hier hast du ihn.«

Das Kind nimmt den Schuh, wechselt ihn in die andere Hand und putzt sich mit der Handfläche die Nase.

»Danke«, sagt der Junge.

Der Mann steht auf, zwinkert ihm zu und läuft auf der Lincoln Avenue nach Norden, um den Bus zu dem All-you-can-eat-Büfett zu erwischen.

KAPITEL 1

Drei Tage später

»Ist die Pistole echt?«

Wahrscheinlich war das Mädchen nicht viel älter als fünf, aber ich tue mich schwer, das Alter von Kindern zu schätzen. Sie deutete auf mein Schulterholster, das unter meiner Jacke hervorlugte, als ich mich nach vorne in meinen Einkaufswagen beugte, eine Tüte Äpfel herausnahm und auf das Kassenband legte.

»Ja, die ist echt. Ich bin Polizistin.«

»Du bist ein Mädchen.«

»Ja. Du aber auch.«

Das Kind runzelte die Stirn. »Ich weiß.«

Ich blickte mich suchend nach ihrer Mutter um, sah aber niemanden in der Nähe, auf den die Beschreibung passte.

»Wo ist deine Mama?«, fragte ich das Mädchen.

Sie sah mich mit ernster Miene an. »Drüben beim Kaffee.«

»Dann suchen wir sie.«

Ich sagte dem Kassierer im Teenageralter, dass ich gleich wiederkommen würde. Er zuckte mit den Schultern. Das Mädchen hielt mir die Hand hin. Ich nahm sie und war überrascht, wie klein sie sich anfühlte. Wann hatte ich das letzte Mal ein Kind bei der Hand genommen?

»Hast du schon mal auf jemanden geschossen?«, fragte sie. Und das aus dem Mund eines unschuldigen Kindes.

»Nur auf Verbrecher.«

»Sind sie gestorben?«

»Nein. Ich habe Glück gehabt.«

Sie zog die Augenbrauen zusammen und schürzte die winzigen Lippen.

»Verbrecher sind böse Menschen.«

»Ja, das stimmt.«

»Haben sie es nicht verdient, zu sterben?«

»Jedes Leben ist wertvoll«, erwiderte ich. »Selbst das eines bösen Menschen.«

Eine Frau um die dreißig kam in den Hauptgang gerannt und schaute erst nach links, dann nach rechts, bis sie das Mädchen erblickte.

»Melinda! Hab ich dir nicht gesagt, du sollst nicht einfach weggehen?«

Drei Schritte und sie war bei uns. Melinda ließ meine Hand los und zeigte auf mich.

»Alles in Ordnung, Mommy. Sie hat eine Pistole.«

Die Mutter sah mich an und ihr Gesicht wurde weiß wie ein Schneemann. Ich suchte in der Tasche nach meinem Dienstmarkenetui.

»Lieutenant Jack Daniels.« Ich zeigte ihr den Goldstern und meinen Ausweis. »Sie haben eine süße Tochter.«

Ihre Gesichtszüge entspannten sich. »Danke. Manchmal würde ich sie am liebsten an die Leine nehmen. Haben Sie auch Kinder?«

»Nein.«

Sie machte den Mund auf und gleich wieder zu. Ihr Blick verriet, dass sie nicht genau wusste, was sie darauf erwidern sollte.

»Hat mich gefreut, Sie kennenzulernen, Ma'am«, sagte ich

in meinem Polizistenton und ging wieder an die Kasse zu meinen Lebensmitteln. Ein älterer Herr, der sich hinter mir angestellt hatte, bedachte mich mit einem Blick, wie ich ihn von Kriminellen gewohnt war, wenn ich sie festnahm.

»Wird aber auch langsam Zeit«, schimpfte er.

»Polizeiangelegenheit«, sagte ich zu ihm und zückte erneut meine Dienstmarke. Dann musterte ich mit zur Schau gestellter Gründlichkeit den Inhalt seines Einkaufswagens. »Sir, das hier ist eine Schnellkasse für Kunden mit maximal zehn Artikeln. Ich sehe bei Ihnen allerdings dreizehn, einschließlich der Hämorrhoidensalbe. Es mag ja sein, dass Hämorrhoiden einem die gute Laune vermiesen, aber das gibt Ihnen noch lange nicht das Recht, sich an dieser Kasse anzustellen.«

Er sah mich grimmig an, stieß ein frauenfeindliches Schimpfwort aus und schob seinen Einkaufswagen weg.

Chicago. Meine Stadt.

Wie vermisste ich es, hier zu wohnen.

Die Geschäfte in den Vororten waren preisgünstiger, nicht so überfüllt und schneller zu erreichen. Außerdem beschimpfte mich dort niemand. Einmal war ich in einem dieser riesigen Supermärkte gewesen, wo es siebenundvierzig Kartoffelsorten und Einkaufswägen mit Videobildschirmen gab, die Werbung übertrugen und Gutscheine ausspuckten. Nie wieder!

Man konnte mich aus der Großstadt entfernen, aber nicht die Großstadt aus mir.

Ich bezahlte für meine höchstens zehn Artikel und verließ den Laden. Draußen war es bewölkt und ungefähr achtzehn bis zwanzig Grad warm – kühl für Juni. Mein Auto, ein alter Chevy Nova, der nicht zu meiner Persönlichkeit und zu meinem Stil passte, parkte ein paar Meter weiter neben einem Hydranten. Ich lud meine Einkaufstüten in den Kofferraum, nahm einen letzten tiefen Atemzug von der wunderbar abgasgeschwängerten Großstadtluft, startete den Motor und fuhr in

Richtung Eisenhower Expressway, wo mich dichter Stoßverkehr erwartete.

»Die jüngsten vier Todesfälle lassen die Opferzahl auf neun ansteigen. Hunderte weitere Fälle von Lebensmittelvergiftung wurden bestätigt, und in der ganzen Stadt brach Panik ...«

Ich schaltete das Autoradio auf einen Oldies-Sender um und ließ mich von Roger Daltrey berieseln, während ich mich durch den stockenden Verkehr kämpfte.

Ich brauchte immer etwa eine Stunde, um nach Hause zu kommen. Unter dieser Zeit schaffte ich es nie.

Nach meiner groben Rechnung verbrachte ich im Durchschnitt zehn Stunden in der Woche mit der Fahrt zur Arbeit und wieder nach Hause. Wenn ich also in zehn Jahren in Rente gehen würde, hätte ich über fünftausend Stunden – oder zweihundert Tage – im Auto vergeudet.

Andererseits gab es auch einiges auf der Habenseite zu verbuchen: einen großen Garten, in dem ich den Rasen mähen sowie Bäume, Sträucher und Hecken stutzen musste. Einen reparaturanfälligen Wäschetrockner. Ein Schlagloch in der Einfahrt. Mäuse auf dem Dachboden. Ein loses Treppengeländer. Einen Wasserschaden im Keller. Und abblätternde Farbe im Schlafzimmer.

In letzter Zeit drehten sich meine sexuellen Fantasien darum, wieder einen Vermieter zu haben. Aussehen, Alter und Körperhygiene waren mir egal, solange er mit Werkzeugen umgehen konnte und zu mir sagte: »Keine Sorge, ich werde es reparieren.«

Hausbesitzer zu sein, war scheiße. Offiziell war ich jedoch keiner. Die Dienstordnung schrieb Polizisten in Chicago vor, innerhalb der Stadtgrenzen zu wohnen, weshalb das Haus auf den Namen meiner Mutter lief. Mom war zwar kein Pflegefall, hatte aber in letzter Zeit einige gesundheitliche Probleme gehabt, und so hatten wir beschlossen, dass es am besten wäre, wenn sie zu mir zog. Sie erklärte sich einverstanden, bestand aber darauf, dass wir ein Haus in einem Vorort kauften. »Wo es nicht so hektisch ist«, hatte sie gesagt.

Was meinen Arbeitgeber, die Stadt Chicago, betraf, so wohnte ich immer noch in meinem Apartment in Wrigleyville. Ein riskantes Spiel, aber ich war nicht die Einzige im Polizeidienst, die es so handhabte.

Ich nahm die Ausfahrt zur Elmhurst Road, fuhr an mehreren kleinen Ladenzeilen vorbei – oder vielleicht war es ein riesiges Einkaufszentrum – und bog schließlich in eine von achtzig Jahre alten Eichen und Ulmen gesäumte Seitenstraße ein. Hier gab es keine Straßenbeleuchtung, und die Wolkendecke und das dichte Blätterdach vermittelten den Eindruck, als senke sich die Abenddämmerung über die Stadt, obwohl es dafür eine Stunde zu früh war. Ich bog in die Einfahrt ein, drückte auf den Garagentoröffner, drückte ein zweites und ein drittes Mal, fluchte und stieg aus.

Die Vororte fühlten sich anders an als die Großstadt – grün, abgeschieden, sauber und sicher.

Ich hasse die Vororte.

Ich schleppte die Lebensmittel zur Tür, stellte sie auf der Veranda ab, griff nach meinem Schlüsselbund und erstarrte.

Die neue Tür, die ich erst vor Kurzem hatte einbauen lassen – eine Sicherheitstür aus verstärktem Aluminium mit einbruchssicherem Bolzenschloss – stand weit offen, obwohl ich stets peinlichst darauf achtete, dass sie verschlossen blieb.

KAPITEL 2

Ich verfiel sofort in meinen Polizeimodus. Meine geliebte Mutter, wegen der ich dieses verdammte Haus gekauft hatte, besuchte gerade Freunde in Florida und wollte erst in einer Woche zurückkommen. Mein Freund Latham besaß einen Zweitschlüssel, aber sein Auto parkte weder in der Einfahrt noch am Straßenrand.

In der Vergangenheit hatten schon öfters Leute meine Adresse herausgefunden – böse Leute. Deswegen hatte meine Mutter leichtes Spiel gehabt, als sie mich überredete, in eine Gegend zu ziehen, wo sich Fuchs und Hase Gute Nacht sagten.

Ich stellte die Einkaufstüten ab, holte meinen .38er Colt Detective Special aus der Handtasche und hielt die Waffe beidhändig, die Ellbogen angewinkelt und den Lauf nach oben gerichtet. Mit der Schulter stieß ich die Tür auf und lauschte mit angehaltenem Atem. Der Fußboden aus Hartholz, den meine Mutter so sehr liebte, knarrte und quietschte bei jedem Schritt, den ich machte. Plötzlich drang aus dem Innern des Hauses eine männliche Stimme zu mir.

»*Debemos cantar algo más …*«

Ich ging meine Optionen durch. Das Funkgerät war im Auto. Mein Handy trug ich bei mir, aber wenn ich den Notruf 911 wählte, würde es ein paar Minuten dauern, bis man mir einen Streifenwagen schickte.

»*¡Dios mío!*«

Von hinten. Ich fuhr herum, ließ mich auf ein Knie fallen, wobei mein Rock von Donna Karan einen Riss bekam, und zielte auf einen dicken Mexikaner in weinrotem Mariachi-Anzug und breitkrempigem Sombrero, der eine übergroße Gitarre bei sich trug.

»Jack!«

Sobald ich mich vergewissert hatte, dass von dem Mariachi keine unmittelbare Gefahr ausging, wandte ich mich der anderen Stimme zu und sah Latham im Flur stehen. Er trug einen Smoking.

»Oh mein Gott!«, rief ich und atmete mit hörbarem Zischen aus.

Latham lächelte. »Erschieß die Typen erst, wenn sie mit ihrer Musik fertig sind.«

Ich steckte die Waffe zurück in das Holster. Latham kam zu mir und reichte mir die Hand, um mir aufzuhelfen, kniete dann aber plötzlich vor mir.

»Latham, was machst …«

Plötzlich ertönten Gitarrenklänge, und zwei weitere Mariachis kamen zum Vorschein und gesellten sich zu dem ersten, der mich erschreckt hatte. Latham langte in sein Sakko und holte ein Schmuckkästchen hervor. Die roten Haare waren nach hinten gekämmt, aber eine Locke fiel ihm in die Stirn. Seine grünen Augen funkelten.

»Jacqueline Daniels, ich liebe dich mehr als alles andere in meinem Leben.«

Um Gottes willen!

Er machte mir einen Heiratsantrag.

Mein Rock hatte einen langen Riss und meine Haare sahen bestimmt furchtbar aus. War wenigstens mein Make-up in Ordnung? Seit ich das letzte Mal in einen Spiegel geschaut hatte, waren ein paar Stunden vergangen.

»Ich möchte, dass du meine Frau wirst, und verspreche dir, dass ich alles tun werde, was in meiner Macht steht, um dich zur glücklichsten Frau auf der ganzen Welt zu machen. Jacqueline Margaret Daniels, wirst du mich heiraten?«

Er sah so unheimlich süß aus, wie er mit seinem glasigen Blick und dem dämlichen Grinsen im Gesicht vor mir kniete. Hinter uns spielte diese bescheuerte Musik.

Als er mir schließlich den Ring zeigte, fing ich an zu weinen. Ein einzelner Diamant, der funkelte, als wäre er batteriebetrieben. Genau die Art von Ring, von dem ich immer geträumt hatte.

Er nahm meine linke Hand und wollte mir den Ring über den Finger streifen.

Als ich sie zurückzog, machte er ein enttäuschtes Gesicht.

»Ich hab's mir gründlich überlegt, Jack. Ich weiß, du hast dir schon einmal beim Thema Ehe die Finger verbrannt. Ich weiß auch, dass du gerade erst hierhergezogen bist und dass du deine Mutter nicht allein lassen willst. Wir haben Zeit, das alles zu regeln. Ich setze dir keine Frist. Ich will einfach nur … Ich meine, ich brauche … eine feste Bindung.«

Aus irgendeinem verrückten Grund musste ich an das kleine Mädchen im Supermarkt denken und wie gut es sich angefühlt hatte, es an der Hand zu halten. Was denkst du dir eigentlich, Jack? Du bist sechsundvierzig. Du kannst unmöglich …

Mein Handy klingelte einmal. Zweimal. Dreimal.

»Willst du nicht rangehen?«, fragte Latham.

Scheiße. Ich holte das Handy aus der Tasche und hielt es an mein Ohr.

»Daniels.« Ich wandte mich der Mariachi-Band zu und rief: »Schsch!«

»Hier ist das Büro der Polizeichefin. Sie hat eine Krisensitzung einberufen. Begeben Sie sich bitte unverzüglich ins Polizeipräsidium.«

Die Sekretärin legte auf. Latham kniete immer noch geduldig vor mir. Zu unserer Linken standen die drei fetten Mariachis in abwartender Haltung. Ich kam mir vor wie eine Schauspielerin im Rampenlicht, die ihre Rolle vergessen hat.

»Du musst los«, sagte Latham.

»Latham ...«

»Schon gut. Du kannst ruhig gehen.« Er lächelte mich an, und sein Lächeln war so echt und rein, dass es mir das Herz brach.

Als er den Ring zurück in das kleine rote Schmuckkästchen legte, brach es mir zum zweiten Mal das Herz.

»Ich bleibe hier und warte, bis du wieder heimkommst«, sagte er. »Ist das in Ordnung?«

Ich streckte die Hand aus und berührte seine frisch rasierte Wange. »Natürlich ist das in Ordnung. Ich liebe dich. Ich brauche nur ein bisschen ...«

Er stand auf und küsste mich. Wie auf ein verabredetes Zeichen hin fingen die Mariachis zu spielen und zu singen an. Ich hatte noch nie einen Mann geküsst, während eine Band im Hintergrund spielte, und fand es unheimlich und auf fast schon dämliche Weise romantisch und mehr als nur ein bisschen aufregend. Meine Hüfte berührte die seine, und er legte mir die Hand auf den Rücken und zog mich noch mehr an sich heran. Es war schon eine Woche her, seit ich zuletzt Sex gehabt hatte, und ein Schauer der Erregung durchlief mich. Doch plötzlich wurde die schöne Gitarrenmusik von Schmerzens- und Angstschreien jäh unterbrochen.

Mein unfreundlicher Kater Mr Friskers hatte sich auf dem Kopf eines der Mariachis festgekrallt wie das unheimliche Wesen aus dem Film *Alien*. Er machte so etwas häufig, weshalb wir stets eine aufgefüllte Wasserpistole im Kühlschrank aufbewahrten. Latham rannte los, um sie zu holen, während ich den Mariachis klarzumachen versuchte, dass ziehen nichts half, weil sich dann der Kater nur noch mehr festkrallte. Sie versuchten trotzdem, das Tier wegzuziehen.

Mariachi-Blut begann zu fließen.

Latham eilte mit der Wasserpistole und einer Küchenrolle herbei und entschuldigte sich überschwänglich in schlechtem Spanisch. Nach dem ersten Spritzer fiel Mr Friskers auf den Boden, fauchte Latham an und sprang in den Flur davon.

Der Mariachi war glimpflich davongekommen. Beide Augen saßen noch in ihren Höhlen, nur der Schnurrbart hing schief. Die beiden anderen Mitglieder der Band fanden dies anscheinend lustig, denn sie bekamen einen Kicheranfall.

»Fahr du mal los und rette die Stadt«, sagte Latham und drückte ein Papiertuch auf das blutende Gesicht des Sängers. »Wir reden später weiter.«

»Bist du dir sicher?«

Er zwinkerte mir zu. »Geh schon. Ich muss sowieso erst einmal den Rest von dem Schnurrbart dieses Mannes suchen.«

»Danke«, sagte ich, obwohl ich einen Beigeschmack wie saure Milch im Mund hatte.

»Ruf mich an, bevor du heimfährst. Ich koche heute Abend deutsch.«

Mein Lieblingsessen. Ich schämte mich und kam mir vor wie ein totales Arschloch.

Ich ging zur Tür hinaus, vorbei an den Einkaufstüten, die ich auf der Veranda abgestellt hatte, und stieg in mein Auto. Als ich mit brummendem Schädel auf dem Fahrersitz saß, starrte ich auf den großen Riss in meinem Rock, brachte es aber nicht fertig, noch einmal ins Haus zu gehen und mich umzuziehen. Ich konnte Latham nicht ins Gesicht sehen.

Er hatte Besseres als mich verdient.

Ich fuhr aus der Einfahrt und dachte an meine komplizierte Beziehung mit Latham Conger, dem liebenswertesten Steuerberater der Welt. Er war ein bisschen jünger als ich, attraktiv, intelligent, fürsorglich, gut im Bett und dazu noch der geduldigste und am wenigsten nachtragende Mensch, den ich kannte. Von allen Männern kam er der Vorstellung vom Märchenprinzen meiner romantischen Fantasien, die ich natürlich nie im Leben zugeben würde, am nächsten.

Leider vertrugen sich diese Märchenprinzessinnenfantasien nicht mit meinem Leben als langjährige Großstadtpolizistin.

Auf dem Eisenhower Expressway gelangte ich in etwas über einer Stunde nach Chicago.

Das Polizeipräsidium lag in einem ausgedehnten, fast vierzigtausend Quadratmeter großen Gebäudekomplex an der Ecke 35th Street und Michigan Street. Die Lobby war wie die Außenfassade orangebraun und grauweiß. Die vielen Fliesen und Neonleuchten erinnerten mich an ein Krankenhaus.

Mein Partner Sergeant Herb Benedict ging unruhig im Flur vor dem Büro der Polizeichefin auf und ab. Er war zehn Jahre jünger, wog doppelt so viel wie ich und hatte einen Walrossschnauzbart und Wangen wie Hundelefzen. Obwohl er nur selten eine besorgte Miene zur Schau trug, wirkte er in diesem Moment eindeutig beunruhigt.

»Warst du schon drinnen?«, fragte ich ihn.

»Ich habe gewartet, bis du kommst. Was ist mit deinem Rock passiert?«

Ich widerstand der Versuchung, den Riss mit der Hand glatt zu streichen.

»Das ist der neueste Schrei. Alle jungen Leute machen das so. Weißt du, was los ist?«

Herb schüttelte den Kopf. Sein dreifaches Kinn schlackerte dabei hin und her.

»Nein. Aber es muss eine ganz große Sache sein.«

»Alles klar bei dir?«, fragte ich. Seine Augenringe wirkten dunkler als sonst.

»Ja. Wieso fragst du?«

»Du machst einen besorgten Eindruck.«
»Du auch.«

Wir wechselten einen Blick, der besagte: Wir reden später. Dann betraten wir das Büro.

Drei Leute befanden sich in dem Raum. Polizeichefin Terry O'Loughlin, die der Bürgermeister erst vor Kurzem ernannt hatte, kannte ich noch nicht persönlich. Ihr Ruf eilte ihr jedoch voraus. Viele Polizisten nannten sie hinter ihrem Rücken ZZZ – ziemlich zähe Zicke. An diesem Tag hatte sie ihre blaue Paradeuniform, die sie zu öffentlichen Anlässen trug, gegen einen roten Hosenanzug getauscht, der aussah, als wäre er von der Stange im Kaufhaus Sears, und dementsprechend schlecht saß. Sie trug dezentes Make-up und hatte kurz geschnittene braune Haare. Der Ehering an ihrem dicken Finger saß so eng, dass es aussah, als schnüre er die Blutzufuhr ab.

Neben ihrem Schreibtisch stand Captain Bains, mein Vorgesetzter. Er sah aus wie eine kleine, fette und unattraktive Version des Schauspielers Burt Reynolds, einschließlich des pechschwarzen Toupets, das nicht zu dem grauen Schnurrbart passte.

Den dritten Mann kannte ich nicht. Er war groß, blond und wirkte ein wenig wie ein Nerd, obwohl er modisch angezogen war. Bevor einer der Anwesenden ein Wort hervorbrachte, kam der Nerd mit ausgestreckter Hand auf mich zu.

»Lieutenant Daniels.« Sein Händedruck war feucht, aber aggressiv, und er wiederholte den Vorgang bei Herb. »Ich bin Davy Ellis von der Firma Ellis, Dickler und Scaramouche. Sagen Sie Davy zu mir.«

»Sind Sie Anwalt?«, fragte Herb.

»Wir sind eine PR-Firma, die von der Stadt Chicago beauftragt wurde, das Image der Polizei aufzupolieren.«

Ich warf Bains einen Blick zu, erhielt aber statt einer Erklärung nur ein kurzes Nicken. Was zum Teufel ging hier vor sich?

»Lieutenant Daniels.« Polizeichefin O'Laughlin erhob sich und gab mir die Hand. Im Stehen wirkte sie nicht viel größer als im Sitzen. Ihr Händedruck fühlte sich kräftiger an als der von Davy. »Ich freue mich, dass Sie es doch noch geschafft haben. Schön, Sie kennenzulernen.«

»Probleme mit dem Auto«, log ich. »Ich freue mich ebenfalls, Frau Polizeichefin.«

Nachdem sie Herb die Hand geschüttelt hatte, forderte sie uns auf, Platz zu nehmen. Bains setzte sich zu uns, Davy blieb stehen.

Die Polizeichefin schob einen Bogen Papier über ihren Schreibtisch. »Dieser Brief kam heute Nachmittag in meinem Büro an. Er ist an mich adressiert.«

Herb und ich beugten uns vor und lasen ihn.

Ich bin derjenige, der für die zahlreichen Fälle von Lebensmittelvergiftung verantwortlich ist. Bisher habe ich sechzehn Geschäfte besucht und dort das Botulinumtoxin verbreitet. Eins davon war ein Feinkostgeschäft in der Irving Park Road. Wenn Sie meiner Forderung über die Zahlung von zwei Millionen Dollar nicht nachkommen, wird mein nächster Anschlag Hunderte Menschenleben kosten.

Was ich tue, hat mit Terrorismus nichts zu tun. Ich bin nicht irgendein bescheuerter, dahergelaufener islamischer Fundamentalist, sondern ein Risikokapitalanleger. Ich investiere in Angst und Tod. Zahlen Sie mir die geforderte Summe oder ich suche mir weitere Betätigungsfelder.

Schalten Sie eine Anzeige in der Freitagsausgabe der Sun-Times *mit folgendem Text:*

»Chemiker – die Antwort lautet ja.«

Sie werden bald von mir hören.

Als Beweis dafür, dass ich wirklich der bin, für den ich mich ausgebe, habe ich dieses Papier mit Botulinumtoxin präpariert.

Obwohl ich erkannte, dass es sich bei dem Brief um eine Fotokopie handelte, verspürte ich plötzlich den Drang, zu dem Papier auf Sicherheitsabstand zu gehen. Seit zwei Tagen sorgten die Fälle von Botulismus, oder Lebensmittelvergiftung, für Schlagzeilen. Die schnelle und tödliche Wirkung dieser Krankheit war erschreckend.

»Im Umschlag, in dem dieser Brief steckte, befanden sich pulverartige Rückstände«, sagte die Polizeichefin. »Die Sekretärin, die ihn geöffnet hat, liegt jetzt im Rush-Presbyterian-Krankenhaus. Sie ist positiv auf Botulinumtoxin getestet worden. Außer ihr kamen noch drei andere Leute im ersten Polizeidistrikt mit dem Brief in Berührung. Bis jetzt traten bei ihnen keine Symptome auf, aber sie bekamen ein Antitoxin verabreicht und stehen weiterhin unter Beobachtung.«

Herb schien sich ebenfalls in der unmittelbaren Nähe des Briefes unwohl zu fühlen. »Ich habe in den Nachrichten gehört, dass bisher neun Menschen gestorben sind«, sagte er.

Die Polizeichefin blickte grimmig drein. »Tatsächlich waren es zweiunddreißig, bei über sechshundert bestätigten Erkrankungen. Wir haben die Zahlen nicht öffentlich bekannt gegeben. Die Seuchenschutzbehörde, die Weltgesundheitsorganisation und die Medizinische Forschungseinrichtung der US-Armee für Infektionskrankheiten wurden informiert, aber die Bevölkerung glaubt immer noch, dass es sich um ganz normale Fälle von Lebensmittelvergiftung handelt und nicht um das Werk von Terroristen.«

Ich musste an die Anthrax-Panik nach den Anschlägen vom elften September 2001 und die damit verbundene Paranoia denken. Dass so etwas in meiner Stadt passieren konnte, war unfassbar. Ich dachte an die Zehntausenden Restaurants, Cafés, Bäckereien, Feinkostgeschäfte, Supermärkte und Imbissbuden, die es in Chicago gab. Ein Einzeltäter konnte das tödliche Gift verbreiten und unzählige Menschen umbringen, bevor wir auch nur eine Spur von ihm hatten. »Haben Sie bereits das FBI verständigt?«, fragte ich.

»Ja. Die schicken uns eine ABC-Abwehr-Spezialeinheit, die jederzeit eintreffen müsste. Das Heimatschutzministerium wird sich bestimmt ebenfalls einschalten.«

Die Polizeichefin atmete tief ein und starrte mich plötzlich so intensiv an, dass ich mir Mühe geben musste, um nicht wegzusehen.

»Sie und Sergeant Benedict haben schon öfter besonders profilierte Fälle bearbeitet. Diese Story wird für weltweite Schlagzeilen sorgen, sobald die Medien Wind davon bekommen. Sie haben bereits Erfahrung mit Produktmanipulation bei Lebensmitteln und mit einem Fall, wo der Täter die Polizei kontaktiert hat.«

Ich erwähnte nicht, dass die von ihr zitierten Beispiele ein und derselbe Fall waren und dass die Vorgehensweise des Täters völlig anders gewesen war als bei diesem Fall. Stattdessen sagte ich: »Wir sind also in beratender Funktion hier?«

»Nein«, sagte sie. »Sie beide übernehmen den Fall.«

Herb würgte leise. Ich musste die Information erst einmal verarbeiten. Bains sah mich an, als konnte er es selbst nicht glauben.

»Ihr Vertrauen in unsere Fähigkeiten ehrt uns, Frau Polizeichefin. Aber falls es nur etwas damit zu tun hat, dass ich eine Frau bin ...«

»Sparen Sie sich die Arschkriecherei und die selbstgerechte Empörung, Lieutenant. Ich habe Sie nicht ausgesucht, weil Sie die beste Polizistin Chicagos sind oder weil Sie Titten haben. Auf der Liste der geeigneten Kandidaten waren zehn Leute vor Ihnen, allesamt Männer. Der Bürgermeister hat sich die Finger verbrannt, als er eine Frau an die Spitze des Chicago Police Department gestellt hat. Ich habe keine Lust, ins gleiche Fettnäpfchen zu treten und beruflichen Selbstmord zu begehen.«

Das hatte ich mir schon gedacht. »Und wieso ...«

Davy stand hinter der Polizeichefin und lächelte über das ganze Gesicht.

»Ihr Beliebtheitsgrad liegt bei dreiundachtzig Prozent«, sagte er.

»Wie bitte?«

Davy setzte sich auf die Schreibtischkante und klopfte mir aufmunternd auf die Schulter. Ich konnte seine warme, feuchte Hand durch die Seide meiner Bluse spüren.

»Die Einwohner von Chicago halten große Stücke auf Sie, Lieutenant Jack Daniels. Immerhin haben Sie letztes Jahr diese durchgeknallte Familie zur Strecke gebracht und davor diesen Typen mit dem Hirntumor. Und dann noch den Lebkuchenmann. Wenn Sie diesen Fall übernehmen, wird das zumindest teilweise der negativen öffentlichen Aufmerksamkeit entgegenwirken, die uns zuteilwird, sobald die Medien Wind von der Sache bekommen. Sie werden den Verzweifelten Hoffnung geben.«

Unglaublich! Die Wahl war nicht auf mich gefallen, weil ich eine kompetente Ermittlerin war, sondern weil ich öffentlichkeitswirksam in die Kamera lächeln konnte.

»Frau Polizeichefin ...«

»Die Entscheidung ist bereits gefallen. Sie haben Blankovollmachten und uneingeschränkte Ressourcen zu Ihrer Verfügung. Wenn Sie etwas nicht können, suchen Sie sich die entsprechenden Fachleute.«

O'Laughlin drückte auf die Taste der Sprechanlage und forderte die Krankenschwester auf, mit dem Impfstoff gegen das Botulinumtoxin hereinzukommen.

Ich sah zu Herb hinüber. Er starrte ins Leere, entweder weil er tief in Gedanken versunken war oder weil er die Situation nicht richtig verarbeiten konnte.

Ich konnte ihn gut verstehen. Dies hier war weit mehr als

nur ein schlimmer Fall. Es war ein potenzieller Karrierekiller. Den Anthrax-Terroristen hatte man damals nicht geschnappt. Hätte er weitergemacht, hätte er das ganze Land lahmlegen können. Und ein paar Jahrzehnte zuvor hatte ein anderer Produktmanipulator in Chicago sein Unwesen getrieben: der Tylenol-Mörder. Der Mann hatte das Schmerzmittel mit Cyanid präpariert und damit im Alleingang den Umgang mit rezeptfreien Arzneimitteln irreversibel verändert. Tabletten statt Kapseln. Manipulationssichere Behälter. Sichtverpackungen und doppelt verschlossene Schachteln. Die Schadensbilanz: sieben Tote, Milliardenverluste für die Pharmaindustrie. Und der Täter war der Justiz durch die Lappen gegangen.

Um Verbrecher zu fangen, brauchte man Beweise und Augenzeugen. Keine Sorte Täter war so schwer zu überführen wie Giftmörder. Ein gut organisierter und hoch motivierter Einzeltäter mit einem Grundwissen in Chemie konnte in einer Großstadt wie Chicago mehr Schaden anrichten als sämtliche Verbrecher der letzten fünfzig Jahre. Am liebsten hätte ich mich unter meinem Schreibtisch verkrochen. O'Laughlin konnte anscheinend meine Gedanken lesen.

»Scheitern kommt nicht in Frage, Lieutenant. Das hier ist die zweitgrößte Polizeibehörde im Land. Mir unterstehen 16 538 Leute. Weniger als ein Viertel davon sind Frauen. Wenn Sie diesen Fall vermasseln, vermasseln Sie es für mich und jede Frau, die sich ihre Position in diesem sexistischen und chauvinistischen Saustall hart erarbeiten musste. Gelingt es Ihnen, den Täter zu schnappen, sind Sie ein Held und wir halten eine Parade für Sie ab. Aber wenn Sie Mist bauen, bedeutet dies das Ende Ihrer Karriere.«

Die Krankenschwester kam mit einem weißen Köfferchen herein.

»Und wenn ich ablehne?«, fragte ich.

O'Laughlin zuckte mit keiner Wimper. »Dann können Sie

sich weiter hinten im Flur ein Paar weiße Handschuhe und eine Trillerpfeife abholen und an der Kreuzung Congress Street und Michigan Avenue anfangen. Aber frischen Sie Ihre Kenntnisse der Verkehrssignale auf, bevor Sie morgen früh um fünf den Dienst antreten.«

Bei ihrem hämischen Grinsen lief es mir kalt den Rücken hinunter. »Ach ja, falls Sie sich an Ihren Gewerkschaftsvertreter wenden möchten, ich habe seine Nummer als Kurzwahl gespeichert. Oder ich kann ihm Ihr Anliegen ausrichten, wenn ich heute Abend bei ihm zu Hause zum Essen eingeladen bin.«

Ich sah erneut zu Herb hinüber, aber er war immer noch geistig weggetreten. Die Krankenschwester krempelte den Ärmel meiner Bluse hoch und betupfte meinen Arm mit einem alkoholgetränkten Wattebausch.

»Also gut«, sagte ich. »Dann mal los.«

KAPITEL 3

Die Polizeichefin ließ einen extra Schreibtisch in ihr Büro bringen. Herb und ich machten eine Liste mit den Namen von Kollegen, auf die wir uns verlassen konnten. Wir wählten unsere Leute aus verschiedenen Bereichen, damit es nicht in einem einzelnen Distrikt zu Personalengpässen kam. Am Ende hatten wir eine Taskforce mit hundert Polizisten, die O'Laughlin um acht Sekretärinnen ergänzte.

»Als Erstes sollten wir sämtliche Feinkostläden in der Irving Park Road schließen.«

»Gehen Sie diskret vor«, riet Davy. »Panik können wir jetzt nicht gebrauchen. In dieser Stadt randalieren die Leute ja schon, wenn ihre Lieblingsmannschaft ein Meisterschaftsspiel gewinnt. Was glauben Sie wohl, was dann erst bei einer Terrordrohung los sein wird?«

Herb verschränkte die Arme, wirkte aber nicht sonderlich überzeugt. »Die Öffentlichkeit hat ein Recht auf die Wahrheit.«

Davy schüttelte den Kopf. »Das ist keine gute Idee. Die Tourismusindustrie ist in Chicago ein milliardenschwerer Wirtschaftszweig.« Davy machte eine Faust und zählte die einzelnen Branchen an den Fingern ab. »Hotels. Fluggesellschaften. Taxis. Restaurants. Museen. Einkaufszentren. Wer geht noch essen, wenn er weiß, dass jemand hier in der Stadt wahllos Lebensmittel vergiftet?«

»Gerade deshalb«, wandte ich ein.

»Wir haben es hier mit Tausenden oder sogar Zehntausenden von Arbeitsplätzen zu tun. Und dann kann es passieren, dass Chicago dieses Stigma nie loswird. Denken Sie nur an Toronto nach der SARS-Panik. Der wirtschaftliche Schaden betrug damals mehrere Hundert Millionen.«

Ich war mir nicht sicher, wen ich mehr verabscheute: gewissenlose Massenmörder oder kleinkarierte Erbsenzähler. Ich sah zu der Polizeichefin hinüber und setzte ein strahlendes Lächeln auf, mit dem ich ihr sagen wollte: Wir Mädels müssen zusammenhalten.

»Zweite Maßnahme auf unserer Liste: Wir müssen den PR-Fritzen feuern.« Ich deutete mit dem Daumen auf Davy. »Da draußen schwimmt ein Hai herum, und der Typ weigert sich, die Badestrände zu sperren.«

O'Laughlin zuckte mit den Schultern. »Der Bürgermeister will ihn dabeihaben. Also bleibt er.«

Herb blickte grimmig drein. »Informieren wir nun die Öffentlichkeit oder nicht?«

»Ich werde Ihren Vorschlag an den Bürgermeister weiterleiten.«

Jetzt war ich an der Reihe, grimmig dreinzublicken. »Und was ist mit der Prozessflut, die über uns hereinbrechen wird, wenn die Leute herausfinden, dass wir von der Bedrohung wussten und nichts gesagt haben?«

»Das müssen wir gegen das Risiko abwägen, dass Geschäfte kaputtgehen, die Wirtschaft auf längere Zeit geschädigt wird und Panik in der Bevölkerung ausbricht.«

»Aber es besteht ja auch Grund zur Panik«, sagte Herb.

O'Laughlin wich nicht ein Jota von ihrer Position ab. »In den Medien kursieren bereits jede Menge Spekulationen darüber, dass Produktmanipulation im Spiel ist. Die Leute sind vorsichtig.«

Davy grinste mich an wie der nervende kleine Bruder, den ich nie hatte.

»Nicht vorsichtig genug«, hielt ich an meiner Meinung fest. »Wir sollten die Gerüchte bestätigen. Wenn die Leute alarmiert sind, wird der Täter vielleicht zu Hause bleiben und aufhören, unsere Stadt zu vergiften.«

Jetzt verschränkte O'Laughlin die Arme. »Die Sache bleibt unter Verschluss. Basta.«

Gegen die Bürokratie kommt man nicht an. Also wechselte ich das Thema. »Wie viele weitere kontaminierte Tatorte haben wir gefunden?«

O'Laughlin nahm eine Mappe von einem Stapel auf ihrem Schreibtisch. »Möglicherweise elf, aber sie wurden noch nicht bestätigt. Die Seuchenschutzbehörde überprüft die Patientenakten in den Krankenhäusern der Stadt, um Ausbruchsherde zu lokalisieren. Wir treffen uns später mit ihnen.«

»Irgendwelche Beweise von den bekannten Tatorten?«, fragte ich.

»Dafür sind Sie zuständig.«

»Hat man sie abgesperrt? Auch die mutmaßlichen?«

»Ja.«

Ich delegierte diese Aufgabe an Herb.

»Vergiss nicht«, wies ich ihn an, »die Leute zu befragen, die bisher betroffen sind, also die Kranken und die Angehörigen der Toten. Und dann noch die Polizisten und den Briefträger, die mit dem Brief in Berührung kamen.«

Die Polizeichefin hob fragend die Augenbrauen.

»Manchmal begeht jemand schwere Verbrechen, um von kleineren abzulenken. Vielleicht hatte der Chemiker ein ganz bestimmtes Ziel und alles andere war bloß Schall und Rauch.«

»Ich brauche mehr Polizisten«, sagte Herb.

»Suche dir welche, die bereits in Rente gegangen sind, und reaktiviere sie zum Dienst bei eingeschränkter Verwendung.«

O'Laughlin nickte und nahm einen Anruf entgegen.

Der Erpresserbrief befand sich bereits im kriminaltechnischen Labor. Ich holte mein Handy aus der Tasche und rief Scott Hajek an, den Kriminaltechniker, zu dem ich einen guten Draht hatte. Er bestätigte mir, dass der Umschlag und der Brief Spuren von Botulinumtoxin enthielten, was mithilfe eines Massenspektrometrie genannten Verfahrens festgestellt werden konnte. Der Stempel war vom Postamt um die Ecke und gestrigen Datums. Briefmarke und Briefverschluss waren selbstklebend, weshalb es keine verwertbaren Speichelspuren gab. Umschlag und Brief enthielten zusammen elf Fingerabdrücke. Der Täter hatte den Brief mit einem Tintenstrahldrucker ausgedruckt und die Schriftart Arial Black verwendet, die auf fast jedem nach 1994 hergestellten Computer verfügbar war. Leider hatte man bis jetzt keine Haare oder Fasern gefunden und auch keine Visitenkarte mit der Adresse des Chemikers, aber Hajek arbeitete daran.

»Vorstrafenregister«, sagte Captain Bains. Er hatte schon so lange nichts mehr gesagt, dass ich fast vergessen hatte, dass er noch da war. »Ich kann ein Team damit beauftragen, unsere Datenbank nach Tätern zu durchforsten, die wegen Giftanschlägen, Produktmanipulation oder Erpressung vorbestraft sind.«

»Sagen Sie denen, sie sollen ihr Augenmerk insbesondere auf Frauen richten«, sagte ich.

O'Laughlin unterbrach ihr Telefonat mitten im Satz und sah mich fragend an.

»Giftattentäter sind häufig Frauen«, erklärte ich. »Bei dieser Art von Verbrechen kommt man ohne körperliche Gewalt und direkten persönlichen Kontakt mit den Opfern aus.«

»Was ist mit dem Botulinumtoxin selbst?«, fragte Herb. »Lässt sich das irgendwie zurückverfolgen?«

»Vielleicht kann ich Ihnen damit helfen.«

Ich blickte über meine Schulter nach hinten, und siehe da ... herein kam ein absolut heißer Typ.

Wie jede Frau weiß ich gut aussehende Männer zu schätzen, aber die Zeiten, in denen ich kicherte und verträumte Augen bekam, lagen dreißig Jahre zurück.

Bei diesem Mann jedoch fühlte ich mich plötzlich wieder wie eine Sechzehnjährige.

Er sah einfach umwerfend aus. Anfang dreißig, groß, breite Schultern und schmale Hüften, ein scharfkantiges Profil wie der Marlboro-Mann sowie strahlend blaue Augen, die aussahen, als wären sie nicht von dieser Welt. Sein Anzug war nicht so teuer wie der von Davy, saß aber bedeutend besser. Es war, als hätte Gott die Gene von Brad Pitt mit denen von Sean Connery vermischt und anschließend mehr Muskeln und dichteres Haar hinzugefügt.

»Special Agent Rick Reilly vom SFG«, stellte er sich vor. Die Abkürzung stand für Spezialeinheit für Gefahrstoffe – die ABC-Abwehr-Einheit des FBI.

Er schüttelte allen im Raum die Hand. Als seine Finger die meinen berührten, spürte ich etwas wie einen elektrischen Schlag und fragte mich im nächsten Augenblick, ob ich es mir vielleicht nur eingebildet hatte.

»*Clostridium botulinum* ist ein im Erdboden in ganz Nordamerika natürlich vorkommendes Bakterium«, sagte Rick. Er hatte eine dunkle, warme Baritonstimme mit leichtem Südstaatenakzent. »Es produziert ein Toxin, das den zweifelhaften Ruf genießt, die giftigste Substanz auf der ganzen Welt zu sein. Ein einziges Gramm kann eine Million Menschen töten. Die Symptome einer Lebensmittelvergiftung können bereits zwei Stunden nach Kontakt auftreten – oder aber erst nach zwei Wochen.«

»Was sind die Symptome?«, fragte Herb.

Rick setzte sich auf den Schreibtisch der Polizeichefin,

sodass er mir und Herb gegenübersaß. Sein Schritt befand sich knapp unter meiner Augenhöhe, und die bloße Tatsache, dass mir das auffiel, zeigte mir, dass ich nicht bei der Sache war. Ich vermied es, hinzusehen.

»Sagen wir mal, Sie hätten verseuchte Meeresfrüchte gegessen. Dabei ist es egal, ob sie direkt aus dem Gefrierfach kommen oder aus dem Mikrowellenherd. Hitze und Kälte können die Bakterien töten, aber das Gift, das sie produzieren, ist nach wie vor tödlich. Am nächsten Morgen kann es passieren, dass Ihr Mund ungewöhnlich trocken ist. Unter Umständen haben Sie Magenkrämpfe oder müssen sich sogar übergeben. Fieber haben Sie jedoch nicht. Sie fühlen sich wie bei einem Kater nach einer durchzechten Nacht. Was genau abläuft, ist Folgendes: Über die Blutbahn gelangt das Toxin zu Ihren motorischen Endplatten, wo es andockt und die Ausschüttung des Neurotransmitters Acetylcholin blockiert.«

»So, dass es jeder verstehen kann«, blaffte O'Laughlin.

»Das Gift gelangt dorthin, wo die Nervenfasern auf die Muskelfasern treffen, und lähmt die Muskeln. Sie können nicht laufen und sich nicht bewegen. Ihr Gesicht hängt herab. Sie sehen doppelt und verlieren den Würgereflex. Und schließlich können Sie nicht mehr atmen.«

Ich musste an die Impfungen denken, die uns die Krankenschwester eine Stunde zuvor verabreicht hatte, und fragte mich, ob mein trockener Mund nervlich bedingt war oder von schlecht verträglichem Impfstoff herrührte.

»Wie behandelt man die Symptome?«, fragte ich mit leicht brüchiger Stimme.

»Mit einem Antitoxin und mit Beatmung. Es kann Monate dauern, bis der Patient wieder vollständig gesund wird, und eine örtliche Lähmung kann immer bleiben. Bei einer effektiven Behandlung sterben weniger als fünfundzwanzig Prozent der Patienten. Wird die Behandlung hinausgezögert oder mangelt es an adäquater Ausstattung mit den notwendigen medizinischen Geräten, ist die Sterberate höher.«

»Kann ein Infizierter die Krankheit auf andere übertragen?«, fragte die Polizeichefin.

»Normalerweise nicht. Botulismus ist nicht ansteckend. Aber in unserem Fall haben wir es anscheinend mit einem Bakterium in der Form eines biologischen Kampfstoffs zu tun, das über die Atemwege in den Körper gelangen kann. Wenn also jemand das Botulinumtoxin an den Händen oder auf der Kleidung hat, ist eine Übertragung möglich. Wenn sich zum Beispiel an ...«

Er langte zu mir herüber und strich mir über den Handrücken. Wieder spürte ich einen elektrischen Schlag.

»... meinen Fingern BT befände, hätte ich jetzt möglicherweise eine tödliche Dosis auf Lieutenant Daniels übertragen. Das Toxin kann auf verschiedenen Wegen in den Körper gelangen: über die Lunge, den Magen, offene Verletzungen, die Schleimhäute« – er sah mir in die Augen – »oder durch sexuellen Kontakt. Die Bakteriensporen bleiben auf ihrer Haut, bis sie weggewaschen werden.«

»Mit Bleichmittel?«, fragte ich.

Rick lächelte mich an.

»Ein Schaumbad tut es auch.«

Dann senkte er für einen Sekundenbruchteil den Blick und betrachtete den Riss in meinem Rock. Ich spürte, wie ich am ganzen Körper rot anlief.

Zum Glück sprang er vom Schreibtisch und ging in die Ecke des Zimmers, wo er seine Aktentasche abgestellt hatte. Er wühlte darin herum und holte eine Spritze, einen Salzstreuer und eine Sprühflasche heraus.

»Ich habe den ganzen Tag mit den Leuten von der Seuchenschutzbehörde verbracht, und wir haben uns überlegt, wie man am besten Lebensmittel kontaminiert. Eine Spritze wirkt problemlos und effektiv und bietet die größte Wahrscheinlichkeit, die Krankheit zu verbreiten. Eine Sprühflasche, die von jemandem benutzt wird, der Obst in der Obst- und Gemüseabteilung eines Supermarkts säubert, würde ebenfalls funktionieren. Allerdings überlebt das Toxin nicht lange, wenn es Sauerstoff ausgesetzt ist. Aber wenn der Chemiker trockene Sporen verwendet, die in einer sauerstoffreichen Umgebung länger überdauern, genügt auch ein Salz- oder Pfefferstreuer.«

»Wissen Sie, welches von diesen Werkzeugen der Täter verwendet?«, fragte Herb.

»Noch nicht. Wir haben kontaminierte Lebensmittel gefunden, aber ohne Einstichlöcher. Und wir haben bisher keine Sporen an der Oberfläche von Lebensmitteln gesehen, sodass wir annehmen müssten, dass er einen Salzstreuer benutzt hat. Möglicherweise präpariert er die Lebensmittel zu Hause mit dem Toxin und bringt sie danach in die Geschäfte.«

»Woher bekommt er das Toxin?«, fragte Bains. »Kann man es im Internet bestellen?«

Rick setzte sich wieder auf den Schreibtisch. Sein Schritt befand sich erneut auf meiner Augenhöhe. Diesmal sah ich hin. Mein lieber Scholli! Der Mann war wirklich gut bestückt.

»Das Toxin kann man im Staat Illinois aus Hunderten von Quellen beziehen«, sagte er. »Jeder, der ein paar Falten im Gesicht hat, ist bereit, einen hohen Betrag für das Zeug hinzublättern.«

»Botox.« Davy lächelte. Bei genauerem Hinsehen fiel mir auf, dass er keinerlei Lachfalten hatte.

»Genau. Wenn es in kleinen Dosen verabreicht wird, kann dasselbe Toxin, das das Zwerchfell lähmt, die winzigen Gesichtsmuskeln lähmen, die Zornesfalten und Krähenfüße verursachen. Aber wenn man pharmazeutisches Botox auf Lebensmittel sprüht, würde dies nicht eine solche Epidemie auslösen wie die, mit der wir es im Augenblick zu tun haben. Und weil Botox das Toxin verwendet, aber nicht die Bakterien, kann man es nicht züchten. Honig wäre eine viel einfachere Quelle zur Gewinnung von Botulinumtoxin.«

»Honig?«, fragte ich ungläubig.

»Honig enthält Sporen des Bakteriums *Clostridium botulinum*. Deshalb der Hinweis auf den Etiketten, man solle Kindern unter einem Jahr keinen Honig zu essen geben. Die Bakterien in ihrem Magen-Darm-Trakt sind nicht widerstandsfähig genug.«

»Man kann wirklich das Botulinumtoxin aus Honig gewinnen?«, fragte Herb und blickte nicht gerade erfreut drein.

»Einfach ist es nicht, aber durchaus möglich. Sogar aus pasteurisiertem Honig.«

»Es gibt also keine Möglichkeit, den Bakterienstamm zurückzuverfolgen?«, setzte Herb mit einer zweiten Frage nach.

»Jeder, der ein paar Biologiebücher konsultiert und Zugang zu einem Labor mit Grundausstattung hat, kann theoretisch lernen, wie man diese Bakterien züchtet. Sie in einen biologischen Kampfstoff umzuwandeln, dürfte schwieriger sein, aber die dazu erforderliche Information findet man im Internet. Das spezielle Toxin in unserem Fall wurde als Typ E identifiziert. Es kommt häufig in dieser Gegend vor.«

O'Laughlin brummte und sagte: »Botulismuserkrankungen werden doch von der Seuchenschutzbehörde überwacht, oder?«

»Sie registriert alle gemeldeten Fälle. Krankenhäuser unterliegen einer gesetzlichen Meldepflicht.«

»Kann es sein, dass der Chemiker in der Vergangenheit selbst an Botulismus erkrankt ist? Dann könnten wir ihn finden, indem wir frühere Fälle zurückverfolgen.«

Rick nickte. »Das ist gut gedacht, aber in Nordamerika gibt es weniger als hundert gemeldete Fälle von Botulismus im Jahr, und zu allen gibt es detaillierte Patientenakten. Ich vermute, dass der Chemiker sich nie mit der Krankheit infiziert hat. Wahrscheinlich ist er äußerst vorsichtig. Man entwickelt keine Immunität gegen BT, selbst wenn man schon einmal mit dem Gift in Berührung gekommen ist.«

»Ich dachte, wir wurden alle geimpft«, sagte Bains.

»Dieser Impfstoff befindet sich noch im Versuchsstadium, und es ist unwahrscheinlich, dass der Chemiker Zugang dazu hat. Bisher ist er nicht für die Öffentlichkeit freigegeben.«

»Was, wenn er bei einer Behörde arbeitet?«, fragte ich.

»Spielt keine Rolle. Die bisher produzierten Impfstoffe sind nur für Bakterienstämme vom Typ A und C.«

In meinem Kopf läuteten die Alarmglocken.

»Sie sagten vorhin, wir hätten es mit Typ E zu tun.«

»Richtig.«

»Unsere Impfungen schützen uns also nicht vor dieser Krankheit?«

Rick wirkte auf einmal nicht mehr so selbstsicher. »Sie bieten einen gewissen Schutz.«

»Wirklich?«

Rick runzelte die Stirn. »Nein.«

»Was ist mit Antibiotika?«, fragte Bains.

»Die wirken gegen Bakterien, aber nicht gegen das Toxin. Letzteres bringt einen um.«

Herb fragte: »Und das Antitoxin, das Sie erwähnt haben?«

»Das kann fortschreitende Symptome anhalten, aber nicht rückgängig machen. Wenn eine Nervenfaser einmal gelähmt ist, bleibt sie das für immer. Deshalb dauert die Genesung so lange – die motorischen Endplatten müssen neu wachsen. Aber im Augenblick haben wir zwei Pharmakonzerne, die nonstop daran arbeiten, Chicago mit größeren Mengen Antitoxin zu versorgen. Bis Ende dieser Woche müssten sie uns tausend Dosierungen liefern.«

»Wir haben aber bereits dreitausend gemeldete Fälle«, warf ich ein. Mein Magen verkrampfte sich. »Was sollen wir tun?«

Rick sah O'Laughlin an.

»Die Bundesregierung verhandelt nicht mit Terroristen«, sagte er. Im selben Augenblick klingelte mein Handy. »Aber an Ihrer Stelle würde ich dem Kerl die zwei Millionen zahlen.«

Ich entschuldigte mich und nahm den Anruf entgegen.

»Hi, Lieutenant. Hier ist Hajek. Wir konnten einen Fingerabdruck identifizieren. Es ist allerdings seltsam.«

»Lassen Sie die Dramatik und kommen Sie zur Sache.«

»Jason Alger, dreiundsechzig Jahre alt, wohnt in Humboldt Park.«

»Vorstrafen?«

»Nein. Er ist einer von uns. War früher beim Chicago Police Department und ist jetzt in Rente. Sie können ihn ja fragen, ob er vielleicht zu Besuch auf dem Revier vorbeigeschaut hat und dabei mit dem Umschlag in Berührung gekommen ist. Aber abgesehen von der Sekretärin der Polizeichefin sind sämtliche Fingerabdrücke von ihm, und einer ist unter der Briefmarke. Er muss also den Brief abgeschickt haben.«

»Das haben Sie gut gemacht, Officer.«

Ich schilderte den Anwesenden, was ich soeben erfahren hatte. Eine halbe Minute später gingen wir zur Tür hinaus, um einen der Unseren zu vernehmen.

KAPITEL 4

Vier Stunden früher

Er nennt sich Der Chemiker, ist aber keiner. Ein Botaniker ist er auch nicht, obwohl das riesige Gewächshaus, das seinen ganzen Garten ausfüllt, seinen Nachbarn diesen Eindruck vermittelt.

Er ist nichts weiter als ein Angestellter im öffentlichen Dienst, der mit dem System unzufrieden ist. Aber im Gegensatz zu den Tausenden von Behördenmitarbeitern, die ihre Zeit absitzen und mit ihrem Leben hadern, hat er sich einen Racheplan zurechtgelegt. Er wird es dem System heimzahlen.

Der Plan ist noch in der Anfangsphase. Seit sechs Jahren, drei Monaten und elf Tagen arbeitet er nun schon daran, feilt an ihm herum, nimmt Änderungen vor. Er selbst ist nicht perfekt, aber der Plan schon. In vier Tagen, neun Stunden und sechzehn Minuten ist alles vorbei. Dann ist er reich und sitzt in einem Bus nach Mexiko. Chicago und der gesamte Mittlere Westen werden auf Dauer verwüstet sein. Es wird Tote geben. Viel mehr als erwartet. Tausende mehr.

Das Apartment ist fertig, schon seit über einer Woche. Es ist die perfekte Mausefalle. Der Vorfall wird heute Abend bestimmt in die Nachrichten kommen, vielleicht sogar landesweit. Er überlegt, die Sendung mit dem Festplattenrekorder aufzuzeichnen, verwirft den Gedanken aber gleich wieder. Der

Fernsehsender wird bestimmt Wiederholungen bringen, also verpasst er nichts.

Die Sommernacht ist kühl und frisch. Zu dieser späten Stunde sind die Bienen kaum aktiv, aber zur Sicherheit legt er trotzdem das Netz an, das er in einem verschlossenen Plastikbehälter neben der Eingangstür zum Gewächshaus aufbewahrt. Er zieht es sich über den Kopf und greift nach den Chemikalien abweisenden Neoprenhandschuhen. Als er sich die Dinger überstreift, achtet er darauf, dass er die Außenseite nicht berührt.

Die Tür zum Gewächshaus lässt sich mit einem elektronischen Tastenfeld unter dem Türgriff öffnen. Diese Hightech-Vorrichtung war relativ preiswert und erspart ihm das umständliche Hantieren mit Schlüsseln, während er Handschuhe trägt. Professionelle Einbrecher lassen sich davon nicht abschrecken – schließlich besteht das gesamte Gewächshaus aus Glas und Kunststoff –, aber es reicht, um neugierigen Kindern den Zutritt zu verwehren.

Nach all den Jahren der Planung wäre diese Art von Aufmerksamkeit höchst unerfreulich.

Er gibt den Code ein und öffnet die Tür. Das Wandthermometer zeigt 39 Grad an. Teils wegen der Gasheizung, teils wegen des großen Komposthaufens im hinteren Bereich, den er erst vor Kurzem mit einer besonders großen Menge Bioabfall angereichert hat.

Der Chemiker hält sich gerne in dem Gewächshaus auf. Ein ungeübtes Auge würde nur die Schönheit der Natur sehen, die das üppig wuchernde Pflanzendickicht ausstrahlt. Sieht man jedoch genauer hin, erkennt man die Grausamkeit hinter der Fassade.

Es ist diese Grausamkeit, die den Chemiker fasziniert.

Er überprüft den hydrokultivierten Wunderbaum. Er ähnelt einer Hanfpflanze, hat aber sechs statt fünf Blätter.

Daneben steht eine Palette mit kleinen grünen Pflanzen, die zarte weiße Blüten aufweisen – Maiglöckchen. Dahinter ein Oleander, dessen majestätische Blüten in dem künstlichen Licht wie ein rosa Feuerwerk aufflammen. Rechts davon befinden sich einige Azaleen mit blutroten Knospen und einem Netz darüber, ähnlich wie bei seinem Imkerhelm, das sie vor den Bienen schützt.

Der Chemiker steigt über eine Nitrox-Flasche und bahnt sich einen Weg zwischen Säcken mit Düngemittel, Rohren und Schachteln mit Dachnägeln hindurch. Er steuert auf ein 40-Liter-Salzwasseraquarium zu, auf dessen mit Sand und toten Korallen bedecktem Boden über ein Dutzend leuchtend bunte Kegelschnecken herumkriechen, von denen keine länger als fünf Zentimeter ist. In dem Wasserbehälter dahinter, gleich neben dem Terrarium mit den Kakerlaken, schwimmen winzige Goldfische. Er nimmt das kleine Netz von dem mit einem Saugnapf befestigten Haken, fischt ein paar heraus und wirft sie den Schnecken zum Fraß vor.

Normalerweise würde er bei dem Festmahl zusehen, aber heute Nacht hat er anderes zu tun.

Weiter hinten im Gewächshaus, zwischen dem Nachtschattengewächs und dem Tollkraut, steht seine Werkbank. In den sechs schaumstoffverkleideten Schubladen reihen sich Bechergläser, Laborschalen, Reagenzgläser, Fläschchen, Stöpsel, Wattestäbchen, Pipetten und verschiedene Werkzeuge säuberlich aneinander. Er zieht einen großen Plastikmülleimer zu seinem Hocker herüber, bückt sich und hebt eine Kiste edlen Wodka auf die Werkbank. Er packt eine Flasche am Hals, hält sie über den Eimer und zerschlägt sie mit einem Hammer. Glas und Wodka verteilen sich auf seine behandschuhte Hand.

Er durchforstet den Scherbenhaufen, findet, wonach er gesucht hat, und legt es auf ein Tischdeckchen auf der Bank, neben die halbvolle Schachtel Schrotpatronen. Sein Blick fällt auf eine Gartenschere, an deren Klingen Schmutz und getrocknetes Blut kleben.

Der Chemiker lächelt bei der Erinnerung, die er damit verbindet.

Er nimmt die Schere und trägt sie zu dem großen Spülbecken im hintersten Bereich des Gewächshauses, zwischen dem Kühlschrank und dem Druckbehälter. Er dreht den Wasserhahn auf und reinigt die Schere mit antibakterieller Seife. Danach schrubbt er die Kotzreste von dem Ballknebel und den Handschellen und wirft die drei Gegenstände in einen Eimer mit einer zwanzigprozentigen Bleichmittellösung.

Als alles blitzsauber ist, schaut er auf die Wanduhr und beschließt, sich auf den Weg zum Polizeipräsidium an der Ecke 35th Street und Michigan Avenue zu machen.

Schließlich will er nicht zu spät kommen.

KAPITEL 5

Jason Alger, der pensionierte Polizist, wohnte in einem bescheidenen zweigeschossigen Haus mit großem Garten an der Ecke Cortland Street und Hoyne Avenue, mitten in einem Viertel namens Bucktown.

Als wir dort ankamen, hatte ein achtköpfiges Special-Response-Team – ein Spezialeinsatzkommando des Chicago Police Department – bereits den Umkreis des Grundstücks gesichert und suchte jetzt das Gebäude von außen mit ihren Wärmebildkameras ab. Ihr Fahrzeug, ein mit modernster Technik ausgerüsteter Kleinbus, der als mobiler Einsatzleitstand fungierte, parkte zusammen mit mehreren Streifenwagen auf der Straße.

Der Führer dieser Spezialeinheit, ein stiernackiger Sergeant namens Stryker, betrachtete mit zusammengekniffenen Augen ein paar unscharfe rosa Bilder auf dem Display eines Laptops. Er trug die übliche taktische Ausrüstung: schwarzer Kampfanzug, schusssichere Weste, Helm mit integriertem Funkgerät sowie einen Gürtel mit diversen Gegenständen, zu denen auch eine Gasmaske gehörte. »Ich empfange zwei Wärmesignaturen im Erdgeschoss und eine im ersten Stock«, sprach er in sein Headset. »Keine Bewegung.«

»Menschen?«, fragte ich.

Er machte sich nicht die Mühe, mich anzusehen.

»Unbestätigt.«

Ein Mann vom Einsatzkommando positionierte die Wärmebildkamera neu, während eine weibliche Angehörige des Teams eine DOX-Schallkanone über das Gebäude schweifen ließ. Das Gerät sah aus wie eine Flüstertüte, war jedoch in Wirklichkeit ein hochempfindliches Richtmikrofon. Zwei weitere Kollegen studierten den Bauplan des Hauses.

Die Jungs waren schnell.

»Stryker«, sagte ich und berührte ihn an der Schulter. »Hat Ihr Team eine Einweisung erhalten?«

Auch diesmal würdigte mich der Einsatzleiter keines Blickes. »Dreiundsechzigjähriger männlicher Weißer, voraussichtlich bewaffnet und gefährlich, mutmaßlicher Aufenthaltsort im hinteren Schlafzimmer im Obergeschoss, keine weiteren Personen anwesend, mögliches Vorhandensein von biologischen Kampfstoffen. Zielgerichtetes Eindringen in Zweiergruppen, Zugriff mit Taser.«

»Er ist ein ehemaliger Kollege«, sagte ich. »Sein Name ist Jason Alger. Ich habe mir vorhin seine Personalakte angesehen. Er hat einen ausgezeichneten Leumund. Außerdem habe ich während der Fahrt hierher mit seinem früheren Vorgesetzten telefoniert. Der hatte nur Gutes zu berichten, beschrieb Alger als ehrlichen Kerl. Der Mann ist Familienvater, die Frau starb vor sechs Jahren. Hat eine Tochter und Enkelkinder in Kalifornien. Sollten die Verdachtsmomente stimmen, wäre er arg aus der Rolle gefallen.«

Stryker grunzte, aber vielleicht war es auch ein Lachen. »Auch gute Äpfel verfaulen manchmal.«

»Und manchmal werden sie weggeworfen, wenn sie noch gut sind. Seien Sie da drinnen nicht zu übereifrig. Irgendwas stimmt da nicht.«

»Man ruft uns immer, wenn etwas nicht stimmt.«

»Ja. Na, dann mal viel Glück, Sergeant.«

»Glück brauchen nur die Unvorbereiteten.«

Ich trat einen Schritt zurück, bevor mir von dem Testosteron, das er verströmte, ein Schnurrbart wuchs. Special Agent Rick Reilly stand plötzlich hinter mir, und zwar so nahe, dass ich seine Körperwärme spüren konnte.

Oder vielleicht bildete ich mir das nur ein.

»Taugen die Jungs was?«, fragte er leise.

»Ja.«

»Sie haben jedenfalls eine Menge Hightech-Ausrüstung. Hält sich die Zielperson im Haus auf?«

»Das können wir nicht mit Sicherheit sagen. Die Wärmebildkamera hat ein paar Signaturen empfangen. Möglicherweise von einem Menschen, aber vielleicht auch nur von einer Heizung oder einem Kaminfeuer.«

»Im Juni?«

»Oder von einem Wasserboiler.«

»Mir gefällt sein Waffengürtel. Der Typ sieht aus wie Batman.«

Normalerweise hatte ich nichts gegen Witze, aber in diesem Augenblick war ich nervlich äußerst angespannt.

»Sie sind Biologe, nicht wahr?«

»Eigentlich bin ich Arzt. Aber *Special Agent Dr. Rick Reilly* klingt ein bisschen umständlich.«

»Schützen die Gasmasken, die die Jungs tragen, gegen das Botulinumtoxin?«

»Es sind ABC-Schutzmasken mit NATO-Filtern. Die müssten ausreichen. Sie schauen so besorgt drein.«

»Das bin ich auch. Zeigen Sie mir jemanden in einer Führungsposition, der das nicht ist.«

Rick deutete mit dem Kinn auf Stryker. »Rambo sieht nicht so aus, als hätte er Angst.«

»Genau deswegen mache ich mir Sorgen. Selbstvertrauen ist wichtig, aber Draufgängertum ist tödlich.«

Ich war für diesen Einsatz verantwortlich und zerbrach mir

den Kopf darüber, ob es noch mehr gab, das ich tun konnte. Mit dem Team ins Haus eindringen? Für Spezialeinsätze dieser Art fehlte mir die Ausbildung. Und wenn ich mit Sergeant Stryker wetteiferte, wer von uns beiden die größeren Eier hatte, würde ich ihn ablenken, und das wollte ich nicht.

Die Jungs werden schon wissen, was sie tun, redete ich mir ein.

»Warum sind Sie nicht verheiratet?«

Diese Frage, die völlig fehl am Platz war, verwirrte mich, und ich sah Rick mit zusammengekniffenen Augen an.

»Was hat das mit diesem Fall zu tun?«

»Überhaupt nichts«, sagte er. »Aber vielleicht hat es etwas damit zu tun, dass ich gerne mit Ihnen essen gehen würde, wenn der Einsatz vorbei ist.«

»Ich bin verlobt«, sagte ich.

»Dann haben Sie heute Morgen wohl Ihren Ring vergessen?«

Sein Blick hatte etwas Schelmisches, was mich wütend machte. Dies hier war nicht der geeignete Augenblick oder Ort für einen Flirt. Und attraktive Männer wie Rick hatten kein Recht, mich anzubaggern, wenn der Mann, den ich liebte, mir erst ein paar Stunden zuvor einen Heiratsantrag gemacht hatte.

Der Mann, der zu Hause geduldig auf mich wartete.

Ich entschuldigte mich, ging auf die Straße und drückte auf die Kurzwahltaste meines Handys.

»Hi, Latham.«

»Hi, Jack. Kommst du bald nach Hause? Ich hab dein Lieblingsessen gemacht. Wiener Schnitzel mit Spätzle.«

Deutsche Hausmannskost war für mich Seelenkost. Ich hatte es einmal Latham gegenüber bei einem unserer ersten Dates beiläufig erwähnt. Als ich ihn kurz darauf bei ihm zu Hause besuchte, kochte er etwas Deutsches für mich. Männer, die gut kochen können, sind mir noch lieber als Männer mit sexy Schlafzimmerblick.

Dabei hatte Latham durchaus einen sexy Schlafzimmerblick.

Ich sah unabsichtlich zu Rick hinüber und drehte ihm den Rücken zu, als ich merkte, dass er mich beobachtete.

»Latham, du bist ein Schatz. Ich versuche mein Bestes, aber im Moment habe ich etwas sehr Wichtiges zu tun.«

»Verstehe. Ich warte auf dich.«

Dieser Mann war ein Heiliger.

»Nein, das brauchst du nicht. Iss ruhig ohne mich.«

»Bist du dir sicher?«

»Ich bestehe darauf. Im Augenblick weiß ich nicht, wann wir hier fertig sind. Es könnte spät werden.«

»Ich halte es für dich warm.«

»Das Essen?«

»Alles.«

Ein paar Rettungssanitäter fuhren vor. Die übliche Routine bei einem Polizeieinsatz mit Personenzugriff, aber es machte mich nervöser, als ich ohnehin schon war.

»Wie geht's dem Mariachi?«, fragte ich. »Hat er den Rest von seinem Schnurrbart wiedergefunden?«

»Nein. Ich glaube, Mr Friskers ist damit durchgebrannt.«

Zum ersten Mal seit mehreren Stunden musste ich lächeln.

»Hör zu, Latham, ich weiß, dass ich dir noch eine Antwort schulde …«

»Mach deine Arbeit, Jack, und konzentriere dich auf das Wesentliche. Alles andere ist im Moment nebensächlich und kann warten.«

Das war der Beweis! Latham war von einem anderen Stern. So perfekt konnte einfach kein Mann sein.

»Ich liebe dich«, sagte ich und meinte es auch.

»Ich dich auch. Pass auf dich auf.«

Stryker scharte sein Team um sich. Meine Führungsrolle trat in den Hintergrund, als ich tatenlos zusah, wie der Sergeant sein »zielgerichtetes Eindringen in Zweiergruppen« vorbereitete. Ich stand neben Herb, der über eine Stunde am Telefon gehangen hatte, um unsere Taskforce in Teams einzuteilen, und lieh mir von dem Angehörigen des Special-Response-Teams, der die Wärmebildkamera bediente, ein Headset.

Das Beta-Team marschierte zur Rückseite des Hauses. Stryker gab über Funk einen Befehl und nahm sich die Eingangstür vor. Sein Partner schlug mit der Faust dagegen und kündigte die Anwesenheit der Polizei an, worauf Stryker die Tür mit einer Ramme einschlug und die beiden Männer mit gezogenen Waffen ins Haus stürmten. »*Team Alpha drinnen*«, tönte es aus dem Funkgerät. »*Flur sauber.*«

Auch von der Rückseite des Hauses konnte man das Aufbrechen einer Tür hören.

»*Team Beta drinnen. Küche sauber.*«

Die Headsets waren so empfindlich, dass ich vier verschiedene Atemfrequenzen und Schrittepaare wahrnahm. Stryker und seine Männer waren in der Annahme ins Haus gestürmt, dass jemand, der sich im Haus aufhielt, zum Fenster hinausgeschaut hatte und das Polizeiaufgebot auf der Straße gesehen haben musste. Folglich kam es bei diesem Zugriff mehr auf Schnelligkeit als auf heimliches Eindringen an.

»*Erstes Schlafzimmer sauber.*«

Hastige Schritte, Knacken im Funkgerät.

»*Flur sauber.*«

Plötzlich knallte ein Schuss.

Schreie ertönten.

»*Gruppenführer des Beta-Teams getroffen! Wiederhole, Gruppenführer des Beta-Teams getroffen! Wir sind unter Beschuss!*«

Aus meinem Ohrstöpsel drangen furchtbare Gurgellaute, als ob jemand in einer Wasserpfütze ertrank.

»*Alpha-Team getroffen! Mögliche improvisierte Sprengvorrichtung! Alpha ...*«

Die Durchsage wurde von einem Knallen und einem weiteren Pistolenschuss unterbrochen. Danach kam nur Rauschen aus dem Funkgerät.

»Team Alpha, hören Sie mich?«, sprach ich in mein Mikrofon. »Team Alpha, hören Sie mich?«

Ich vernahm Stöhnen, bekam aber keine Antwort.

»Team Beta, hören Sie mich? Beta, sind Sie noch da, verdammt noch mal!?«

Erneutes Gurgeln, diesmal schwächer.

Herb klappte sein Handy zu und sagte: »Um Himmels willen!«

Ich blickte auf den Bildschirm des Laptops und konnte die Wärmesignaturen von allen vier Männern des Spezialeinsatzkommandos sehen. Keiner rührte sich.

»Stryker, sind Sie da?«

Das Stöhnen verwandelte sich in ein Winseln, wie bei einem kranken Hund. Der Klang ließ die Füllungen in meinen Zähnen zittern.

»Team Gamma geht rein!«

Zwei weitere Angehörige der Spezialeinheit, ein Mann und die Frau, die zuvor das Richtmikrofon bedient hatte, stürmten ins Haus.

»Bleiben Sie hier!«, schrie ich ihnen nach.

Sie hörten nicht auf mich, sondern verschwanden schnell durch die Eingangstür.

»Team Gamma, Aktion abbrechen«, sprach ich ins Funkgerät. »Ich wiederhole, Aktion abbrechen. Ich habe das Kommando über diesen Einsatz. Kommen Sie sofort zurück!«

Rauschen, dann ein Stöhnen.

»Sie sind tot. Alle sind tot.«

Ich packte das Headset so fest, dass meine Finger zitterten. »Kommen Sie verdammt noch mal da raus!«

»Um Gottes willen, was ist mit seinen Augen passiert ...«

»Das Haus ist mit Sprengfallen präpariert. Überall Sprengfallen. Oh mein ...«

Ein Geräusch, als ob ein Zweig brach, dann Husten.

»Team Gamma, hören Sie mich? Team Gamma, bitte kommen. Over.«

Erneutes Husten, dann ein entsetzlicher Schrei, der klang, als müsste sich jemand gleichzeitig übergeben. Ich bekam eine Gänsehaut.

»Team Gamma, bitte kommen.«

Das Schweigen war schier unerträglich. Plötzlich, nach fast einer halben Minute: »*Bitte ... hilf mir doch jemand ...*«

Die zwei übrig gebliebenen Angehörigen der Spezialeinheit stürzten auf die Tür zu. Herb warf sich auf einen, während ich den anderen mit beiden Händen am Handgelenk packte. »Nein!«, befahl ich ihm.

»Das sind meine Leute!«

»Wir holen sie raus.«

Auf seinem Namensschild stand *James, Joshua*. Ein junger Mann Anfang zwanzig, gerade alt genug, um sich zu rasieren. Er hatte die Augen vor lauter Panik weit aufgerissen und sah aus, als wolle er mir gerne glauben. »Wie?«, fragte er.

Ich wandte mich an die Polizeichefin, die mitgenommen wirkte, aber längst nicht so schlimm wie die Leute an vorderster Front.

»Ich brauche ein ABC-Abwehrteam und das Bombenentschärfungskommando. Und diesen ferngesteuerten Roboter mit den Kameras.«

»Das Bombenentschärfungskommando ist im einundzwanzigsten Bezirk, am anderen Ende der Stadt.«

»Sagen Sie ihnen, sie sollen Gas geben.«

Rick ergriff meinen Arm. »Achten Sie darauf, dass das ABC-Team umluftunabhängige Atemschutzgeräte verwendet. Ich glaube, durch die NATO-Filter ist etwas durchgedrungen.«

»Ich dachte, die wären sicher.«

»Bei Botulinumtoxin schon.« Rick warf einen Blick auf das Funkgerät, aus dessen Lautsprecher schmerzhafte Gurgellaute drangen. »Aber das da klingt nicht wie Botulinumtoxin.«

»Haben Sie ... wie heißen doch gleich wieder diese Schutzanzüge?«

»Chemikalienschutzanzüge. Die sind in Quantico. Ich habe keinen dabei.«

»... *hilf mir ... lieber Gott, hilf mir ...*«

Meine Gedanken überschlugen sich. Wer hatte solche Anzüge? Die Feuerwehr? Ein Chemielabor irgendwo in der Nähe? Erst vor Kurzem hatte ich doch so ein Ding gesehen. Aber wo zum Teufel?

Dann fiel mir wieder ein, in welchem Viertel ich mich befand und wer in der Nähe wohnte.

»Scheiße!«, fluchte ich, zerrte mein Handy aus der Tasche und fragte mich, ob ich die Nummer nicht längst gelöscht hatte.

Sie war immer noch da. Ich zögerte ganze zwei Sekunden, bevor ich auf die grüne Taste drückte.

»Harrys Haus der Liebessäfte, ohne Farbstoffe oder Zuckerzusatz. Kommen Sie vorbei und holen Sie sich Ihre Gratisprobe.«

»McGlade«, sagte ich und schluckte meinen Stolz hinunter. »Ich bin's, Jack. Ich brauche deine Hilfe.«

KAPITEL 6

McGlade traf noch vor dem Bombenentschärfungskommando und dem ABC-Abwehrteam am Tatort ein, was sowohl gut als auch schlecht war. Gut, weil wir dringend seine Hilfe benötigten, schlecht, weil McGlades Nähe nicht viel angenehmer war, als wenn man sich mit der Zange die Zehennägel ausriss.

»Hiya, Jackie«, rief er aus dem Fenster auf der Fahrerseite und parkte seinen Chevy Corvette am Straßenrand. »Kann ich meinen großen Schlitten hier einparken oder soll ich lieber deinen Hintereingang benutzen?«

Für einen Augenblick fragte ich mich, was aus dem 1968er Ford Mustang, seinem alten Markenzeichen, geworden war. Doch dann fiel mir ein, dass er mit seiner neuen Prothese keinen Wagen mit Schaltgetriebe mehr fahren konnte. McGlade hatte vor gar nicht langer Zeit bei einem meiner Mordfälle mitgemischt und dabei Federn lassen müssen.

»Hast du den Raumanzug dabei?«

»Ja. Und du hast Glück ... Ich hab ihn erst neulich reinigen lassen. Er hatte Flecken. Sehr viele sogar.«

Ich wollte gar nicht wissen, woher die Flecken kamen. Harry McGlade und ich waren vor einer Ewigkeit zusammen Streife gefahren. Seit seiner Entlassung aus dem Polizeidienst arbeitete er als Privatermittler und neuerdings nebenbei auch als Fernsehproduzent. Abgesehen davon, dass er dumm wie

Brot war, besaß McGlade noch eine weitere unangenehme Eigenschaft: Er war einer der schlimmsten Perversen, die ich kannte – und das sollte etwas heißen, denn mir waren während meiner Zeit bei der Sitte eine ganze Menge von der Sorte begegnet. Wofür auch immer er diesen Anzug verwendete, zu Forschungszwecken bestimmt nicht.

»Wo ist er?«

»Hinten drin.«

Er öffnete den Kofferraum, worauf mir ein großer Haufen Stoff in grellem Orange entgegensprang. Ich packte einen Ärmel und zog den Anzug aus dem Wagen. Das Material fühlte sich wie eine Mischung aus Gummi und Nylon an.

»Ich sollte reingehen«, sagte Rick, der von hinten an mich herangetreten war.

»Das da drin sind meine Leute, Agent Reilly. Ich gehe rein.«

Herb eilte herbei und sah noch beschissener aus als vorhin.

»Sie antworten nicht mehr«, sagte er. »Das Funkgerät ist still.«

»Können Sie irgendwas hören? Stöhnen? Atmen?«, fragte Rick.

Herb schüttelte den Kopf. Ich streifte die Schuhe ab und zog den Rock aus. Rick und Herb schauten weg. McGlade pfiff.

»Das ist ein Polizeieinsatz, McGlade«, sagte ich und zwängte mich in den Anzug. »Du kannst gehen.«

»Immer mit der Ruhe, Lieutenant. Wir haben uns immer noch nicht darüber unterhalten, was du mir dafür gibst, dass ich dich meinen Anzug benutzen lasse.«

Ich kämpfte mit dem Material. Die Innenseite klebte an meinen nackten Beinen wie Plastikfolie. »Das hat bis später Zeit.«

»Ich will eine Schanklizenz.«

Unerhört. Herb dachte anscheinend dasselbe wie ich, denn er packte McGlade an der Schulter.

»Verschwinde, aber sofort.«

McGlade fuchtelte mit seiner künstlichen Hand herum. Es war kein primitiver Haken wie bei Captain Hook, sah aber auch nicht echt aus. Die Fleischfarbe war zu hell und glänzte wie Gummi.

»Nicht schießen, Sergeant«, sagte er. »Ich bin unbewaffnet.«

Herb schubste McGlade von sich.

McGlade grinste nur, schüttelte den Kopf und hob beide Hände in einer scheinbar beschwichtigenden Geste. Dann legte er Herb die Prothese auf die Schulter. Es gab ein leises mechanisches Geräusch, wie bei ineinandergreifenden Zahnrädern, und Herb schrie und sank auf die Knie.

»Moderne Technik«, sagte Harry. »Ein Druck von 42 Bar.«

Ich schrie ihn an: »Verdammt noch mal, McGlade! Menschen liegen im Sterben! Hör auf mit dem Scheiß!«

Harry zuckte mit den Schultern und lockerte den Griff der mechanischen Hand mit einem Surren. Sämtliche Farbe war aus Herbs Gesicht gewichen.

»Sorry, Jackie. Ich wusste nicht, dass du es so eilig hast.«

Ich schaffte es schließlich, den Anzug bis über die Schultern zu ziehen. McGlade beugte sich zu mir und flüsterte: »Wenn ich dich den Anzug benutzen lasse, kannst du beim Bürgermeister ein Wort für mich einlegen, dass ich eine Schankerlaubnis für die Kneipe bekomme, die ich aufmachen ... IIIIEEEEEE!«

McGlade brach zusammen und hielt sich den Schritt. Herb öffnete die Faust, mit der er Harry dazu gebracht hatte, eine Arie zu singen, und stand auf. Mit der anderen Hand rieb er sich die Schulter.

»Ich hasse diesen Kerl«, sagte er.

Rick half mir, die Sauerstoffflasche für das umluftunabhängige Atemschutzgerät anzulegen. Die Handschuhe des Schutzanzugs waren dünn, aber nicht dünn genug, dass mein Zeigefinger in den Abzugsbügel meines Revolvers gepasst hätte.

Herb sah dies und versprach mir, gleich wiederzukommen. Das Kopfteil, eine große Kapuze mit einem Gesichtsschutz aus Plexiglas, passte über das Headset.

Im Anzug war es heiß wie in einem Dampfbad. Und es roch nach abgestandenen Hotdog-Fürzen. Auf meiner Stirn bildeten sich Schweißtropfen und meine Seidenbluse klebte an meinen Achselhöhlen.

»Sagen Sie Bescheid, wenn Sie die Luft spüren.«

Rick drehte die Knöpfe an meinem umluftunabhängigen Atemschutzgerät, worauf mir ein Schwall kühler Luft ins Gesicht blies und durch den gesamten Anzug zirkulierte. Brust und Beine blähten sich wie ein Luftballon auf.

»Ich bleibe mit Ihnen in ständigem Funkkontakt«, sprach Rick über das Funkgerät zu mir. »Beschreiben Sie mir alles, was Sie sehen. Vielleicht kann ich Ihnen helfen.«

Herb kam mit einem Schrotgewehr Modell Remington 870MCS herbeigeeilt, stieg über den immer noch am Boden liegenden McGlade und gab mir die Waffe. Sie hatte einen Pistolengriff. Mein behandschuhter Finger passte locker in den übergroßen Abzugsbügel.

»Das Bombenentschärfungskommando braucht noch zehn Minuten, bis es hier ist«, sagte Herb. »Robby hat letzte Woche bei einem Einsatz was abbekommen und ist noch kaputt.«

Robby war der ferngesteuerte Roboter.

»Richte den Angehörigen mein Beileid aus«, sagte ich und ging auf das Haus zu.

»Wir sollten auf sie warten. Die Jungs haben die bessere Schutzausrüstung.«

»Keine Zeit.«

»Verdammt noch mal, Jack.« Herb lief mir nach. »Du trägst ja nicht einmal eine schusssichere Weste.«

»Die Dinger haben den Special-Response-Leuten auch nichts genützt.«

Flankiert von Herb und Rick näherte ich mich im Laufschritt dem Haus.

»Der Anzug hat eine undichte Stelle«, sagte Herb. »Ich kann die Luft spüren.«

»Positiver Druck. So soll es sein. Wenn Luft hinausbläst, kommt nichts hinein.«

Herb sah aus, als würde er jeden Moment in Tränen ausbrechen. »Ich hab ein ganz schlechtes Gefühl bei der Sache, Jack.«

»Ich auch.«

Ich hielt für einen Augenblick inne und starrte meinen Partner durch den Gesichtsschutz an. Wieso kam es mir nur so vor, als sähen wir uns möglicherweise zum letzten Mal?

»Okay.« Ich holte tief Luft aus dem Sauerstoffgerät. »Packen wir's an.«

KAPITEL 7

Der Chemiker sieht der Polizistin dabei zu, wie sie in ihrem Schutzanzug auf die Eingangstür zugeht. Dieser Anzug bietet mehr Schutz als das, was die Polizisten getragen haben, die als Erstes ins Haus gekommen sind, aber es ist immer noch nicht ausreichend.

Die Frau hat nur noch ein paar Sekunden zu leben. Wenn sie großes Glück hat, vielleicht ein paar Minuten.

Der Chemiker hat eine Menge Zeit in die Vorbereitungen investiert. In diesem Haus befinden sich genug Fallen, um mindestens ein Dutzend Polizisten zu töten. Selbst vorsichtige in Schutzanzügen.

Er hat allerdings nicht damit gerechnet, dass Jack Daniels als Nächste dran glauben muss. Sie ist eine Berühmtheit. Ihr Tod wird auf jeden Fall landesweit für Schlagzeilen sorgen. Vielleicht hätte er doch den Festplattenrekorder programmieren sollen.

In welche tödliche Falle sie wohl als Erstes tappen wird? Die umgebaute M44? Die Rattenfallen? Den Schlingendraht? Die Metallkugel? So viele schreckliche Dinge warten auf sie.

Und welches Gift wird es sein? Botulinumtoxin ist ideal für Lebensmittelvergiftungen. Das langsamere Einsetzen der Symptome erzielt den erwünschten Effekt überfüllter Krankenhäuser und sich rasant ausbreitender Panik und Paranoia.

Aber für Situationen wie diese hier braucht man etwas mit sofortiger und dramatischer Wirkung. *Convallaria majalis. Rizin. Rhododendron ponticum. Ornithogalum umbellatum. Thevetia peruviana. Strychnos toxifera.* Jedes dieser Pflanzengifte wirkt auf der Stelle und lässt das Opfer qualvoll sterben.

Natürlich ist nichts so dramatisch und filmreif wie gutes altes selbst gemachtes Napalm. Oder Blausäuregas. Auch dafür hat er gesorgt.

Der Chemiker hat mehrere Monate lang für genau diese Phase seines Plans recherchiert. Anleitungen zum Bau von Sprengfallen findet man mühelos im Internet, aber er hat sie auf ein höheres Niveau verfeinert, bis sie wahre Kunstwerke geworden sind – tödliche Kunstwerke. Ein winziger Kratzer auf der Haut, ein mit bloßem Auge kaum sichtbarer Riss in der Kleidung, ein einziger falscher Schritt ... und schon ist man tot.

Das alles ist so aufregend und amüsant, und er sitzt gleichsam auf dem Logenplatz und kann alles mit ansehen.

Jetzt fehlt ihm nur noch eine Tüte Popcorn.

Draußen fährt der Übertragungswagen eines Fernsehsenders vor. Wurde auch langsam Zeit.

Das Geld ist schon eine tolle Sache. Aber was ihm wirklich das Alter versüßen wird, sind die Erinnerungen an Augenblicke wie diesen.

KAPITEL 8

Im Schutzanzug war es klaustrophobisch eng und heiß. Jede Bewegung war mühsam und es fiel mir äußerst schwer, mich zu konzentrieren. Mich im Laufschritt zur Tür zu bewegen, fühlte sich unwirklich an, als setzte ich meine Füße auf einen fremden Planeten.

»*Sehen Sie sich gründlich nach allen Seiten um*«, sagte Rick über Funk. »*Nicht nur nach links und rechts, sondern auch nach oben und unten. Passen Sie auf, wohin Sie treten und was sich über Ihrem Kopf befindet. Halten Sie Ausschau nach USBVs.*«

Unkonventionelle Spreng- und Brandvorrichtungen. Fallen, die chemische oder biologische Kampfstoffe freisetzten. Mit so etwas hatte der Täter das Spezialeinsatzkommando außer Gefecht gesetzt.

Bevor ich das Haus betrat, hielt ich kurz inne, steckte den Kopf durch den Türrahmen und drehte die Schultern, um mein peripheres Blickfeld zu erweitern. Gleich zu meiner Linken lag das Wohnzimmer. Das Sofa und der TV/Hi-Fi-Schrank sahen völlig normal aus. Weiter hinten erstreckte sich ein Flur. Zu meiner Rechten befanden sich mehrere Türen. Von Alger und den verletzten oder getöteten Polizisten keine Spur.

»Wo ist die erste Wärmesignatur?«, sprach ich in mein Headset.

»*Zweite Tür rechts.*« Herbs Stimme.

»Behalte die Wärmequellen im Auge und sag mir Bescheid, wenn du Bewegung siehst.«

»*Verstanden. Nur keine Hektik, Jack.*«

Ich setzte den rechten Fuß über die Schwelle. Der Boden war aus dunklem Holz, die Oberfläche zerkratzt und ausbesserungsbedürftig. Ich sah Splitter und eine Schraube, die wahrscheinlich vom Einsatz der Ramme herrührten. Langsam und vorsichtig verlagerte ich mein Gewicht auf den Fuß, als liefe ich über eine dünne Eisschicht. Das Holz hielt.

»Achtung, Spezialeinsatzkommando, hier spricht Lieutenant Jack Daniels von der Mordkommission.« Beinahe hätte ich *Abteilung für Gewalt- und Tötungsdelikte* gesagt, aber die Anzugträger hatten vor Kurzem den Namen unseres Dezernats geändert. »Ich betrete jetzt das Haus, um Sie zu suchen. Schießen Sie nicht, wenn Sie jemanden in einem großen orangen Schutzanzug sehen.«

Meine Worte hallten zuerst in meinen Ohrhörern wider, dann im gesamten Kopfteil meines Anzugs. Ich bewegte mich vorsichtig vorwärts, als wäre jeder Schritt wichtig, aber die Stiefel, die zu dem Schutzanzug gehörten, waren mir zu groß, und ich kam mir vor, als liefe ich mit Clownschuhen herum. Nach vier Schritten stieß ich mit einem Fuß gegen einen Garderobenständer und fiel beinahe auf mein Schrotgewehr.

Womöglich brachte ich mich noch selbst um, bevor ich zu den Sprengfallen gelangte.

»*Was sehen Sie, Jack?*«

»Ein stinknormales Durchschnittshaus.«

»*Es ist kein normales Haus. Das können Sie sich abschminken. Die USBVs sind irgendwo versteckt oder getarnt. Ein Kinderspielzeug, ein gerahmtes Foto oder ein Paar Hausschuhe. Gehen Sie davon aus, dass selbst die harmlosesten Gegenstände tödlich sein können.*«

Ich holte tief Luft und stieß sie langsam aus. Ging weiter

den Flur entlang, ohne dass etwas passierte. Vor der zweiten Tür blieb ich stehen.

»Wie weit von der Tür entfernt ist die Wärmequelle?«

Herb sagte: »*Ungefähr zwei Meter vor dir. Bewegt sich nicht.*«

Schweiß perlte auf meiner Stirn und ich konnte ihn nicht wegwischen.

»Ich gehe hinein.«

Mit der rechten Hand hielt ich das Remington-Schrotgewehr in Hüfthöhe, mit der linken drehte ich den Türknauf und öffnete langsam die Tür.

Als ich den vertrauten rechteckigen Gegenstand sah, stieß ich ein nervöses Lachen aus.

»Es ist ein elektrisches Heizgerät.«

»*Wie viele Kabel?*«, fragte Rick.

Eine komische Frage. Ich senkte meine Sichtlinie auf Bodenhöhe und sah zwei.

»*Wärme steigt an.*« Herb klang so nervös und angespannt, wie ich mich fühlte.

»Zwei Kabel mit Steckern. Beide führen zur selben Steckdose.«

»*Eins davon ist wahrscheinlich ein Bewegungsmelder, der einen Schalter aktiviert, um die Temperatur zu erhöhen. Bestimmte Giftstoffe, wie zum Beispiel Arsen, werden bei Erhitzung in Gas umgewandelt.*«

»Zum Glück trage ich eine Maske. Ich sehe nämlich gerade Dämpfe, die aus einem …«

Da ich kein peripheres Blickfeld hatte, sah ich den Baseball erst, als er praktisch vor meinem Gesicht war. Ich wich ruckartig nach rechts aus, worauf er von meinem Gesichtsschutz abprallte. Mein Finger krümmte sich reflexartig am Abzug. Ein Hagel aus Schrotkugeln feuerte in die hintere Wand und der laute Knall brachte meine Zähne zum Klappern.

»*Jack! Jack, alles in Ordnung?*«

»Alles klar bei mir. Irgendwas hat mich ins Gesicht getroffen. So ein Ding mit Nägeln.«

Es war ein an einer Schnur befestigter Baseball, der wie verrückt vor mir hin und her pendelte. Ringsum standen Nägel hervor, wie Stacheln an einem Kaktus.

»Hat es den Anzug beschädigt?«

»Glaube ich nicht.« Ich betrachtete den tiefen Kratzer in meinem Gesichtsschutz und sah, wie irgendeine Flüssigkeit über das Plexiglas tropfte. Bei dem Gedanken, womit diese Nägel womöglich präpariert waren, lief es mir eiskalt den Rücken hinunter.

»Sie müssen sich vergewissern, Jack.«

»Wie?«

»Suchen Sie ein Blatt Papier und halten Sie es vor Ihre Maske. Falls Ihr Anzug ein Loch hat, wird der Luftdruck dagegen blasen.«

Ich blickte mich in dem Zimmer um, fand eine Taschenbuchausgabe des Romans *Die Gruft* von F. Paul Wilson und schwenkte eine Seite ein paar Zentimeter von dem Riss entfernt.

»Alles in Ordnung. Es kommt keine Luft raus.«

»Schauen Sie über Ihnen nach, ob sich da noch mehr solche Geschosse befinden.«

Ich musste mich zurücklehnen, um zur Decke zu blicken. »Über der Tür ist ein Draht. Der Baseball war damit verbunden und ist runtergefallen, als ich die Tür geöffnet habe. Soweit ich sehen kann, ist dort oben jetzt nichts mehr.«

»Denken Sie daran, stets auch nach oben zu schauen.«

»Verstanden.«

Ich lud das Schrotgewehr durch und ließ eine neue Patrone in die Kammer gleiten.

»Hilfe ...«

Als ich das Wort hörte, bekam ich eine Gänsehaut.

»Habt ihr das gehört?«

»*Einer von den Special-Response-Leuten.*« Herb klang gestresst. »*Klingt, als ob er noch lebt.*«

»Wo sind Sie?« Ich horchte, ob ich irgendwo im Haus Geräusche vernehmen konnte. »Erdgeschoss oder erster Stock?«

Ein Husten, dann: »*... helft mir ...*«

»*Wir können nicht feststellen, wo er ist.*«

Ich drehte mich um und eilte schneller den Flur entlang, als die Vorsicht gebot. Vor mir sah ich eine Treppe. Auf der untersten Stufe saß einer meiner Männer, nach vorne zusammengesackt.

Ich drehte mich um die eigene Achse und hielt nach Drähten, Fallen oder anderen ungewöhnlichen Dingen Ausschau. Als ich nichts fand, kniete ich mich neben den gefallenen Polizisten und hob seinen Kopf an, um sein Gesicht zu sehen.

Blutiges Erbrochenes füllte seine Gasmaske, klebte an der Innenseite seiner Schutzbrille und lief durch den ABC-Filter nach draußen.

Ich schloss für einen Moment die Augen. Es kostete mich Überwindung, ihm die Hand auf die Brust zu legen und zu prüfen, ob er noch atmete. Aber eigentlich wusste ich schon, dass es zu spät war.

»Ich habe Buhmann gefunden«, sagte ich nach einem schnellen Blick auf das Namensschild an seiner Weste. »Er ist tot.«

»*Konnten Sie feststellen, was ihn getötet hat? Es ist womöglich noch aktiv.*«

Die einsetzende Paranoia erwies sich als stärker als meine Wut. Ich stand auf und trat einen Schritt zurück.

Außer der Gasmaske konnte ich an Buhmann nichts Auffälliges erkennen. Keine Verletzungen, kein Blut, kein ...

»Es ist auf der Treppe.« Ich kniff die Augen zusammen und trat näher. Die Tarnung war hinterhältig: Acht Nägel von sieben bis acht Zentimeter Länge ragten aus dem Teppich hervor, bemalt mit einer Farbe, die der des Läufers glich. Ich hatte sie nur gesehen, weil sich auf dem mittleren Nagel ein Blutstropfen befand.

Was für ein Mensch dachte sich so etwas aus? Ich stellte mir vor, wie er still an einer Werkbank saß und in aller Ruhe diese heimtückische Falle bastelte.

Kaltblütig war nicht das passende Wort. Das hier war das Werk eines Monsters.

»... *bitte helft* ...«

»Ich gehe rauf.«

»*Wir können verschiedene Wärmesignaturen in der Nähe feststellen. Seien Sie vorsichtig.*«

Das brauchte man mir nicht zu sagen. Wenn die Kampfstiefelsohlen des Elitepolizisten nicht stabil genug waren, um einem Nagel standzuhalten, konnten meine zu großen Clownschuhe erst recht nichts ausrichten. Trotzdem nahm ich, so schnell ich konnte, die Treppenstufen nach oben. Ich musste dringend den armen Kerl finden, der um Hilfe schrie.

Am Ende der Treppe erwartete mich ein Flur mit drei weiteren Gestalten, die am Boden lagen.

»Hier oben sind noch drei.«

»*Was können Sie sehen?*«

»Der, der mir am nächsten liegt, hat Erbrochenes in der Gasmaske. Die beiden anderen ...«

Das Zeug in den Masken sah aus wie eine Mischung aus Blut und Gewebefetzen. Ich musste an das nasse Hustengeräusch denken, das ich über Funk gehört hatte. Welches Gift führt dazu, dass man seine eigene Lunge hinaushustet?

»... sind tot. Alle sind tot.«

»*Wer sind sie?*«

Ich erkannte die Stimme nicht und nahm an, dass es sich bei dem Sprecher um einen aus dem Special-Response-Team handelte, denen ich befohlen hatte, draußen zu bleiben.

»Auf den Namensschildern steht Winston, Banks und Kordova.«

»Schauen Sie nach, was sie getötet hat.«

Vorsichtig trat ich einen Schritt nach vorn. Beiderseits des Flurs erstreckten sich Regale, die vom Boden bis zur Decke reichten und umfangreiche Sammlungen von NASCAR-Tellern, gerahmten Fotos und sonstigem Schnickschnack enthielten. Ein paar Teller waren zu Boden gefallen und zerschmettert.

»Bei zwei der Toten sehe ich Wunden an den Waden. Könnte Schrot sein.«

»Ein Schrotgewehr mit handgeladener Munition. Die Patronen enthalten ein schnell wirkendes Gift. Sehen Sie Stolperdrähte oder Druckplatten? Oder einen Gewehrlauf oder ein Rohr, das aus der Wand hervorragt?«

»Nein. Oder doch ... Da sind ein paar Rattenfallen.«

Ich streckte die Hand nach einer von ihnen aus, als Rick schrie: *»Rühren Sie sich nicht!«*

Ich erstarrte in gebückter Haltung.

»Die Fallen haben die Schrotpatronen verschossen. So eine Vorrichtung kann man leicht zusammenbasteln. Irgendwo im Flur muss es Stolperdrähte geben, die von Wand zu Wand gespannt sind.«

»Ich sehe aber keine.«

»Vielleicht sind sie nicht straff gespannt. Sie können auch durchhängen. Monofile Angelschnüre sind sehr dünn und durchsichtig. Wie ist die Beleuchtung?«

»Nicht besonders gut.« Plötzlich sah ich an der Wand einen Lichtschalter. »Da ist ein Schalter, ich mach mal eben ...«

»Rühren Sie ihn nicht an!«

»Du meine Güte, ich krieg noch einen Herzinfarkt, bevor mich eine von diesen Fallen umbringt!«

»Der Lichtschalter wurde womöglich manipuliert. Nehmen Sie sich eine Stabtaschenlampe vom Gürtel eines der toten Elitepolizisten.«

Ich änderte meine Richtung und griff nach einer Taschenlampe. Als ich sie aus der Gürtelhalterung zog, kam ich mir wie ein Leichenfledderer vor.

»Haben Sie die Lampe?«

»Ja.«

»Was für eine Farbe hat die Decke?«

»Weiß.«

»Halten Sie die Taschenlampe so, dass sie in einem 45°-Winkel nach oben zeigt. Die Schnüre werden Sie so nicht sehen, aber dafür deren Schatten an der Decke.«

Clever. Ich war wirklich froh, dass Rick mitgekommen war.

Ich schaltete die Taschenlampe an, hielt sie auf Hüfthöhe und schwenkte den Lichtstrahl hin und her. An der Decke wurde ein Spinnennetz von grauen Schatten sichtbar.

»Da ist eine ganze Menge, so zwischen sechs und zehn.«

»Er kann nicht in der Richtung sein ... er hätte es nicht überlebt. Was ist hinter Ihnen?«

Ich drehte mich um.

»Eine verschlossene Tür.«

Herb sagte: *»Drei Meter rechts von dir ist eine Wärmequelle. Wahrscheinlich hinter dieser Tür.«*

Das Remington-Schrotgewehr, das ich in einer Hand hielt, fühlte sich immer schwerer an, und ich schwitzte so stark, dass ich mir vorkam, als hätte ich gerade geduscht. Ich ließ den Strahl der Taschenlampe über meine unmittelbare Umgebung gleiten, lehnte das Schrotgewehr vorsichtig an die Wand und drehte äußerst langsam den Türknauf.

Kaum hatte ich die Tür ein paar Zentimeter weit geöffnet, spürte ich einen leichten Widerstand.

»Ich glaube, da ist etwas ...«

Plötzlich spürte ich die Explosion.

KAPITEL 9

Ich fiel auf meinen Arsch und kam auf einem der toten Polizisten zu sitzen, während das Gas in den Flur strömte.

»Jack! Jack, sind Sie da?«

»Die Tür war eine improvisierte Falle. Überall ist Gas.«

Dickes, graues Gas hüllte mich komplett ein.

»Ist Ihr Anzug beschädigt?«

»Ich weiß nicht.«

Die Explosion war nicht so heftig gewesen, dass ich von der Druckwelle rückwärts geschleudert wurde – vielmehr war ich vor Überraschung hingefallen. Hatte der Sturz ausgereicht, dass mein Anzug davon einen Riss bekam?

»Nur keine Panik. Sie müssen ruhig bleiben.«

Er hatte gut reden. In meinen Ohren klingelte es und die Augen brannten wie verrückt.

Verdammt, warum brannten die Augen so sehr?

Wahrscheinlich vom Schweiß, der mir von der Stirn tropfte. Er musste mir in die Augen gelangt sein.

Zumindest hoffte ich, dass dies der Grund war.

»Sehen Sie zu, dass Sie da rauskommen!«

Das klang wie eine gute Idee. Ich wälzte mich auf alle viere, aber das Gas war inzwischen so dicht, dass ich überhaupt nichts mehr sehen konnte.

»Ich sehe nichts. Zu viel Gas.«

Meine Kehle war knochentrocken und ich konnte nicht schlucken. Paniksymptome oder Schlimmeres? Ich tastete blind umher und versuchte, die Treppe zu finden.

»*Bleiben Sie ruhig. Machen Sie langsam.*«

Mein Atem ging stoßweise. Tod. Auf allen Seiten umgab mich der Tod. Ich kroch drauflos, unfähig, die Angst zu überwinden. Ich musste hier raus. Wenn mein Anzug auch nur ein winziges Loch hatte …

Das Schrotgewehr war so nahe an meinem Kopf losgegangen, dass ich Sterne sah. Im gleichen Augenblick zerrte etwas an meinem Rücken, als wäre mein Anzug an einem Nagel hängen geblieben.

Ich war in eine von diesen Rattenfallen getreten.

Als ich mein Gehör wiedererlangte, hörte ich drei verschiedene Leute in mein Headset schreien, und ich langte mir an die Schultern, um festzustellen, ob mich etwas getroffen hatte.

Ich konnte nichts bemerken. Mein Rücken fühlte sich nass an, aber ich wusste nicht, ob das Blut oder Schweiß war. Der Schutzanzug war klobig genug, dass die Schrotkugeln ihn durchdringen konnten, ohne mich zu treffen.

Aber wenn er Löcher bekommen hatte, konnte das Gas eindringen.

Schiere Panik ergriff wie nie zuvor von mir Besitz und ließ mich schneller kriechen. Ich stieß an einen weiteren Stolperdraht, woraufhin eine Schrotsalve gegen das Regal zu meiner Rechten hagelte, aber ich blieb nicht stehen, sondern kroch noch schneller. Ich kletterte über eine Leiche, stieß tote Gliedmaßen beiseite und biss auf die Innenseiten meiner Wangen. Meine Augen tränten, und ich hatte nur noch einen einzigen Gedanken: Ich-muss-raus-ich-muss-raus-ich-muss-raus …

Endlich gelangte ich ans Ende des Flurs. Ich zog mich durch einen Türrahmen und fand mich in einem kleinen Zimmer wieder.

Die Gasschwaden verzogen sich allmählich und ich konnte endlich wieder sehen. Mein Magen fühlte sich wie ein gigantischer Knoten an und ich musste mich beinahe übergeben. Vor lauter Angst, dass Gas in meinen Anzug gelangt war, hielt ich den Atem an.

Beruhige dich, Jack, sagte ich zu mir selbst. *Beruhige dich. Du lebst ja noch.*

Schließlich öffnete ich den Mund und versuchte, die Luft zu schmecken, ohne sie einzuatmen.

Es kam als keine sonderliche Überraschung, dass sie wie bittere Galle schmeckte.

Ich schloss die Augen. Der Sauerstoffmangel ließ mich zittern. Ich atmete vorsichtig ein, obwohl mein Körper förmlich nach mehr Luft schrie.

Keine Reaktion.

Ich holte tiefer Atem und brach gleichzeitig in Tränen und Gelächter aus.

»*Jack! Sind Sie noch da? Jack, bitte antworten Sie!*«

»Ich bin noch hier«, sagte ich. Meine Stimme klang, als käme sie von weit weg.

Ich blickte mich um und stellte fest, dass ich mich in einem Schlafzimmer befand. Es gab ein Bett, einen Wandschrank, eine Kommode und einen Ganzkörperspiegel.

Auf wackeligen Beinen stakste ich zu dem Spiegel und betrachtete mich von der Seite.

In meinem Anzug waren Dutzende winzige Löcher, wo die Schrotkörner getroffen hatten.

»Mein Anzug hat Löcher.«

»*Bleiben Sie ruhig. Solange der Luftdruck positiv ist, gelangt nichts hinein.*«

»*Du Arschloch ...*«

»*McGlade, du miese kleine ...*«

»*Gib mir das Headset, du Fettarsch ...*«

»Du kriegst von mir gleich eins in die ...«

Ein dumpfer Laut. Er kam von Herb.

»Jack! Ich bin's, Harry! Du musst da raus! Die Sauerstoffflasche ist fast leer!«

Wieder erfasste mich Panik und hielt mich im Würgegriff.

»Dein fetter Partner hat mir 'nen Schlag in die Eier verpasst, bevor ich dich warnen konnte. Ich schätze, dass gerade mal genug Sauerstoffvorrat für vier oder fünf Minuten drin war. Wie lange bist du schon da drinnen?«

Ungefähr vier oder fünf Minuten, vermutete ich. Ich warf einen Blick zurück in den mit Sprengfallen ausgelegten Flur, in dem immer noch Gasschwaden in der Luft hingen, und traf eine Entscheidung.

»Ich verlasse das Haus durch das hintere Fenster. Die Rettungssanitäter sollen eine Leiter ...«

Ich hielt mitten im Satz inne. Beide Schlafzimmerfenster waren von schwarzen Rohren umgeben, die nicht so aussahen, als gehörten sie zur Standardausstattung des Hauses.

»Ich sehe diese Rohre, die aus den Fensterrahmen hervorlugen.«

»Beschreiben Sie sie.« Das war wieder Rick.

Ich wollte nicht zu nahe herantreten, überwand mich aber und beugte mich vor.

»Sie sind schwarz. An der Seite steht M44.«

»Zyankalibomben. Man verwendet sie, um Raubtiere zu töten. Gehen Sie nicht zu nahe ran.«

»Das muss man mir nicht zweimal sagen.«

Leider bedeutete dies, dass ich durch den Flur zurückgehen musste, um aus dem Haus zu entkommen.

Ich fing an zu hyperventilieren, worauf mir noch schwindliger wurde als ohnehin schon. Da ich vorhin beim Kriechen durch den Flur mehrere Fallen ausgelöst hatte, dachte ich mir, dass auf dieser Höhe keine mehr übrig waren, und ging auf alle viere. Das Gas hatte sich inzwischen verdünnt und die Beschaffenheit von Wasserdampf angenommen. Über meine toten Kollegen zu kriechen, war sogar schlimmer als beim ersten Mal, da ich ihre blutigen Gesichter aus nächster Nähe sehen konnte.

»*Hör zu, Jackie, wenn du da nicht heil rauskommst, muss ich mich darauf verlassen können, dass mir jemand bei dieser Sache mit der Schankerlaubnis hilft.*«

Harry klang so nahe, dass ich mich schon umdrehen wollte und damit rechnete, ihn hinter mir zu sehen.

»McGlade, geh vom ...«

Ich hatte gerade die Hälfte der Strecke zur Treppe hinter mich gebracht, als ich innehielt und mich fragte, wieso ich Harrys Stimme so klar und deutlich durch mein Headset vernommen hatte.

Es dauerte einen Moment, bis ich begriff, dass der Funkempfang nicht besser geworden war. Ich konnte besser hören, weil es kein Hintergrundgeräusch mehr gab.

Das leise, monotone Zischen des Atemgeräts hatte aufgehört.

Die Sauerstoffflasche war leer.

KAPITEL 10

Ich überlegte nicht lange, sondern setzte mich in Bewegung. In unter drei Sekunden schaffte ich es durch den gasgeschwängerten Flur zur Treppe. Die ersten paar Stufen rutschte ich bäuchlings hinunter wie bei einer Schlittenfahrt.

Der Schutzanzug erwies sich als rutschiger als erwartet und ich gewann rasch an Fahrt.

Ich streckte die Hände nach vorne aus und versuchte, die Abwärtsbewegung zu stoppen, aber meine Handschuhe fanden auf dem Teppich keinen Halt. Meine Brust fühlte sich an, als bekäme sie wiederholt Fußtritte verpasst, und mein Kopf wurde ruckartig hin und her gerissen wie bei einem Auffahrunfall.

WUMM WUMM WUMM WUMM. Verschwommen und verzerrt sah ich den Fußboden auf mich zurasen.

Plötzlich fielen mir wieder die Nägel auf der untersten Stufe ein.

Ich war weniger als eine Körperlänge von der Stelle entfernt. Jetzt gab es kein Zurück und kein Halten mehr. Ich krümmte den Rücken und streckte die Hände nach den Schultern des toten Polizisten aus, der zusammengekauert am Fuß der Treppe saß. Die Wucht des Aufpralls ließ meine Ellenbogen einknicken, als machte ich Liegestütze. Dank dieses Manövers konnte ich meine Brust ein paar Zentimeter über den tödlichen Nägeln halten.

Ich stieß mich von Buhmann ab, kam auf die Füße und stieg vorsichtig über die Falle. Nur zehn Meter trennten mich von der Eingangstür und der frischen Luft, die dahinter auf mich wartete. Ich setzte zum Endspurt an.

»… *helft mir* …«

Ich rührte mich nicht vom Fleck.

Stryker lebte also noch. Es konnte nur der Sergeant sein, denn die einzigen Special-Response-Leute, die ich noch nicht gesehen hatte, waren er und die Frau.

Ich warf einen letzten sehnsüchtigen Blick auf die Tür, bevor ich auf die Küche im hinteren Bereich des Hauses zusteuerte – das einzige Zimmer, das ich bisher ausgelassen hatte.

»*Jack, sind Sie noch da?*« Rick.

»Ja. Ich glaube, er ist in der Küche.«

Da ich nicht wusste, welche Giftstoffe an mir hafteten oder ob etwas durch die Löcher in meinen Anzug gelangt war, konzentrierte ich mich darauf, langsamer zu atmen. Außerdem war die Luft in dem Schutzanzug inzwischen abgestanden, da keine frische mehr hineingepumpt wurde. Je weniger ich atmete, desto besser. Kaum hatte ich zwei Schritte in die Küche gemacht, sah ich die Polizistin. Ich hatte keine Ahnung, was ihren Tod verursacht hatte. Was auch immer es war, es hatte ihre Augen aus den Höhlen treten lassen.

»Stryker, wo zum Teufel stecken Sie?«

Rauschen, dann: »… *Kel…*«

»Wer hat den Bauplan? Wo ist der Keller?«

Ich redete mehr, als ich eigentlich wollte, und verbrauchte damit wertvolle Luft. Ich atmete flach ein.

»*Jack, ich habe den Bauplan.*« Rick. »*Hinten in der Küche ist eine Tür.*«

Ich drehte die Schultern und blickte mich im Zimmer um. Dabei stellte ich fest, dass der Kühlschrank offen stand, und sah etwas Furchtbares auf einem Teller.

»Das Bombenentschärfungskommando ist soeben eingetroffen. Sie kommen ins Haus.«

Als ich am Kühlschrank vorbeiging, sah ich die Treppe zum Keller. Stryker hielt sich an der obersten Stufe fest. Seine Gasmaske war ebenfalls mit Erbrochenem besudelt, aber seine Brust hob und senkte sich.

Ich packte ihn am Gürtel und zog.

Er war schwer wie ein Sack Ziegelsteine, aber der Fliesenboden half, und so schaffte ich es, den stöhnenden Sergeant durch die Küche in Richtung Hintertür zu schleifen.

Etwa einen Meter davor wurde mein Blick verschwommen. Meine Beine fühlten sich an wie Pudding und konnten kaum mein Gewicht tragen.

Noch ein halber Meter. Ich schwitzte und fror zur gleichen Zeit. Eine Woge der Benommenheit schwappte über mich und ich sank auf die Knie. Um mich herum wurde es dunkel.

Noch etwa dreißig Zentimeter, dann hatte ich es geschafft. Hinter der Tür erwartete mich frische Luft und eine Welt ohne tödliche Fallen und Giftgas. Lächerliche dreißig Zentimeter trennten mich von Herb, Latham und meinem normalen Leben. Als ich den Türpfosten erreichte, waren meine Muskeln von der Anstrengung, Stryker hinter mir herzuziehen, völlig erschöpft. Plötzlich spürte ich, wie eine Holzdiele unter meiner Hüfte nachgab.

Ich erstarrte. Mein Blick folgte der Diele zu einer Steckdose unter dem Spülbecken. Auf dem losen Brett lag eine an einem Kabel befestigte Metallkugel von der Größe eines Golfballs. Darum ragten Metallstangen, wie die Gitter einer Gefängniszelle. Neben dieser Vorrichtung stand ein Feuerlöscher, dessen Düse auf mein Gesicht gerichtet war.

Trotz des Sauerstoffmangels funktionierte mein Gehirn noch gut genug, um zu erkennen, was ich da vor mir hatte. Wenn sich das Brett bewegte, würde die Metallkugel ins Rollen kommen, die Metallstäbe berühren und einen Schaltkreis schließen, was wiederum zur Folge hätte, dass mich der Feuerlöscher mit irgendeinem tödlichen Gift besprühte.

Ich bewegte die Hüfte ein paar Millimeter, worauf der Ball auf die Gitterstäbe zurollte.

Kaum verlagerte ich mein Gewicht zurück, rollte die Kugel wieder in die Mitte der Zelle.

Inzwischen war mir wirklich schwarz vor Augen. Ich wusste nicht, ob ich unter einer Vergiftung litt oder zu viel eigenes Kohlendioxid eingeatmet hatte. Angestrengt versuchte ich, mich zu konzentrieren. Das Brett unter mir war nur ein paar Zentimeter breit. Wenn ich mich langsam davon löste und die Kugel im Auge behielt, würde es seine ursprüngliche Position einnehmen und …

»*Bitte helfen Sie mir* …«, stöhnte Stryker.

Dann schlug sein Fuß aus und traf die Falle.

KAPITEL 11

Ein plötzliches Inferno brach über uns herein. Die Flamme, die aus dem Feuerlöscher schoss, hüllte Stryker ein und erwischte mich an den Beinen. Ich beugte mich zu ihm hinab und versuchte, das Feuer mit den Händen auszuschlagen, aber es haftete wie Klebstoff an meinen Handschuhen.

Seine Schreie gellten in meinen Ohren und wurden durch das Headset noch verstärkt. Ich versuchte, meine Hände am Boden abzuwischen, verteilte die Flammen aber nur. Verzweifelt blickte ich mich um – wonach, wusste ich nicht genau. Vielleicht nach etwas, mit dem sich das Feuer ersticken ließ, oder nach etwas, mit dem ich Strykers Leiden ein Ende setzen konnte. Plötzlich riss mich eine mächtige Kraft nach hinten.

Voller Angst vor einer neuen Falle und davor, vergast, verbrannt oder vergiftet zu werden, drehte ich mich um, entschlossen, mich zu wehren. Ich schlug mit beiden Händen um mich. Als eine Faust an etwas Fleischigem abprallte, erkannte ich Herb, der gerade dabei war, mich aus dem Haus zu zerren.

»Der Anzug«, versuchte ich ihn zu warnen. Das Ding war womöglich mit weiß Gott welchen tödlichen Substanzen verseucht. »Fass mich nicht an.«

Aber Herb hörte nicht auf mich, sondern schleifte mich zu zwei Feuerwehrmännern, die mit einem Schlauch bereitstanden. Sie richteten ihn auf uns und drehten das Wasser auf. Die

Wucht des Strahls warf Herb um. Während das Wasser auf mich prasselte, sah es durch meinen Gesichtsschutz so aus, als befände ich mich in einer Autowaschanlage.

Plötzlich war Rick da, riss mir die Atemmaske aus dem Gesicht und befreite mich aus dem schrecklichen Schutzanzug, worauf Rettungssanitäter mich in Decken einwickelten. Ich warf Herb, meinem heroischen Retter, einen Blick zu und sagte: »Danke, Partner.« Er schüttelte nur den Kopf, wobei seine Hundelefzen wackelten, nahm eine Decke und schritt davon.

»Jack, schauen Sie mich an.«

Rick hielt mich in den Armen und brachte sein Gesicht so nahe an meins heran, dass ich seinen Atem spürte. Er roch nach Pfefferminz.

Er untersuchte meine Augen, erst das eine, dann das andere. »Wie fühlen Sie sich?«

»Kopfschmerzen … Beine heiß.«

»Verbrennungen ersten Grades von dem Napalm. Wie ein Sonnenbrand. Wenn Sie wollen, creme ich sie ein.«

»Geht schon.«

Ich löste mich aus seiner Umarmung und warf einen letzten Blick auf das Haus.

»Danke.« Ich holte erneut tief Atem und genoss die frische Luft. »Ohne Ihre Hilfe wäre ich da wahrscheinlich nicht rausgekommen.«

»Haben Sie etwa gedacht, alle FBI-Agenten sind hirnlose Roboter und Paragrafenreiter, die lokale Polizeibehörden bei ihrer Arbeit behindern?«

»So ziemlich.«

Rick lächelte und tat so, als tippte er mit dem Zeigefinger an eine imaginäre Hutkrempe.

»Freut mich sehr, dass ich Ihnen das Gegenteil beweisen konnte.«

»Hey!«

Wir fuhren herum und sahen, wie McGlade mit den Zehenspitzen den immer noch qualmenden Schutzanzug anstieß.

»Jemand schuldet mir 'nen neuen.«

Ich beachtete Harry nicht und hielt stattdessen nach Herb Ausschau. Zwei Sanitäter kamen mit einer Transportliege auf Rädern. Ich lehnte ab. Sie bestanden darauf. Schließlich erklärte ich mich zu einem Kompromiss bereit und ließ mich von ihnen beim Gehen stützen. Inzwischen tummelten sich vor dem Haus Polizisten, Pressefritzen und Schaulustige. Ich ließ meinen Blick über die Menge schweifen. Von Herb keine Spur.

Joshua James, der Mann vom Spezialeinsatzkommando, den ich davon abgehalten hatte, ins Haus zu stürmen, kam zu meinem Auto und schaute mich grimmig an.

»Sie sind alle tot.« Es war eine Feststellung, keine Frage.

Ich nickte. »Das tut mir leid.«

James hakte beide Daumen in seinem Gürtel ein und reckte die Brust heraus.

»Davon werden sie auch nicht wieder lebendig. Lassen Sie mich das nächste Mal gefälligst meine Arbeit machen.«

Er starrte mich an, als wolle er mich zu einer Erwiderung provozieren, aber ich ließ mich nicht darauf ein. Dann wandte er sich Rick zu.

»Passt Ihnen was nicht, FBI-Mann?«

»In der Tat. Lassen Sie Ihre Wut an dem Mann aus, der das getan hat, nicht an der Frau, die versucht hat, Ihr Team zu retten.«

»Sie hat Mist gebaut. Ich hätte da reingehen sollen.«

Rick deutete mit dem Daumen über seine Schulter auf zwei Angehörige des Bombenentschärfungskommandos, die derart mit Schutzausrüstung ausstaffiert waren, dass beide wie das Michelin-Männchen aussahen. Sie trugen einen Leichensack.

»Sehen Sie das? Wenn Sie reingegangen wären, würde man Sie jetzt in so einem Sack raustragen.«

Joshua schickte sich an, Rick einen Stoß zu verpassen, aber der FBI-Agent wich geschickt aus, packte ihn mit einem Hebelgriff am Handgelenk und zwang den größeren Mann in die Knie.

»Sie kannten die Risiken«, sagte Rick. »Verunglimpfen Sie nicht das Andenken Ihrer Kollegen.«

Er ließ ihn los. Joshua starrte erst Rick an, dann mich, dann wieder Rick, bevor er wütend davonstapfte.

Ich holte meine Klamotten und meine Handtasche aus dem Auto, worauf die Sanitäter mich zum Krankenwagen brachten. Dort versuchten Sie erneut, mich zum Hinlegen zu überreden, aber ich stritt mit ihnen und bekräftigte, dass ich nicht ins Krankenhaus wollte.

»Lassen Sie sich doch helfen, Jack.«

Rick. Irgendwie war er als meine allgegenwärtige Stimme der Vernunft an Herbs Stelle getreten.

»Ich will einfach nur heim zu meinem Verlobten.«

Plötzlich musste ich husten und spürte etwas Nasses in der Lunge. Mit einem Mal waren meine Gedanken an Latham verflogen. An ihre Stelle trat die Angst vor den schrecklichen Giftstoffen, denen ich mich ausgesetzt hatte. Rick sah die Panik in meinem Blick.

»Nur weil es Ihnen gelungen ist, die schnell wirkenden Gifte zu vermeiden, heißt das noch lange nicht, dass nicht solche mit langsamerer Wirkung in den Schutzanzug eindringen konnten. Zum Beispiel Botulinumtoxin oder Schlimmeres.«

Ich hustete noch einmal und ließ es zu, dass man mich auf die Transportliege schnallte. Ein Rettungssanitäter schob Rick aus dem Krankenwagen und schloss die Tür. Kurz darauf war ich auf dem Weg ins Krankenhaus.

KAPITEL 12

Ich wachte um fünf Uhr morgens in einem Krankenhausbett auf und fühlte mich, als hätte mich jemand zusammengeschlagen und anschließend als Nadelkissen benutzt. Man hatte mir Antibiotika, Antitoxine und diverse Impfungen verabreicht. Ich fühlte mich zwar ein wenig benommen, hatte jedoch nicht den Eindruck, als hätte etwas Toxisches von meinem Körper Besitz ergriffen.

Das war beruhigend, denn auf mich wartete eine Menge Arbeit, und da konnte ich es mir nicht leisten, flachzuliegen.

Ich bestellte ein Taxi und ließ mich zu meinem Auto bringen, das noch immer vor Algers Haus parkte. Während der Fahrt dachte ich an Latham. Ich hatte wiederholt versucht, ihn vom Krankenhaus aus anzurufen – bei mir zu Hause, in seinem Apartment und auf seinem Handy –, aber er war nicht rangegangen. Was konnte das bedeuten? Telefon kaputt? Schlief er? War der Fernseher zu laut, sodass er das Läuten nicht hörte? Oder war er sauer auf mich?

Gestern hatte ich Latham als meinen Verlobten bezeichnet – zweimal sogar. Dabei hatte ich zu seinem Heiratsantrag offiziell noch gar nicht Ja gesagt. Aber es fühlte sich irgendwie richtig an.

Ich war schon einmal verheiratet gewesen, aber es hatte nicht funktioniert. Und obwohl meine Eierstöcke noch nicht völlig den Geist aufgegeben hatten, war ich mit sechsundvierzig einfach zu alt, um noch groß an Familienplanung zu denken. Sollte ich jetzt schwanger werden, würde ich selbst Windeln tragen, wenn mein Kind alt genug war, um mich zu einem Bier einzuladen.

Warum dann dieser Anflug von Sentimentalität bei der Vorstellung, dass Latham und ich uns über ein Gitterbett beugten und unserem Kind beim Schlafen zusahen?

Der Taxifahrer setzte mich vor meinem Auto ab. Ich bezahlte ihn und versuchte erneut, Latham von meinem Handy aus anzurufen. Als er wieder nicht ranging, wandte ich meine Aufmerksamkeit Algers Haus zu. Bei dem erneuten Anblick schlug mein Magen Purzelbäume.

Ein paar Streifenwagen und der Bus vom Spezialeinsatzkommando waren immer noch da. Ein Mitglied des Bombenentschärfungskommandos erblickte mich und kam auf mich zu.

»Lieutenant Daniels?« Auf ihrem Namensschild stand *Wells*. Ihre Körperpanzerung hätte ausgereicht, um sie vor einem aus kürzester Distanz abgefeuerten Panzerfaustgeschoss zu schützen. »Da ist etwas im Haus, das Sie sich ansehen sollten.«

Allein der Gedanke, erneut diese Todeskammer zu betreten, verursachte mir körperliche Schmerzen und jagte mir eine Angst bisher ungekannten Ausmaßes ein.

Wells schien dies zu spüren. »Wir haben die restlichen Fallen entfernt. Es waren nur noch zwei übrig.«

»Vielleicht gibt es noch andere.«

»Wir sind mit Röntgen- und Ultraschallgeräten und einer Hundestaffel hineingegangen. Das Haus ist jetzt sauber. Wenn Sie wollen, können Sie meine Schutzmaske benutzen ...« Sie sprach nicht zu Ende, was sie wahrscheinlich dachte: ... *falls Sie Angst haben.*

»Nicht nötig. Gehen wir.«

Meine Beine zu bewegen, erforderte enorme Willenskraft. Sie fühlten sich an wie gelähmt. Es kam mir vor, als näherte ich mich einem Feuerwerkskörper, der eigentlich hätte explodieren sollen, dies aber nicht getan hatte.

Tapferkeit bedeutet nicht, dass man keine Angst hat, sondern dass man auch dann noch handlungsfähig ist, wenn einen die Angst befällt. Manche Menschen sind von Natur aus tapfer, während andere – und zu denen zähle ich mich – nur so tun. Mir war immer noch nicht klar, ob vorgetäuschte und echte Tapferkeit dasselbe waren. Polizisten redeten nicht offen über ihre Ängste. Sie tranken, ließen sich scheiden, begingen Selbstmord – manchmal auch alles zusammen. Es war immer noch besser, als ständig daran zu denken, bei einem Einsatz ums Leben zu kommen.

Wir bissen also die Zähne zusammen und marschierten ins Haus. Wells führte mich am Wohnzimmer und an der Treppe vorbei in die Küche, wo ein verkohlter Fleck auf dem Linoleum die Stelle markierte, an der Stryker lebendig verbrannt war.

Die Kühlschranktür stand offen.

Die Neugier war stärker als meine Angst und ich warf einen Blick hinein.

Das Übliche: Milch. Käse. Aufschnitt. Bier. Würzsoßen in den Türfächern. Nur ein Gegenstand war fehl am Platz.

Auf einem Teller im obersten Regal lagen drei abgetrennte Finger.

Ich wusste sofort, wem sie gehört hatten.

Officer Scott Hajek, mein Freund aus dem kriminaltechnischen Labor, war klein und dick und benötigte beide Hände, um seinen Spurensicherungskoffer zu tragen, der wie ein übergroßer Angelkasten aussah. Er kam in die Küche und stellte das schwere Ding vor meinen Füßen ab.

»Gibt's da drinnen was Gescheites zu essen?«, fragte er.

»Nur Fingerfood«, antwortete ich.

Hajek blickte mit zusammengekniffenen Augen durch seine Flaschenglasbrille in den Kühlschrank und verzog angewidert das Gesicht.

»Das ist wirklich makaber.«

»Ich hätte auch einen Witz darüber machen können, dass hier jemand lieber die Finger hätte weglassen sollen.«

»Wo steckt eigentlich Herb? Der beherrscht doch diese Art von Galgenhumor aus dem Effeff.«

Ich hatte keine Ahnung, wo Herb war. Seit er gestern Nacht verschwunden war, hatte ich nichts mehr von ihm gehört.

Hajek öffnete den Koffer, dessen Fächer sich auf die dreifache Größe der Kofferschale aufklappen ließen. Er kramte ein paar Sekunden darin herum und holte ein Fläschchen mit schwarzem Fingerabdruckpulver – als Kontrast zu der weißen Oberfläche des Kühlschranks – und einen Pferdehaarpinsel hervor.

Er fand mehrere latente Fingerabdrücke am Türgriff und auf der Vorderseite des Kühlschranks und nahm sie mithilfe von Pro-Lift-Klebefolien ab.

»Hier hab ich einen Handschuhabdruck.«

Er reichte mir die Folie und ich erkannte den schwarzen ovalen Fleck ohne Papillarlinien. Jemand hatte den Kühlschrank mit einem Handschuh geöffnet. Ich verglich zwei weitere partielle Fingerabdrücke mit einem Laptop-Bildschirm, der Algers Abdrücke zeigte, und stellte fest, dass sie übereinstimmten. Der Hausbesitzer benutzte seinen eigenen Kühlschrank – nichts Überraschendes.

Als Nächstes nahm Hajek die Abdrücke der abgetrennten Finger mit Knetmasse ab, um Verunreinigungen durch Tinte zu vermeiden. Wie ich vermutet hatte, gehörten die Finger dem pensionierten Polizisten Jason Alger.

Mein Verdacht bestätigte sich. Der Chemiker hatte Alger umgebracht, dessen Finger abgetrennt und die Abdrücke auf dem Brief an die Polizeichefin hinterlassen. Er hatte gewusst, dass Algers Fingerabdrücke registriert waren, und wollte uns in diese tödliche Falle locken.

»Können Sie Abdrücke abnehmen, die auf den toten Fingern hinterlassen wurden?«, fragte ich in der Hoffnung, dass der Chemiker Algers Finger vielleicht ohne Handschuhe angefasst hatte.

»Ich könnte es mit Joddampf oder Cyanacrylat versuchen, aber bleiben wir doch erst mal bei den altbewährten Methoden.«

Hajek kramte in seinem Koffer, fand einen Mikroskop-Objektträger aus Glas und gab ihn mir.

»Wärmen Sie das Ding zwischen Ihren Handflächen auf. Ich habe immer kalte Hände.«

Ich tat wie mir geheißen. Nach ein paar Sekunden nahm er den Objektträger wieder an sich, polierte ihn mit einem nicht scheuernden Tuch und drückte das Glas auf die Rückseite eines der Finger.

»Glas eignet sich hervorragend, um Fette und Öle aufzunehmen. Die Finger sind kalt, also wärmen wir den Objektträger und schon haften die Öle am Glas.«

Er nahm das Glas vom Finger und betrachtete es durch eine Juwelierlupe.

Wir wiederholten die Prozedur viermal. Schließlich sagte Hajek: »Ich hab einen.«

Er staubte den Objektträger ein, nahm den Abdruck mit einer Pro-Lift-Klebefolie ab und runzelte die Stirn.

»Handschuhe.«

Der Chemiker war vorsichtig. Ich machte mir keine Hoffnungen mehr, woanders im Haus irgendwelche Fingerabdrücke zu finden, schickte Scott aber trotzdem los, um diese undankbare Aufgabe zu übernehmen.

»Stauben Sie die Fallen ein, die das Bombenentschärfungskommando für sicher erklärt hat. Außerdem Handgeländer,

Toilettengriffe, Türklinken, Lichtschalter ... Sie kennen ja die Routine. Und wenden Sie sich an Henderson – der hat Proben von den Spreng- und Brandvorrichtungen entnommen, die ihnen vielleicht bei der Identifizierung der Giftstoffe helfen können.«

Scott verzog das Gesicht. »Ich werde für den Rest meines Lebens hier sein.«

»Stellen Sie sich nicht so an. In spätestens drei Jahren sind Sie fertig.«

Ich entließ ihn, damit er seine Arbeit machen konnte. Dann nahm ich den Stift, den ich mir hinters Ohr geklemmt hatte, und den Notizblock, der in meinem Hosenbund steckte. Bis jetzt stand Folgendes auf meiner Aufgabenliste:

M44-Käufe nachverfolgen

Alger – Festnahmen

Nachbarn befragen

Briefträger befragen, der den Brief abgegeben hat

Aufzeichnungen der Überwachungskameras an Botulinumtoxin-Tatorten und Suche nach Zeugen, die sich dort aufgehalten haben

Befragung von Überlebenden/Hintergrundprüfungen

Unkonventionelle Spreng- und Brandvorrichtungen recherchieren

Das mit dem Befragen der Nachbarn strich ich durch, da bereits drei Teams sämtliche Häuser in der näheren Umgebung abgeklappert hatten. Keiner der Anwohner hatte in und um Jason Algers Haus etwas Auffälliges bemerkt. Außerdem gab es Nachbarn, die Alger auf dem Foto, das man ihnen zeigte, überhaupt nicht erkannten. Ich fand es schade, wie sich die Dinge seit meinem Eintritt in den Polizeidienst verändert hatten. Vor zwanzig Jahren kannten die Leute sämtliche Nachbarn. Heute dagegen blieb jeder für sich.

Vielleicht hatten sie Angst, dass ein Psychopath ihnen die

Finger abhackte und ihr Haus in ein Gruselkabinett verwandelte.

Ich machte einen Kringel um *Alger – Festnahmen*. Es konnte ja sein, dass Alger lediglich ein Gelegenheitszielobjekt gewesen war. Aber bei einem so sorgfältig ausgeklügelten Plan musste jemand schon eine größere Rechnung mit dem ehemaligen Polizisten offen haben. Ich fügte das Kürzel *IE* für Interne Ermittlungen hinter seinem Namen hinzu und beschloss, nach Hause zu fahren, wo ich duschen und mich umziehen würde – und schauen, was Latham machte.

Für die Fahrt nach Bensenville brauchte ich fast eine Stunde. Sobald ich die Stadtautobahn verlassen hatte, fuhr ein Krankenwagen mit Blaulicht und Sirenen vor mir her. Ich blieb dicht hinter ihm, da Krankenwagen, Feuerwehrautos und Streifenwagen über Infrarotfernbedienungen verfügten, mit denen sie Ampeln von Rot auf Grün schalten konnten. Als Angehörige eines Ermittlungsdezernats hatte ich zu so einem fünfhundert Dollar teuren Gerät keinen Zugang, aber wenn man sich an einen Krankenwagen dranhängte, klappte es genauso gut.

Zum Glück fuhr der Krankenwagen anscheinend dieselbe Route wie ich. Dank dieser grünen Welle würde ich vielleicht sogar in Rekordzeit zu meinem Haus gelangen.

Ich überlegte, was ich Latham erzählen sollte, wenn ich ihn sah. Wovor hatte ich eigentlich Angst? Vertrauen? Hingabe? Familie? Vor einer Veränderung meiner Lebensumstände und dem damit verbundenen Verlust meiner Freiheit? Oder gar vor Liebe?

Ich war mir nicht sicher. Offensichtlich verspürte ich eine diffuse Angst, konnte die Gründe dafür jedoch nicht ausmachen.

Doch dann entschied ich mich aus heiterem Himmel, mich den Henker um meine Ängste zu scheren. Ich konnte gegen sie ankämpfen. Ich fühlte mich zwar nicht tapfer, war aber verdammt gut darin, so zu tun.

Ich würde Latham heiraten.

Plötzlich fiel mir auf, dass ich immer noch hinter dem Krankenwagen herfuhr. Ein bisschen unheimlich war das schon, zumal ich ja fast zu Hause war. Als das Fahrzeug in meine Straße einbog, befiel mich eine regelrechte Paranoia.

Und als es in meine Einfahrt fuhr, verwandelte sich die Paranoia in Panik.

Ich rammte den Schalthebel in die Park-Position und rannte auf den Rasen. Zwei Sanitäter gingen gerade auf meine Tür zu.

»Ich bin Polizistin und das hier ist mein Haus. Was ist los?«

»Vor ein paar Minuten hat jemand von dieser Adresse aus angerufen. Ein Mann hat sich über Bauchschmerzen, Erbrechen und Lähmungserscheinungen beklagt.«

Botulismus! Das Botulinumtoxin löste solche Symptome aus.

»Das könnte ... das könnte eine Lebensmittelvergiftung sein. Haben Sie ein Antitoxin dabei?«

»Nicht in unseren Sanitätskästen.«

Ich zog hektisch den Schlüssel aus der Tasche und versuchte, das Sicherheitsschloss aufzusperren. Wie hatte der Chemiker nur so schnell meine Adresse ausfindig gemacht? Die Menschen in meinem Umfeld kommen immer zu Schaden. Wenn Latham sterben musste, weil ...

»Ma'am, darf ich mal?«

Einer der Sanitäter nahm mir den Schlüssel aus der Hand und steckte ihn ins Schloss. Ich stieß die Tür weit auf und stürmte ins Haus.

»Latham! Latham!«

Im Wohnzimmer war niemand. Ich rannte in die Küche, wo der Tisch noch für ein romantisches Abendessen gedeckt war, das nicht stattgefunden hatte, dann ins Schlafzimmer, das ebenfalls leer war, und schließlich ins Bad.

»Latham! Oh mein Gott ...«

Der Mann, den ich liebte, lag auf dem Rücken. Sein Hemd war vollgekotzt und in seiner Hand hielt er immer noch das schnurlose Telefon. Es sah nicht so aus, als ob sich seine Brust bewegte. Sein Gesicht ... es war blau angelaufen.

»Gehen Sie aus dem Weg, Ma'am.«

Ich erfasste immer noch nicht vollständig, was ich da vor mir sah. Die Sanitäter schoben mich beiseite und knieten sich neben Latham. Während der nächsten paar Sekunden nahm ich die Worte und Taten der Männer nur verschwommen und bruchstückhaft wahr.

»... zyanotisch.«

»... Puls ist schwach.«

»... Atemwegspassage frei.«

»... Beatmungsbeutel.«

Sie brachten die Maske auf Lathams Mund und Nase an, drückten auf den Beutel und pumpten Luft in die Lunge.

»... Blutdruck ist sechzig zu vierzig.«

»... hol die Transportliege.«

Einer der Sanitäter schob mich zum zweiten Mal beiseite und eilte hinaus.

»Kommt er durch?«, fragte ich.

Ich wiederholte diese Frage ein paarmal, während sie ihn auf die Transportliege schnallten und hinaus zum Krankenwagen brachten.

Ihre Antwort war stets dieselbe: »Wir tun unser Bestes, Ma'am.«

In der Notaufnahme wurde Latham an ein Beatmungsgerät angeschlossen und bekam auf mein Drängen hin ein Antitoxin. Ich füllte die nötigen Formulare aus und trug mich als nächststehende Kontaktperson ein.

Als ich einmal nicht gerade zwischen Sorgen und Selbsthass hin- und herschwankte, dämmerte mir, dass der Chemiker Latham wahrscheinlich nicht in meinem Haus angegriffen hatte. Latham hatte die Zutaten für das deutsche Essen, das er am Abend zuvor für mich zubereitet hatte, bei Kuhn gekauft, einem Feinkostladen in der Irving Park Road – genau die Straße, die der Chemiker in seinem Bekennerschreiben erwähnt hatte. Mir war dieser Zusammenhang nicht sofort aufgefallen.

Latham war nicht wegen meiner Arbeit krank, sondern wegen meiner Dummheit.

Ich starrte auf meine linke Hand mit dem nackten Ringfinger und heulte Rotz und Wasser, bis keine Tränen mehr kamen.

KAPITEL 13

Als der Chemiker aufwacht, ist er stinksauer. Die gestrige Nacht ist eine bittere Enttäuschung gewesen. Mehrere Monate Planung und nur sechs tote Bullen.

Nach seinem Morgenkaffee überlegt er, ob er wieder ins Gewächshaus gehen und noch an ein paar Wodkaflaschen arbeiten soll. Stattdessen schaltet er den Fernseher ein und schaut sich die Morgennachrichten an.

CBS widmet seiner Aktion gerade mal zwanzig Sekunden. Als er auf ABC umschaltet, bekommt er nur noch das belanglose Geschwätz der Moderatoren mit, die mit ernsten Stimmen die toten Polizisten beklagen. Und auf Kanal 5 bringen sie überhaupt nichts.

Er zappt sich weiter zu CNN, wo das Ereignis nicht einmal im Nachrichtenticker am unteren Ende des Bildschirms erwähnt wird.

Zurück zu CBS. Dort wird die Story gerade zum Abschluss gebracht, und schon geht es weiter mit einem Erdbeben in einem abgelegenen Winkel der Welt. Kanal 7 bringt ein bisschen was über das Auftreten von Botulismus, aber es ist nur eine Wiederholung aus einer früheren Sendung.

Enttäuschend. Sogar mehr als das. Äußerst ärgerlich.

Wie hatte Jack Daniels es nur geschafft, lebend da rauszukommen? Als er alle diese Fallen in dem Haus installiert hatte, wäre er selbst ein paarmal beinahe ums Leben gekommen. Die Schlampe hatte wirklich Schwein gehabt.

Er lässt die Wut wachsen. Mit der Wut zu leben ist etwas, womit er sich bestens auskennt.

Was passiert, wenn Wut sich aufstaut?

Sie explodiert auf spektakuläre Weise.

Er gestattet sich ein flüchtiges Lächeln.

Letzte Nacht ist es nicht besonders gut gelaufen, aber das ändert überhaupt nichts an seinem Plan. Bald beginnt Phase zwei und er benötigt ein leichtes Opfer. Lieutenant Jack Daniels eignet sich perfekt dafür. Und wenn es so weit ist, wird sie ganz allein sein.

Den Notruf 911 kann sie sich dann abschminken. Auf den ist ohnehin kein Verlass.

Der Chemiker schaltet den Fernseher aus. In ein paar Tagen wird es weitere Nachrichten geben. Landesweite Nachrichten. Weltnachrichten. Bücher und Filme. Die Titelseiten von *Time* und *Newsweek* ...

Aber warum sollte er nicht den Medienzirkus schon ein bisschen früher ins Rollen bringen?

»Traue ich es mir zu?«, fragt er sich selbst, allein in seinem Wohnzimmer.

Er hat alles, was er braucht. Sogar einen Ort hat er schon ausgewählt, als Rückversicherung für den Fall, dass einer der anderen Läden pleitegegangen ist.

Es wäre nicht besonders schlau, von dem Plan abzuweichen. Er hat alles bis ins kleinste Detail durchdacht. Wenn er jetzt improvisiert, macht er womöglich Fehler.

Obwohl ...

»Lassen wir's drauf ankommen«, sagt er.

Es wird Schlagzeilen geben. Noch diesen Morgen.

Bei einer guten Verkleidung besteht der Trick nicht darin, die eigenen Merkmale zu verbergen, sondern darin, ein bestimmtes Merkmal hervorzuheben, eins, an das sich Zeugen erinnern werden. Er entscheidet sich für einen schwarzen Schnurrbart und ein vorübergehendes Tattoo auf der rechten Wange, das das schwarze Pik einer Spielkarte darstellt. Dazu eine abgewetzte Jeansjacke, ein Halstuch und ein Paar Doc-Martens-Stiefel, und schon ist die Verwandlung komplett. In dem Outfit sieht er aus wie ein Biker.

Er tippt eine Mitteilung auf seinem Computer und druckt sie aus. Dann füllt er den Beutel der Injektionspistole mit einer Tinktur aus Eisenhut und Maiglöckchen, versteckt den Schlauch in seinem Ärmel und stellt die Feder ein.

Es ist ein schöner Tag. Warm und sonnig. Der Chemiker geht an dem Sattelschlepper in der Einfahrt vorbei und bringt die Plane wieder an, die der Wind von den Dixi-Toiletten entlang der Garagenwand geweht hat. Er überlegt, ob er ein Auto nehmen soll und, wenn ja, welches.

Doch dann entscheidet er sich dagegen. Ein so schöner Tag ist ideal für eine Fahrt mit den öffentlichen Verkehrsmitteln. Vor allem läuft man dabei nicht Gefahr, dass sich jemand die Automarke oder das Kennzeichen merkt. Sammy's Familienrestaurant ist nur ein paar Kilometer entfernt, also nimmt er den Bus. Das Restaurant hat vierundzwanzig Stunden lang geöffnet und wird zu dieser frühen Stunde von Kunden frequentiert, die entweder zur Arbeit gehen oder von der Nachtschicht kommen.

Sammy's ist eine Kette, und er fragt sich, ob sie an der Börse ist. Wie viel Geld wohl verloren geht, wenn der Aktienkurs morgen abstürzt?

Leute, bereitet euch auf einen Bärenmarkt vor, denkt er, als er das Restaurant betritt.

Wie es das Glück will, ist der Laden so voll, dass man zehn Minuten auf einen freien Tisch warten muss.

Der Chemiker mustert die Kundschaft. Viele sind in ihren

Zwanzigern. Ein paar Einsame. Alte. Yuppies. Und ein paar Polizisten, die gerade Kaffeepause machen.

Perfekt. Das wird aufregend werden. Richtig aufregend.

Er kauft sich eine Zeitung aus dem Kasten im Foyer des Restaurants, lehnt sich an die Wand und wartet.

Ein paar Minuten später weist man ihm einen Tisch für eine Person zu. Er macht Small Talk mit der fetten Kellnerin und bestellt schließlich das Frühstücksbüffet, für das Sammy's berühmt ist.

Er nähert sich der Salatbar wie ein Sünder dem Altar – andächtig und nervös. Die Betreiber des Restaurants haben auf Augenhöhe eine Hustenschutzvorrichtung aus durchsichtigem Kunststoff installiert, damit keine Keime an das Essen gelangen.

Wie aufmerksam von ihnen, denkt der Chemiker. So besorgt um die Gesundheit ihrer Kundschaft.

Die lauten Unterhaltungen der Gäste übertönen die dezente Hintergrundmusik. Der Chemiker kann also sicher sein, dass niemand das Zischen der Injektionspistole hören wird. Er nimmt sich einen Teller vom Stapel, der von der Geschirrspülmaschine noch warm ist, und stellt sich hinter zwei blonden jungen Frauen an, deren Jeans gerade mal die Poritzen bedecken.

Als Erstes wendet er sich der großen Schüssel zu, in der in Würfel geschnittenes Obst auf zerstoßenem Eis liegt.

Pssssssssst. Pssssssssssssst.

Als Nächstes kommen die Rühreier dran. Dann der Speck. Die verschiedenen Sorten getrockneten Müslis. Der rote Wackelpudding, der bei keinem Frühstücksbüfett fehlen darf. Bratwürstchen. Arme Ritter. Waffeln. Und zuletzt ein großes Tablett mit Plunderstücken und Bagels.

Der Chemiker verlässt die Büfettheke mit einem vollen Teller, dessen Inhalt er nicht essen wird. Er entfernt heimlich die Injektionspistole vom Schlauch und steckt sie in die Hosentasche. Dann setzt er sich wieder an seinen Tisch, schlägt die Zeitung auf einer beliebigen Seite auf und tut so, als lese er darin.

In Wirklichkeit beobachtet er die Salatbar.

Die Bullen sind als Erste dort, und er muss sich auf die Lippen beißen, um nicht zu grinsen. Sie laden sich genug Gift auf ihre Teller, um eine Stadt mittlerer Größe auszulöschen.

Ein Yuppie-Pärchen ist als Nächstes dran. Dann ein paar Afroamerikaner. Ein Vater mit einem kleinen Sohn, der unbedingt Wackelpudding will – wäre er doch heute lieber in die Schule gegangen. Ein einzelner Mann, der sich beim Toast einen Nachschlag holt. Eins von den blonden Mädels, das sich eine zweite Portion Eier auf den Teller lädt. Ein alter Mann, der zwei Teller füllt, einen für seine alte Schachtel von Ehefrau, die am Tisch sitzt. Nach einem Dutzend Gästen hört der Chemiker auf zu zählen.

Nach weniger als fünf Minuten krümmt sich der erste Gast vor Schmerzen.

Es ist einer von den Bullen. Zuerst betupft er die Stirn mit einer Serviette. Dann hält er sich den Bauch. Einen Augenblick später liegt er auf dem Boden und zittert, als wäre er an ein Stromkabel angeschlossen.

Der Chemiker kann ihn anstarren, ohne dabei aufzufallen, denn alle tun es. Der andere Bulle spricht in sein Funkgerät, bevor er zusammenbricht und seinen gestürzten Kollegen vollkotzt.

Die Leute springen von ihren Tischen auf. Der Schock in ihren Gesichtern ist unbezahlbar. Auch der Chemiker erhebt sich und tut entsetzt.

Als Nächstes erwischt es den kleinen Jungen. Er fällt mit dem Gesicht in seinen Teller mit Wackelpudding und sein Vater schreit hysterisch um Hilfe.

Es dauert nicht lange, bis viele Leute schreien.

Einer der Yuppies gibt stöhnend unverständliches Zeug von sich und rennt mit voller Wucht gegen einen Tisch und stößt ihn um. Die dort Sitzenden fallen mitsamt ihrem Essen zu Boden.

Dem Alten läuft etwas aus dem Mund, das wie Sabber aussieht. Er zittert so fürchterlich, dass ihm das Gebiss aus dem Mund fällt.

Mehr Gekotze, mehr Gestöhne. Die Menge stürzt in Panik auf die Tür zu, wo eine junge Frau, die noch nicht einmal etwas von der Salatbar gegessen hat, zu Tode getrampelt wird. Der übrig gebliebene Bulle leidet anscheinend unter Halluzinationen, denn er feuert mit seiner Dienstwaffe in die Menge und kurz darauf durch das Fenster auf die Passanten.

Es ist einfach nur herrlich. Wahrhaftig eine Szene aus der Hölle. Die Früchte seiner Arbeit direkt vor Ort sehen zu können, ist tausendmal besser als die Bilder in den Nachrichten, die an Beatmungsgeräte angeschlossene Opfer in den Krankenhäusern zeigen.

Er will unbedingt dicht am Geschehen sein, ein Teil davon werden.

Da ihn niemand beachtet, macht er sich keine Mühe mehr, die Injektionspistole zu verbergen. Er befestigt sie wieder am Schlauch, stellt sie neu ein und bahnt sich einen Weg mitten ins Gewühl.

Pssssssst. Er verpasst einem Mann eine Injektion ins Genick.

Pssssssst. Der Arm einer Frau.

Pssssssst. Eine Hand, die ihm zu nahe kommt.

Die ersten drei Opfer haben es so eilig, aus dem Restaurant zu fliehen, dass sie sich nicht einmal nach ihm umdrehen. Der Chemiker weiß, dass eine Injektion aus der Pistole nicht besonders wehtut. Es ist ein geringfügiger Schmerz, in etwa wie das

Schnalzen eines Gummibandes gegen die Haut. In der Panik des Augenblicks spürt keiner von ihnen etwas.

Er findet die Kellnerin, die einzige Person in dem Restaurant, die einen genaueren Blick auf ihn geworfen hat, und verpasst ihr zwei Injektionen unter das Kinn.

Sie öffnet den Mund, um zu schreien, bricht zusammen und krümmt sich vor Schmerzen.

Inzwischen ist das Restaurant fast leer, mit Ausnahme der Toten und derer, die im Sterben liegen. Der Chemiker eilt zu seinem Tisch zurück und hinterlegt die Mitteilung. Dann nimmt er seinen Teller und schüttet den Inhalt auf den Fußboden. Allmählich treffen Rettungs- und Streifenwagen sowie Feuerwehrautos ein. Er überquert die Straße, wirft den Teller in eine Mülltonne und sieht dem Treiben zehn Minuten lang zu.

Als Nächstes kommen die Presse- und Fernsehfritzen.

Diese Episode wird mehr als nur zehn Sekunden Sendezeit bekommen, sagt er sich und steigt in den Bus, der ihn nach Hause bringt. Er kann es kaum erwarten, den Fernseher einzuschalten.

KAPITEL 14

Ich verbrachte den ganzen Tag an Lathams Krankenbett, wo ich seine Hand hielt, weinte und den Ärzten zuhörte, wie sie mir beteuerten, dass sie im Augenblick nichts weiter tun könnten, als zu hoffen, dass das Fortschreiten des Toxins rechtzeitig gestoppt wurde.

Latham kam nicht zu sich. Da ich keine Angehörige war, durfte ich nicht über Nacht bei ihm bleiben. Weder meine Polizeimarke noch meine Drohungen halfen mir weiter. Sobald die Besuchszeit vorüber war, schmiss man mich hinaus.

Mir blieb nichts anderes übrig, als nach Hause zu fahren.

Schlaf konnte ich mir abschminken. Selbst wenn in meinem Leben alles gut lief, fiel mir das Einschlafen schwer. In der jetzigen Situation war gar nicht daran zu denken.

Stattdessen reagierte ich meinen Frust genauso ab, wie es meine Mutter stets getan hatte: Ich putzte das Haus.

Zunächst begann ich damit, einfach nur aufzuräumen, aber bald fand ich mich mit Knieschützern, Gummihandschuhen, Desinfektionsmitteln und Haushaltsreinigern wieder. Wo ich auch hinschaute, sah ich in meiner Einbildung Keime und Giftstoffe. Ich verpackte sämtliche Lebensmittel, die Latham in dem Feinkostgeschäft gekauft hatte, einzeln in Plastiktüten und stellte sie hinaus auf die Veranda. Außerdem leerte ich den Kühlschrank und schrubbte ihn mit Bleichmittel.

Anschließend reinigte ich das Spülbecken, desinfizierte den Mülleimer, wischte den Fußboden, machte das Bad sauber, steckte die Betttücher, Kissenbezüge, Kopfkissen und die Tagesdecke in die Waschmaschine. Zuletzt badete ich Mr Friskers, wobei ich zu meiner Sicherheit meine schusssichere Weste, eine Schutzbrille und zwei Topfhandschuhe trug.

Dem Kater gefiel das ganz und gar nicht.

Ich desinfizierte die tiefen Kratzer, die Mr Friskers mir an Armen und Wangen beigebracht hatte, mit Wasserstoffperoxid und überlegte, ob mir noch genügend Zeit zum Staubsaugen blieb, bevor ich zur Arbeit aufbrechen musste. Das Schlafzimmer meiner Mutter war das kleinste, also konnte ich zumindest das noch schnell machen.

Ich schloss den Staubsauger an die Steckdose an, schob Moms Bett an die Wand und hob einen Schuhkarton auf, den sie darunter aufbewahrt hatte.

Mr Friskers war anscheinend immer noch sauer auf mich wegen des Bades, denn er kam plötzlich ins Zimmer gerannt und sprang mir auf den Rücken. Als er eine Kralle in meine Schulter bohrte, wirbelte ich herum und ließ den Karton los. Papiere fielen heraus und flatterten in alle Richtungen.

Der Kater kreischte. Ich auch. Zum Glück befand sich etwas in meiner Reichweite, das er noch mehr hasste als die Wasserpistole – der Staubsauger.

Ich drückte mit dem Zeh auf den Einschaltknopf. Das Geräusch genügte. Mr Friskers ließ augenblicklich von mir ab und suchte das Weite.

Die Leute, die ständig davon reden, wie Haustiere unser Leben bereichern, haben wirklich Scheiße im Kopf.

Ich schaltete den Staubsauger wieder aus, blickte auf die im Zimmer verstreuten Papiere und machte mich mit einem Seufzer daran, sie aufzusammeln.

Es war hauptsächlich Post: ein paar Briefe von Verflossenen

meiner Mutter. Mein Blick fiel zufällig auf die Worte ... *lecke gerne deine enge, feuchte* ... Ich hatte keine Lust weiterzulesen und legte den Brief weg.

Ein Umschlag stach mir jedoch ins Auge, denn er war noch verschlossen. Auf der Vorderseite stand in der blumigen Handschrift meiner Mutter *Jacqueline*.

Ich starrte einen Augenblick lang darauf. Einerseits war er verschlossen und in einer Schachtel unter dem Bett meiner Mutter versteckt gewesen. Andererseits war er an mich adressiert.

Normalerweise hätte ich so einen Umschlag ungeöffnet wieder zurückgelegt. Aber ich war erschöpft und mit den Nerven am Ende. In diesem Zustand konnte ich mir zusätzliche Ungewissheiten nicht leisten.

Also machte ich den Umschlag auf und las den Brief.

Meine liebe Tochter,

falls du diese Zeilen liest, liegt das daran, dass du nach meinem Tod meine Sachen durchsucht hast. Ich hoffe, mein Ableben hat dir nicht allzu viel Kummer bereitet.

Ich nehme das zurück. Ich hoffe, du bist völlig am Boden zerstört. Ich habe dich mehr geliebt als mein eigenes Leben und weiß, dass du dasselbe für mich empfindest. Du bist das einzig Gute, das mir im Leben passiert ist.

Es gibt etwas, das du wissen solltest, etwas, das ich mich nicht getraut habe, dir zu sagen, solange ich lebte. Weißt du, ich kann diesem Mann nicht verzeihen. Hättest du schon früher die Wahrheit erfahren, wären meine längst verdrängten Gefühle wieder an die Oberfläche gekommen, und das hätte ich nicht verkraftet. Was ich getan habe, war nicht richtig, und du hast allen Grund dazu, auf mich wütend zu sein. Aber jetzt, wo ich tot bin, muss ich mir deine Vorwürfe nicht anhören.

Ich habe dich angelogen, Jacqueline. Als du noch klein warst, habe ich dir erzählt, dein Vater wäre an einem Herzinfarkt gestorben. Aber so war es nicht. Er hat uns verlassen. Eines Abends sagte er nach dem Essen in aller Ruhe zu mir, dass er es satthabe, ein Ehemann und Familienvater zu sein, und dass er nichts mehr mit uns zu tun haben wollte. Und dann verschwand er mir nichts, dir nichts aus unserem Leben. Ich habe zu dir gesagt, er wäre tot, weil er für uns praktisch gestorben war. Es war leichter, einem Kind einzureden, dass sein Vater nicht mehr zurückkommen würde, weil er nicht mehr unter uns weilte, als einem Kind zu sagen, dass er einfach nur kein Vater mehr sein wollte. Eigentlich hatte ich vor, dir die Wahrheit zu sagen, als du älter warst, aber dann bekam ich Angst, dass du ihn aufspüren und ihn zur Rede stellen würdest.

Nachdem er uns verlassen hatte, hat es bei mir sehr lange gedauert, bis ich darüber hinwegkam. Du warst eine tolle Tochter, aber du weißt bestimmt noch, wie schwer wir es hatten. Ich kann ihm nie verzeihen, was er uns angetan hat, und ich will ihn nie wiedersehen.

Ich rate dir, die Angelegenheit auf sich beruhen zu lassen, weiß aber, dass du das nicht tun wirst. So etwas passt nicht zu dir. Du wirst ihn suchen und eine Erklärung von ihm verlangen, warum er das getan hat.

Wenn dieser Augenblick kommt, meine liebste Jacqueline, verpass dem Arschloch in meinem Namen einen kräftigen Tritt in die Eier.

Liebe Grüße
Mom

Ich brauchte ein paar Sekunden, bis ich das Gelesene verarbeitet hatte. Und noch ein paar Sekunden, bis ich zum Hörer griff und Mom anrief.

»Guten Morgen, Jacqueline. Wie geht's meinem Miezekater? Bekommt er genug zu fressen?«

»Mr Friskers geht's gut. Ich ...«

»Und was macht Latham? Ich mag den Mann. Wenn ich ein paar Jahre jünger wäre ...«

Ich hielt den Zeitpunkt für unangebracht, um ihr die schlechte Nachricht zu übermitteln, und hielt damit hinter dem Berg.

»Mom, ich hab gerade in deinem Zimmer sauber gemacht und den Brief gefunden.«

»Ach, reg dich nicht auf. Ich hab halt mit ein paar Männern unanständigen Briefverkehr gehabt. Ich finde nun mal geschriebene Worte viel erotischer als Pornofilme. Obwohl, einmal war ich mit diesem Mann zusammen, der mich in eine Peepshow mitgenommen hat ...«

»Den Brief meine ich nicht, Mom. Der andere, der mit meinem Namen drauf.«

Meine Mutter machte eine Pause. »Ah. *Dieser* Brief. Hast du ihn gelesen? Natürlich hast du das, sonst hättest du ja nicht angerufen. Es sei denn, du möchtest mich um Erlaubnis bitten, ihn zu lesen, worauf ich dir höflich, aber bestimmt mit Nein antworte.«

»Dad lebt also noch?«

Mom seufzte genervt. »Ehrlich gesagt, ich weiß es nicht. Kann schon sein. Wie auch immer, es interessiert mich nicht die Bohne. Hast du den Teil gelesen, wo ich schrieb, dass du das einzig Gute in meinem Leben warst? Kamen dir da die Tränen? Ich habe geweint, als ich das schrieb. Aber um ehrlich zu sein, ich hatte zu diesem Zeitpunkt ziemlich tief ins Glas geschaut.«

Ich rieb mir die Augen. »Mom, findest du nicht, wir hätten darüber reden sollen, bevor du tot bist?«

»Was soll das jetzt? Ich bin nicht tot, und wir reden ja jetzt darüber.«

»Wer ist das?«, sagte eine Männerstimme im Hintergrund.

»Meine Tochter, Charlie. Schlaf weiter.«

»Mom, sag bloß, du bist mit jemandem im Bett.«

»Jetzt hab dich mal nicht so, Jacqueline. Wir haben bloß geschlafen.« Ich hörte, wie sie ihm einen Kuss auf die Wange gab. »Der Sex kommt später, unter der Dusche.«

»Hör zu, Mom, ich bin im Moment ziemlich sauer.«

»Sei aber jetzt bitte nicht sauer auf mich. Schließlich war ich nicht diejenige, die uns verlassen hat.«

Ich knirschte mit den Zähnen. »Er ist mein Vater, und du hättest mir sagen müssen, dass er noch lebt.«

»Wieso? Damit er dir erneut Schmerzen zufügt? Du hast ja keine Ahnung, wie es ist, wenn dein Ehemann und Vater deines Kindes dir ins Gesicht sagt, dass er nichts mehr mit dir zu tun haben will. Dich in dem Glauben zu lassen, er sei tot, hat es dir leichter gemacht, den Verlust zu verarbeiten.«

Es war, als würde ich mit einem Oktopus ringen.

»Diese Entscheidung hätte ich aber selbst treffen müssen, Mom.«

»Na ja, das kannst du ja jetzt. Aber falls du ihn findest, will ich davon nichts wissen. Es interessiert mich nicht, ob er tot ist oder noch lebt. Ich will keine Diskussionen darüber. Jetzt und auch in Zukunft nicht.«

»Gut.«

»Ach ja, und weil du gerade dabei bist, beim Saubermachen meine persönlichen Sachen zu durchwühlen, möchte ich dich bitten, die Nase aus meinem Nachtkästchen zu lassen. Ich will ja nicht, dass du noch mehr Dinge findest, über die du dich aufregst. Tschüss, Jacqueline.«

Sie legte auf. Ich begab mich in ihr Schlafzimmer, riss die Schublade neben ihrem Bett auf und sah mehrere batteriebetriebene Geräte in verschiedenen Größen und Formen. Angewidert machte ich die Schublade wieder zu und versuchte, die Bilder aus meinem Kopf zu verdrängen – vor allem das von diesem langen roten Ding.

Mom hatte gewusst, dass ich die Schublade öffnen würde.

Sie hatte das mit Absicht getan, um mich zu ärgern. Ich wurde noch wütender.

Mr Friskers tauchte im Türrahmen auf und fauchte mich an.

»Jetzt nicht!«, warnte ich ihn.

Er schien es sich zu überlegen, ehe er schließlich davontrottete. Ich warf einen Blick auf die Uhr, stellte fest, dass ich spät dran war, und sprang unter die Dusche. Zum Waschen und Spülen der Haare hatte ich keine Zeit. Ich rubbelte mich schnell mit dem Handtuch ab und zog mir ein graues Jackett mit Mandarinkragen von Tahari, ein beiges Top und eine schwarze Hose an. Dem Home Shopping Network sei Dank! Mein Blick fiel auf ein Paar hohe Schuhe von Emilio Pucci, deren verrücktes Design mit den vielen Farben den Eindruck erweckte, sie seien aus den Fellen von Glücksbärchis gemacht. Am Ende entschied ich mich für ein Paar flache Schuhe von Taryn Rose, da ich den ganzen Tag von Pontius zu Pilatus würde rennen müssen.

Die lange Fahrt zur Arbeit gab mir Zeit, im Auto mein Make-up aufzutragen und meine Haare vom Fahrtwind trocknen zu lassen – vorausgesetzt, draußen war es nicht so feucht, dass sie sich kräuselten.

Eine Stunde später fuhr ich auf meinen Parkplatz beim Revier. Der Tag erwies sich als tropisch feuchtschwül, und das Einzige, was ich mit meinen braunen Locken machen konnte, war, sie zu einem Pferdeschwanz zusammenzubinden.

Ich stieg die Treppen zu meinem Büro empor und hoffte, dass Herb dort bereits mit einer großen Tasse Kaffee auf mich wartete. Koffein hatte ich nämlich dringend nötig.

In meinem Büro war tatsächlich jemand, aber nicht Herb. Und sie hatte keinen Kaffee.

»Das ist mein Schreibtisch«, sagte ich und deutete auf das Möbelstück, auf dem sie saß.

Die junge Frau lächelte. »Ich weiß. Es ist ja Ihr Büro.«

Sie war Anfang zwanzig und trug ihr blondes, mit rosa Strähnen gefärbtes Haar kurz geschnitten. Ihr Make-up stellte jede Zigeunerwahrsagerin in den Schatten. Dazu mehrere Ohrringe und eine bunt gescheckte Bluse, die so eng saß, dass sie wie aufgemalt wirkte.

»Ich bin Roxanne«, stellte sie sich vor und stand auf. Ungefähr so groß wie ich, aber mit etwas schmalerer Taille und einer Körbchengröße mehr. »Roxanne Waclawski. Sie können Roxy zu mir sagen.«

Als sie mir die Hand entgegenstreckte, klimperten mich tausend silberne Armreifen an.

Ich schüttelte sie nicht.

»Was machen Sie in meinem Büro?« Nach einer kurzen Pause fügte ich hinzu: »Roxy.«

Sie strahlte mich an. »Wir sind Partner!«

»Ich habe schon einen.«

»Captain Bains hat mir gesagt, dass ich Ihr neuer Partner bin. Ihr alter ist gestorben oder in Rente gegangen oder was weiß ich.«

Ich machte auf dem Absatz kehrt und ging durch den Flur zu Herbs Büro. Er war gerade dabei, seine Sachen in Kartons zu verpacken.

»Herb? Was ist los?«

Mein Partner sah mich mit einem Blick an, der irgendwo zwischen Schmerz und Reue lag.

»Mein Versetzungsantrag ist bewilligt worden. Ich gehe ins Raub-und-Einbruchs-Dezernat. Von Mord habe ich die Schnauze voll.«

Ich fühlte mich wie vom Schlag getroffen. Sämtliche Leute in meinem Leben, die mir etwas bedeuteten, schienen mich zu verlassen.

»Warum?«, hörte ich mich sagen.

»Der Stress. Ich halte das nicht mehr aus. Zu viele Jahre

hab ich mit angesehen, wie Leute versucht haben, mich umzubringen. Oder dich. Ich glaube, es ist sogar schlimmer, wenn ich weiß, dass *du* in Gefahr schwebst.«

»Falls das was mit gestern zu tun hat ...«

Herb ließ den Karton auf den Schreibtisch fallen. Das Geräusch ließ mich zusammenzucken.

»Was gestern passiert ist, war nur ein Beispiel. Es geht schon lange so. Ich pack das einfach nicht mehr, Jack. Hab schon viel zu viele Leichen gesehen und mit zu vielen weinenden Angehörigen gesprochen. Mir reicht's.«

Er zog die Schreibtischschublade heraus und schüttete den gesamten Inhalt in den Karton. Es waren hauptsächlich alte Snackverpackungen.

»Wieso hast du mir nichts gesagt?«, fragte ich.

»Bernice hat mir davon abgeraten. Sie meinte, du würdest es mir ausreden.«

»Natürlich würde ich das. Du bist Mordermittler. Ein verdammt guter. Es liegt dir im Blut. Du kannst den Job nicht einfach hinschmeißen.«

»Bis zur Rente bleiben mir weniger als zehn Jahre, und die verbringe ich lieber mit Diebstählen und Einbrüchen. Keine Psychopathen und Serienkiller mehr. Keine Irren, die ganz Chicago vergiften wollen. Das nächste Jahrzehnt wird eher wie ein bezahlter Urlaub.«

Ich ging um seinen Schreibtisch herum und legte ihm die Hand auf den Arm. Herb gehörte praktisch zu meiner Familie. Ich hatte vor ihm andere Partner gehabt, aber keinen, mit dem ich mich so gut verstand.

»Du hast mir gestern das Leben gerettet, als du mich aus diesem Haus geholt hast. Wenn du ins Raubdezernat gehst, wer rettet mir beim nächsten Mal den Arsch?«

Ich sagte es halb im Scherz, aber seine Antwort war so ernst, dass sie wie eine Ohrfeige wirkte.

»Dann musst du dir halt jemand anderen suchen, der dich das nächste Mal rettet, Jack.«

Er drehte mir den Rücken zu und zog ein paar Sachen aus den Regalen.

»Ich hab sämtliches Material von der Taskforce auf deinen Schreibtisch gelegt. Da steht drin, welches Team was macht. Bains wird dir bestimmt einen neuen Partner zuweisen, falls er es nicht schon getan hat.«

»Das hat er. Die Farbe an ihr ist noch nicht mal getrocknet.«

Herb wandte sich wieder zu mir und rang sich ein müdes Lächeln ab. »Soso, eine jüngere Partnerin. So einen Scheiß würde ich mir niemals bieten lassen.«

Vielleicht war ich diejenige, die die Arme nach ihm ausstreckte. Vielleicht ging die Initiative von ihm aus. Ich weiß es nicht genau, aber im nächsten Augenblick umarmten sich zwei hartgesottene Macho-Cops wie Verwandte bei einer Beerdigung.

»Du wirst einen guten Raubermittler abgeben«, sagte ich zu seinem fetten Hals.

»Komm doch einfach mit. Denk doch mal nach. Keine Schießereien. Keine toten Kinder. Keine durchgeknallten Serienmörder. Und wenn uns ein Dieb durch die Lappen geht, löscht er nicht gleich einen ganzen Kindergarten aus. Schlimmstenfalls klaut er einen BMW.«

»Klingt verlockend. Ich lass es mir durch den Kopf gehen.«

Wir beide wussten natürlich, dass ich log.

Herb löste sich aus der Umarmung, räusperte sich und machte sich wieder am Regal zu schaffen. Einen Augenblick später kam er mit einer Tüte Twinkies wieder.

»Schau dir das an.« Er musterte die Zellophanverpackung mit zusammengekniffenen Augen. »Verfallsdatum war 1998, steht da. Die sehen aber noch so gut wie neu aus.«

»Die besten Dinge im Leben ändern sich nie«, sagte ich zu ihm.

»Das stimmt nicht ganz, Jack. Manchmal tun sie es.«

Er warf die Packung in den Karton. Obwohl ich das Gefühl hatte, keine Tränen mehr vorrätig zu haben, spürte ich sie kommen. Ich überlegte, ob ich ihm von Latham oder meinem Vater erzählen sollte. Nur damit er bliebe.

Stattdessen sagte ich: »Ruf mich an, wenn du dich dort eingelebt hast.«

Dann machte ich auf dem Absatz kehrt und ging zur Tür hinaus.

KAPITEL 15

Als ich in mein Büro zurückkehrte, hatte Roxy sich schon wieder auf meinem Schreibtisch breitgemacht und sogar die Füße auf den Tisch gelegt. Ihre Turnschuhe befanden sich an dem Platz, den ich normalerweise für meinen Morgenkaffee reserviert habe.

»Das ist mein Schreibtisch.« Ich hielt meinen Schmerz an einem privaten, geheimen Ort verborgen, wo er erst wieder zum Vorschein kommen würde, wenn ich es zuließ, und setzte ein freundliches Lächeln auf. »Wenn ich Sie noch mal hier herumlümmeln sehe, rolle ich Sie in einen Ball zusammen und stecke Sie dahin, wo Sie hingehören: zurück in Cyndi Lauper.«

Roxy nahm schnell die Füße vom Tisch und erhob sich.

»Wer ist Cyndi Lauper?«

»Eine junge Frau, die einfach nur Spaß haben wollte.«

»Klingt cool. Hey, während Sie weg waren, hat Captain Bains angerufen. Unten findet irgendeine große Besprechung statt, zu der wir kommen sollen. In Konferenzzimmer A.«

»Sagen Sie mal, sind Sie wirklich Polizistin oder haben Sie sich nur hier eingeschlichen?«

Roxy ließ eine Kaugummiblase platzen und grinste.

»Sie gefallen mir«, sagte sie. »Sie haben Schmiss.«

Ich nahm mir die Mappe mit den Taskforce-Unterlagen aus der Ablage. Roxy hängte sich ihren Rucksack über die

Schulter – natürlich trug sie einen Rucksack; wie sollte sie auch sonst ihr Skateboard transportieren? – und folgte mir den Flur entlang.

»Ich dachte, wir gehen ins Konferenzzimmer.«

»Ich brauch erst mal einen Kaffee.«

»Hier.« Sie hielt mich am Arm fest und holte einen Energydrink in einer 500-Milliliter-Dose aus dem Rucksack.

»So was will ich nicht. Ich will Kaffee.«

»Das hier ist zuckerfrei. Und es hat doppelt so viel Taurin wie die empfohlene Tagesmenge.«

»Was ist Taurin?«

»Weiß ich nicht. Es schmeckt so ähnlich wie Pisse. Aber es gibt einem den richtigen Kick.«

Da der Kaffee aus dem Getränkeautomaten ebenfalls wie Pisse schmeckte, nahm ich den Energydrink an. Er schmeckte weniger wie Pisse als vielmehr wie Galle mit Kohlensäure und ein bisschen Salz. Aber mein Körper reagierte sofort auf das Koffein, sodass ich mich auf dem Weg nach unten schon ein wenig munterer fühlte.

»Ihr Outfit ist echt cool«, sagte Roxy.

»Danke.«

»So was will ich unbedingt auch anziehen, wenn ich älter bin.«

Als wir das Konferenzzimmer betraten, saßen Captain Bains, Polizeichefin O'Laughlin, Special Agent Rick Reilly vom SFG, der allgegenwärtige PR-Fuzzi Davy Ellis und ein paar andere Leute, die ich nicht kannte, um den Besprechungstisch herum und lieferten sich eine hitzige Diskussion. Roxy schnappte sich den letzten freien Stuhl. Ich wollte sie schon mit ihrem Halsband aus Hanf erdrosseln, doch dann stand Rick auf, bot mir seinen Stuhl an und verließ den Raum auf der Suche nach einem neuen.

»Jack«, sagte die Polizeichefin, »das hier sind Dr. Abigail

Van Hausen von der Seuchenschutzbehörde, Major Phillip Murdoch von der Medizinischen Forschungseinrichtung der US-Armee für Infektionskrankheiten, Dr. Sylvia Ng von der Weltgesundheitsorganisation und Dr. Wayne Astor, ebenfalls von der Medizinischen Forschungseinrichtung der US-Armee.«

Ich schüttelte allen Anwesenden die Hand. Roxy folgte meinem Beispiel.

»Ich bin Roxy, Jacks Partnerin. Braucht jemand 'nen Energydrink? Da ist Taurin drin.«

Niemand nahm das Angebot an. Roxy holte eine Dose hervor, öffnete den Verschluss mit einem Zischen und schlürfte laut einen Schluck.

»Hat das Verteidigungsministerium jetzt die Zügel in die Hand genommen?«, fragte ich und sah die Armeefritzen an.

Der Major antwortete in militärischem Tonfall: »Das Verteidigungsministerium ist hier, um zu prüfen, ob die Situation in Chicago eine Gefahr für die nationale Sicherheit darstellt. Außerdem war eines der gestrigen Opfer in dem Restaurant ein japanischer Würdenträger, und man hat uns um unsere Unterstützung bei den Ermittlungen gebeten.«

Ich hatte von dem Vorfall in dem Restaurant gehört, als ich im Krankenhaus bei Latham war.

Bains wirkte unzufriedener als sonst. »Sechs Tote, vier weitere in kritischem Zustand. Wir konnten bestätigen, dass der Anschlag auf das Konto des Chemikers ging. Am Tatort wurde eine Mitteilung gefunden.«

Er reichte ein Blatt Papier in einem großen Plastikbeutel herum und gab uns Details zu Fundort und -zeit. Die Schriftart war dieselbe wie bei dem früheren Brief, nur größer.

Zwei Millionen Dollar, oder ich erzähle CNN, was wirklich los ist. Der Chemiker

»Wir müssen damit an die Öffentlichkeit gehen«, sagte ich.

»Nicht unbedingt.« Der Einwand musste natürlich von Davy kommen. »Wenn wir das tun ...«

Ich schnitt ihm das Wort ab und führte den Satz an seiner Stelle fort. »Würde das die Stadt mehrere Milliarden Dollar kosten. Und wie wir alle wissen, ist Geld wichtiger als ein paar unschuldige Menschen.«

»Das ist nur ein Teilaspekt. Der Chemiker blufft. In Wirklichkeit will er gar nicht, dass die Medien Wind von der Sache bekommen, denn das macht es für ihn schwieriger, seine Giftstoffe zu verbreiten.«

»Erklären Sie mir bitte, warum das so schlimm wäre.«

»Um ihn zu schnappen, brauchen Sie Beweise. Und wie wollen Sie die finden, wenn er untertaucht?«

»Wer ist dieses Arschloch?«, flüsterte Roxy mir ins Ohr. Ich beachtete sie nicht.

»Was wird aus dem Beliebtheitsgrad der Stadt, wenn die Bürger erfahren, dass ein Irrer ihre Lebensmittel vergiftet und wir davon wussten, es jedoch verschwiegen haben?«

Der PR-Fuzzi machte den Mund auf, aber es kam nichts raus.

»Ich werde eine Pressekonferenz anberaumen«, sagte die Polizeichefin. »Wir wenden uns an die Öffentlichkeit.«

Davy bewegte die Lippen wie ein Fisch, der nach Luft schnappt. »Dem Bürgermeister wird das nicht gefallen.«

»Unser Auftrag lautet, den Bürgern zu dienen und sie zu schützen. Das können wir aber nicht, wenn wir ihnen die Sache verheimlichen. Dr. Ng und Dr. Van Hausen, Sie waren im Bezirksleichenschauhaus von Cook County, als die Angehörigen des Spezialeinsatzkommandos, die in Algers Haus ums Leben kamen, dorthin gebracht wurden. Haben Sie etwas herausgefunden?«

Doktor Ng, eine schlanke, attraktive Frau mit asiatischen

Wurzeln, nickte Dr. Van Hausen zu, räusperte sich und las von einem Blatt Papier ab.

»Wie es scheint, sind sämtliche Tode das Resultat von Vergiftung. Bis jetzt konnten wir sieben verschiedene Toxine identifizieren. Einige der Toten weisen Symptome und Signaturen von mehreren Toxinen auf.«

Rick kehrte in den Raum zurück und zog einen Stuhl hinter sich her. Roxy flüsterte mir ins Ohr: »Wer ist denn dieser heiße Typ?«

Ich beachtete sie nicht und unterdrückte ein selbstgefälliges Grinsen, als der »heiße Typ« den Stuhl neben meinen schob und sich hinsetzte.

»*Nerium oleander*«, fuhr Dr. Ng fort, »ein Herzstimulator mit einer ähnlichen Wirkung wie Digitalis. *Ornithogalum umbellatum, Tanghinia venenifera, Strychnos toxifera, Ricinus communis*. Bis jetzt haben wir keine Hinweise auf Krankheiten entdeckt. Und ich möchte ausdrücklich erwähnen, dass sämtliche Toxine, die wir gefunden haben, aus Pflanzen gewonnen wurden ...«

»Haben Sie etwas Ähnliches gefunden, Special Agent Reilly?«

Rick wandte sich der Polizeichefin zu. »Um ehrlich zu sein, nein. Ich habe Spuren von Blausäure, Arsenwasserstoff und Parathion gefunden. Das sind alles anorganische Verbindungen, die man überall kaufen oder mit einem Chemiekasten für Kinder herstellen kann. Anscheinend verfügt der Chemiker über Wissen um Krankheiten, organische Giftstoffe und chemische Waffen.«

»Parathion ist mit Sarin verwandt«, warf Dr. Astor, der Armeearzt, ein.

»Das ist richtig. Es wird unter verschiedenen Handelsnamen als Pestizid verkauft.«

»Ist alles, was der Chemiker verwendet, im Inland erhältlich?«, fragte Major Murdoch.

»Die großen vier sind bisher noch nicht in Erscheinung getreten«, erwiderte Rick.

Roxy, die sich zwischendurch mit einem Niednagel beschäftigt hatte, horchte plötzlich auf. »Große vier?«

Rick wandte sich ihr zu. »VX-Gas, Anthrax, Pocken und Pest. Das wäre also ein Indiz für eine feindliche ausländische Quelle.«

»Oder eine aus dem Inland.« Ich sah den Major mit gespieltem Lächeln an. »Hat unsere Regierung nicht irgendwo eingefrorene Pockenviren gelagert?«

Major Murdoch warf mir einen Blick zu, der keinen Zweifel daran ließ, dass er mich für unpatriotisch hielt, und sagte: »Gibt es Hinweise, dass diese Präparate in Kampfstoffe umgewandelt oder tödlicher gemacht wurden?«

Rick schnaubte verächtlich. »Wie kann man Blausäure noch tödlicher machen?«

»Beantworten Sie bitte die Frage.«

Rick berührte unter dem Tisch mein Bein mit seinem. Ich wusste nicht, ob es Absicht war. Mein Puls ging ein bisschen schneller, aber dafür machte ich Roxys Energydrink verantwortlich.

»Nein, Herr Major. Sämtliche Beweise deuten auf einen Einzeltäter hin und nicht auf eine Schläferzelle von Al Kaida, die plötzlich aus einer Torte springt und Variante U versprüht.«

»Was ist Variante U, Mr Reilly?«

»Für Sie immer noch Special Agent Reilly oder Dr. Reilly. Variante U ist eine Form des Marburg-Virus, die als biologischer Kampfstoff angewendet werden kann. Und nein, ich habe bisher noch keine derartigen Hinweise gefunden.«

O'Laughlin wandte sich mir zu.

»Was haben Ihre Teams herausgefunden, Lieutenant?«

Ich blickte auf die Akte vor mir, die ich noch nicht aufgeschlagen hatte. Es war wohl eine gute Idee, dies jetzt zu tun.

Herb hatte unsere bisherigen Ergebnisse mit der für ihn typischen Professionalität zusammengefasst.

»Wir haben elf Teams zu den Orten geschickt, wo sich bekannte Fälle von Botulismus ereigneten. Unsere Leute haben bereits Hunderte Fingerabdrücke und Lebensmittelprodukte sichergestellt, Dutzende potenzielle Zeugen befragt und die persönlichen Daten von über hundert weiteren aufgenommen. Bei allen bekannten Botulismus-Opfern sowie den Ladenbesitzern und ihren Mitarbeitern in den Ausbruchsgebieten werden gerade Hintergrundprüfungen vorgenommen.«

Major Murdoch blätterte in der Aktenmappe herum, die vor ihm auf dem Tisch lag. Ich erhaschte einen Blick auf den roten Stempelabdruck STRENG GEHEIM auf dem Deckel. »Was ist mit diesem Polizisten Alger?«

»Der ist sauber. Es gab zwei interne Ermittlungen wegen Schusswaffengebrauchs, die beide eingestellt wurden. Im Augenblick untersuchen wir die Liste seiner Festnahmen auf Kandidaten, die einen Groll gegen ihn hegen könnten – also praktisch jeder, den er in seinen dreißig Dienstjahren verhaftet hat. Inzwischen konnte bestätigt werden, dass die abgetrennten Finger im Kühlschrank die von Alger waren. Wir vermuten, dass er umgebracht wurde.«

»Vielleicht hat er sich die Finger selbst abgeschnitten, um uns hinters Licht zu führen«, schlug Roxy vor.

Keiner sagte etwas, aber die Blicke, die sie dafür erntete, ließen sie auf ihrem Stuhl zusammensinken.

»Wir haben den Feinkostladen in der Irving Park Road ausfindig gemacht, den der Chemiker in seinem Bekennerschreiben erwähnt hat.« Ich dachte an Latham und mir stockte für einen Moment die Stimme. Damit es nicht auffiel, hustete ich in meine Hand. »Wir haben ein Spurensicherungsteam dorthin geschickt, das Beweismittel sammelt und das Personal befragt. Bis wir alles aussortiert haben, wird es noch eine Weile dauern.«

»Wir haben keine Zeit«, sagte die Polizeichefin. »Dieser Verrückte will schon morgen eine Antwort in der Zeitung. Damit sie es in die Frühausgabe schafft, muss ich die Anzeige bis heute Mittag aufgeben.«

»Zahlen wir ihm das Geld?«, fragte ich.

»Man hat mich autorisiert, die Forderung des Chemikers zu erfüllen. Selbstverständlich bewahren wir darüber eisernes Schweigen.« O'Laughlin richtete ihren Blick auf mich. »Wir können sagen, dass es in der Stadt einen Anschlag gegeben hat, wir können die Namen der betroffenen Geschäfte nennen und auch die Sache mit Alger erwähnen, aber kein Wort über den Erpressungsversuch.«

Ich ließ mir die Sache durch den Kopf gehen. Das war wahrscheinlich der Grund, warum die Pressesprecher der Stadt sich gestern über den Chemiker in Schweigen gehüllt hatten – man hatte erwogen, auf seine Forderung einzugehen. Wenn das bekannt wurde, würde jeder Irre mit einer Knarre nach Chicago ziehen und versuchen, die Stadt zu erpressen.

»Wer übernimmt es, ihm eine Falle zu stellen, falls wir uns zu einer Zahlung entscheiden?«, fragte ich.

»Wir, Lieutenant. Sie können gleich nach der Pressekonferenz, die um zehn Uhr stattfindet, mit der Planung beginnen.«

Die Polizeichefin erklärte die Sitzung für beendet. Roxy und Rick begleiteten mich zu meinem Büro.

»Für einen FBI-Agenten sehen Sie aber verdammt gut aus«, sagte Roxy zu Rick.

»Ich finde, Aussehen ist oberflächlich. Was wirklich zählt, sind innere Werte.«

Roxy klimperte mit ihren falschen Wimpern. »Wollen Sie damit andeuten, dass Sie gerne in mich eindringen würden, um meine inneren Werte kennenzulernen?«

»Tut mir leid, aber ich fange nichts mit Frauen an, die jünger sind als der Scotch, den ich trinke.«

Special Agent Rick Reilly punktete mit diesem Spruch gewaltig bei mir.

»Dann sollten Sie mit Jack gehen. Sie ist über fünfzig.«

Punktabzug für meine neue Partnerin.

»Roxy, waren Sie eigentlich schon mal bei einer Pressekonferenz dabei?«, fragte ich im Plauderton.

»Wer? Ich? Nein. Ich war mal im Fernsehen, als MTV die Spring Break in Fort Lauderdale filmte. Ich hab's mir allerdings nie angesehen. Meine Freundinnen haben mir gesagt, ich wäre total besoffen gewesen.«

»Ich glaube, Sie sollten lieber nicht hingehen.«

»Wieso? Haben Sie Angst, ich könnte Ihnen die Schau stehlen?«

»Nein, aber ich habe Angst, dass Sie eine blöde Bemerkung machen und ich deswegen meinen Job verliere.«

Roxy packte mich am Ellenbogen und sah mich trotzig an. »Ich bin ein Detective 3rd grade. Glauben Sie ja nicht, dass man mich befördert hat, weil ich jemandem einen geblasen habe. Ich habe hart dafür gearbeitet. Gerade Sie müssten eigentlich wissen, wie schwer es für eine Frau ist, in diesem Machoverein ernst genommen zu werden.«

Ich wägte in Gedanken ab, was ich ihr darauf erwidern könnte, die gängigen Sprüche über professionelles Verhalten, Einstellung zum Job und den Eindruck, den man nach außen vermittelt. Stattdessen sagte ich: »Wahrscheinlich schaut sich dieser Irre die Nachrichten an. Wenn wir bei der Pressekonferenz eine so attraktive Frau wie Sie dabeihaben, könnte er eine Fixierung auf Sie entwickeln.«

»Echt?« Roxy grinste. »Cool.«

»Nein, Roxy, das ist überhaupt nicht cool. Ganz im Gegenteil.«

»Sie glauben wohl, nur weil ich noch jung bin, habe ich mich nicht im Griff.«

»Nein. Ich glaube, dass Sie sich überschätzen, weil Sie noch jung sind.«

Jetzt grinste sie auf einmal nicht mehr.

»Wissen Sie, Jack, Sie dienen vielen Frauen im Chicago Police Department als Vorbild. Schade, dass Sie in Wirklichkeit so eine Zicke sind.«

Ich suchte bei Rick nach Unterstützung, aber der zeigte plötzlich reges Interesse an dem Anschlagbrett an der Wand. Ich wandte mich wieder Roxy zu und erwiderte ihren grimmigen Blick. Dabei fragte ich mich, ob ich sie so wenig mochte, weil sie mich daran erinnerte, wie ich selbst in diesem Alter gewesen war.

Nein, das stimmte nicht. Mit meinem jüngeren Ich würde ich bestens klarkommen. Diese typische Vertreterin der Generation X dagegen war wie ein Auto ohne Bremsen. Aber jeder muss aus seinen Fehlern lernen.

Ich atmete tief durch. »Also gut. Sie können die Pressekonferenz mit mir zusammen machen.«

»Ist das Ihr Ernst?«

»Ja. Aber ich werde das Wort führen. Und wir müssen vorher alles zusammen durchgehen. Regel Nummer eins: Erst denken, dann reden. Wiederholen Sie sich nicht und sagen Sie nicht ständig ähm und äh. Regel Nummer zwei: Wenn Sie keine Antwort wissen, sagen Sie: *Kein Kommentar*. Regel Nummer drei: Tun Sie stets so, als hätten Sie alles unter Kontrolle. Reporter spüren es, wenn jemand nervös ist, und fallen dann über einen her.«

»Keine Sorge, das schaffe ich schon. Wie sehe ich aus?«

Ich musterte sie von Kopf bis Fuß. »Haben Sie nichts anderes zum Anziehen? Dieses Outfit ist ja ganz lustig, sieht aber nicht sonderlich professionell aus.«

»Ich muss mal in meinem Spind nachsehen«, sagte sie und eilte davon.

Rick stupste mich an. »Halten Sie das für eine gute Idee?«

»Jeder fängt mal an.«

»Wie wär's, wenn wir beide nach der Pressekonferenz zusammen Mittag essen? Ich möchte mit Ihnen ein paar Einzelheiten zu dem Fall besprechen.«

»Mittagessen? Ich werde danach wohl erst einmal ein paar Drinks brauchen.«

»Das können wir auch machen. Ich muss in Washington und Quantico anrufen und werde wahrscheinlich die Konferenz verpassen. Können wir uns irgendwo treffen?«

Was ist das nur mit attraktiven Männern? Wäre Rick Durchschnitt, hätte ich sein Angebot sofort angenommen. Aber weil er gut aussah, fand ich, dass sich unser Kontakt auf das rein Berufliche beschränken sollte. Ich würde mich Latham gegenüber schäbig fühlen, selbst wenn es die Ermittlungen in dem Fall weiterbrachte.

Es ist nur ein harmloses Mittagessen, redete ich mir schließlich ein.

Ich schlug Ort und Zeit vor.

Was konnte schon groß passieren?

KAPITEL 16

Der Chemiker verfolgt die Pressekonferenz im Fernsehen und runzelt die Stirn. Er hat nicht damit gerechnet, dass sie damit an die Öffentlichkeit gehen. Aber seinen Plan ändert dies nicht im Geringsten. Die Stadt ist der Spur seiner ausgestreuten Brotkrumen schneller als erwartet gefolgt.

Sie zeigen seine Briefe nicht. Zwar geben sie zu, dass sie welche erhalten haben, behaupten jedoch, sie würden sie unter Verschluss halten, um falsche Geständnisse zu verhindern. Über seine Forderungen verschwenden sie kein Wort. Das bedeutet, dass sie vorhaben, ihm das Geld zu geben.

Der Chemiker ist enttäuscht. Er ist davon ausgegangen, dass die Stadt wenigstens ein paar Tage lang mauern würde, um Zeit zu gewinnen. Oder dass sie eine harte Linie verfolgen und sich weigern würde, mit Terroristen zu verhandeln. Das hätte ihm erlaubt, vor dem großen Knall noch ein paar kleinere Überraschungen einzubauen. Aber vielleicht ist noch Zeit für eine oder zwei, bevor es richtig losgeht.

Er programmiert den Festplattenrekorder und geht zu seinem Wandschrank, um eine Verkleidung auszuwählen. Diesmal entscheidet er sich für formelle Geschäftskleidung. Dunkelblauer Nadelstreifenwollanzug mit Schlitz und drei Knöpfen von Jack Victor. Weißes Hemd. Rote Krawatte. Blazer. Er kämmt die Haare mit Gel nach hinten und trägt eine großzügige Menge Eau de Toilette von Lagerfeld auf. Schließlich wählt er das ablenkende Merkmal – eine Augenklappe.

Im Spiegel wirkt er spitzbübisch und mysteriös. Das Einzige, woran sich die Zeugen erinnern werden, ist ein gut gekleideter Mann mit Augenklappe.

Diesmal nimmt er nicht nur die Injektionspistole mit, sondern auch noch einen winzigen Kontaktlinsenbehälter, der ein paar Tropfen Tanghinin-Extrakt enthält. Der Chemiker weiß nicht, ob er nahe genug herankommt, um eine der beiden anzuwenden, oder alle beide, aber er hat ja den ganzen Tag zur Verfügung. Es wird bestimmt Spaß machen.

Er überlegt, ob er mit dem Bus fahren soll, denn die Parkplatzsuche ist in der Innenstadt eine Katastrophe. Aber bei den vielen Haltestellen dauert das doppelt so lange. Schließlich riskiert er es und nimmt ein Auto, eins, das sich nicht zu ihm zurückverfolgen lässt.

Im Fernsehen hieß es, dass die Pressekonferenz live im sechsundzwanzigsten Polizeirevier stattfindet, und da fährt er jetzt hin. Der Verkehr ist für die Mittagszeit gar nicht so schlimm, und es gelingt ihm, einen Parkplatz zu finden, aus dem gerade jemand herausfährt. Und er hat gleich doppelt Glück: Auf der Parkuhr ist noch eine Stunde übrig.

Anscheinend will das Schicksal, dass er heute einen Polizisten tötet.

Er lässt die Injektionspistole im Auto, da er nicht so nahe am Polizeirevier damit erwischt werden will. Jetzt bleibt ihm nur das Tanghinin, aber das dürfte mehr als genug sein.

Er geht zügig und hofft, noch rechtzeitig zu erscheinen, bevor sich alle wieder auf den Weg machen. Vor dem Revier parken immer noch Übertragungswagen der Nachrichtensender – ein gutes Zeichen. An einer Imbissbude an der Ecke bestellt er bei dem einsamen Verkäufer einen Hotdog mit allem drum und dran.

»Danke, Kumpel. Das Geschäft läuft echt schlecht zurzeit.«

Der Chemiker beißt hinein und verschmiert den Mund mit Gurkenrelish, sodass man sein Grinsen nicht sehen kann. Er überlegt, ob er den Hotdog-Stand vergiften soll. Der Standort direkt vor dem Polizeirevier ist perfekt. Wahrscheinlich essen die Bullen hier regelmäßig.

Vielleicht später, wenn er zurückkommt.

Auf dem Gehsteig steht eine Bank, von der aus man einen guten Blick auf die Vorderseite des Polizeigebäudes hat. Er setzt sich hin und isst in vorgebeugter Haltung, um seinen Anzug nicht zu bekleckern. Zehn Minuten später kauft er noch einen Hotdog, wofür ihm der Verkäufer erneut zutiefst dankbar ist.

»Gott segne Sie, Mann. Ich habe zwei Kinder. Wenn die Leute in dieser Stadt bloß nicht so viel Schiss hätten.«

»Machen Sie sich keine Sorgen?«, fragt der Chemiker.

»Ich doch nicht! Mein Essen ist frisch. Von meinen Hotdogs wird keiner krank, darauf können Sie Gift nehmen.«

»Haben Sie schon das Neueste gehört?« Ein Gefühl freudiger Erregung durchströmt den Chemiker, als er über dieses Thema spricht. »Das Ganze ist das Werk eines einzigen Mannes. Man nennt ihn den Chemiker.«

»Wenn ich diesen Chemiker erwische, bekommt er von mir einen kräftigen Tritt in den Arsch.«

»Was, wenn er sich anschleicht und Ihre Lebensmittel vergiftet, während Sie sich um Ihre Kundschaft kümmern?«

»Sie haben wirklich eine kranke Fantasie, wissen Sie das?«

»Das haben mir andere auch schon gesagt.«

Der Chemiker geht wieder zu der Bank. Zwanzig Minuten später fragt er sich allmählich, ob er nicht zu spät gekommen ist und seine Zielperson verpasst hat, aber dann kommt sie wie durch ein Wunder aus dem Gebäude gelaufen. Allein. Selbst aus hundert Metern Entfernung erkennt er ihre Haare und die graue Jacke aus dem Fernsehen.

Er holt sich ein paar extra Servietten vom Hotdog-Stand und folgt der Polizistin auf der anderen Straßenseite, wobei er auf gleicher Höhe bleibt.

Nach zwei Blocks biegt sie in die Michigan Avenue und betritt eine bekannte Grillbar, die zu einer Kette gehört. An den Wänden hängen kitschige Gegenstände und die Barkeeper tragen Sporttrikots. Wenn der Laden wie alle anderen ist, wird es drinnen voll, verqualmt und schlecht beleuchtet sein. Geradezu perfekt!

Wegen des Verkehrs muss er warten, bis die Ampel umschaltet, bevor er die Straße überqueren kann. Als er das Restaurant betritt, ist es dort genauso, wie er erwartet hat. Die freundliche Empfangsdame teilt ihm mit, dass in einer halben Stunde ein Tisch frei wird. Er hat keine Lust zu warten und geht lieber an die Bar.

Dort ist es zwar ebenfalls voll, aber er sieht die Polizistin zwischen mehreren Männern stehen und dem Barkeeper zuwinken.

Er nähert sich ihr bis auf ein paar Schritte. Aus nächster Nähe wirkt sie kleiner und unscheinbarer als im Fernsehen.

»Einen Dirty Martini«, ruft sie dem Barkeeper zu.

Sieh mal einer an! Eine Polizistin, die im Dienst trinkt. Na ja, eigentlich kann man es ihr nicht übelnehmen. Schließlich hat sie einen harten Vormittag hinter sich.

Endlich wird ein Barhocker frei, und sie nimmt ihn in Beschlag. Was dann als Nächstes kommt, dient dem Chemiker als Bestätigung, dass das Schicksal wirklich auf seiner Seite ist: Sie zieht das graue Jackett aus, legt es auf den Stuhl und fragt den Barkeeper, wo die Damentoilette ist.

Der Mann deutet über seine Schulter und sie verschwindet in diese Richtung. Einen Augenblick später stellt der Barkeeper den Drink vor ihren Hocker hin.

Der Chemiker zögert nun keine Sekunde. Er öffnet die

Kontaktlinsenbox, versteckt sie in der rechten Hand und tritt an den Tresen. Mit der Linken greift er nach ein paar Cocktailservietten, während er mit der Rechten das Toxin in den Drink schüttet.

Dirty Martini ... der Name ist Programm, denkt er sich.

Er stopft sich die Servietten in die Tasche, entfernt sich vom Tresen und geht zu einer Stelle ein paar Meter weiter, von wo aus er alles überblicken kann. Keiner würdigt ihn auch nur eines Blickes.

Ein paar Minuten später kommt sie von der Damentoilette zurück, setzt sich auf ihre Jacke, schnappt sich das Glas und kippt den Drink in einem Zug hinunter.

In Gedanken zählt er die Sekunden.

Eins ...

Zwei ...

Drei ...

Vier ...

Fünf ...

Sie langt sich an den Kopf.

Sechs ...

Sieben ...

Sie gerät leicht ins Schwanken.

Acht ...

Neun ...

Sie reibt sich die Augen und gleitet vom Barhocker.

Zehn ...

Elf ...

Er reckt den Hals, um besser sehen zu können.

Zwölf ...

Dreizehn ...

Sie beugt sich nach vorne. Aus ihrem Mund läuft ein Speichelfaden. Gleich darauf ein Schwall Kotze.

Zu spät. Kotzen bringt nichts.

Als er bei vierzehn ankommt, kippt sie um.

Die Leute machen einen weiten Bogen um sie. Einige murmeln das Wort *besoffen*.

Es dauert etwa eine halbe Minute, bis ein Angestellter zu ihr geht und sich neben sie kniet.

»Ruft einen Krankenwagen!«, schreit er. »Sie atmet nicht!«

Natürlich atmet sie nicht. Sie ist ja auch tot.

Als die Schaulustigen sich um sie versammeln, verschwindet er ruhig und gelassen nach draußen. Bestimmt wählen jetzt mehrere Leute hektisch die Notrufnummer 911. Aber statistisch gesehen dauert es mindestens zehn Minuten, bis Ersthelfer am Schauplatz eintreffen. Aus eigener Erfahrung weiß er, dass es oft viel länger dauert. Ihre Wiederbelebungschancen sind gleich null.

Der Chemiker wischt die Kontaktlinsenbox innen und außen mit den Servietten ab und wirft sie in eine Mülltonne. Weil das Wetter so schön ist, zieht er den Blazer aus und wirft ihn über eine Schulter, wie Frank Sinatra. Es wird nicht mehr lange dauern, bis jemand die Polizistin identifiziert. Dann wird es einen gewaltigen Medienrummel geben. Eigentlich würde er sich das gerne zu Hause anschauen, aber er hat ja den Festplattenrekorder programmiert. Und es ist schon verdammt lange her, dass er einen gemütlichen Stadtbummel genossen hat.

Streng genommen hat er sich schon lange über nichts mehr freuen können. Sehr lange. Sechs Jahre, drei Monate und dreizehn Tage.

Rache ist ein Gericht, das man am besten kalt serviert genießt.

Er überlegt, ob er zur Uferpromenade am Michigan-See oder in den Grant Park gehen soll. Doch dann erinnert er sich an einen Spaziergang im Park mit Tracey und seine Stimmung sinkt in den Keller. Wer hätte jemals gedacht, dass schöne Erinnerungen eines Tages wehtun würden?

Er kehrt zu seinem Wagen zurück und denkt über seinen nächsten Schritt nach. Die Befriedigung, die er beim Anblick der sterbenden Polizistin empfunden hat, ist einer inneren Leere gewichen.

Er fragt sich, ob das der Grund ist, warum manche Menschen Serienkiller werden. Diese tiefe innere Leere, die man mit nichts vertreiben kann – weder mit Alkohol und Drogen noch mit Sex oder einer Therapie. Vielleicht sind manche Leute von Geburt an so. Ohne Seele. So, wie er sich die meiste Zeit fühlt.

Davor war er ein stinknormaler Typ, mit guten Freunden und einem guten Job. Ein hart arbeitender Steuerzahler und patriotischer Amerikaner. Den jetzigen Bürgermeister hat er damals gewählt, weil der versprochen hatte, härter gegen Kriminelle vorzugehen. Im Rückblick kommt es ihm vor wie ein anderes Leben. Aber das war es nicht. Es war sein Leben.

Doch jetzt ist da nur noch diese Gefühlskälte.

Er denkt an die Hotdog-Bude. Das wärmt ihn ein bisschen.

Der Chemiker schiebt den Schlauch mit der Injektionspistole in den Ärmel und stellt die Feder neu ein. Als er sich gerade damit abmüht, den Blazer auf dem engen Vordersitz anzuziehen, hört er rechts neben sich eine Hupe.

Er erschrickt und blickt auf.

Ein Mann in einem verrosteten alten Chevy starrt ihn an, das wutverzerrte Gesicht ein Indiz dafür, dass er schon eine Weile wartet, bis endlich ein Parkplatz frei wird.

Der Chemiker zuckt mit den Schultern und gibt dem Mann mit einem Kopfschütteln zu verstehen, dass er nicht wegfährt.

Der Typ hupt aufs Neue.

»Ich bleibe hier«, sagt der Chemiker.

Der Mann startet ein regelrechtes Hupkonzert und brüllt: »Fahren Sie endlich weg!«

Der Chemiker beachtet ihn nicht. Er versteckt die Injektionspistole in der Tasche und steigt aus. Manche Leute wollen es einfach nicht kapieren. Genau genommen tut er der Stadt einen Gefallen, indem er die Idiotenpopulation reduziert.

»Hey, Arschloch! Ich warte schon fünf Minuten auf diesen Platz!«

Der Mann hat einen ungepflegten Bart und irre Augen. Auf dem Beifahrersitz hockt eine ebenso ungepflegte Frau. Wie es aussieht, kocht sie vor Wut.

Der Chemiker zuckt mit den Schultern. »Das ist mein Platz. Suchen Sie sich gefälligst einen anderen.«

»Wir haben einen Gerichtstermin und sind spät dran. Wir brauchen diesen Scheißparkplatz!«

Den Chemiker wundert das nicht. Er fragt sich, was für ein typisches Unterschichtendelikt die beiden wohl begangen haben. Ihren Wohncontainer abgefackelt, um die Versicherung um hundert Dollar abzuzocken? Oder vielleicht mit einem Tier Sex gehabt? Kein Wunder bei der hässlichen Frau. Bei der Vorstellung muss er grinsen.

Plötzlich springt der Bärtige aus dem Auto und baut sich vor ihm auf.

»Finden Sie das auch noch witzig, Sie Arschloch?«

Der Chemiker ist schockiert. Er hat davon gehört, dass Leute beim Streit um einen Parkplatz umgebracht werden, aber er kann es nicht fassen, dass ihm so etwas passiert.

»Ich lache nicht über ...«, bringt er hervor, ehe der Kerl ihm einen harten Stoß verpasst. Der Chemiker verliert beinahe das Gleichgewicht.

»Sie glauben wohl, Sie sind was Besseres, mit diesem vornehmen Anzug und der Schwuchtelkrawatte.«

Der Mann will ihm einen weiteren Stoß versetzen. Reflexartig hebt der Chemiker die Injektionspistole. Als der Kerl ihn am Hemd packt, stößt er dem Angreifer das Ding in den dicken Hals und drückt ab.

Der Irre holt mit der Faust zum Schlag aus, doch dann

treten seine Augen aus den Höhlen und er greift sich mit beiden Händen an den Hals. Er bricht zusammen und ist tot, noch bevor er auf dem Asphalt aufschlägt.

»Arnie!«

Der Chemiker wendet sich der Frau zu, die jetzt ebenfalls aus dem Wagen gesprungen ist und auf ihn zurennt.

»Was haben Sie mit Arnie gemacht?! Sie haben ihn umgebracht!«

Der Chemiker nimmt sofort seine Umgebung wahr wie ein Bild, das beim Fokussieren der Kamera an Schärfe gewinnt. Leute beobachten ihn. Passanten auf den Gehsteigen. Autofahrer. Er kommt sich vor wie auf einer Bühne.

»Der Dreckskerl hat meinen Mann erschossen!«, heult die Frau. »Hilf mir doch jemand!«

Die einzige Person, die nahe genug herangekommen ist, um ihn später bei einer Gegenüberstellung identifizieren zu können, ist Arnies Frau. Nur vier Schritte, und er ist bei ihr, rammt ihr die Injektionspistole in den Hals und tötet sie mitten in ihrem Schrei.

Dann eilt er zu seinem Wagen zurück. Die Leute deuten jetzt auf ihn und schreien durcheinander. Ein paar laufen in seine Richtung.

Der Chemiker holt mit zitternden Händen den Autoschlüssel aus der Tasche und startet den Motor. Plötzlich muss er zu seinem Entsetzen feststellen, dass Arnies Auto ihm den Weg versperrt.

Ihm bleibt keine Zeit. Er legt den Gang ein, drückt aufs Gaspedal und rammt den Wagen vor ihm. Dann schaltet er in den Rückwärtsgang, gibt erneut Gas und verursacht eine weitere Kollision.

Das Manöver hat ihm ein wenig extra Spielraum verschafft. Er zwängt sich zwischen Arnies Chevy und dem von hinten gerammten Fahrzeug aus der Parklücke. Der Platz reicht immer noch nicht, und beide Seiten des Hondas schrammen knirschend gegen Metall, als er in panischer Hast flieht, die starrenden Blicke der Menge in seinem Rücken.

Das Ganze ist schlimm. Sehr schlimm sogar. Aber wenn er sich beeilt, kann er die Situation noch retten. Die Zeugen werden sich nur an den Anzug und die Augenklappe erinnern – Gott sei Dank hat er Letztere anbehalten.

An das Auto werden sie sich ebenfalls erinnern. Womöglich hat sogar jemand das Kennzeichen notiert.

Aber das ist okay. Das Auto gehört ihm ja nicht. Er kann das Problem lösen, wenn er sich beeilt.

Er muss nicht von seinem ursprünglichen Plan abweichen, aber er verspürt jetzt eine Dringlichkeit wie nie zuvor. Das erregt ihn.

Er ist davon ausgegangen, dass sein Zug ihm Genugtuung verschafft. Aber dass es so viel Spaß macht, hätte er nicht einmal in seinen süßesten Träumen gedacht.

KAPITEL 17

Ich saß draußen vor dem Café an einem der Tische auf dem Gehsteig. Rick war nicht zu der Pressekonferenz gekommen und inzwischen war es zwanzig Minuten nach unserer verabredeten Zeit.

Wir hatten zwar unsere Handynummern ausgetauscht, aber ich rief ihn nicht an. Stattdessen kontaktierte ich das Krankenhaus, wo Latham lag, und erfuhr, dass sich an seinem Zustand nichts geändert hatte.

Weitere fünf Minuten verstrichen. Ein Krankenwagen raste mit Sirenengeheul vorbei. Ich rief in der Telefonzentrale des Reviers an, legte auf, wählte die Nummer noch einmal und bat den diensthabenden Sergeant, mir das Vorstrafenregister und den gegenwärtigen Aufenthaltsort von Wilbur Martin Streng, geboren am 16. Oktober 1935, zu geben.

Der Verkehr, die Fußgänger und die Zeit zogen an mir vorbei. Ich zuckte zusammen, als sich plötzlich eine Biene für die Blumenvase auf meinem Tisch interessierte.

Tu ihr nichts, und sie tut dir auch nichts, redete ich mir ein, nahm aber die Hände vom Tisch. Ich hatte das Pech, die eine Person unter zweihundertfünfzig zu sein, die gegen Bienenstiche allergisch war. Als Teenager war ich einmal von einer besonders aggressiven Wespe gestochen worden, worauf ich sofort einen anaphylaktischen Schock erlitt. Mein Hals schwoll so stark an, dass ich keine Luft mehr bekam. Eine Adrenalinspritze, die man mir in der Notaufnahme eines Krankenhauses verabreichte, rettete mir das Leben. Eine Erfahrung, die ich nicht ein zweites Mal machen wollte.

Zum Glück verlor die Biene bald das Interesse und flog summend zu den Blumen auf dem Nachbartisch.

Ich schlürfte meinen Eistee, schloss die Augen und genoss die Sonne. Schließlich bestellte ich ein Club-Sandwich. Inzwischen war es mir egal, ob Rick auftauchte oder nicht.

»Tut mir leid, dass ich zu spät komme.«

Rick war etwas außer Atem. Ich hatte den Eindruck, dass er gerannt war, und fühlte mich durch seine Eile, mich zu sehen, mehr geschmeichelt, als ich mich über seine Verspätung ärgerte.

Er setzte sich, griff nach dem Wasserglas vor seinem Tischgedeck und trank es in einem Zug halb leer.

»Haben Sie etwas von der Pressekonferenz mitbekommen?«, fragte ich.

»Nein. Ich hatte ein Konferenzgespräch mit Washington. Wie ist es gelaufen?«

»Gut. Roxy hat sich wacker geschlagen. Sie war ruhig und selbstsicher und hat alle Fragen korrekt beantwortet. Und sie hat in meiner Jacke besser ausgesehen als ich.«

Rick beugte sich vor und zwinkerte mir schalkhaft zu.

»Nein, hat sie nicht.«

Ich hatte nur meine ehrliche Meinung kundgetan und keinesfalls versucht, ein Kompliment zu erheischen, aber es tat trotzdem gut.

Mein Sandwich kam, und ich entschuldigte mich dafür, dass ich bestellt hatte, ohne auf ihn zu warten.

»Können wir das Sandwich teilen, und dann bestelle ich ein neues?«

»Klar, geht in Ordnung. Aber ...«

»Aber was?«

Ich hatte Hunger, aber beim Anblick des Essens wurde mir flau im Magen. Was, wenn dieses Restaurant auf der Liste des Chemikers stand? Was, wenn ich hineinbiss und binnen dreißig Sekunden tot umfiel?

Anscheinend spürte Rick meine Bedenken. »Im Leben ist nichts ohne Risiko, Jack. Sie können entweder davonlaufen oder es bei den Hörnern packen.«

Er beugte sich näher an mich heran und stieß unter dem Tisch mit seinem Knie gegen meins. Dann nahm er die Hälfte des Sandwichs, biss hinein und bekleckerte sein Kinn mit Mayonnaise.

Bei dem Anblick beschleunigte sich mein Puls. Vielleicht war ich übermüdet oder meine Hormone gingen mit mir durch. Was auch immer mein Problem war, ich nahm mir vor, mich in Zukunft nicht mehr alleine mit Rick zu treffen.

Wieder raste ein Krankenwagen vorbei, gefolgt von zwei Übertragungswagen des Fernsehens. Was das womöglich bedeutete, gefiel mir ganz und gar nicht.

Ich holte mein Funkgerät aus der Handtasche und schaltete auf die Frequenz des Polizeifunks. Ein paar Sekunden später warf Rick ein paar Geldscheine auf den Tisch, und wir rannten los.

Ich ging dreimal die Woche ins Fitnessstudio und zweimal im Monat zum Taekwondo-Training und konnte daher mit Rick die drei Straßenblocks zum Revier Schritt halten, ohne zusammenzubrechen oder zu kotzen. Aber als ich die Krankenwagen vor dem Polizeigebäude sah, wurde mir schlecht.

Ein Dutzend Uniformierte sperrten einen Straßenabschnitt, leiteten den Verkehr um und befragten Schaulustige. Mehrere Rettungssanitäter standen um zwei Leichen herum und schienen es nicht eilig zu haben. Ich machte Herb in der Menschenmenge ausfindig. Obwohl er nicht mehr mein Partner war, schaffte er es immer noch schneller zum Tatort als ich.

»Was ist passiert?«

»Bin eben erst angekommen. Irgendeine Auseinandersetzung unter Verkehrsteilnehmern.«

»Im Polizeifunk war vom Chemiker die Rede.«

»Kann sein. Zwei Tote, keine Spuren an den Leichen.«

»Rühren Sie ihn nicht an!«, schrie Rick einen Sanitäter an, der neben einem Opfer in die Hocke ging. »Ansteckungsgefahr!«

Hatten die Zeugen bis jetzt keine Angst gehabt, so lösten Ricks Worte eine Massenflucht zu den Polizeiabsperrbändern aus. Herb ging ans nördliche und ich ans südliche Ende, wo wir den Leuten erklärten, dass sie vollkommen sicher waren und dass wir gerne mit Zeugen sprechen würden, die etwas gesehen hatten. Mir gelang es, eine Gruppe Geschäftsleute festzuhalten, die sich gerade davonmachen wollte, während Herb sich einen Jungen auf Rollerblades schnappte. Rick besorgte sich unterdessen eine Gasmaske und Gummihandschuhe und untersuchte eine der Leichen.

Die drei Geschäftsleute gaben mir eine Zusammenfassung dessen, was sie gesehen hatten, angefangen mit dem Gehupe bis zu dem Augenblick, wo der Täter den Opfern mit irgendeinem Gegenstand in den Hals stach. Er trug einen Anzug und eine Augenklappe und fuhr einen weißen Honda Accord mit Kratzern auf beiden Seiten. Keiner von ihnen hatte sich das Kennzeichen notiert.

Herbs Zeuge lieferte eine ähnliche Version, sagte aber, dass die Opfer nicht erstochen, sondern mit Genickschüssen aus einer Art Pistole niedergestreckt wurden.

Während wir uns unterhielten, kam ein Uniformierter namens Justin Buchbinder mit einem Jackpot zu uns – einer Zeugin mit einer Handykamera. »Mein Name ist Doris Washburn. Ich habe drei Fotos gemacht.« Sie war jung und trug ein schickes Businesskostüm. »Die Qualität ist nicht die beste, aber ich hab eins von dem Mörder und eins von seinem Auto.«

Sie zeigte mir, wie man sich die Bilder auf ihrem Handy ansah. Der Täter hatte den Kopf zur Seite gewandt, und das Nummernschild war zu verpixelt, um es lesen zu können. Aber unsere Kriminaltechniker verfügten über digitale Filter, mit denen man die Bilder vielleicht verbessern konnte. Leider zeigte das dritte Foto nur den Mann, der später starb, wie er mit dem Finger zeigte und herumbrüllte.

»Wir müssen Ihr Handy behalten.«

»Ich brauche es aber bei der Arbeit. Kann ich Ihnen nicht einfach die Fotos senden?«

»Geht dabei die Qualität verloren?«

»Nein. Ich kann sie an Ihre E-Mail-Adresse schicken.«

Ich rief Hajek im kriminaltechnischen Labor an und Doris schickte die Bilder an ihn.

»Haben Sie was?«, fragte ich ihn, während die Daten übermittelt wurden.

»Kopfschmerzen. Einen steifen Hals. Rückenschmerzen.«

»Keine Fingerabdrücke?«

»Der Chemiker fasst nichts ohne Handschuhe an. Ich hab sogar einen Handschuhabdruck auf dem Toilettengriff gefunden.«

Ich ließ mir die Information durch den Kopf gehen. So paranoid konnten nur Leute sein, deren Fingerabdrücke bereits irgendwo registriert waren. Der Täter musste irgendwo in unserem System sein. Wer festgenommen wurde, musste seine Fingerabdrücke abgeben. Dasselbe galt für öffentliche Angestellte wie zum Beispiel Polizisten, Mitarbeiter von Bundesbehörden und Militärangehörige. Auch in der Privatwirtschaft verlegte man sich immer mehr darauf, sowohl aus Sicherheitsgründen als auch, um Mitarbeiter zu identifizieren.

»Was ist mit den Fallen? Kann man die irgendwie zurückverfolgen?«

»Die M44er hatten Seriennummern, aber die wurden

entfernt. Wir haben es mit Säure versucht, sie wieder sichtbar zu machen, hat aber nichts gebracht. Das Landwirtschaftsministerium verwendet M44er, um Kojoten zu töten, aber das hier sind anscheinend ältere Ausführungen, die der Täter von überall herhaben könnte.«

»Und die anderen Fallen?«

»Aus gewöhnlichen Gebrauchsgegenständen zusammengebastelt. Sogar die Giftstoffe können laut Bericht der Gesundheitsbehörde aus weit verbreiteten Pflanzen gewonnen werden. Viele davon wachsen wild oder man bekommt sie in Geschäften für Gartenbedarf. Man kann alle im Internet bestellen. Es gibt keine Möglichkeit, sie nachzuverfolgen. Warten Sie, gerade erhalte ich die Mail.«

Es war wirklich wie verhext. Wie konnte jemand so viele Menschen töten, ohne auch nur eine einzige Spur zu hinterlassen?

»Ich muss Sie leider enttäuschen. Die Bilder sind schrecklich.«

»Können Sie sie bearbeiten?«

»Mal sehen.« Ich hörte ihn tippen und leise summen. »Ich probier's mit meinem Bildverbesserungsprogramm. Bildrauschen entfernen ... Größe anpassen ... JPEG-Komprimierung reduzieren ... und jetzt ist es noch schlimmer als vorher. Geben Sie mir noch etwas Zeit. Kann ich Sie unter dieser Nummer erreichen?«

Ich bejahte und beendete das Gespräch.

»Wo ist die neue Partnerin?«, fragte Herb.

»Beim Mittagessen.«

»Solltest du sie nicht anrufen?«

»Eigentlich schon. Ich will meine Jacke wiederhaben.«

Ich ließ mir von der Zentrale Roxys Telefonnummer geben. Als ich sie wählte, meldete sich zu meiner Überraschung ein Mann.

»Ich suche Roxanne Waclawski.«

»Sind Sie eine Freundin oder Verwandte von ihr?«

»Ich bin ihre Partnerin, Lieutenant Jack Daniels vom Chicago Police Department. Können Sie sie mir geben?«

»Leider nicht, Lieutenant. Ich bin Rettungssanitäter. Wir haben einen Notruf erhalten, dass eine Frau im Restaurant Willoughby's Ecke Michigan Avenue und Huron Street in Ohnmacht gefallen ist. Ihre Partnerin ist tot.«

Ich presse meine Finger so fest auf die Augen, dass ich Sterne sah.

»Woran ist sie gestorben?«

»Wie es aussieht, an Herzversagen. Aber bei einer so jungen Frau ...«

»Okay, seien Sie vorsichtig. Wahrscheinlich hat man sie vergiftet und es könnte noch was von dem Zeug an ihr dran sein. Reden Sie mit dem Geschäftsführer und lassen Sie niemanden gehen, bevor ich da bin.«

»War das ...«

»Sagen Sie bloß nichts darüber. Ich will keine Panik auslösen. In ein paar Minuten bin ich da.«

Ich beendete das Gespräch und sah Herb an.

»Sie ist tot. Es ist nur ein paar Straßenblocks von hier. Ich brauche dich am Tatort.«

Herb zögerte einen Augenblick und sagte dann: »Nein.«

»Herb, verdammt noch mal ...«

»Verdammt noch mal, Jack, ich bin kein Mordermittler mehr.« So wütend hatte ich ihn noch nie erlebt. »Das ist nicht mein Fall und du bist nicht meine Partnerin.«

»Schön«, sagte ich. Die Worte kamen mir aus dem Mund, bevor die Vernunft die Oberhand gewann. »Du Feigling.«

Ich meinte es nicht so, aber bevor ich es zurücknehmen konnte, stürmte Herb durch die Menge und über das gelbe Polizeiabsperrband davon, zurück ins Revier. Ich nahm mir vor, mich später bei ihm zu entschuldigen. Herb würde mir verzeihen. Vor allem, wenn die Entschuldigung mit etwas Essbarem verbunden war.

Ich blickte mich suchend nach Rick um, aber der war noch mit den Leichen beschäftigt. Da ich für meinen Besuch in dem Restaurant Unterstützung brauchte, schnappte ich mir Buchbinder, den Streifenpolizisten.

»Was halten Sie von einer vorübergehenden Versetzung ins Dezernat für Mord, Bandenkriminalität und Sexualdelikte?«

»Wenn ich meinen Posten verlasse, reißt mir mein Sergeant den Arsch auf.«

»In welcher Abteilung arbeiten Sie?«

»Parkraumüberwachung.«

»Ich werde das für Sie regeln. Haben Sie einen Wagen?«

»Ein Motorrad.«

»Das ist ja noch besser. Fahren wir.«

Der Gedanke, auf einem Motorrad mitzufahren, munterte mich auf. Ich mochte die Dinger. Mein Exmann, von dem ich meinen Nachnamen hatte, hatte eine 1982er Harley-Davidson Sportster besessen, und wir fuhren damit in der Gegend herum, wann immer sich eine Gelegenheit dazu bot. Soweit ich mich erinnern kann, war das zweimal.

Ich musste damals sehr viel arbeiten.

Leider stellte es sich heraus, dass Buchbinder in Wirklichkeit nur einen Motorroller fuhr. Auf dem winzigen, mit einem Elektromotor betriebenen Ding hatten zwei Personen nur mit Mühe Platz, und es fuhr viel zu langsam. Für eine Strecke, für die ein Fußgänger fünf Minuten benötigt hätte, brauchten wir zehn, da Officer Buchbinder bei jedem Verkehrssignal, starkem Seitenwind, Fußgängern und optischen Täuschungen anhielt. Zu allem Überfluss ordnete er sich hinter einer Pferdekutsche ein, in der sechs Personen im Greisenalter eine Sightseeingtour entlang der Magnificent Mile machten. Ich bezweifelte, dass sie bei dem Schneckentempo lange genug lebten, um die Strecke zu Ende zu fahren.

»Fahren Sie schneller«, sagte ich.

»Wenn ich zu dicht auffahre, könnte es einen Unfall geben.«

Den gab es in der Tat. Buchbinder schaffte es nicht mehr, rechtzeitig zu bremsen, und fuhr durch den größten Haufen Pferdescheiße, den ich je gesehen hatte.

»Anscheinend können sie das auch, wenn sie traben«, sagte ich.

»Haben Sie das gesehen? Es kam aus dem Nichts.«

Ich hatte es tatsächlich gesehen, auch von wo das Zeug kam. Aber ich sagte nichts.

»Ich hab was auf die Felgen bekommen«, jammerte Buchbinder. »Die hab ich doch gerade erst sauber gemacht.«

»Behalten Sie die Straße im Auge.«

»Um Gottes willen, mein Motorrad ist ruiniert. Was hat das Pferd nur gefressen?«

»Wechseln wir das Thema.«

»Was ist das am Schutzblech … Erdnüsse?«

»Überholen Sie diese verdammte Kutsche, oder ich sorge dafür, dass Sie Ihren Job verlieren.«

Er machte ein Handzeichen und fuhr zum Glück an dem Pferdefuhrwerk vorbei. Aber das Gejammer nahm kein Ende.

»Ich muss das Zeug schleunigst wegmachen, bevor es trocknet. Hab keine Lust, es mit einem Meißel abzuklopfen.«

»Reden wir von was anderem.« Eigentlich wollte ich hinzufügen: »Zum Beispiel darüber, dass Sie im Morddezernat keine Zukunft haben«, ließ es aber bleiben.

Buchbinder war jedoch von dem Thema besessen.

»Ich kann es riechen. Sie auch?«

Verdammt noch mal, hörte das denn gar nicht mehr auf?

»Meine Hose hat auch was abbekommen.«

»Buchbinder, halten Sie endlich das Maul.«

»Okay. Aber bei Mr Ed hab ich so was nie gesehen, wirklich nicht. Der Haufen war so groß wie ein kleines Kind. Wir können von Glück reden, dass wir noch leben.«

Ich fühlte mich kein bisschen glücklich.

»Können Sie die Erdnüsse riechen?«

Kurz darauf kamen wir bei Willoughby's an. Ich wies den Pferdescheißeflüsterer an, seine Hose sauber zu machen und Zeugenaussagen zu Protokoll zu nehmen. Dann sprach ich mit dem Barkeeper.

»Sie ist alleine gekommen, hat sich an den Tresen gesetzt und einen Dirty Martini bestellt. Dann hat sie die Jacke ausgezogen und gefragt, wo die Damentoilette ist. Ich hab ihr den Drink gemixt und ihn vor ihrem Hocker auf die Theke gestellt.«

Ich musterte das leere Glas, in dem noch eine Olive lag.

»Haben Sie gesehen, ob jemand in der Nähe von dem Glas war?«

»So 'n Typ ist an die Theke gekommen und hat sich ein paar Servietten geholt.«

»Hat er ihren Drink angerührt?«

»Ich hab ihn nur kurz aus dem Augenwinkel gesehen.«

»Können Sie ihn beschreiben?«

»'n Weißer mit Anzug und Augenklappe.«

Verdammt noch mal, Roxy. Da hab ich dir lang und breit erklärt, dass du besonders vorsichtig sein musst, und du lässt einfach deinen Drink unbeaufsichtigt auf der Theke stehen? Ich starrte auf meine graue Jacke auf dem Barhocker und sah vor meinem geistigen Auge, wie sie das Kleidungsstück vor der Kamera getragen und darin so selbstsicher und professionell gewirkt hatte.

Ich ließ die Jacke liegen. Ich würde sie sowieso nie wieder anziehen.

Ich konzentrierte mich wieder auf das Martiniglas und überlegte, wie ich es transportieren könnte. Die Spurensicherung hatte die notwendige Ausrüstung für so etwas. Ich brauchte die Jungs ohnehin, damit sie Fingerabdrücke sicherstellten.

Ich rief die Spurensicherung und ein paar Leute in meiner Taskforce an und bat sie, einen Polizeizeichner mitzubringen. Vielleicht ließ sich mithilfe der Zeugenaussagen ein Phantombild anfertigen.

Mein Handy klingelte. Rick. Ich nahm den Anruf an.

»Wo sind Sie?«, fragte er.

Ich erstattete ihm Bericht.

»Scheiße. Sie war ein gutes Mädchen. Sie dürfen sich nicht die Schuld geben.«

»Es ist aber meine Schuld.«

»Sie war Polizistin und kannte ihr Berufsrisiko.«

»Sie war noch ein Kind.«

»Vergessen Sie für eine Weile Ihre Schuldgefühle. Ich glaube, ich weiß jetzt, was er verwendet, um das Gift auf die Lebensmittel zu übertragen.«

Ich wurde hellhörig. »Was?«

»Er verwendet es auch bei Menschen. Man nennt so etwas eine Injektionspistole.«

»Was ist das?«

»Anstatt es Ihnen am Telefon zu erklären, schlage ich etwas Besseres vor. Ich zeige Ihnen das Ding. Wann haben Sie Zeit?«

Ich blickte mich im Restaurant um, wo sich mehrere Dutzend Menschen aufhielten.

»Es wird noch ein paar Stunden dauern.«

»Wir mussten unser Mittagessen unterbrechen. Wie wär's, wenn wir uns zum Abendessen treffen?«

Ich musste an Latham denken, wie er bewusstlos an ein Atemgerät angeschlossen war.

»Ich hab nach der Arbeit noch was zu erledigen.«

»Wie wär's mit etwas Schnellem? Ich bring was zu essen in Ihr Büro mit. Dann kann ich Ihnen das Gerät dort zeigen.«

Ich hatte noch nichts gegessen und würde heute Abend einen Bärenhunger haben. Und wenn ich schnell etwas im Büro aß, hätte ich mehr Zeit für Latham.

»Also gut. Kommen Sie um fünf.«

Halb so schlimm, dachte ich mir. Es war ja nicht so, dass wir in meinem Büro Sex haben würden.

Oder?

KAPITEL 18

Kurz nach vier Uhr kam ich in mein Büro zurück. Auf dem Schreibtisch lag eine Kopie der Annonce, die morgen in der Zeitung erscheinen würde.

Chemiker – die Antwort lautet ja.

Mein Magen knurrte so laut, dass vorbeigehende Hunde zurückknurrten. Ich ging zum Snackautomaten und warf zwei 25-Cent-Stücke für einen Schokoriegel ein. Doch als mir einfiel, dass Schokoriegel auf der Liste der manipulierten Produkte standen, hielt ich inne.

Was konnte man eigentlich noch unbesorgt essen? Konserven und wilde Tiere, die man selbst jagte und zubereitete. Und nicht einmal bei den Konserven war ich mir sicher. Die Seuchenschutzbehörde hatte nämlich Hinweise darauf entdeckt, dass eine Dose Hühnersuppe womöglich mit Botulinumtoxin vergiftet gewesen war.

Wie zum Teufel kann man Konservendosen vergiften?

Ich hatte noch eine halbe Rolle Minztabletten, die sich schon seit einem halben Jahr in meiner Handtasche befanden. Ich wischte die Fusseln ab und spülte sie mit Leitungswasser runter.

Die Spurensicherung hatte bei Willoughby's Tausende Fingerabdrücke genommen. Das kriminaltechnische Labor hatte in Zusammenarbeit mit den Vertretern der Seuchenschutzbehörde, der Weltgesundheitsorganisation und der Spezialeinheit für Gefahrstoffe bestätigt, dass Roxys Martini mit *Tanghinia venenifera* vergiftet worden war, einer Pflanze, die auch unter dem Namen Zerberusbaum bekannt war und unter anderem in Hawaii vorkam. Zehn Tropfen reichten aus, um einen Menschen zu töten.

Arme Roxy.

Ich überflog ein paar Aussagen von Zeugen aus dem Restaurant. Drei von ihnen hatten ein Phantombild von einem durchschnittlich aussehenden Mann erstellt. Es war so nichtssagend, dass es genauso gut eine Ken-Puppe mit Augenklappe hätte darstellen können. Ein Hotdog-Verkäufer einen Straßenblock weiter hatte die Skizze bestätigt und hinzugefügt, dass der Chemiker mit Mittelwestenakzent sprach, ungefähr einen Meter fünfundsiebzig groß und zwischen fünfundzwanzig und fünfundvierzig Jahre alt war. Aber obwohl der Imbissbudenbesitzer sich eine Weile mit dem Chemiker unterhalten hatte, erinnerte er sich hauptsächlich an die verdammte Augenklappe. Genau genommen traf die Täterbeschreibung auf jeden x-beliebigen schlanken weißen Mann zu.

Ich vermutete, dass es sich bei der Augenklappe um eine Verkleidung handelte, da sie bisher in keinem der vielen Berichte vorkam. Wir ließen sie trotzdem durch die Datenbank laufen, worauf sich herausstellte, dass dieses Merkmal auf über zweitausend Männer passte. Ich setzte ein Team darauf an.

Da die Minztabletten meinen Hunger nicht milderten, machte ich mich auf den Weg in Herbs Büro. Ich wollte mich dafür entschuldigen, dass ich mich wie ein Arschloch benommen hatte, und gleichzeitig nachsehen, ob er noch welche von diesen uralten Twinkies übrig hatte.

Sein Büro war leer geräumt, von Herb keine Spur. Etwas zu essen gab es auch nicht. Der Kerl hatte sogar die Verpackungspapiere mitgenommen.

Ich ging wieder am Snackautomaten vorbei und widmete meine besondere Aufmerksamkeit der Verpackung. In Chips und Schokoriegel konnte man Toxine injizieren. Bei Minztabletten war das schon schwieriger.

Ich kaufte eine Rolle und verbrachte die nächsten fünf Minuten damit, sie hin und her zu drehen und nach Hinweisen auf Produktmanipulation zu untersuchen.

Im Leben ist nichts ohne Risiko, hatte Rick zu mir gesagt. Also öffnete ich die Packung und steckte mir eine Minztablette in den Mund.

Ich starb nicht daran.

Ich lutschte an der Tablette und ging die Berichte durch, die Herb zusammengestellt hatte. Anschließend telefonierte ich herum, um mein Wissen über Opferbefragungen, die Suche nach Zeugen, die Auswertung von Aufnahmen der Überwachungskameras und die von Alger durchgeführten Festnahmen auf den neuesten Stand zu bringen. Nichts davon lieferte mir konkrete Hinweise. Ich nahm meine Aufgabenliste zur Hand und starrte darauf.

M44-Käufe nachverfolgen
Alger – Festnahmen
Nachbarn befragen
Briefträger befragen, der den Brief abgegeben hat
Aufzeichnungen der Überwachungskameras an Botulinumtoxin-Tatorten und Suche nach Zeugen, die sich dort aufgehalten haben
Befragung von Überlebenden/Hintergrundprüfungen
Unkonventionelle Spreng- und Brandvorrichtungen recherchieren

Ich fügte der Liste hinzu: Gärtner, Fingerabdrücke wahrscheinlich registriert, Verkleidung/Augenklappe, weißer Honda Accord mit lokalem Kennzeichen, zwei Millionen Dollar.

Ich starrte auf meine neue Liste. Wieso zwei Millionen? Es

war eine nicht unbeträchtliche Summe, aber so viel auch wieder nicht. Der Chemiker hätte mehr verlangen können. Hatte das etwas zu bedeuten?

Außerdem stellte ich fest, dass *Briefträger befragen* noch auf der Liste stand. Ich blätterte durch Herbs Aktenmappe und fand die Aussage von Carey Schimmel vom United States Postal Service. Es war die kürzeste Aussage, die mir je untergekommen war, und beschränkte sich auf folgenden Satz: *Ich habe den Brief abgegeben.* Carey gestand auch, dass er seit der Anthrax-Panik Handschuhe trug, weshalb es auf dem Erpresserbriefumschlag keine Fingerabdrücke von ihm gab. Ich strich den Punkt von der Liste.

Als ich gerade Hajek anrufen und fragen wollte, ob er Fortschritte mit den Handyfotos machte, kam Rick mit einem Geschenk des Himmels herein.

»Essen Sie gerne chinesisch?«, fragte er mit funkelnden Augen.

»Wollen Sie mich verarschen? Ich könnte Mao Tse-tung auf der Stelle roh verschlingen.«

Das Aroma war berauschend. Süßsauer. Reis. Soja. Rindfleisch. Gemüse. Mir lief das Wasser im Mund zusammen.

Aber die Vorsicht hielt mich davon ab, die Tüte mit den Zähnen aufzureißen.

»Woher wollen wir wissen, ob ...«

»Bis jetzt hat der Chemiker nur innerhalb der Stadtgrenzen zugeschlagen, oder? Ich hab das in Cicero geholt.«

Wir langten zu. Ich aß eine Frühlingsrolle, indem ich sie mir in den Mund schob und zweimal hineinbiss. Dabei fragte ich mich, ob diese Geste auf Männer womöglich zweideutig wirkte, aber das war mir egal. Als Nächstes probierte ich Rindfleisch-Chopsuey, Hühnchen Kung Pao sowie eine chinesische Teigtasche, die mit Abstand das Beste war, was ich mir jemals in den Mund gesteckt hatte.

Rick hatte auch ein Sechserpack Tsingtao-Bier mitgebracht. Wenn ein Reporter mich mit einem langen Teleobjektiv durch das Bürofenster fotografierte, würde ich meinen Job verlieren, aber ich ging das Risiko ein. Ich war nicht unbedingt ein Bierliebhaber – ich mochte Sam Adams und noch lieber ein lokal gebrautes Bier namens Goose Island –, aber dieses Tsingtao lief mir schneller die Kehle hinunter als sämtliches Bier zuvor. Rick öffnete eine zweite Flasche für mich und eine für sich.

»Darauf, dass wir den Schurken erwischen«, sagte ich und hob meine Flasche.

»Und auf unsere neue Freundschaft.«

Wir stießen an.

Als mein Bauch zum Platzen voll war, legte ich die Stäbchen weg.

»Also, womit vergiftet jetzt dieser Irre die Lebensmittel?«, fragte ich, während ich die Schuhe abstreifte und meine Füße unter meinen Körper auf dem Stuhl zog.

»Hundertprozentig sicher bin ich mir nicht, aber es würde das Fehlen von Einstichlöchern und Toxinen an der Oberfläche erklären. Auch die Art und Weise, wie das Paar auf der Straße und einige der Opfer bei Sammy's gestorben sind, bestätigt meine Vermutung. Man nennt so etwas eine Injektionspistole.«

»Was genau ist das?«

Er kramte in seiner Sporttasche herum und holte einen kleinen blauen Gegenstand hervor, der wie eine Miniversion eines Phasers aus der Fernsehserie *Star Trek* aussah. Aus dem Griff ragte ein etwa fünfzig Zentimeter langer weißer Plastikschlauch, der wiederum mit einem silbernen Zylinder verbunden war.

»Das hier ist eine nadellose Injektionspistole, die für Massenimpfungen verwendet wird. Sie wurde vor Jahren entwickelt, um Infektionen durch verunreinigte Nadeln und die damit verbundenen hohen Kosten für die Sterilisation zu reduzieren.

Diabetiker verwenden die Dinger ebenfalls. Mit diesem Modell kann man eine Dosis von bis zu drei Milliliter Flüssigkeit verabreichen. Die Spitze der Injektionskanüle ist viel kleiner als die einer Nadel – um genau zu sein, weniger breit als ein menschliches Haar. Man kann das Einstichloch mit bloßem Auge kaum erkennen. Im Gegensatz zu einer Nadel verteilt das Gerät Flüssigkeit gleichmäßig unter der Haut. Eine ideale Methode für die subkutane Arzneimittelgabe.«

Ich betrachtete das Ding mit einer Mischung aus Angst und Faszination.

»Wie funktioniert es ohne Nadel?«

»Mit Luftdruck. Dieses Model hat eine Feder. Andere verwenden Druckgas, zum Beispiel Kohlendioxid. Man stellt die Feder ein« – Rick drehte einen Schlüssel am Zylinder – »und betätigt den Abzug.«

Als ich es zischen hörte, zuckte ich zusammen. Aus der Pistole sprühte Wasserdampf.

»Der Druck verursacht einen Düsenstrahl, der die Flüssigkeit durch die Haut in die Muskulatur befördert. Kleineres Loch, geringere Konzentration der Flüssigkeit auf einen Punkt, weniger Schmerzen. Einige dieser Modelle sind ziemlich robust. Man könnte mit ihnen Insulin in einen Basketball spritzen.«

»Auch in Kunststoffverpackungen, Fleischpapier oder Aluminiumdosen?«

»Ja, durchaus denkbar. Wahrscheinlich würde es sogar bei dickerem Plastik oder Pappe funktionieren. Und schauen Sie mal, wie klein das Ding ist.«

Rick drehte die Handfläche um und schloss die Finger, worauf die Pistole komplett in der Hand versteckt war.

»Ich vermute, dass der Chemiker so ein Gerät bei seinen letzten beiden Opfern auf der Straße verwendet hat. Sie starben so schnell, dass sie nicht mal Totenflecken bekamen, und die Einstichwunde war nur unter dem Mikroskop sichtbar. Aber dann habe ich eine Gewebeprobe an der Stelle am Hals entnommen, wo der Chemiker laut Zeugenaussagen die Pistole hingehalten hat, und ungleiche Konzentrationen von Ricin gefunden, einem Toxin, das in Rizinussamen enthalten ist. Wahrscheinlich hat er es ihnen direkt in den Hals gespritzt.«

Rick lächelte. Obwohl ich mich freute, dass wir jetzt wussten, womit wir es zu tun hatten, konnte ich seine Begeisterung nicht teilen. Bei dem Gedanken, dass jemand eine nützliche Erfindung, die für einen guten Zweck gedacht gewesen war, für böse Ziele missbrauchte, wurde mir schlecht. Das chinesische Essen schlug in meinem Magen Purzelbäume.

»Können wir diese Dinger nachverfolgen?«, fragte ich.

Ricks Lächeln wich einer besorgten Miene.

»Nein. Es gibt etwa zwei Dutzend Firmen, die so etwas herstellen, und nur sechs davon produzieren ein Modell, das klein genug ist, um es in der Hand zu verstecken. Aber da bleiben immer noch Tausende Möglichkeiten. Vielleicht hat der Chemiker das Ding bei einer Haushaltsauflösung oder im Internet erworben. Oder er hat es irgendwo gestohlen.«

Er legte die Injektionspistole auf meinen Schreibtisch. Der Schlauch rollte sich auseinander, wie eine Schlange zwischen den halbleeren Kartons vom Chinesen. Rick wirkte plötzlich ernüchtert. Die Energie, die er noch einen Moment zuvor ausgestrahlt hatte, war verpufft.

»Das alles hilft uns trotzdem, das Feld einzuengen«, sagte ich. »Wir suchen einen männlichen Weißen aus der Gegend, der ein Gewächshaus und eine Injektionspistole besitzt.«

Rick zog eine Augenbraue hoch. »Er ist aus der Gegend?«

»Zwangsläufig. Roxy wurde neu auf den Fall angesetzt und er hat sie sich gleich nach der Pressekonferenz geschnappt. Ich vermute, er hat sie daheim im Fernsehen gesehen, sich schnell eine Verkleidung angelegt und sich an ihre Fersen geheftet.«

»Und wieso das Gewächshaus?«, fragte Rick.

»Er verwendet Toxine, und die sind organisch. Ich vermute, er stellt sie selbst her, und das bedeutet, dass er irgendwo einen Garten hat. Einige der Pflanzen wachsen in den Tropen, also hat er wahrscheinlich ein Gewächshaus. Es sei denn, er hält die Temperatur in seinem Haus bei fünfunddreißig Grad.«

»Clever. Dann verwendet er womöglich Hydrokulturen, Speziallampen und Düngemittel. Chicago ist groß, aber übermäßig viele Spezialgeschäfte für Gartenbedarf wird es hier sicher nicht geben.«

Jetzt war ich mit Stirnrunzeln an der Reihe. »Sie vergessen das Internet. Das Zeug kann man auch online kaufen.«

Wir schwiegen fast eine ganze Minute lang. Ich war nicht überrascht, als ich feststellte, dass Rick hinreißend aussah, wenn er in Gedanken vertieft war.

»Die Stadt zahlt ihm das Geld?«, fragte er schließlich.

»So wie es aussieht, ja.«

»Versuchen Sie einen Zugriff, wenn er sich das Geld holt?«

»Natürlich. Aber er rechnet bestimmt damit.«

Rick rieb sich das stoppelige Kinn. Ich mochte Bartstoppeln, mochte es, wie sie sich auf meiner Wange anfühlten. Und zwischen meinen Schenkeln. *Verdammt noch mal, Jack, lass das! Okay, er ist attraktiv. Na und? Schlag es dir aus dem Kopf.*

»Zwei Millionen sind nicht gerade viel«, sagte er.

»Dasselbe habe ich mir auch gedacht.«

»Vielleicht will er diese niedrige Summe, weil sie leichter zu handhaben und zu transportieren ist. Aber selbst wenn man nur Hundertdollarscheine nimmt, kommt ein ziemlich großer Haufen zusammen, ungefähr so hoch wie Ihr Schreibtisch. Eine Person kann das alles nicht alleine tragen.«

»Und worauf läuft das letztendlich hinaus? Auf einen Übergabeort? Verlangt er womöglich, dass wir das Geld in eine große Metallkiste verpacken? Und dann kommt er mit einem Helikopter, an dem ein großer Magnet hängt?«

Rick grinste. »An so was Ähnliches habe ich auch gedacht.«

»Wir kennen die ganzen Tricks. Transmitter. Peilsender. Sicherheitspäckchen. Aufeinanderfolgende Seriennummern. Das Geld mit UV-Pulver markieren.«

»Was ist UV-Pulver?«, fragte Rick.

»Ein unsichtbares Pulver, das man nur unter UV-Licht sieht.«

»Haben Sie schon einmal damit gearbeitet?«

»Nein. Ich hab es im Fernsehen gesehen.«

Wir lachten beide.

»Wir können erst dann entscheiden, was wir unternehmen, wenn er sich bei uns meldet«, sagte Rick.

»Das wäre morgen, sobald er die Zeitung gelesen hat.«

Ich sah auf die Uhr. Die Besuchszeit im Krankenhaus ging bis acht Uhr abends. Ich musste mich beeilen.

»Jack, Sie haben da was an Ihrer Wange.«

Rick tat so, als wäre er mein Spiegelbild und wischte sich über die eigene Wange. Ich wischte an derselben Stelle.

»Ist es weg?«

»Nein. Hier.«

Er streckte die Hand nach mir aus und berührte sanft meine Wange. Unsere Blicke blieben aneinander haften. Ich konnte es kaum glauben, dass ich auf diesen billigen Trick hereinfiel. Jedenfalls machte ich keinen Rückzieher, als er seine Lippen auf meine presste.

Allerdings küsste ich ihn nicht zurück.

Na ja, zumindest nicht gleich am Anfang.

Seine Lippen waren warm und weich, und als seine Zungenspitze in meinen Mund eindrang, brach mein Widerstand zusammen. Ich stieß einen Seufzer aus, fasste ihn am Hinterkopf und zog ihn fest an mich heran.

Er packte mich an den Hüften und hob mich von meinem Stuhl, als wäre ich federleicht. Als Nächstes spürte ich seine

Hände auf meinem Arsch und seinen Arsch in meinen Händen – mein lieber Scholli, was für ein Prachtarsch.

Während wir unsere Münder aufeinanderpressten, ließ er mit einer Hand meine Hüfte los und öffnete meinen Hosenknopf – oder vielleicht riss er ihn einfach ab. Dann berührten seine Finger den Saum meines Höschens. Ein paar Zentimeter weiter, und er würde herausfinden, wie erregt ich war. Doch dann siegte die Vernunft über meine Hormone und die schlimmste Verlobte der Welt stieß ihn weg.

»Ich ... ich kann nicht«, stammelte ich zwischen tiefen Atemzügen.

»Klar können Sie. Ich wette, Sie sind sogar sehr gut darin.«

Ich verspürte ein starkes Verlangen nach ihm, aber eine innere Stimme flüsterte mir zu, dass Sex für mich bloß ein Werkzeug war, um meine Probleme zu bewältigen. Gleich darauf versuchte eine weitere Stimme mir einzureden, dass das völlig in Ordnung war und dass Sex sich perfekt dafür eignete. Diese Stimme war lauter als die erste. Und dann meldete sich eine dritte Stimme. Sie war lauter als die beiden anderen und erinnerte mich an meinen Freund, der gerade künstlich beatmet wurde und den ich mich nicht zu heiraten traute, weil ich Angst hatte, Fehler zu machen.

Plötzlich ergab alles einen Sinn. »Ich traue mich nicht zu heiraten, weil ich Angst habe, dass ich es vermassele«, sagte ich und wunderte mich über diese Selbsterkenntnis. »Also versuche ich unbewusst, das Ganze zu sabotieren.«

Rick streckte erneut die Arme nach mir aus, aber ich hielt ihn auf Distanz.

»Ich ... ich habe Angst vor dem Scheitern«, sagte ich zu Rick, aber in Wirklichkeit war es an mich selbst gerichtet. »Also flüchte ich mich in Vermeidungsstrategien, um kein Risiko einzugehen. Schauen Sie mich doch nur an. Lieber sabotiere ich eine gute Sache, anstatt es wenigstens zu versuchen.«

Ich starrte Rick an, der inzwischen sein Hemd aufgeknöpft hatte – oder war ich das gewesen? Eine so schöne Brust hatte ich noch nie gesehen, außer im Film.

»Ich besuche jetzt meinen Verlobten«, sagte ich zu ihm.

»Sind Sie sich da sicher?«

»Ja. Ganz sicher.«

Rick lächelte. »Der Mann kann sich wirklich glücklich schätzen.«

Ich tastete nach meinem Hosenknopf und stellte fest, dass auch der Reißverschluss offen stand. Plötzlich war mir das Ganze nur noch peinlich und ich schloss ihn wieder.

»Falls es mit Ihrem Verlobten nicht klappen sollte ...«, sagte Rick, sprach den Satz aber nicht zu Ende.

Aber ich war mir sicher, dass es klappen würde. Dafür würde ich schon sorgen. Ich liebte Latham und nahm mir vor, alles Menschenmögliche zu tun, damit die Ehe gut lief.

»Mit uns beiden wird das nichts«, sagte ich zu Rick und deutete auf ihn, dann auf mich. »Tut mir leid.«

Rick seufzte. Dann knöpfte er sein Hemd zu, verließ mein Büro und zog die Tür hinter sich zu.

Ich machte meine Bluse zurecht und stellte fest, dass er auch den Verschluss meines BHs geöffnet hatte. Wie zum Teufel hatte er das so schnell geschafft?

Plötzlich klingelte das Telefon. Tief in meinem Herzen wusste ich, dass es Latham war, der inzwischen wieder sein Bewusstsein erlangt hatte. Vielleicht ging es ihm bereits so gut, dass er mich ordentlich durchvögeln würde.

Aber es war nicht Latham, sondern Hajek vom kriminaltechnischen Labor.

»Ich bin ein Genie, Lieutenant. Ein echtes Genie.«

»Was ist los?«

»Ich habe das Kennzeichen. Und es kommt noch viel besser: Ich habe den Fahrzeughalter ermittelt.«

»Und das heißt?«
»Das heißt, dass wir die Adresse von dem Dreckskerl haben.«

KAPITEL 19

»Und wie lautet sie?«, fragte ich.

»Wollen Sie nicht wissen, wie ich es angestellt habe?«

Hajek sprach mit der Begeisterung eines Kindes, das seinen Eltern den Weihnachtsstern aus Bastelpapier zeigt, den es im Handarbeitsunterricht angefertigt hat.

»Geben Sie mir die Kurzversion.«

»JPEG-Komprimierung hat nicht funktioniert, Größenanpassung und Reduzierung des Bildrauschens auch nicht. Also hab ich ein Programm verwendet, mit der man die Unschärfebreite verändern ...«

»Sie sind ein Genie«, fiel ich ihm ins Wort. »Wie lautet die Adresse?«

»Aber es hat nicht gereicht, die Fokuspunkte zu ändern. Ich musste die Pixel neu anordnen ...«

»Die Adresse, Scott.«

Er seufzte. »Das Fahrzeug gehört einer Tracey Hotham. Sie wohnt Ecke Einunddreißigste Straße und Laramie Avenue in Cicero.«

»Haben Sie nachgesehen, ob sie vorbestraft ist?«

»Natürlich. Ist sie nicht. Ich habe auch beim Kraftfahrzeugamt nachgefragt. Ihr Führerschein war abgelaufen. Also hab ich ihre Sozialversicherungsnummer eingegeben und herausgefunden, dass sie seit sechs Jahren tot ist.«

»Woran ist sie gestorben?«

»Ich hab es nicht weiterverfolgt. Fragen Sie doch einfach die Eltern. Laut Auskunft wohnen die immer noch an dieser Adresse.«

Zwei Szenarien schossen mir gleichzeitig durch den Kopf. Vielleicht gehörte das Auto den Eltern nicht mehr oder vielleicht war der Chemiker ein Angehöriger der Familie.

Ich gähnte, nicht aus Langeweile, sondern wegen akuten Schlafmangels. »Gute Arbeit, Scott.«

»Danke. Vielleicht können wir uns beim Abendessen näher darüber unterhalten.«

»Sicher. Ich rufe Sie morgen Abend an, während Sie gerade essen.« Ich legte auf und wollte gerade die Kurzwahltaste für Herb drücken, als mir einfiel, dass wir beide nicht mehr zusammen arbeiteten. Stattdessen schaltete ich das Handy aus.

Auf einmal fühlte ich mich ganz auf mich allein gestellt.

Ich konnte Captain Bains darum bitten, mir einen neuen Partner zuzuweisen, aber das würde dauern. Ich war mir nicht einmal sicher, ob ich für diesen Fall überhaupt einen neuen Partner wollte. Der Gedanke, erneut jemandem eine Zielscheibe umzuhängen, bereitete mir Unbehagen.

Rick anzurufen, kam nicht in Frage. Ich wollte den Mann nicht mehr sehen, es sei denn, ich trug dabei eine Ritterrüstung. Ich könnte es erneut mit Buchbinder, dem Motorrollermann, versuchen, aber bevor der mir die Ohren über die größten Pferdeäpfel der Welt volllaberte, fuhr ich lieber alleine. Vor dem Verlassen des Restaurants Willoughby's hatte er mich beiseitegenommen und mir gestanden, dass der Haufen Scheiße, durch den er gefahren war, haargenau wie Abraham Lincolns Kopf auf dem Mount Rushmore ausgesehen hatte.

»Ich sehe es immer noch vor mir, wie ich Präsident Lincolns Gesicht in zwei Hälften geteilt habe. Und dann noch dieses schmatzende Geräusch ... das werde ich nie vergessen.«

Der Typ hatte Probleme. Nicht nur ein paar, sondern gleich einen ganzen Haufen. Mir blieb also nichts anderes übrig, als allein nach Cicero zu fahren.

Auf dem Weg zu meinem Wagen rief ich bei der Polizei von Cicero an und wurde mehrere Male weiterverbunden, bis ich bei einem Sergeant namens Cooper landete.

»Glauben Sie, dass der Chemiker in unserer Stadt lebt?«

»Keine Ahnung. Momentan interessieren wir uns für die Hothams. Können Sie mir jemanden von Ihren Leuten hinschicken? Schließlich liegt die Adresse in Ihrem Zuständigkeitsbereich.«

»Wir erwarten Sie dort. Brauchen Sie einen Durchsuchungsbefehl?«

»Ich möchte denen nur ein paar Fragen stellen. Gehen Sie nicht …« Ich musste an Algers Haus denken. »Ihre Leute sollen draußen auf mich warten, bevor sie hineingehen. Der Kerl stellt gerne Fallen.«

Ich beendete das Gespräch, setzte mich hinters Steuer und machte mich auf den Weg nach Cicero. Die Fahrt dauerte nur eine Viertelstunde. Cicero lag westlich von Chicago und hatte etwa achtzigtausend Einwohner, überwiegend Latinos aus der unteren Mittelschicht. Da die beiden Städte nahtlos ineinander übergingen, fühlte Cicero sich wie ein Stadtteil von Chicago und nicht wie eine eigene Gemeinde an.

Die Streifenwagen der örtlichen Polizei waren schwarz mit Silberakzent. Als ich vor Ort eintraf, parkte bereits einer vor dem Apartmenthaus. Er war leer.

Während der Fahrt wäre ich beinahe eingeschlafen, aber jetzt schrillten bei mir alle Alarmglocken. Adrenalin pumpte durch meine Adern und ich verspürte einen Anflug von Übelkeit. Die Jungs waren ohne mich ins Haus gegangen.

Ich zog meine .38er und starrte das Apartmentgebäude an. Drei Stockwerke, schmutzig beige Ziegelwände. Schwarzes schmiedeeisernes Geländer am Aufgang, verrostet und kaputt. Sicherheitsfenster im Erdgeschoss. Die Eingangstür stand einen Spaltbreit offen. Ich hängte mir das Band mit der Polizeimarke um den Hals, atmete tief durch und trat ein.

Der Flur war hell erleuchtet, die Wände frisch gestrichen. Ich rannte die Treppe hoch in den ersten Stock und nahm zwei Stufen auf einmal. Die Tür zu Apartment 2-C, wo die Hothams wohnten, stand ebenfalls ein paar Zentimeter weit offen. Ich stieß mit der Schulter dagegen und spähte in die Wohnung, wobei ich einen Sicherheitsabstand zum Türspalt einhielt.

Plötzlich hörte ich es knacken und rauschen. »*Wagen siebzehn, hier Zentrale, bitte kommen.*«

»Polizei!«, rief ich. »Ich komme rein.«

Langsam öffnete ich die Tür, wagte aber immer noch nicht, die Luft zu atmen, die aus der Wohnung drang.

Als Erstes sah ich die Beine. Ein Mann mit schwarzen Schuhen. Die Pistole steckte noch im Holster.

»*Siebzehn, hier Zentrale, Ihr Standort? Over.*«

Er lag auf dem Rücken, die blutunterlaufenen Augen weit aufgerissen, Schaum vorm Mund. Er bewegte sich nicht, aber um sicherzugehen, musste ich ihm den Puls fühlen.

Das Problem war nur, dass ich keine Lust hatte, die Wohnung zu betreten.

Ich öffnete den Mund, ohne zu atmen, und versuchte, die Luft zu schmecken, um zu sehen, ob sie sicher war. Ich spürte nichts.

»Ist jemand in der Wohnung?«, rief ich laut.

Keine Antwort.

Ich hatte zwei Möglichkeiten: Verstärkung anfordern oder die Wohnung betreten und nach Überlebenden suchen. Wenn das die Wohnung des Chemikers war, gab es womöglich Fallen.

»*Wagen siebzehn, hier Zentrale, bitte kommen. Bist du da, Smitty?*«

Ich atmete ein klein wenig Luft ein. Anscheinend war sie nicht vergiftet. Kein seltsamer Geruch, keine körperliche Reaktion, abgesehen von diesem seltsamen Déjà-vu-Gefühl, das mir sagte, dass ich mich schon einmal in dieser Situation befunden hatte. Aber genau genommen war es überhaupt kein Déjà-vu, denn ich hatte es ja wirklich erlebt.

Mit dem Unterschied, dass ich diesmal keinen Schutzanzug trug.

Ich ging hinein, kniete mich neben den am Boden liegenden Polizisten und prüfte seine Halsschlagader. Nichts. Ich griff nach dem Funkgerät an seiner Brust.

»Hier ist Lieutenant Daniels vom Chicago Police Department. Ich habe einen toten Polizisten gefunden. Die Adresse lautet 1730 East 31st Street, Apartment 2-C. Bitte um sofortige Unterstützung.«

Im Funkgerät knackste es, dann kam eine Antwort, die ich aber nicht mehr wahrnahm. Stattdessen starrte ich auf die zwei Personen, die auf der Couch saßen.

Ein Mann und eine Frau. Anfang sechzig. Sie hatte kurze braune Haare mit grauen Strähnen, während er nahezu kahlköpfig war. Beide starrten mich durch ihre Brillengläser an.

Beide waren tot.

Ich brauchte einen Moment, bis die Erkenntnis bei mir ankam. Als der Adrenalinschub wieder abgeklungen war, richtete ich mich kerzengrade auf und machte ein paar Schritte auf sie zu. Ihre Augen waren trocken und leblos, die Gesichter ohne jegliche Farbe. Sie hielten sich an den Händen, und mir fiel die bläuliche Verfärbung ihrer Finger auf, wo sich das Blut angesammelt hatte.

Woran waren diese Leute gestorben?

Meine Paranoia verwandelte sich in Panik. Ich blickte nach oben, nach unten, nach links und nach rechts, in jede Richtung, und suchte nach Fallen, Gas, Spreng- oder Brandvorrichtungen,

Gift und anderen Dingen, die in irgendeiner Form gefährlich oder wie fehl am Platz aussahen.

Spinnweben an der Decke. Ein sauberer Teppich. Ein Polstersessel. Zwei Stehlampen, die brannten. Ein Fensterklimagerät. Ein großer Luftbefeuchter auf dem Boden, der kein Geräusch von sich gab. Fotos des alten Pärchens an der Wand. Es war also ihr Haus.

»Ist hier jemand?«, rief ich.

Keine Antwort.

Ich ging an dem toten Polizisten vorbei durch das Wohnzimmer, stets darauf achtend, wo ich hintrat. Meine Augen suchten den Boden nach Stolperdrähten und Angelschnüren ab.

In der Küche lag ein zweiter Polizist mit dem Gesicht nach unten auf dem Fliesenboden in einer Lache Erbrochenem, die seinen Kopf wie ein grüner Heiligenschein umgab. Die Faust hielt immer noch die Pistole umklammert. Wie sein Partner wies auch er keine Verletzungen auf.

Hatte der Chemiker sie vergiftet, als sie ihn überraschten, und war danach abgehauen? Oder waren ihnen ein paar von seinen improvisierten Fallen zum Verhängnis geworden?

Oder hielt sich der Chemiker womöglich noch im Haus auf und lauerte mit seiner Injektionspistole auf mich?

Als plötzlich das Telefon klingelte, zuckte ich zusammen. Beinahe hätte ich den Finger am Abzug gekrümmt und auf den toten Polizisten geschossen, fing mich jedoch in letzter Sekunde wieder.

Es klingelte erneut und ich starrte das Telefon an. Es war einer von diesen älteren Apparaten und stand auf dem Küchentresen zwischen der Kaffeemaschine und einem weiteren Luftbefeuchter – anscheinend hatten die Hothams es zu Hause gerne feucht.

Ich trat näher und suchte nach Drähten oder Schaltern, die mit dem Telefon verbunden waren. Aber es sah nicht so aus, als hätte sich jemand daran zu schaffen gemacht. Beim dritten Läuten nahm ich ab. »Hallo?«

»Wer spricht da?« Eine männliche Flüsterstimme.

»Lieutenant Daniels vom Chicago Police Department. Mit wem spreche ich?«

Ein kurzes Zögern. Ich hörte ihn atmen. Langsam und gleichmäßig wie ein Taktmesser.

»Sie wissen, wer ich bin, Lieutenant. Hat man Ihnen schon einen neuen Partner zugewiesen?«

Wut keimte in mir auf und verdrängte die Angst. »Warum tun Sie das?«

»Sie sind die Polizistin. Finden Sie es heraus.«

Ich umklammerte den Telefonhörer so fest, dass meine Knöchel weiß hervortraten.

»Sie bringen unschuldige Menschen um.«

»Niemand ist völlig unschuldig«, sagte er mit rauer Stimme. »Vor allem nicht die Polizei.«

»Was ist mit den Leuten in diesem Apartment? Was haben die Ihnen getan?«

»Das war bedauernswert, aber ich brauchte ihr Auto. Ich glaube, die Regierung würde so etwas als Kollateralschaden bezeichnen.«

»Wir befinden uns nicht im Krieg.«

»Ich schon.«

Ich wartete. Ein alter Polizeitrick. Schweige gegenüber einem Verdächtigen und er wird reden, nur um die Stille auszufüllen.

»Sie fragen sich wahrscheinlich, ob ich ein Terrorist bin?«, sagte der Chemiker schließlich. »Das bin ich nicht. Mir geht es nicht um Terror, sondern darum, Schmerzen zu verursachen. Auge um Auge. Und wenn ich nebenbei ein bisschen Geld verdienen kann, freue ich mich natürlich. Kommt die Stadt meiner Forderung nach?«

»Ja. Morgen erscheint die Annonce. Wenn wir bezahlen, hören Sie dann auf?«

Er lachte glucksend.

»Sie sind sehr attraktiv. Nicht wie diese jüngere Frau, die mit den blonden Haaren. Sie hatte einen besseren Körper, aber dafür nicht diesen Blick, den Sie haben. Diesen ruhelosen, gehetzten Blick. Bestimmt haben Sie schon einiges gesehen und erlebt, Lieutenant. Gibt es irgendwelche Sünden, die Sie beichten möchten?«

Ich konnte seine Nummer zurückverfolgen, indem ich die Verbindungsnachweise von der Telefongesellschaft anforderte, aber das wusste er wahrscheinlich auch. Wieso rief er mich an? Wollte er nach dem Geld fragen? Oder wollte er herausfinden, ob es Überlebende gab?

»Wenn Sie sich freiwillig stellen, können wir Ihnen ein vermindertes Strafmaß anbieten. Ich kenne die zuständige Staatsanwältin. Wir könnten auf die Todesstrafe verzichten.«

»Lieutenant Daniels.« Er flüsterte nicht mehr, sondern sprach jetzt in normalem Ton. »Ich *bin* die Todesstrafe.«

Ich hatte schon mit vielen Psychopathen zu tun gehabt, aber der hier machte mir wirklich Angst.

»Wieso rufen Sie hier an?«

»Aus zweierlei Gründen. Erstens, weil ich Ihre Telefonnummer haben möchte. Von jetzt an möchte ich nur noch mit Ihnen reden. Wie lautet Ihre Handynummer?«

Ich gab sie ihm, wenn auch nur ungern.

»Und der andere Grund?«

Er gluckste wieder. »Finden Sie nicht, dass die Luft in der Wohnung ziemlich trocken ist?«

Ich warf einen Blick auf den Luftbefeuchter. Das grüne Licht blinkte.

»An Ihrer Stelle würde ich verschwinden, Lieutenant. Trockene Luft ist nicht gerade gesund.«

Ich ließ den Telefonhörer fallen und wich zurück. Dabei stolperte ich beinahe über die Leiche und öffnete vor Schreck den Mund, schloss ihn jedoch sofort wieder. Ich rannte ins Wohnzimmer und vernahm das leise Brummen des Luftbefeuchters neben dem Sofa. Vorhin war es ausgeschaltet gewesen, aber die Dinger verfügten über Sensoren und Zeitschalter und gingen automatisch an. Jetzt lief das Gerät auf vollen Touren und blies giftige Dampfwolken in den Raum.

Ich hielt mir die Hand vor den Mund und stürzte hinaus in den Flur, ohne zu atmen. Eine Gruppe Polizisten stürmte gerade die Treppe hoch.

Vier Männer richteten ihre Waffen auf mich. Ich atmete aus und hob die Hände. »Ich bin auch von der Polizei.«

Im nächsten Moment drehte sich mir der Magen um. Mir wurde schwindlig und ich hielt mich am Geländer fest.

Oh mein Gott, dachte ich, als ich mich erbrach.

KAPITEL 20

Ein Sanitäter mit Bart und wild wuchernden Haaren namens Holmes steckte mir ein elektronisches Fieberthermometer ins Ohr. Ich saß im hinteren Teil eines Krankenwagens und atmete in einen Plastikbeutel.

»Siebenunddreißig Komma drei Grad«, stellte er fest.

Die Fülle von Giftstoffen und Krankheiten mit unaussprechlichen Namen, mit denen ich in den letzten Tagen konfrontiert gewesen war, raste durch meinen Kopf wie eine in Panik geratene Rinderherde. »Ich bin also krank?«, fragte ich leise.

»Blutdruck ist normal. Die Reflexe ebenfalls. Haben Sie Kopf- oder Bauchschmerzen?«

»Beides.«

»Machen Sie mal den Mund weit auf.«

Ich befolgte seine Anweisung, machte mir jedoch Gedanken darüber, wie wohl mein Atem roch, nachdem ich mich übergeben hatte.

»Der Hals sieht gut aus.« Er leuchtete mir mit einer Stiftlampe in die Augen. »Pupillenreflex normal.«

»Was hab ich jetzt?«

»Soweit ich sehen kann, nichts.«

Der mobile Einsatzleitstand des Chicago Police Department fuhr heran und sechs Spezialeinheiten vom Special-Response-Team stiegen aus. Alle trugen Schutzanzüge.

»Ich habe mich übergeben«, sagte ich zu dem Sanitäter. »Sollten wir nicht eine Probe mitnehmen?«

»Wieso?«

»Ich weiß nicht. Um sie zu testen.«

Holmes lächelte mitleidig. »Sie sind nicht der erste Polizist, der am Tatort kotzt. Dafür braucht man sich nicht zu schämen.«

»Ich hab nicht wegen der Leichen gekotzt. Hab schließlich schon genug davon gesehen.«

»Standen Sie in letzter Zeit unter großem Stress?«

»Kann sein.«

»Dann liegt es wahrscheinlich daran.«

»Aber Sie sagten doch, ich hätte Fieber.«

»Nur ganz leicht. Das könnte vom Stress oder von Überhitzung kommen.«

»Und die Kopfschmerzen?«

»Stress.«

Er packte seinen Erste-Hilfe-Kasten wieder ein.

»Wenn ich tot umfalle, werden Sie sich wie ein Idiot vorkommen«, sagte ich.

Er zwinkerte mir zu. »Das Risiko gehe ich ein.«

Ein Angehöriger der Polizei von Cicero kam auf mich zu. Auf seinem Namensschild stand *Cooper*. Der Sergeant, mit dem ich telefoniert hatte. Klein, dunkler Teint, grübelnder Blick.

»Was für ein Riesenschlamassel. Das waren gute Leute.«

Anscheinend wusste er nicht, was er sonst sagen sollte. Mir fiel auch nichts Passendes ein.

»Möchten Sie meine Aussage zu Protokoll nehmen?«, fragte ich schließlich.

»Ja.«

Wir verbrachten die nächste halbe Stunde damit, alles gründlich durchzugehen. Cooper rief bei der Telefongesellschaft an und erfuhr ein paar Minuten später, dass der Chemiker für seinen Anruf das Handy der Hothams benutzt hatte. Offensichtlich hatte er es ihnen nach ihrer Ermordung abgenommen. Cooper versuchte, die Nummer anzupingen – eine Methode, mit der Notrufzentralen Handys mit einer Genauigkeit von fünfundzwanzig Metern orten können. Aber wahrscheinlich hatte der Chemiker das Handy nach dem Anruf zerstört.

Nachdem ich meine Aussage gemacht hatte, bat ich darum, mich in dem Apartment umsehen zu dürfen. Als Cooper Nein sagte, fühlte ich mich erleichtert.

»Wir halten Sie auf dem Laufenden und senden Ihnen die Berichte, aber das mit der Wohnung können Sie sich abschminken.«

Als ich die grimmigen Blicke von Coopers Kollegen sah, verstand ich seine abweisende Haltung. Wenn ich nicht um Unterstützung gebeten hätte, würden die beiden Cops noch leben.

Ich machte mich auf den Heimweg. Obwohl es von Cicero nach Bensenville nicht weit war, brauchte ich eine Stunde.

Ich rief in der Schwesternstation im Krankenhaus an und erfuhr, dass Latham kurz aufgewacht war, jetzt aber wieder schlief. Ich bat um Benachrichtigung, falls sein Zustand sich änderte. Dann holte ich mein Notizbuch aus der Handtasche und fand die Telefonnummer von Wilbur Martin Streng, die ich von der Zentrale bekommen hatte. Er wohnte in Elmwood Park. Außer ein paar unbedeutenden Verkehrsdelikten hatte er sich nichts zuschulden kommen lassen.

Mein Vater.

Ich starrte auf die Nummer und fragte mich, was ich davon halten sollte. An meinen Vater konnte ich mich kaum noch erinnern. Alles, was von ihm übrig blieb, waren bestimmte Eindrücke. Die alten Lederpantoffeln, die er stets im Haus anhatte. Die Clark-Kent-Brille mit dem dunklen Rahmen. Der Geruch nach Old Spice und Zigarren.

Eine Erinnerung stach so klar und deutlich heraus, dass ich nicht mehr wusste, ob das Ereignis wirklich stattgefunden hatte oder nur meiner Fantasie entsprungen war. Wir waren im Grant Park bei irgendeinem Sommerfest und ich saß auf seinen Schultern. Auf der Straße stand ein Eiswagen. Dad kaufte mir ein Eis und ich ließ es fallen. Wir gingen zu dem Wagen zurück, und Dad kaufte mir ein neues Eis, das mir ebenfalls aus der Hand fiel. Er wurde nicht wütend, schrie mich nicht an und hielt mir keine Predigt. Kein einziges Wort. Wir gingen einfach ein drittes Mal zu dem Eisverkäufer und Dad kaufte mir noch eins.

Das war der Mann, der mich und Mom verlassen und damit unsere Familie zerstört hatte.

Ich wollte ihn hassen, schaffte es aber nicht. Das Einzige, was ich empfand, war Neugier. Ich wollte, dass er mir mit seinen eigenen Worten erklärte, warum er verschwunden war und sich nie die Mühe gemacht hatte, Kontakt mit uns aufzunehmen. Wie er es fertiggebracht hatte, sich der Verantwortung für zwei Menschen zu entziehen, die er angeblich geliebt hatte.

Ich legte die Telefonnummer zurück. Es war nicht der richtige Augenblick dafür.

Als ich nach Hause kam, stand ein Päckchen vor meiner Tür. Ein Paar Schuhe, das ich über einen Einkaufskanal im Fernsehen bestellt hatte. Normalerweise baute mich so etwas auf, aber diesmal war es mir lästig, mich nach dem Päckchen zu bücken.

Ich öffnete die Tür und erlebte eine angenehme Überraschung in Form eines Wohnzimmers, das mit Katzenstreu übersät war. Wenn man bedachte, dass das Katzenklo in der Küche stand, war das eine beeindruckende Leistung. Außerdem hatte Mr Friskers seine Kontrolle über das Sofa behauptet und mit seinen Krallen eine der Armlehnen aufgeschlitzt.

Wahrscheinlich vermisste das arme Tier meine Mutter.

Einmal war ich so weit gewesen, Mr Friskers in seinen Transportkäfig zu zwingen, um ihm die Krallen und, wenn möglich, die Zähne entfernen zu lassen. Doch dann erinnerte Mom mich in ihrem mütterlichen Tonfall daran, dass der Kater uns beiden das Leben gerettet hatte. Wenn wir ihm die Krallen entfernten, wäre das genauso, als würde man Wyatt Earp seinen Colt wegnehmen.

Worauf ich erwiderte: »Wyatt Earp hat aber auch nicht den Wilden Westen terrorisiert und dabei Unschuldige verletzt und Sachen kaputt gemacht.«

»Lass die Mieze wieder aus dem Käfig und nimm lieber eine von meinen Valium.«

Dabei war es der Kater, der dringend Valium benötigte. Aber Mom setzte sich durch und Mr Friskers durfte seine Massenvernichtungswaffen behalten. Er feierte seinen Sieg, indem er eine Ecke vom Teppichboden in meinem Schlafzimmer zerfetzte.

Moms Sachen dagegen machte er nie kaputt.

Ich ging in die Küche. Unter meinen Füßen knirschte Katzenstreu. Mr Friskers saß auf der Arbeitsfläche und spielte mit einem kleinen, dunklen Gegenstand.

Der Schnurrbart des armen Mariachis.

»Du bist der Inbegriff des Bösen«, sagte ich zu dem Kater.

Er beachtete mich nicht.

Sein Fressnapf war voller Katzenstreu. Was hatte er nur wieder gemacht? Ich leerte die Schüssel aus, spülte sie und tat Trockenfutter hinein. Dann füllte ich den Trinknapf mit frischem Wasser und trottete ins Schlafzimmer.

Während ich mich auszog, dachte ich an Latham und unterdrückte mit Mühe die Tränen. Nicht nur weil er krank war, sondern auch weil ich seinen Heiratsantrag mit *Ja* hätte erwidern sollen. Ich betrachtete meine linke Hand und spürte ein Jucken an der Stelle, wo der Ring hätte sein sollen.

Wo *war* überhaupt der Ring?

Latham hatte ein paar Schubladen in meiner Kommode belegt, und ich öffnete die oberste. Das Schmuckkästchen befand sich auf seiner Jeans. Ich nahm es heraus und machte den Deckel auf.

Der Ring war wunderschön und größer, als ich ihn im Gedächtnis hatte. Und ich wollte ihn unbedingt tragen.

Ich überlegte schon, ihn mir auf den Finger zu streifen, damit er ihn sehen konnte, wenn ich ihn im Krankenhaus besuchte. Aber ich wollte, dass er das machte. Ich wollte noch einmal den Auftritt der Mariachi-Band sehen und die rührselige Rede hören, die Latham mir auf Knien vortrug. Diesmal würde ich allerdings *Ja* sagen. Niemand würde seinen Schnurrbart verlieren, und hinterher würden wir ein romantisches Abendessen zu zweit genießen und wilden Sex haben, und ich wäre schon bald Jacqueline Conger. Jacqueline Conger-Daniels. Jacqueline Daniels-Conger.

Na ja, über meinen zukünftigen Familiennamen konnte ich mir immer noch den Kopf zerbrechen.

Ich machte das Kästchen wieder zu und legte es in die Schublade zurück.

Eine heiße Dusche spülte ein bisschen von meinem Stress weg, aber nicht allzu viel. Ich schlüpfte in eins von Lathams Unterhemden, trug ein bisschen Oil of Olaz auf meine Falten auf und ließ mich erschöpft ins Bett fallen.

Der Schlaf wollte sich mal wieder nicht einstellen.

Ich wälzte mich zwanzig Minuten hin und her und schaltete schließlich das Home Shopping Network ein. Die gebührenfreie Telefonnummer hatte ich als Kurzwahl in mein Telefon programmiert und meine Kundennummer wusste ich auswendig. Ich bestellte einen tragbaren Dampfgarer, ein Haarfärbemittel, das in fünf Minuten garantiert sämtliches Grau beseitigte, sowie ein Set künstliche Wimpern, weil ich noch nie welche besessen hatte, weil sie mir gefielen und weil ich viel zu übermüdet war, um einen klaren Kopf zu bewahren.

»Möchten Sie die Bestellung mit Ihrer Visa-Kreditkarte bezahlen, Miss Daniels?«

»Ja.«

Manche Leute hatten Kokain, ich hatte das Home Shopping Network. Mir war immer noch nicht klar, welche Sucht teurer war.

Das Telefon klingelte, und ich fragte mich, ob es die Mitarbeiterin vom Homeshopping war, die mir mitteilen wollte, dass ihr Computer in Flammen aufgegangen war, als sie versucht hatte, meine Kreditkarte zu belasten.

Aber es war nicht das Homeshopping. Es war jemand vom Krankenhaus.

»Sind Sie die nächststehende Angehörige von Latham Conger?«

Ich wollte schlucken, brachte es aber nicht fertig. Ich bekam gerade noch ein Ja heraus.

»Dann sollten Sie so schnell wie möglich hierherkommen.«

»Was ist los?«

»Sein Zustand hat sich verschlechtert. Möglicherweise wird er die Nacht nicht überleben.«

Ich warf einen Blick auf die Schublade, in der sich der Verlobungsring befand. Dann zog ich mir schnell ein paar Klamotten über und machte mich auf den Weg ins Krankenhaus.

KAPITEL 21

Die grüne Jogginghose hat Löcher an den Knien und strotzt vor Fett und Ruß von seinem Gasgrill. Dazu trägt er ein genauso dreckiges blaues Kapuzensweatshirt und darüber einen schwarzen Regenmantel. Die Schuhe: ein altes Paar weiße Nikes, auf die jemand mit schwarzem, wasserfestem Filzstift gekritzelt hat. Die Stirn und beide Wangen hat er ebenfalls mit Fett eingeschmiert. In dem aufgeklebten Spitzbart hängen Kekskrümel.

Im Inneren seiner Jacke hat er mit Klebeband acht große wiederverschließbare Plastikbeutel befestigt. Sie sind voll, und als er den Reißverschluss der Jacke zuzieht, spürt er, wie sich der Inhalt zuckend bewegt.

Er trägt einen voll gepackten Rucksack, der genauso schmutzig ist wie seine Kleidung. Wenn er das Ohr dranhält, hört er ein leises Rascheln.

Er betrachtet sich im Spiegel und reibt sich noch mehr Fett ins Gesicht und auf beide Handrücken. Dann versteckt er seine Haare unter einer Wollmütze.

Schließlich geht er zur Bushaltestelle an der Ecke und wartet.

Sogar um drei Uhr morgens ist es unerträglich heiß. Es ist erst Juni, aber in Chicago herrscht bereits diese drückende Schwüle, für die die Sommernächte der Stadt bekannt sind. Es riecht nach einer Mischung aus Müll und Abwasser, versetzt mit ein bisschen frischer Luft, die hin und wieder vom Michigan-See herüberweht. Draußen ist es aufgrund der vielen Autos, Geschäfte und Straßenlaternen hell, und die Bushaltestelle ist besonders gut beleuchtet. Wahrscheinlich, um Kriminelle abzuschrecken. Ihn schreckt es jedoch nicht im Geringsten ab.

Die zuckenden, raschelnden Bewegungen in seiner Jacke findet er unheimlich und ekelhaft. Er unterdrückt den Impuls, nervös daran herumzufummeln, behält sie aber an und entspannt sich. Als der weiß-grüne Bus kommt – das Fahrzeug ist fast so schmutzig wie er –, wirft er seine 25-Cent-Münzen in den dafür vorgesehenen Schlitz, während der Fahrer ihn bewusst ignoriert.

In dem Bus sitzen nur wenige Leute. Ein einsamer Afroamerikaner. Ein paar Studenten, die sich laut unterhalten. Eine Frau, die wie eine Prostituierte aussieht. Er setzt sich auf einen freien Sitzplatz und stellt den Rucksack zwischen die Füße. Den Blick starr darauf gerichtet, versucht er, nicht daran zu denken, was er unter seiner Jacke mit sich trägt und was er vorhat.

Der Bus erreicht die Haltestelle, wo er aussteigen muss. Er verlässt den Bus. Auf dem Gehsteig sind ein paar Fußgänger unterwegs, aber längst nicht so viele wie zuvor. Er schwitzt jetzt stark und kann seinen Körpergeruch riechen. Der macht seine Tarnung noch besser.

Weiter vorne befindet sich das Polizeirevier und er hält inne. Vor ein paar Monaten war er da drinnen, um sich mit den Räumlichkeiten vertraut zu machen. Es wird klappen. Er muss nur ruhig bleiben.

Er betritt das Gebäude und geht zu dem diensthabenden Sergeant am Empfang, der hinter Panzerglas sitzt.

»Man hat mich ausgeraubt«, sagt er und gibt sich Mühe, beschwipst zu klingen. Er gibt einen falschen Namen an: Brian Pinkerton.

Der Sergeant blickt ihn abweisend und misstrauisch an. Er weiß, was der Mann denkt. Niemand mag Obdachlose. Sie verschandeln die Stadt. Wen kümmert es, wenn einer von ihnen ausgeraubt wird? Aber Verbrechen ist Verbrechen, und die Polizei ist verpflichtet, die Aussage aufzunehmen.

Der Sergeant sagt ihm, er solle sich im Foyer hinsetzen. Ein Kollege werde sich um ihn kümmern. Es könne jedoch noch eine Weile dauern.

Das passt ihm ausgezeichnet in den Kram.

Er setzt sich auf eine Bank mit rissigem, nikotingelbem Vinylbezug und stellt den Rucksack zwischen die Füße, wie im Bus. Aber diesmal macht er oben den Reißverschluss auf.

Im Foyer halten sich ein halbes Dutzend Leute auf. Eine fette alte Afroamerikanerin, die wie eine Obdachlose aussieht und vor sich hin murmelt. Eine Latina, die sich mit einem zusammengeknüllten Papiertaschentuch die Tränen aus den Augen tupft. Zwei weiße Männer mit mehreren Messernarben und Prellungen im Gesicht. Ein Mann im Priesterkragen. Ein wütend dreinschauender Opa, der mit seinem Gehstock herumfuchtelt, als wolle er Fliegen verscheuchen.

Die erste Kakerlake krabbelt aus dem Rucksack und zögert für den Bruchteil einer Sekunde, ehe sie an der Seite herunterklettert und über den Fußboden davonflitzt.

Zwei weitere folgen ihrem Beispiel.

Bald sind es Zehntausende.

Einer der beiden Weißen merkt es als Erster. Er springt auf, zeigt mit dem Finger und ruft: »Ach du Scheiße!«

Sein Begleiter steht ebenfalls auf.

»Das ist ja widerlich!«

Als Nächstes erhebt sich der Alte und lässt eine Reihe Schimpfwörter vom Stapel. Sein Lieblingsausdruck: »Verdammt!«

Die weinende Latina läuft schreiend durch das Foyer. Der

Priester starrt mit weit offenem Mund und zieht sich schließlich in eine andere Ecke des Raums zurück.

Der Chemiker bleibt ruhig sitzen, selbst dann noch, als die Kakerlaken an seinen Beinen hochkrabbeln. Er hat sich monatelang auf diesen Moment vorbereitet, hat die Insekten gezüchtet und gefüttert und seine Hände in das Terrarium gesteckt, um seinen angeborenen Ekel zu überwinden. Er greift in den Regenmantel und reißt einen Plastikbeutel auf. Kakerlaken strömen durch die Löcher in seiner Kleidung wie Blut aus aufgeschnittenen Adern.

Die obdachlose Frau bleibt ebenfalls sitzen, während die Kakerlaken sich über sie hermachen. Er sieht zu, wie einige von ihnen über ihr Gesicht krabbeln, und versucht, sich nichts anmerken zu lassen, als die Tierchen über sein eigenes kriechen.

Jemand schreit den Sergeant an der Rezeption an. Zwei Polizisten in Zivil kommen ins Foyer, werfen einen Blick auf das Insektenchaos und stimmen in die Verdammt-Rufe des Alten mit ein.

Innerhalb eines Radius von drei Metern, der sich von Minute zu Minute ausdehnt, sieht man auf dem einst weißen Fliesenboden nur noch eine braune Masse mit vereinzelten weißen Flecken. Manche Kakerlaken strömen auf Ecken, Risse in der Wand und andere Verstecke zu, während andere sich geradlinig bewegen, anscheinend bestärkt in der Gewissheit, dass sie zu mehreren sicher sind.

Eine Polizistin in Uniform kommt herein, sieht die Sauerei und macht auf dem Absatz kehrt.

Der Chemiker steht auf, steckt die Hände in die Jackentaschen und öffnet weitere Beutel. Er hat gehofft, mindestens die Hälfte der Kakerlaken rauszulassen, bevor man ihn hinauswirft, aber niemand macht derartige Anstalten. Mehr Polizisten betreten das Foyer, stehen herum und blicken angewidert drein. Niemand unternimmt etwas. Einer geht auf

Zehenspitzen durch den Raum. Die Kakerlaken, die er dabei zertritt, knirschen wie trockenes Laub. Anstatt für Ordnung zu sorgen, steuert der Mann auf den Ausgang zu.

Stimmengewirr erfüllt den Raum, und der Chemiker versteht die Worte *dreckig* und *Obdachloser*. Er öffnet den letzten Beutel und geht ebenfalls in Richtung Ausgang. Vor dem Panzerglas bleibt er kurz stehen und starrt den diensthabenden Sergeant an, der mit hochgezogenen Beinen auf seinem Schreibtisch sitzt, als wäre der Raum überflutet.

»Sie haben ein Schädlingsproblem«, sagt er.

Dann schlendert er lässig zur Tür hinaus in die schwüle Nacht.

KAPITEL 22

Ich verbrachte die Nacht an Lathams Krankenbett und hielt seine Hand. Er hatte eine Lungenentzündung bekommen und seine Lunge war voller Eiter und Flüssigkeit. Es musste eine schreckliche Prozedur namens Pleurapunktion vorgenommen werden, während der er zum Glück bewusstlos war. Die Ärzte und Krankenschwestern warfen mit unverständlichen Ausdrücken wie *Empyem*, *Nosokomial*, *Rhonchus* und *Pleuraerguss* um sich, aber niemand redete mit mir Klartext darüber, wie seine Chancen standen.

Latham sah furchtbar aus. Sein gesamtes Gesicht hing lose herab, als hätte es sich vom Knochen gelöst, und sah krankhaft blass aus. Die roten Haare klebten am Kopf und die Hand war feucht und heiß.

Eine Weile redete ich mir ein, dass es Schicksal war, als ich ihm gesagt hatte, er solle ohne mich essen. Hätte er mit dem Essen auf mich gewartet, läge ich jetzt ebenfalls hier. Mit solchen Gedanken ist niemandem gedient, aber ich quälte mich trotzdem damit.

Ich schlief immer wieder kurz ein. Lathams Beatmungsgerät klang seltsamerweise beruhigend. Trotzdem fuhr ich jedes Mal nach kurzer Zeit erschrocken aus dem Schlaf, aus Angst, dass der Mann, den ich liebte, gestorben war, ohne dass ich für ihn da sein konnte. Als ich um kurz nach sieben Uhr morgens erwachte, sah ich zu Latham hinüber und stellte fest, dass seine schlaffen Augenlider halb offen waren.

»Bist du wach, Süßer?«

Ich strich ihm eine feuchte Haarlocke aus der Stirn und stellte fest, dass seine Haut kühl war. Das Fieber war vorbei.

»Weißt du eigentlich, wo du bist?«

Seine Augenlider zuckten und er drückte mir schwach die Hand.

»Du liegst wegen einer Lebensmittelvergiftung im Krankenhaus. Einige deiner Muskeln sind gelähmt, einschließlich des Zwerchfells. Deshalb hat man dich an ein Beatmungsgerät angeschlossen.«

Noch ein leichter Händedruck.

»Das ist nicht für immer. Du wirst wieder gesund, aber das kann ein paar Wochen dauern. Ich habe mir gedacht ... wegen unserer Flitterwochen ... dass ich noch nie in Hawaii war. Da habe ich mir gedacht, vielleicht könnten wir dorthin.«

Er schloss wieder die Augen. Wahrscheinlich hatte er mich nicht gehört.

Und ich musste zur Arbeit.

Ich fuhr nach Hause, quälte mich durch ein paar Sit-ups und Liegestütze sowie ein zwanzigminütiges Aerobic-Video, duschte, durchwühlte meine Küchenschränke nach etwas Essbarem und fand schließlich Haferflocken, die ich im Mikrowellenherd aufwärmte und hinunterschlang, obwohl mein Magen immer noch rebellierte. Dann schlüpfte ich in eine hellblaue Kläppchenkragenjacke von Barry Pace, einen dazu passenden Rock und ein Paar Stiefel, die ich meine Taffes-Mädel-Stiefel nannte – sie waren von Giuseppe Zanotti, aus schwarzem Wildleder, kniehoch, mit niedrigen Absätzen, Gummisohlen sowie Knöchelschnallen mit Totenkopfmotiven aus Silber und Kristall. Dazu trug ich Socken, keine Nylonstrümpfe. Danach trug ich Make-up auf.

Der Schlaf der letzten Nacht hatte dazu beigetragen, dass meine schwarzen Augenringe nicht mehr ganz so schlimm waren und sich leicht mit Concealer abdecken ließen. Meine Mutter, selbst eine ehemalige Polizistin, war nie eine Modetussi gewesen, aber ihr verdankte ich eine wertvolle Erkenntnis: Je teurer die Kosmetik, desto weniger Arbeit macht ihre Anwendung.

Die hohe Luftfeuchtigkeit sorgte dafür, dass sich meine Haare kräuselten wie bei der Schauspielerin Mary Elizabeth Mastrantonio. Frauen mit glattem Haar wollten am liebsten Locken, während ich meine Locken hasste und mir wünschte, es gäbe ein Shampoo, das mein Haarvolumen reduzieren könnte. Ich durchsuchte meine Handtasche vergebens nach Schaumfestiger, Gel oder Haarspray. Dann musste ich eben mit meinem Afrolook vorliebnehmen.

Eine Stunde später fuhr ich auf den Parkplatz hinter dem Polizeirevier. Leider waren sämtliche Plätze belegt, hauptsächlich von Pick-ups, auf denen die Logos von Schädlingsbekämpfungsfirmen prangten. Also parkte ich auf der anderen Straßenseite neben einem Hydranten.

»Was ist denn hier los?«, fragte ich beim Betreten des Gebäudes einen Uniformierten namens Collins.

»Kakerlaken. So 'n Penner hat sie heute Morgen reingebracht. Die Viecher haben in seinen Klamotten gehaust.«

Ich starrte drei Männern nach, die in mehrfarbigen Overalls und mit Sprühkanistern auf dem Rücken an mir vorbeiliefen.

»Was soll der ganze Aufwand? Nur wegen ein paar Kakerlaken?«

»Es sind mehr als nur ein paar. Das eklige Ungeziefer ist überall.«

Ich nahm die Treppe zu meinem Büro und hielt die Augen nach Kakerlaken offen. An einer Wand sah ich etwas, das sich als ganz normaler Fleck entpuppte, und am Treppengeländer klebte ein Kaugummi. Von Insekten war jedoch nichts zu sehen.

Auf meinem Schreibtisch wartete ein Stapel Berichte auf mich. Vernehmungen von weiteren Opfern und Zeugen, ein Bericht des kriminaltechnischen Labors zu dem Vorfall im Restaurant Willoughby's und ein Fax vom Cicero Police Department mit meiner Aussage, den Obduktionsberichten und einer Auflistung der Fundstücke am Tatort. In meinem Faxgerät war kein Papier mehr, also legte ich neues ein und druckte die acht Seiten aus, die sich noch im Speicher befanden. Dann setzte ich mich hin und machte mich ans Durchlesen.

Die Taskforce leistete gute Arbeit beim Sammeln von Information, aber da ich die Einzige war, die sämtliches Material durchging, konnte es passieren, dass ich Verbindungen übersah. Ich korrigierte diesen Missstand, indem ich eines meiner Teams von Vernehmungen abzog und stattdessen Daten auswerten ließ.

Als Nächstes las ich einen der Berichte, die das Faxgerät ausgespuckt hatte. Es war eine Hintergrundprüfung der Hothams, die keine negativen Einträge enthielt. Der Bericht erwähnte auch den Tod der Tochter namens Tracey und dass es sich dabei um einen Mord handelte.

Ich rief Cooper in Cicero an, aber der konnte mir nichts zu der Angelegenheit sagen, da sich das Verbrechen nicht in seinem Zuständigkeitsbereich ereignet hatte. Also durchforstete ich die Datenbank von Cook County nach Tracey Hotham und fand die Sterbeurkunde. Sie war vor sechs Jahren gestorben. Todesursache war ein Bauchschuss. Ich konnte mich nicht an den Fall erinnern, was aber nichts heißen musste, denn seitdem hatte es in Chicago Tausende Morde gegeben.

Ich suchte die Fallnummer und den Namen des zuständigen Kollegen heraus – J. Alger. Außerdem gab es einen Verweis auf eine weitere Fallnummer, und zwar eine Festnahme. Ich schaute nach und fand heraus, dass ein Mann namens Dirk Welch wegen Mordes an Tracey Hotham angeklagt worden war. Die Suche in der Datenbank der Strafvollzugsbehörde ergab, dass Welch eine lebenslange Haftstrafe bekommen hatte, aber nach zwei Jahren im Gefängnis gestorben war. Zurück in die Datenbank von Cook County. Die Sterbeurkunde erwähnte als Todesursache eine Überdosis Digitalis.

Ich wollte die Akten zu Algers Fall lesen, aber dazu hätte ich ins Archiv im Erdgeschoss gehen müssen. Stattdessen googelte ich »Tracey Hotham« und fand die Presseartikel über den Vorfall. Tracey Lynne Hotham, eine einunddreißig Jahre alte Postangestellte, war verprügelt, vergewaltigt und in den Bauch geschossen worden und erlag auf dem Weg ins Krankenhaus ihren Verletzungen. Welch hatte im selben Apartmentgebäude am anderen Ende des Flurs gewohnt. Jason Alger hatte ihn zwei Tage nach dem Überfall festgenommen. Die Gerichtsverhandlung verlief ungewöhnlich schnell und Welch bekannte sich schuldig.

Welche Verbindung gab es zwischen diesem Mordfall und dem Chemiker? Hatte er jemals mit Tracey, Welch oder Alger zu tun gehabt? Oder war es purer Zufall?

Wenn ich mehr Information wollte, blieben mir ein Besuch des Archivs und eine Durchsicht von Algers Akte nicht erspart.

Ich lehnte mich in meinen Stuhl zurück, fuhr mir mit der Hand durchs Haar ... und spürte etwas.

Zunächst dachte ich, mir wäre vielleicht ein Zweig oder Putz von der Decke auf den Kopf gefallen. Aber dieses Etwas zuckte und krabbelte zwischen meinen Fingern.

Ich stand abrupt auf und schüttelte meine Haare von einer Seite auf die andere, wie in der Vidal-Sassoon-Reklame, allerdings ohne den Schlafzimmerblick. Als Nächstes beugte ich mich vor, schüttelte die Haare erneut und betrachtete meine

Stiefel. Mehrere Dutzend Kakerlaken krochen an ihnen hoch. Plötzlich spürte ich sie in den Stiefeln, zwischen dem Wildleder und meinen nackten Waden.

Ich flippte total aus, kreischte wie ein kleines Mädchen und hüpfte auf und ab. Dabei stieß ich den Abfalleimer um, in den ich die Reste von Ricks chinesischem Essen entsorgt hatte. Statt Abfällen sah ich jedoch Hunderte von krabbelnden Kakerlaken.

Ich flüchtete Hals über Kopf aus dem Büro wie aus einem brennenden Gebäude. Nach fünf Schritten brachte ich mich wieder einigermaßen unter Kontrolle. Zum Glück hatte mich niemand gesehen. Ich setzte mich auf einen Besprechungstisch, riss mir die Stiefel von den Füßen und schüttelte ungefähr zehn lebende Kakerlaken auf den Boden – und ein paar tote, die ich zertreten hatte. Igitt. Igittigittigittigitt.

»Wenigstens sind es keine Bienen«, sagte ich zu mir selbst. Meine Stimme klang dabei ein wenig höher als sonst.

Meine weißen Socken, an denen die Eingeweide von Kakerlaken klebten, wanderten in den Mülleimer.

Ich nahm meinen ganzen Mut zusammen und zog meine Stiefel wieder an. Dann winkte ich einen Kammerjäger im Overall heran, der Bill Murray in dem Film *Ghostbusters* verblüffend ähnlich sah, und zeigte ihm den Weg zu meinem Büro.

»Bringen Sie das Ungeziefer um«, sagte ich. »Vernichten Sie es.«

»Deswegen sind wir ja hier, Ma'am.«

Er wollte an mir vorbeigehen, aber ich hielt ihn am Ellenbogen fest.

»Übertragen Kakerlaken irgendwelche Krankheiten?«

Er kratzte sich den Stoppelbart. »Na ja, sauber sind sie nicht gerade. Sie fressen verdorbene Lebensmittel und Exkremente. Und verdammt zäh sind sie auch. Eine Kakerlake kann ein paar Wochen ohne Kopf überleben, bevor sie verhungert.

Sie übersteht es, wenn man sie die Toilette hinunterspült, und überlebt sogar einen Atomkrieg. Aber sie übertragen keine Keime oder Viren, die für Menschen gefährlich sind.«

»Danke.«

»Keine Ursache. Halten Sie mal einen Moment still. Sie haben eine in Ihren Haaren.«

Ich biss die Zähne zusammen, als er mir an den Kopf griff und eine Kakerlake zwischen den Fingern zerdrückte.

»Nochmals vielen Dank«, sagte ich und rang mir ein gequältes Lächeln ab.

»Ach, da ist ja noch eine. Warten Sie.«

Ich zwang mich, ruhig dazustehen.

»Sekunde ... der kleine Scheißer ist auf die andere Seite gekrabbelt.«

Bill Murray trat hinter mich und wühlte in meinen Haaren herum, als wolle er mir eine Kopfmassage mit heißem Öl verpassen.

»Sieht so aus, als wären da noch mehr. Vielleicht feiern sie eine Party.«

Das reichte, um mich völlig ausrasten zu lassen. Ich rannte kreischend in die Damentoilette, beugte mich über das Waschbecken und ließ lauwarmes Wasser über den Kopf laufen. Ich bekam Wasser in die Nase und hustete, hielt aber den Kopf weiterhin unter den Wasserstrahl und fuhr mir so lange mit den Fingern durchs Haar, bis ich mir sicher war, dass ich sämtliches Ungeziefer los war.

Ich wrang das Wasser aus den Haaren und versuchte, nicht auf die fünf Insekten zu starren, die gerade aus dem glatten Porzellanbecken krabbeln wollten. Dann stellte ich mich in unbequemer Haltung unter den Händetrockner.

Die Luft, die aus dem Gerät blies, war heiß und trocken, aber ich musste zwölfmal auf den Knopf drücken, bis Haare und Jacke wieder trocken waren.

Ein anschließender Blick in den Spiegel beruhigte mich: Ich hatte mein teures Make-up nicht weggewaschen und meine Haare hatten den Afrolook verloren und sahen sogar ziemlich gut aus.

Mein Büro würde ich erst wieder betreten, wenn die Kammerjäger es gründlich desinfiziert und hermetisch verschlossen hatten. Also ging ich die Treppe hinunter ins Archiv.

Chicago besaß sechsundzwanzig Polizeidistrikte, verteilt auf vier Bezirke. Jeder Distrikt bewahrte Kopien seiner Akten in einem Zentralarchiv in seinem Bezirk auf. Das Archiv für meinen Bezirk befand sich in meinem Distrikt. Alger hatte im vierundzwanzigsten Revier gearbeitet, das zu meinem Bezirk gehörte. Kopien seiner Akten lagerten also bei uns.

Jedes Jahr redeten wir darüber, die Akten zu digitalisieren und in einer Datenbank zu speichern. Und jedes Jahr sagte man uns, dass es dafür kein Geld gab. Selbst in diesem aufgeklärten Technologiezeitalter vernichtete das Chicago Police Department immer noch Bäume.

Das Archiv war ein großer, offener Raum mit Regalen, die vom Fußboden bis zur Decke reichten. Auf ihnen lagerten die Dokumente in Kartons, sortiert nach Bezirken, Fallnummern und in semi-chronologischer Reihenfolge.

Die Archivverwalterin war eine korpulente Polizistin namens Martel Sardina, die diesen Job seit sechs Jahren machte und immer noch nicht wusste, wo sich etwas befand. Man musste schon ein besonderes Talent besitzen, wenn man in dieser Zeit absolut nichts lernte. Ich hatte Sardina einmal darauf angesprochen und sie hatte mir in jovialem Ton geantwortet.

»Mir gefällt es hier. Es ist ruhig und ich kann Zeitschriften lesen. Archivverwaltung wird als niedrige Arbeit angesehen, von der aus man sich zu besseren Positionen hocharbeiten muss. Wenn ich meinen Job gut mache, werde ich befördert und muss hier weg. Also mache ich keinen Finger krumm.«

Ihre verquere Logik ergab sogar einen Sinn.

Sardina schenkte mir ein freundliches Lächeln und winkte mir zu, als ich ihr Reich betrat. Diesmal war sie nicht in irgendeine Zeitschrift vertieft, sondern arbeitete anscheinend an Kreidezeichnungen. Meine Frage, wo sich die Akten des vierundzwanzigsten Reviers befanden, quittierte sie mit einem Achselzucken.

»Kommen Sie schon, Officer Sardina. Sie brauchen mir nur die allgemeine Richtung zu zeigen.«

»Ich hab keine Ahnung. Lagern bei uns überhaupt Akten aus dem vierundzwanzigsten Revier?«

»Ja. Und bestimmt haben schon tausend Leute Sie im Laufe der Jahre danach gefragt.«

»Falls sie die Akten gefunden haben, haben sie mir nichts davon gesagt.«

»Wenn Sie raten müssten, wo würden Sie sie vermuten?«

»Ich könnte nicht mal raten, wo sie sind.«

»Kommen Sie schon. Ich sag auch keinem was. Ich werde mich sogar bei Ihrem Vorgesetzten über Ihre schlechte Arbeit beschweren.«

»Ich kann Ihnen wirklich nicht helfen, Lieutenant. Und ehrlich gesagt will ich das auch gar nicht.«

Sie lächelte mich immer noch freundlich an.

»Was, wenn ich Captain Bains erzähle, dass Sie tolle Arbeit leisten, und Sie für eine Versetzung in das Morddezernat vorschlage?«

»Mit Drohungen kommt man bei mir nicht weiter«, erwiderte sie. »Bains hat mir bereits mit Suspendierung gedroht, wegen meiner künstlerischen Tätigkeit.«

Sie hielt eine schlechte Kreidezeichnung hoch, die einen Mann mit riesigem Mund darstellte. Aus seinem Mund kam eine Sprechblase: »Ich bin ein blödes Arschloch!« Die Überschrift lautete *Captain Bains*.

»Sie haben die Augen falsch wiedergegeben. Sie sehen aus wie braune Punkte, nicht wie blaue. Und ich glaube nicht, dass er eine Schweineschnauze hat.«

»Künstlerische Freiheit. Möchten Sie die sehen, wo er sich im Dreck wälzt?«

»Später vielleicht.«

»Fragen Sie diesen komischen Kammerjäger, ob er sie sehen will. Er schleicht hier irgendwo rum und sprüht Schädlingsbekämpfungsmittel.« Sie betrachtete ihr Kunstwerk mit zusammengekniffenen Augen. »Glauben Sie, der Captain würde sich gut als Kakerlake machen?«

»Passen Sie nur auf, dass Sie die Augen richtig hinbekommen.«

Während sie nach brauner Kreide suchte, ging ich die Regalreihen entlang und überlegte, wo ich beginnen sollte. Ich hatte die Fallnummern, aber wo befanden sich die Akten aus dem vierundzwanzigsten Revier? Zu meiner Orientierung überprüfte ich den nächstgelegenen Karton. Aber die Kartons davor und dahinter schienen nicht in einer bestimmten Reihenfolge zu sein. War das ein Teil von Sardinas Plan, inkompetent zu wirken, indem sie die Akten durcheinander einordnete? Wenn dem so war, musste ich ihr dafür Respekt zollen. Jemand mit ihren Fähigkeiten gehörte ins Management.

Eine Reihe weiter war die fortlaufende Nummerierung anscheinend in Ordnung. Ich öffnete einen Karton und sah nach. In der Tat war das der Abschnitt für das fünfundzwanzigste Revier. Ich übersprang die nächste Reihe und stieß beinahe mit einem Mann in leuchtend rotem Overall zusammen, der in einem Karton herumwühlte.

»Frisst das Ungeziefer jetzt auch schon unsere Akten?«, fragte ich.

Der Kammerjäger blickte auf und lächelte. Ein feuerrotes Muttermal bedeckte fast die gesamte rechte Wange oberhalb eines dicken Spitzbarts. Er trug eine verspiegelte Sonnenbrille und hatte einen dunklen Fleck auf der Stirn, der wie Fett oder Schmutz aussah.

»Die Viecher mögen es dunkel. Da muss man überall nachschauen.«

Er stellte den Karton zurück ins Regal, hängte sich seinen Sprühkanister wieder über die Schultern, richtete den Sprühstab auf den Teppichboden unter dem Regal und überzog ihn mit einer Schicht weißen Pulvers.

»Ist das Zeug gefährlich?«

Er zwinkerte mir zu. »Nur für Ungeziefer.«

Sardina hatte recht gehabt. Ein komischer Typ. Ich ging an ihm vorbei und folgte der Nummerierung, bis ich Algers Fallakten fand. Plötzlich schrillten bei mir die Alarmglocken – die Unterlagen befanden sich in demselben Karton, den der Kammerjäger vorhin durchsucht hatte.

Ich rannte ihm nach und bog um die Ecke, um die er verschwunden war. Im Eifer des Gefechts hatte ich völlig vergessen, dass meine Dienstwaffe in meiner Handtasche oben im Büro lag. Ich kam schlitternd zum Stehen, als ich ihn auf mich warten sah, das Sprühgerät auf mich gerichtet.

»Tief einatmen«, sagte er.

Und dann betätigte er den Abzug und spritzte mir eine Ladung voll ins Gesicht.

KAPITEL 23

Ich hielt mitten im Atemzug die Luft an und machte den Mund zu, damit ja nichts in die Lunge geriet – genau wie ich es im Apartment der Hothams getan hatte. Und ich schloss reflexartig die Augen.

Der chemische Wirkstoff, oder was auch immer es war, klebte mir im Gesicht und am Hals. Er fühlte sich warm und ein bisschen feucht an, fast wie ein Peeling oder eine Schlammmaske.

Ich hob die Hand und wollte mir das Gift aus dem Gesicht wischen.

»Nicht anfassen«, sagte der Chemiker. »Es ist Tetraethylpyrophosphat, auch bekannt unter dem Kürzel TEPP. Das Zeug gelangt durch die Haut und die Schleimhäute in den Körper. Wenn Sie es verreiben, dringt es tiefer in die Poren ein.«

Ich hielt inne. Die Zeit schien ebenfalls still zu stehen. *Das muss ein böser Traum sein,* schoss es mir durch den Kopf. Aber das machte die Situation nicht besser.

»Die ersten Symptome sind Augenschmerzen, Kopfschmerzen und Krämpfe. Kurz darauf folgen Brustschmerzen, Erbrechen, Inkontinenz, Zuckungen, Lähmungserscheinungen, niedriger Blutdruck und schließlich der Tod. Wenn Sie das Zeug nicht in den nächsten fünfzehn Minuten abwaschen, sind Sie wahrscheinlich tot. Oder früher, falls Sie es inhalieren.«

Ich streckte die Hände aus und berührte den Stoff seiner Uniform, aber er wich mir aus.

»Kein Anfassen beim ersten Date, Jack. Vielleicht später ... wenn Sie überleben. Tschüss und viel Glück.«

Ich hörte, wie sich seine Schritte entfernten. Kurz darauf vernahm ich nur noch das Pochen meines Herzens in meinen Ohren. So schnell wie es schlug, würde ich hier nicht lebend rauskommen. Ich verdrängte die Panik, was mir nicht allzu schwerfiel, da ich in den letzten Tagen schon so oft in Panik geraten war. Meine Panikreserven waren aufgebraucht.

Von Officer Sardina konnte ich keine Hilfe erwarten. Wahrscheinlich würde sie nicht einmal von ihrer Kreidezeichnung aufblicken. Und ich traute mich nicht, um Hilfe zu rufen, weil sonst Gift in meinen Mund gelangte.

Ich musste das Zeug abwaschen. Dafür brauchte ich ein Waschbecken. Es gab eins auf diesem Stockwerk, aber ich wusste nicht genau, wie man auf direktem Weg dorthin gelangte. Im ersten Stock dagegen befand sich eine Toilette im Flur gleich rechts vom Treppenhaus.

Würde ich es in meinem Zustand – mit kaum noch Sauerstoff in der Lunge und blind wie ein Maulwurf – überhaupt in den ersten Stock schaffen?

Ich musste es zumindest versuchen.

Im Geiste stellte ich mir vor, wo im Archiv ich mich gerade befand, und versuchte mich zu erinnern, wo es zur Tür ging. Geradeaus und dann links. Ich streckte die Hände vor mir aus und marschierte in einer geraden Linie los – zumindest glaubte ich das.

Ich stieß mit einem Regal zusammen und verstauchte mir den kleinen Finger der rechten Hand.

Kurskorrektur. Einen Schritt nach links und weiter.

»Hey, richten Sie das Ding nicht auf mich, Sie komischer Vogel!«

Sardina. Einen Augenblick später schrie sie. Als Nächstes hörte ich sie röcheln und würgen.

Ich durfte mich nicht ablenken lassen. Ich tastete mich am Regal entlang und ging schnell weiter. Als es endete, behielt ich meinen Kurs bei, bis ich die Wand erreichte. Ich folgte ihr nach links und suchte nach dem Ausgang.

Kotzgeräusche von Sardina, dann ein lang gezogenes, schmerzverzerrtes Wimmern, bei dem ich eine Gänsehaut bekam.

Die Wand ging weiter. Ich stieß gegen einen Stuhl und stolperte über Kartons. Machte fünfzehn Schritte. Zwanzig. Fünfundzwanzig.

Jetzt schrie Sardina. Nasse, gurgelnde Schreie.

Wo war nur der beschissene Ausgang? War ich daran vorbeigelaufen? Oder gar in die falsche Richtung?

Plötzlich griff ich mit der Hand ins Leere und fiel auf die Knie. Der Fliesenboden war kalt und hart. Ich überlegte. Das Treppenhaus war rechts. Ich tastete mich kriechend zur Wand und folgte ihr bis zur Treppe.

Wann hatte ich das letzte Mal Atem geholt? Vor dreißig Sekunden? Vor einer Minute? Es schien eine Ewigkeit her. Mein Zwerchfell zuckte und sehnte sich nach Luft. Wahrscheinlich war es ihm schleierhaft, warum es keine bekam. Das Pochen in meinem Schädel wurde heftiger und ich spürte ein Stechen in den Augen. Die ersten Symptome.

Als ich die Stelle erreichte, wo der Flur ins Treppenhaus überging, fiel ich erneut hin und landete auf der Brust. Beim Aufprall stieß ich wertvolle verbrauchte Luft aus der Lunge, konnte es mir jedoch nicht leisten, groß darüber nachzudenken. Ich kroch auf allen vieren die Treppe hoch und hielt mich hin und wieder am Geländer fest. Schließlich erreichte ich das Zwischengeschoss und nahm, so schnell ich konnte, die Stufen in den ersten Stock.

Als ich im Flur ankam, wusste ich nicht mehr, ob ich nach links oder nach rechts gehen musste.

Die Panik wuchs, und die Krämpfe in meiner Brust waren inzwischen so heftig, dass ich beinahe umkippte.

Links oder rechts? Links oder rechts?

Mein Büro befand sich seit zehn Jahren an derselben Stelle. *Verdammt, Jack, stell dich nicht so an. Das ist doch leicht.*

Links. Es ging nach links.

Ich tastete mich weiterhin an der Wand entlang, bis ich eine Türklinke fand, aber es war ein Büro und nicht die Toilette. Mein Kopf drohte zu platzen, meine Beine fühlten sich wie Pudding an und mir wurde immer schwärzer vor Augen.

Ein Schwindelgefühl befiel mich, und ich wusste, dass ich in ein paar Sekunden dringend atmen musste, Gift hin oder her. Tierische Instinkte hatten rationales Denken verdrängt. Ich spürte, wie sich ein Schrei in meiner Kehle formte und ich am ganzen Leib zitterte.

Plötzlich fand ich mich in der Toilette wieder.

Ich stürzte auf das Waschbecken zu und krachte mit der Hüfte dagegen. Mit zitterten Händen drehte ich den Wasserhahn auf und spritzte mir Wasser ins Gesicht und in die Augen. Ich wischte mir Mund und Nase ab, schnappte gierig nach Luft und weinte. Schließlich öffnete ich die Augen und stellte fest, dass sie blutrot waren. Ich schrie so lange, bis meine Sicht verschwamm und kurz darauf völlig erlosch.

KAPITEL 24

Ein Kammerjäger hatte mich beobachtet, wie ich blind durch den Flur kroch, und ein paar Polizisten im selben Stockwerk alarmiert. Kurz nachdem ich in Ohnmacht gefallen war, brachte man mich ins Krankenhaus. Während der Fahrt belebten mich die Sanitäter wieder, und ich teilte ihnen einigermaßen zusammenhängend mit, dass ich an einer TEPP-Vergiftung litt.

Die Krankenschwestern in der Notaufnahme schrubbten mein Gesicht und meinen Hals ab, bis ich aussah, als hätte ich einen Sonnenbrand. Man spülte mir die Augen aus – eine Prozedur, die genauso schmerzhaft war wie sie klang. Schließlich verabreichte man mir Atropin, Pralidoxim und aktivierte Holzkohle.

Irgendwann tauchte Herb auf. Ich gab ihm eine bruchstückhafte Schilderung der Ereignisse, soweit ich mich an sie erinnerte. Mit einer brauchbaren Beschreibung des Chemikers, die über das vermutlich falsche Muttermal hinausging, konnte ich leider nicht dienen. Obwohl Herb nicht mehr mein Partner war, notierte er brav meine Informationen.

Ich litt unter enormen Schmerzen. Die Medikamente verursachten mir Herzrasen. Die Augen juckten und die Haut brannte. Meine Kehle fühlte sich an, als hätte ich Glasscherben verschluckt.

»Mir tut das ganze Gesicht weh«, sagte ich zu Herb.

Er erwiderte nichts, sondern starrte mich nur an. Die Enden seines Walrossschnauzbarts hingen traurig herab. »Ich hab deine Handtasche mitgebracht. Sie liegt neben dem Bett. Und ein Team ist hierher unterwegs, um dein Zimmer zu bewachen.

»Danke.« Reden tat auch weh. »Wie geht es Sardina?«

»Sie hat es nicht überlebt.«

Die Art und Weise, wie er mich anstarrte, ging mir auf die Nerven, also wandte ich meinen Blick von ihm ab und konzentrierte mich auf den grünen Vorhang, der um mein Bett hing. Es war Zeit, dass ich den Gang nach Canossa antrat.

»Es tut mir leid, dass ich dich einen Feigling genannt habe. Das bist du nicht, Herb.«

Er berührte meinen Arm oberhalb der Infusionsnadel.

»Das muss ein Ende nehmen, Jack. Du wärst beinahe zweimal innerhalb von drei Tagen gestorben.«

Es waren sogar drei Male, wenn man den Vorfall im Apartment der Hothams in Cicero dazuzählte, aber ich sah keinen Grund, Herb das auf die Nase zu binden. Stattdessen erzählte ich ihm von all den anderen Dingen, die mich beschäftigten.

»Latham hat mir einen Heiratsantrag gemacht und sich eine Lebensmittelvergiftung eingefangen, ich hab mit 'nem FBI-Agenten rumgemacht, mein Vater lebt noch und ich kann den Chemiker nicht ohne dich fangen.«

Herb ließ alles auf sich einwirken und sagte: »Du hast mit 'nem FBI-Agenten rumgemacht?«

Ich zwang mich, ihn anzusehen. »Von allen Dingen, die ich dir erzähle, ziehst du dich ausgerechnet daran hoch?«

»Der Typ von der Spezialeinheit für Gefahrstoffe?«

Ich nickte.

»Ich dachte, der ist schwul.«

»Warum denkt ihr Männer immer, dass alle richtig gut aussehenden Typen schwul sind?«

»Das hilft uns, nachts besser zu schlafen. Wie weit ist er gekommen? Blieb es beim Fummeln?«

»Fummeln? Sag mal, sind wir hier in der Junior-Highschool?«

»Hast du ihm einen geblasen? Hat er einen weggesteckt?«

»Du hörst dich an wie McGlade. Warum reden wir nicht über meinen Vater oder meine bevorstehende Verlobung?«

Herb hob meine linke Hand hoch und musterte sie gründlich. »Wo ist der Ring?«

»Ich hab noch nicht *Ja* gesagt. Bevor ich die Gelegenheit dazu hatte, wurde er krank. Sein Zustand ist kritisch. Gestern Nacht hätte ich ihn beinahe verloren.«

»Das tut mir leid, Jack. Ich mag Latham. Du wirst *Ja* sagen?«

»Ja.«

Herb lächelte. »Glückwunsch. Falls du eine Trauzeugin brauchst, mir steht rosa gut. Und dein Vater ist nicht tot?«

»Er wohnt in Elmwood Park. Meine Mutter hat mir gestanden, dass er uns verlassen hat. Sie hat mir erzählt, er wäre tot, damit ich nicht nach ihm suche.«

»Hast du schon mit ihm gesprochen?«

»Nein.«

»Hast du es vor?«

»Ich weiß nicht. Ich …«

Mein Handy piepste. Herb reichte mir meine Handtasche und ich sah aufs Display. Es war das gestohlene Handy der Hothams.

»Das ist der Chemiker«, sagte ich zu Herb.

Herb griff zu seinem Notizblock und hielt den Kopf neben meinen, um mithören zu können. Ich nahm den Anruf entgegen und gab mir Mühe, fest und bestimmt zu klingen.

»Daniels.«

»Freut mich, dass Sie noch leben, Jack. Sie haben eine ganz schön robuste Lunge. Wie fühlen Sie sich?«

»Wir haben beschlossen, Sie zu bezahlen. Wie lauten Ihre Forderungen?«

»Ich habe Sie etwas gefragt, Lieutenant. Wie fühlen Sie sich?«

Meine Wut war stärker als sämtliche Vergiftungssymptome. Ich zischte durch meine zusammengepressten Zähne.

»Mir geht's gut.«

»Das freut mich. Ich möchte nämlich, dass Sie mir persönlich die zwei Millionen bringen. Wir ziehen die Sache folgendermaßen durch: Ich will hunderttausend Dollar in bar, dreihundertzweiunddreißigtausend Dollar in Platinum Eagles und den Rest in ungeschliffenen Diamanten, mindestens drei Karat pro Stein. Keine Tricks, keine Peilsender, keine mit Laser eingravierte Seriennummern auf den Diamanten, kein Moissanit, Sie wissen schon, was ich meine. Wenn Sie versuchen, mich reinzulegen, werde ich stinksauer. Tun Sie alles in einen Lederkoffer und streichen Sie ihn hellgelb an. Dann stellen Sie sich morgen Vormittag um halb elf vor das Daley Center bei der Picasso-Skulptur. Haben Sie das alles verstanden?«

Ich sah Herb an, der sich eifrig Notizen machte. Er nickte mir zu.

»Ja.«

»Gut. Nehmen Sie Ihr Handy mit und tragen Sie Laufschuhe. Die werden Sie brauchen.«

»Ich weiß über Tracey Bescheid«, sagte ich in der Hoffnung, ihn unvorbereitet zu erwischen. »Und über Dirk Welch. Sie haben ihn im Knast umgebracht. War er Ihr Zellengenosse?«

Er machte eine Pause.

»Ich habe etwas Großes geplant. Etwas ganz Großes. Wenn morgen alles gut geht, verrate ich Ihnen meinen Plan und Sie werden ihn rechtzeitig stoppen. Wenn irgendetwas schiefgeht, werden viele Menschen sterben. Wenn Sie versuchen, mich zu finden, werden viele Menschen sterben. Wenn Sie irgendwelche Tricks anwenden oder versuchen, mich zu schnappen, werden viele Menschen sterben. Alte, Frauen und Kinder. Ich weiß, dass Sie diese Schuld nicht auf sich nehmen wollen. Aber das ist nicht alles. Ich werde hinter Ihnen her sein. Und hinter allen, die Sie kennen.«

Er beendete das Gespräch. Ich starrte Herb an. Er sagte kein Wort, aber ich wusste, was er dachte.

Einbrecher bedrohen dich und die halbe Stadt nicht am Telefon. Räuber sprühen dir kein Gift ins Gesicht, sodass du im Krankenhaus landest. Diebe greifen nicht die Menschen an, die dir etwas bedeuten.

Er hatte ja recht. Aber ich konnte nichts daran ändern.

Eine Krankenschwester schob den Vorhang beiseite und steckte den Kopf herein. »Ein Zimmer ist für Sie frei geworden, Miss Daniels.«

Ich hätte protestieren und darauf bestehen können, dass man mich entließ, aber aus der Schwester wurden plötzlich zwei, die identisch aussahen, und ich war mir nicht sicher, mit welcher ich reden sollte. Man hatte mich bereits gewarnt, dass ich doppelt sehen würde. Es war nicht so lustig, wie ich mir vorgestellt hatte.

»Herb, ich bitte dich nur ungern um …«

Er hielt den Notizblock hoch. »Ich leite das an die Polizeichefin weiter. Wir kümmern uns um die Details. Du ruhst dich erst einmal aus.«

»Danke. Ach ja, noch etwas. Als ich im Archiv war, habe ich die Akte zu Algers Ermittlungen im Mordfall Tracey Hotham gesucht. Der Chemiker hat in dem Karton herumgewühlt. Ich weiß nicht, ob er die Akte an sich genommen hat. Wenn ja, müssen wir nachschauen, ob das vierundzwanzigste Revier noch eine Kopie davon besitzt.«

»Ich schau nach.«

»Ein Typ namens Welch war in den Fall verwickelt. Er kam im Gefängnis ums Leben.«

»Jack ...«

»Ich weiß, wir sind keine Partner mehr. Dann delegierst du es eben an einen Untergebenen.«

Er nickte, gab mir einen Klaps auf die Schulter und ging.

Ich bat die Krankenschwester um etwas Wasser. Sie gab mir einen Becher und maß meinen Blutdruck. Plötzlich zitterte ich am ganzen Körper, erst nur ein wenig, dann so heftig, dass ich das Wasser über das ganze Bett verschüttete.

»Sie hat einen Krampfanfall!«, schrie die Schwester.

Ein Arzt kam herbeigerannt und die Schwester steckte mir einen Gegenstand aus Gummi zwischen die Zähne. Kurz darauf konnte ich nichts mehr sehen, weil meine Augenlider zu schnell flatterten.

»Wir verabreichen Ihnen Diazepam.«

Ich spürte, wie Ruhe meinen Körper durchfloss und die Krämpfe aufhörten. Die Schwester entfernte den Mundschutz. Ich kniff die Augen zusammen und versuchte, wieder klar zu sehen.

»Bei Ihnen ist alles in Ordnung«, sagte sie. »TEPP kann Krampfanfälle verursachen. Wir haben Ihnen ein bisschen Valium verabreicht. Zusammen mit dem Atropin und dem Pralidoxim wirkt es als Muskelrelaxans.«

»Danke«, sagte ich. Ich war ziemlich aufgeregt, aber das Valium war mir eine große Hilfe.

Die Schwester deckte mich mit einer trockenen Decke zu und versprach mir, gleich wiederzukommen. Während ich wartete, klingelte mein Handy. Eine unterdrückte Nummer.

»Daniels«, meldete ich mich mit belegter Stimme.

»Hey, Jackie. Was geht ab?«

Harry McGlade.

»Hi, Harry. Was macht dein Schutzanzug?«

»Den hab ich von der Steuer abgesetzt. Ich hab deine oberste Chefin bedrängt, und sie hat gedroht, mich festnehmen zu lassen, wenn ich nicht sofort verschwinde. Die Frau hat's aber echt drauf. Wenn sie nicht so fette Fußknöchel hätte, wäre sie mein Typ. Ach ja, was ich fragen wollte: Gehst du am Sonntag zum Polizeifest?«

»Nein.«

»Wie wär's, wenn wir beide zusammen hingehen? Der Bürgermeister wird dort sein und du könntest mich ihm vorstellen. Er mag dich doch, oder?«

»Ich geh nicht hin.«

»Natürlich gehst du hin. Jeder Bulle im Mittleren Westen geht hin. Außerdem findet es dieses Jahr hier in Illinois statt.«

»Jeder Bulle außer mir.« Ich grinste. Valium war echt ein tolles Medikament.

»Du schuldest mir einen Gefallen, Jackie.«

»Frag die Polizeichefin, ob sie dich mitnimmt. Vielleicht sagt sie Ja, wenn du ihre Knöchel mit Öl massierst.«

Harry machte eine lange Pause – für ihn untypisch.

»Jack, ich ... ich habe meine Tätigkeit an den Nagel gehängt. Ich mache keine privaten Ermittlungen mehr.«

»Den Verlust wird Chicago nicht verkraften.«

»Das ist nicht witzig. Könntest du deinen Beruf weiterhin ausüben, wenn du deine Schusshand verlierst? Meine Linke ist vollkommen nutzlos. Ich kann mir damit nicht mal den Arsch abwischen. Schießen kann ich mir völlig abschminken. Und mein Schmuckstück, den Ford Mustang, musste ich wegen dem beschissenen Schalthebel verkaufen. Neulich kam meine Stromrechnung zurück, weil meine Unterschrift auf dem Scheck wie die von einem geistig zurückgebliebenen Kind ausgesehen hat. Und ich muss jetzt sogar für Sex bezahlen, weil keine Frau mit mir in die Kiste will.«

»Was hat das mit deiner Hand zu tun?«

»Verdammt noch mal, Jack, mein Leben ist ruiniert. Hab doch ein bisschen Mitgefühl mit mir.«

Vielleicht lag es an den Medikamenten oder den Nachwirkungen der TEPP-Vergiftung, aber jedenfalls tat er mir tatsächlich leid. »Das ist schade, Harry.«

»Wenn die Stadt mir keine Schanklizenz gibt und ich deswegen diese Bar nicht betreiben kann, kann ich mir gleich 'ne Kugel geben. Und du musst mir dabei helfen, weil ich meinen eigenen Kopf nicht treffen kann.«

»Meinst du? Du hast 'nen ziemlich dicken Kopf.«

Ich musste über meine Einschätzung lachen, die ich unter Medikamenteneinfluss gemacht hatte. Aber Harry hatte *wirklich* einen dicken Kopf.

»Nimm mich zum Polizeifest mit und stelle mich dem Bürgermeister vor. Wenn ich mit deiner Hilfe die Schanklizenz bekomme, lasse ich dich für den Rest meines Lebens in Ruhe, ich schwör's.«

»Ein verlockendes Angebot.«

»Wir waren mal Partner. Ich weiß, ich hab dir damals unrecht getan, aber in der Zwischenzeit hab ich dir ein paarmal ausgeholfen. Bitte. Ich brauche deine Hilfe.«

Harry McGlade war mir öfter auf die Nerven gegangen, als ich zählen konnte, aber auf eine verrückte Art und Weise war er so etwas wie ein Freund. Und jetzt brauchte er eine helfende Hand. Im wahrsten Sinn des Wortes.

»Also gut, McGlade. Aber ich kann dir nicht garantieren, dass der Bürgermeister darauf anspringt.«

»Danke, Jackie. Ich komm Sonntag in der Früh bei dir vorbei. Wohnst du immer noch in der Addison Street?«

»Nein, ich bin jetzt eine Vorstadttussi. Ich wohne in Bensenville.«

Ich gab ihm die Adresse.

»Dann bis Sonntag. Vielleicht lade ich dich hinterher zu einem Bier ein.«

»Vielleicht.«

»Und wie wär's danach mit Sex?«

»Tschüss, Harry.«

»Ich habe diesen Aufsatz für meine Prothese …«

Ich drückte die rote Taste, bevor er den Satz beendete. Dann atmete ich tief durch, schloss die Augen und dachte an das Polizeifest mit Harry …

Polizeifest mit Harry? Worauf hatte ich mich da nur eingelassen?

Vielleicht hatte ich Glück und der Chemiker brachte mich morgen um. Dann müsste ich nicht hingehen.

Diese Vorstellung beruhigte mich seltsamerweise und ich schlief ein.

KAPITEL 25

Der Chemiker zerschmettert die letzte Flasche Wodka über der Mülltonne. Glasscherben und Alkohol spritzen auf seine dicken Arbeitshandschuhe, und eine Scherbe prallt von dem Gesichtsnetz an seinem Imkerhelm ab. Er hält sich im Augenblick in seinem Gewächshaus auf. Es ist dunkel und still. Nachts kann er hier am besten arbeiten, da die Bienen kaum aktiv sind.

Er langt in die Glasscherben und fischt den Flaschenhals heraus. Seine Bewegungen sind schnell und effizient. Langsam nähert er sich dem Ende, dem Höhepunkt nach mehreren Jahren Arbeit. So etwas muss man genießen. Leider hat die ganze Aufregung der letzten Zeit seine Zeitplanung verzögert und er muss aufholen.

Er legt den Flaschenhals auf die Werkbank und schiebt mithilfe eines Hammers und einer Zange alle Glassplitter von der Aluminiumverschlusskappe weg. Als er damit fertig ist, ist die Verschlusskappe samt Sicherungsring an der Unterkante intakt.

Als Nächstes nimmt er eine Flasche derselben Wodkamarke und entfernt die Verschlusskappe. Der Sicherungsring wird entlang der perforierten Linie abgetrennt und bleibt auf dem Flaschenhals. Er entfernt den Ring mit einem Nagelknipser, schüttet hundertzwanzig Milliliter Wodka aus und fügt die gleiche Menge farb- und geruchloses Ethylenchlorhydrin hinzu. Es vermischt sich unsichtbar mit dem Alkohol.

Danach nimmt er die intakte Verschlusskappe, die er zuvor von der zerbrochenen Flasche entfernt hat, und schraubt sie vorsichtig auf die volle Flasche. Sie sieht jetzt neu und ungeöffnet aus. Er stellt sie in den Karton zu den elf anderen vergifteten Wodkaflaschen und fängt mit dem Bier an.

Bierflaschen lassen sich noch leichter manipulieren. Ein lokales Geschäft für Brauereibedarf, dasselbe, in dem er einen Teil seines Hydrokulturzubehörs gekauft hat, verkauft auch Flaschenverschließer. Behutsam entfernt er die Verschlusskappen von einem Dutzend beliebter Importbierflaschen, schüttet in jede ein paar Tropfen Conotoxin und versiegelt dann die Flaschen mit dem Verschließer. Danach sehen sie aus, als kämen sie frisch aus der Brauerei.

Als er mit einem ganzen Kasten Bier fertig ist, steht er auf und streckt sich. Es gibt noch ein paar Dinge, die er überprüfen muss. Er vergewissert sich, dass der Akku des Tauchscooters aufgeladen ist, legt den Taucheranzug bereit und stellt eine Flasche Talk daneben. Zuletzt prüft er den Druckmesser an der Nitroxflasche.

Draußen zieht er den Schutzanzug aus und sieht nach dem Zementmischer, der eine neue Ladung fertig hat. Es dauert zehn Minuten, sie zu gießen. Er kann gut mit dem Gabelstapler umgehen und schafft es beim ersten Versuch. Zwei braucht er noch. Er schüttet drei weitere Säcke Zement in den Mischer und gibt ein bisschen Aluminium, einen Schuss Diesel und eine gute Handvoll Dachdeckernägel hinzu.

Drinnen übt er ein letztes Mal mit dem Wählcomputer. Er hat Verzögerungen eingeplant und ist die Strecke selbst gelaufen. Der Zeitplan ist perfekt. Eigentlich müsste alles wie am Schnürchen klappen.

Zu allerletzt überprüft er den Brief auf Rechtschreibfehler

und druckt ein Exemplar aus. Das wird eine schöne Überraschung für Lieutenant Jacqueline Daniels werden. Ein schönes Ende einer schönen Beziehung. Nach sechs Jahren, drei Monaten und dreizehn Tagen wird es endlich Vergeltung für Tracey geben.

Und dann wird er Rache nehmen.

KAPITEL 26

Ich verließ das Krankenhaus um sieben Uhr morgens gegen den Rat der Ärzte. Die Kleider, die ich am Leib trug, waren geliehen. Ein Taxi brachte mich zu meinem Wagen, der immer noch vor dem Hydranten parkte. Der dichte Verkehr auf meinem Nachhauseweg in die Vororte zwang mich zur Konzentration und vertrieb die Müdigkeit. In Anbetracht dessen, was ich durchgemacht hatte, fühlte ich mich ziemlich gut. Etwas geschwächt und angeschlagen, aber fit genug für die Arbeit.

Daheim angekommen, fütterte ich den Kater, würgte eine Portion Haferflocken hinunter, duschte lauwarm – heißes Wasser schmerzte auf meiner Haut –, schlüpfte in eine Levi's-Jeans mit Bootcut, ein Paar Adidas-Laufschuhe sowie eine weiße Bluse und eine schwarze Jacke von Anne Klein. Dann rief ich Latham an. Er schlief gerade, aber die Krankenschwester teilte mir mit, dass sein Zustand stabil war. Ich fasste das als gutes Zeichen auf.

Als Nächstes setzte ich mich hinters Steuer und machte mich auf den Weg zurück nach Chicago. Sobald ich auf der Stadtautobahn war, rief ich Herb an.

»Gibt's was Neues zu der Hotham-Akte?«

»Spurlos verschwunden. Die und die Welch-Akte. Sowohl aus dem Archiv als auch aus dem vierundzwanzigsten Revier.«

»Hab ich mir gedacht. Da muss wohl etwas drinstehen,

von dem der Chemiker nicht will, dass wir es finden. Was ist der Plan für heute?«

»Du bekommst ein geklontes GPS-Handy mit deiner Mobilfunknummer. Damit können wir dich überall orten. Es hat einen Signalverstärker für geschlossene Räume. Zu deiner Unterstützung stehen sechs Wagen, zwei Motorräder, vier Teams zu Fuß und ein Helikopter bereit. Wir werden dich nicht verlieren.«

»Hat man Traceys Handy oder ihr Auto gefunden?«

»Die Illinois State Police hat einen weißen Honda auf einem Parkplatz am Flughafen O'Hare gefunden. Ohne Nummernschilder, aber die Fahrzeug-Identifizierungsnummer stimmte überein. Fingerabdrücke werden sie wohl kaum finden – die Karre ist abgebrannt. Das Handy konnten sie nicht anpingen. Sie vermuten, dass er den Akku entfernt, wenn er es nicht benutzt. Wir können ihn nur während eines Anrufs orten.«

»Was ist mit dem Geld?«

»Bargeld, Münzen und Diamanten sind alle sauber, so wie er es verlangt hat. Den gelben Lederkoffer haben wir auch.«

»Was ist da drin? Ein Peilsender? Noch ein GPS-Gerät?«

Herb antwortete nicht.

»Herb?«

»Nichts. Da ist nichts drin, Jack. Wenn du dem Chemiker über den Weg läufst, hast du Anweisung, nichts zu unternehmen. Keine Festnahme, kein Schusswaffengebrauch. Der Bürgermeister will nichts riskieren.«

Ich versuchte, das Gehörte zu verarbeiten, aber je länger ich darüber nachdachte, desto weniger gefiel es mir.

»Was, wenn sich eine Gelegenheit ergibt, ihn zu schnappen?«

»Du weißt ja, womit der Irre in diesem Fall gedroht hat.« Herb äffte die Stimme von Micky Maus nach: »*Viele Menschen werden sterben, viele Menschen werden sterben.*«

»Die sterben so oder so. Der Kerl wird nicht aufhören.«

»Ich bin nur der Überbringer der schlechten Nachricht«, sagte Herb. »Mir gefällt das Ganze genauso wenig wie dir.«

Ich bin eigentlich kein Mensch, der geifert, aber ich war wütend genug, um es zu tun.

»Wirst du dort sein?«, fragte ich.

Wieder eine Pause. »Nein.«

»Herb ...«

»Wir sind keine Partner mehr, Jack. Ich bin nicht mehr im Morddezernat. Zurzeit arbeite ich an einem anderen Fall.«

»An was für einem Fall?«

»Letzte Woche hat jemand einen Sattelschlepper gestohlen, der mit Dixi-Toiletten beladen war.«

»Na, das ist ja viel wichtiger, als einen Massenmörder aufzuspüren, der unsere Stadt terrorisiert. Wie nennt man das eigentlich, wenn sich jemand mit 'ner Fuhre Dixi-Klos davonmacht? Der große Scheißhaus-Reißaus?«

»Tschüss, Jack. Pass auf dich auf.«

Herb legte auf.

Eigentlich durfte ich Herb nicht böse sein. Der Trick, in unserem Beruf alt zu werden, besteht darin, rechtzeitig aufzuhören. Wenn er glaubte, diesen Punkt erreicht zu haben, brachte meine Stichelei keinen von uns weiter.

Aber Herb war mit Leib und Seele Mordermittler. Mit dem Wechsel ins Raub-und-Einbruchs-Dezernat vergeudete er seine Zeit und arbeitete weit unter seinen Fähigkeiten. Bestimmt wusste er das selbst, brauchte aber hin und wieder jemanden, der ihn daran erinnerte.

Ich rief ihn mit der Absicht zurück, ehrlich mit ihm zu kommunizieren und seine wahren Ängste und Beweggründe zu erfahren. Das war auf jeden Fall besser, als ihm mit Vorwürfen und Beschimpfungen zu kommen.

Doch dann waren die ersten Worte aus meinem Mund: »Herb, sei kein Idiot.«

Er legte wieder auf. Ich überlegte, ob ich seine Frau anrufen sollte, doch dann fiel mir ein, dass sie seinen dämlichen Plan unterstützte, bis zur Rente eine ruhige Kugel zu schieben und sein Leben nicht aufs Spiel zu setzen. Stattdessen rief ich Rick an.

»Wie schön, dass Sie anrufen, Jack. Ich habe gehört, was passiert ist. Ich wollte Sie eigentlich im Krankenhaus besuchen, aber dann dachte ich ...« Er sprach den Satz nicht zu Ende.

»Schon okay. Haben Sie gehört, was der Bürgermeister gesagt hat?«

»Ich war gestern Abend bei der Besprechung.«

»Er will dem Kerl doch glatt das Geld übergeben und ihn laufen lassen.«

»Sieht so aus.«

»Ich hoffe, Sie machen da nicht mit. Die Bundesregierung verhandelt schließlich nicht mit Terroristen, oder?«

»Nicht, soweit *Sie* Bescheid wissen.«

»Wollen Sie damit sagen ...«

»Ich will damit sagen, dass dieser Kerl in der Lage ist, noch mehr Menschen zu töten. Wenn wir ihm das Geld geben, hört er höchstwahrscheinlich auf. Ich habe mit ein paar Kollegen aus der Abteilung für operative Fallanalyse gesprochen. Laut deren Profiling-Computer ...«

Na toll! Diesen Weg hatte ich schon ein paarmal beschritten – und er hatte nie zu nennenswerten Ergebnissen geführt. War ich die einzige vernünftige Polizistin in der westlichen Hemisphäre?

Ich unterbrach sein Profiling-Gelaber. »Was ist denn Ihre ganz persönliche Meinung?«

»Ich glaube, er hat etwas ganz Großes geplant. Wenn wir ihn schnappen, werden viele Menschen sterben.«

»Wir lassen den Kerl also einfach laufen?«

»Der Fall ist damit längst nicht zu Ende, Jack. Wir haben

einen Haufen Beweismaterial, das wir noch nicht einmal ausgewertet haben. Früher oder später kriegen wir ihn, ohne dabei Menschenleben zu riskieren.«

Es fiel mir schwer zu reden, während ich mir auf die Zunge biss, aber ich schaffte es. »Wir ziehen also den Schwanz ein.«

»Sie klingen, als wären Sie stinksauer.«

»Das bin ich auch.«

»Ohne jetzt ein Menschenleben mit Geld bewerten zu wollen, aber es sind nur zwei Millionen Dollar, Jack. Das ist doch gar nichts.«

»Da täuschen Sie sich. Es sind genau zwei Millionen zu viel. Erzählen Sie mir mehr von diesem Profil. Halt, lassen Sie mich raten – der Täter hat als Kind gezündelt und Tiere gequält, war ein Bettnässer und wurde sexuell missbraucht ...«

»Weit gefehlt. Alleinstehender männlicher Weißer zwischen fünfunddreißig und fünfundfünfzig, Akademiker, hat einen Schreibtischjob, wohnt in Chicago, ist möglicherweise ein angesehenes und hochrangiges Mitglied der Gesellschaft, arbeitet ehrenamtlich, leidet unter einer bipolaren Störung ...«

»Meinen Sie wirklich? Vielleicht besteht sein Problem darin, dass ihm die Zoloft-Pillen ausgegangen sind.«

»... ist überdurchschnittlich intelligent, hat in seiner Jugend geringfügige kriminelle Delikte begangen, lebt allein, hat Schauspielerfahrung ...«

»Klar, er hat in *Arsen und Spitzenhäubchen* mitgespielt.«

Rick seufzte. »Das ist ein brauchbares Profil, Jack.«

»Steht da auch drin, dass er sich wie Schneewittchen kleidet und Brotdosen mit dem Bild von Donnie Osmond sammelt?«

»In dem Profil steht in der Tat, dass er irgendetwas sammelt, zum Beispiel Comichefte oder Baseballkarten.«

»Oder giftige Pflanzen. Hören Sie zu, Rick, den Kerl laufen zu lassen ist keine gute Idee. Sagt das Profil auch, dass er aufhört, wenn er das Geld bekommen hat?«

»Ja.«

»Das können Sie sich getrost abschminken. Ich hab mit dem Typen geredet. Für ihn ist das Ganze ein großes Spiel, und ein Riesenspaß noch dazu. Wenn man sich einmal von einem Schulhof-Rowdy das Pausengeld wegnehmen lässt, zieht er einen immer wieder ab.«

»Wie wollen Sie die Sache angehen?«

Ich dachte an die .38er in meiner Handtasche.

»Ich werde ein stärkerer Schulhof-Rowdy sein als er.«

»Und wenn deswegen mehr Menschen sterben müssen?«

Das war in der Tat die große Frage. Wenn ich ihn festnahm und Menschen dabei ums Leben kamen, würde ich mir das nie verzeihen. Aber wenn ich ihn laufen ließ und er weiter tötete, würde ich mir das auch nie verzeihen.

Eine Versetzung ins Raub-und-Einbruchs-Dezernat war vielleicht doch keine schlechte Idee.

Ich verabschiedete mich von Rick und ließ mir für den Rest der Fahrt sämtliche Szenarien durch den Kopf gehen. Gab es eins mit akzeptablem Ausgang?

Mir fiel keins ein.

Ich parkte vor einem Hydranten in der Randolph Street, schräg gegenüber vom Daley Center. Das Polizeiaufgebot erinnerte mich an eine Szene aus dem Film *Blues Brothers*. Zwanzig Angehörige des Spezialeinsatzkommandos waren in Formation angetreten. Mindestens vierzig Uniformierte. Ein paar hohe Tiere, darunter die Polizeichefin. Acht Streifenwagen. Vier Motorräder. Zwei Motorroller. Vier Pferde. Zwei Mountainbikes. Der mobile Einsatzleitstand. Und ein Einpersonentransporter von der Firma Segway.

Das Daley Center diente als Chicagos Hauptjustizgebäude. Es war ein imposanter, fast zweihundert Meter hoher Wolkenkratzer aus Stahl und Glas, der auf allen vier Seiten von Straßen umgeben war. Der Bereich rund um die Picasso-Skulptur – eine beeindruckende Statue aus rostbraunem Metall, die an ein Pferd erinnerte, das sich mit einer Harfe paarte – hatte man mit gelbem Flatterband gesperrt. Rundherum drängelten sich Schaulustige und Reporter und versuchten, einen Blick auf das Geschehen zu erhaschen.

Ich öffnete den Kofferraum, holte mein Ersatzschulterholster heraus und legte es unter meiner Jacke an. Außerdem schnallte ich mir ein Knöchelholster um, in dem eine kleine Pistole vom Modell AMT Backup II steckte. Sie war dreizehn Zentimeter lang und wog ungefähr fünfhundert Gramm. Ich lud fünf kurze 9-mm-Patronen ins Magazin, ließ eine in die Kammer gleiten und lud eine weitere nach. Meine Bootcut-Jeans passten locker darüber und die breiteren Hosenbeine ließen meine Hüfte schmaler wirken. Eine echte Win-win-Hose.

Als Nächstes holte ich meinen Colt Detective Special, einen Schnelllader sowie eine Rolle Säureblockertabletten aus der Handtasche auf dem Vordersitz. Ich kaute vier Tabletten, während ich die .38er und den Schnelllader an meinem Klettverschluss-Gurt befestigte.

Danach öffnete ich das Handschuhfach und nahm ein Balisong heraus. Dieses philippinische Schmetterlingsmesser hatte eine zehn Zentimeter lange Klinge aus Edelstahl, die zwischen den zwei Griffhälften verborgen blieb. Sie ließen sich mit einem Schwung aus dem Handgelenk aufklappen, worauf die Klinge heraussprang und die Griffhälften wieder zuschnappten. Ich hatte das Ding letztes Jahr von einem Verdächtigen konfisziert und spielte beim Fahren öfters damit herum. Inzwischen konnte ich ziemlich gut damit umgehen und die Klinge in weniger als einer Sekunde aufschnappen lassen.

Ich ließ das Messer in meiner Gesäßtasche verschwinden, schob mir eine verspiegelte Rundumsonnenbrille auf die Stirn und stürzte mich ins Getümmel.

Ich bahnte mir einen Weg durch die Menge, vorbei an den

Elitepolizisten vom Spezialeinsatzkommando, den Pferden und einem Haufen Scheiße, der eine erschreckende Ähnlichkeit mit Richard Nixon aufwies, und ging auf Polizeichefin O'Laughlin zu. Sie trug einen Herrenblazer, der eng um ihre Taille saß und ihre Schultern so breit wirken ließ wie die eines Football-Linebackers. Die Hose sah weit weniger schmeichelhaft aus. Man sollte ihr die Kundenkarte für Macy's wegnehmen, denn sie stellte nichts Ordentliches in diesem Kaufhaus an.

Davy Ellis, der allgegenwärtige PR-Fuzzi in seinem grauen Armani-Anzug, schenkte mir ein strahlendes Lächeln und zwinkerte mir zu. Captain Bains glänzte durch seine Abwesenheit.

»Lieutenant«, begrüßte mich die Polizeichefin lautstark, »ich habe gehört, Sie wollen sich nicht an unsere Regeln halten.«

Wer hatte mich verpetzt? Herb oder Rick? Es konnte nur Rick gewesen sein. Herb würde so etwas nie tun. Oder?

»Ich finde, wir sollten den Chemiker nicht laufen lassen«, sagte ich.

»Und ich finde, dass Ihre persönliche Meinung Sie nicht davon abhalten sollte, Ihre Pflicht zu tun.«

»Meine Pflicht ist, Verbrecher zu fangen.«

»Ihre Pflicht ist, die öffentliche Ordnung aufrechtzuerhalten und zu schützen. Das erreichen Sie nicht, indem Sie sich den Mann vornehmen.«

»Ihn einfach laufen zu lassen, bringt uns auch nicht weiter.«

Es war schwer zu sagen, was O'Laughlin wirklich dachte. Ich war mir sicher, dass sie tief in ihrem Innern mit mir übereinstimmte. Aber ihr Gesicht war unbeweglich wie Granit.

»Geben Sie mir Ihre Dienstwaffe, Lieutenant.«

Ich blinzelte ein paarmal.

»Das ist doch wohl nicht Ihr Ernst.«

»Sie werden auf Schritt und Tritt beobachtet. Sie haben

Unterstützung aus der Luft und durch Scharfschützen. Sogar ein Team der Wasserschutzpolizei steht bereit. Wir passen auf, dass Ihnen nichts passiert.«

Ich dachte an meine Ersatzpistole, die sicher in meinem Knöchelholster ruhte, und händigte ihr den Colt aus.

»Die Zweitwaffe ebenfalls.«

Ich machte auf ahnungslos. »Welche Zweitwaffe?«

»Sie haben die .38er zu schnell rausgerückt. Daraus schließe ich, dass Sie eine Zweitwaffe dabeihaben.«

Schlaue Frau. Daran hätte ich denken müssen.

»Ich brauche eine Waffe, O'Laughlin.«

»Sie reden mich gefälligst mit meinem Dienstrang oder mit Ma'am an. Und jetzt geben Sie mir die Zweitwaffe.«

»Was passiert, wenn ich mich weigere?«, fragte ich und fügte noch schnell »Ma'am« hinzu.

»Dann lasse ich Sie von ein paar Kollegen entwaffnen und feuere Sie, wenn der heutige Arbeitstag vorbei ist.«

»Und dann gehe ich zur Presse und erzähle denen, dass Sie dem Chemiker das Geld geben.« Ich sah Davy an. »Glauben Sie, dass das dem Image der Stadt förderlich wäre?«

»Das wäre schlimm«, sagte Davy.

O'Laughlin starrte mich grimmig an. »Tun Sie, was Sie für richtig halten, Lieutenant. Ich tue, was ich für richtig halte. Und jetzt muss ich Ihnen die Waffe wegnehmen.«

Ich hielt ihrem Blick gefühlte zwanzig Minuten lang stand. In Wirklichkeit waren es wahrscheinlich nur ein paar Sekunden. Dann gab ich ihr die AMT Backup II.

»Wenn ich getötet werde, geht das auf Ihre Kappe.«

»Im Augenblick bin ich für viele Menschenleben verantwortlich, Lieutenant. Muss ich Sie nach weiteren Waffen durchsuchen?«

Ich hob beide Arme. »Wenn Sie das antörnt.«

Einen Augenblick lang schien es, als würde sie es tun, aber

dann kamen ein paar Männer vom Spezialeinsatzkommando mit einem großen gelben Koffer und unterbrachen unser Zwiegespräch. Einer von ihnen, ein Großer mit zusammengewachsenen Augenbrauen, gab mir einen silbernen Gegenstand.

»Das ist ein Handy mit Peilsender. Ihre Nummer ist darauf einprogrammiert. Es sendet ein GPS-Signal an den mobilen Einsatzleitstand. Wir können Ihren Standort auf einen Meter genau ermitteln. Außerdem sendet es die Nummer, von der aus er Sie anruft. Wir können diese Nummer dann mit einer Genauigkeit von zwanzig Metern zu einer Adresse oder einem Handy zurückverfolgen.«

»Und was machen Sie, wenn Sie ihn gefunden haben? Lassen Sie ihm eine Pizza vom Lieferservice kommen?«

»Sobald wir die Lage als sicher einschätzen, schnappen wir uns den Kerl«, sagte die Polizeichefin. »Er wird damit nicht durchkommen. Früher oder später geht es ihm an den Kragen.«

Ein weiterer Spezialeinheit-Cop, ein Afroamerikaner mit Oberarmen, die einen größeren Umfang als meine Taille besaßen, breitete einen Stadtplan von Chicago vor mir aus.

»Vielleicht wird er Sie kreuz und quer durch die Stadt scheuchen, um potenzielle Beschatter abzuhängen. Mit dem GPS ist das allerdings unmöglich. Wir haben Teams über das gesamte Stadtgebiet verstreut, alle mit Empfängern ausgestattet.« Er deutete auf ein Dutzend roter Punkte auf der Karte. »Zusätzlich haben wir Leute an den Flughäfen O'Hare und Midway postiert, falls Sie gezwungen werden, an Bord eines Flugzeugs zu gehen. Außerdem bleiben drei Teams ständig an Ihnen dran. Wir werden Sie nicht verlieren.«

Ich hatte keine Angst, dass man mich aus den Augen verlor. Mich beunruhigte vielmehr die Vorstellung, dass der Chemiker mir etwas Tödliches verabreichte, bevor einer der zehntausend Cops um mich herum dies verhindern konnte.

Trotzdem sagte ich: »Danke, Officer.«

Man verkabelte mich mit einer Kombination aus Headset und Walkie-Talkie und gab mir einen extra GPS-Peilsender und ein extra Handy.

»Möchten Sie eine schusssichere Weste?«, fragte Bizeps.

»Nicht nötig. Er ist kein Heckenschütze. Aber eins von diesen Dingern wäre nicht schlecht.«

Ich trat an den Cop mit den zusammengewachsenen Augenbrauen heran und streckte die Hand nach seinem Waffengurt aus.

»Darf ich?«, fragte ich und deutete auf eine Pfefferspraydose.

»Bedienen Sie sich, Lieutenant. Das Zeug hat einen Scoville-Schärfegrad von fünf Millionen. Wenn Sie den Kerl irgendwo an der Kleidung treffen oder den Strahl auch nur in seine Nähe sprühen, spürt er es.«

»Danke. Als Frau muss man sich ja irgendwie schützen, nicht wahr, Ma'am?«

Die Polizeichefin fand dies anscheinend nicht witzig, hielt mich aber nicht davon ab, das Pfefferspray einzustecken.

»Und jetzt warten wir«, sagte Bizeps.

Das Warten dauerte nicht lange. Nach weniger als einer Minute klingelte mein GPS-Handy. Eine unterdrückte Nummer. Ich nickte den Umstehenden zu und sagte: »Die Vorstellung kann beginnen.«

Dann nahm ich den Anruf entgegen.

KAPITEL 27

»Guten Morgen, Jack. Wie fühlen Sie sich?«

Seine Stimme löste eine Reaktion in meinem Magen aus, die normalerweise warmen Austern und billigem Tequila vorbehalten war.

»Nervös. Ich hab einen Haufen Kohle bei mir und niemanden, dem ich sie geben kann.«

»Ich sehe keinen Koffer. Halten Sie ihn hoch.«

Ich unterdrückte den Impuls, mich umzusehen. Er könnte sich in einem der umliegenden Gebäude, einem Auto, in der Menge, auf der Straße oder sogar im Daley Center selbst befinden. Letztendlich spielte es keine Rolle, wo er war. Wir würden ihn sowieso laufen lassen.

Ich wuchtete den gelben Koffer hoch und war überrascht, wie schwer er sich anfühlte. Er war sperrig und wog bestimmt um die zwanzig Kilo. Ich bat Bizeps, mein Handy zu halten, stemmte den Koffer über den Kopf, vergewisserte mich, dass er die richtige Balance hatte, und drehte mich um die eigene Achse.

Bizeps hatte sich inzwischen beiläufig einen Ohrhörer ins Ohr gesteckt, und Augenbraue schlenderte lässig zum mobilen Einsatzleitstand.

»Gut«, sagte der Chemiker, als ich das Handy wieder in der Hand hielt. »Jetzt erkläre ich Ihnen, wie wir die Sache handhaben. Ich rufe Sie an und nenne Ihnen eine Adresse. Wenn Sie dort angekommen sind, warten Sie, bis ich wieder anrufe und Ihnen neue Anweisungen gebe. Niemand wird Sie begleiten. Ich will keine Bullen sehen, die sich in Ihrer Nähe aufhalten oder Ihnen folgen. Sehe ich doch welche, blase ich die Aktion ab und viele Menschen werden sterben. Verstanden?«

»Ja.«

»Ich habe gesehen, wie dieser Kerl vom SWAT-Team Ihnen ein paar Sachen gegeben hat. Ein Funkgerät und ein extra Handy. Und was war dieses schwarze Ding?«

»Pfefferspray.«

»Sie sind aber ein böses Mädchen, Jack. Wissen Sie nicht, dass Chemikalien gefährlich sind? Aber ich hab nicht das Spray gemeint, sondern den kleinen schwarzen Gegenstand. Sieht aus wie ein Blackberry.«

»Das ist ein GPS-Peilsender.«

»Legen Sie alle diese Gegenstände auf den Boden.«

Ich tat wie mir befohlen.

»Das Pfefferspray auch. Ich will ja nicht, dass Sie aus Versehen selbst was davon abbekommen.«

Ich verzog das Gesicht, legte die Spraydose jedoch zu den anderen Sachen auf den Boden.

»Sehr gut. Mir ist natürlich klar, dass Sie versuchen werden, mich zu finden und meine Anrufe nachverfolgen zu lassen. Dieses große Handy, das Sie gerade benutzen, ist bestimmt dafür ausgerüstet. Deshalb machen wir jetzt einen Telefontausch. Gehen Sie zu der Picasso-Skulptur. Nehmen Sie den Koffer mit und sorgen Sie dafür, dass Ihre Leute Abstand halten.«

Das wurde ja immer besser.

»Alle hierbleiben«, wies ich die Gruppe an. Die Polizeichefin nickte mir zu, was entweder *Viel Glück* oder *Befolgen Sie gefälligst meine Anweisungen* bedeutete. Dann zog ich den

Teleskopgriff heraus und zog den Koffer hinter mir her, dankbar dafür, dass er Räder hatte.

»Am Fuß der Skulptur ist ein Kaffeebecher. Legen Sie Ihr Handy weg und heben Sie ihn auf.«

Ich sah ihn sofort. Das Weiß hob sich auffällig von dem rostbraunen Metall der Skulptur ab. Als ich darauf starrte, klingelte es.

Eigentlich wollte ich nichts anfassen, was der Chemiker berührt hatte, aber dann riskierte ich es. Es war unwahrscheinlich, dass er mich schon in der Frühphase seines Spiels aus dem Weg räumen wollte. Ich legte das GPS-Handy auf den Boden und fasste den Pappbecher vorsichtig am Rand an. Darin befand sich ein Handy, und zwar ein älteres, größeres Modell.

Ich nahm den Anruf entgegen.

»Ich hab's gefunden.«

Kurze Pause. Dann: »Gehen Sie in östlicher Richtung. Ich werde Sie im Auge behalten. Wenn Ihnen jemand zu nahe kommt, ist das Spiel vorbei und es wird Tote geben. Halten Sie die Leitung frei und warten Sie auf weitere Anweisungen. Falls ich Sie anrufe und das Besetztzeichen höre, gibt es Tote. Denken Sie an die Regeln.«

Und dann herrschte Schweigen.

Mir blieb nichts anderes übrig, als loszugehen.

Eigentlich war das alles zum Lachen. Der Chemiker setzte sämtliche Hebel in Bewegung, um seine Festnahme zu verhindern. Dabei brauchte er nur beim Bürgermeister an die Tür zu klopfen und der ehrenwerte Herr würde ihm sofort einen Scheck überreichen. Leider konnte ich mich in meiner Situation nicht sonderlich darüber amüsieren – völlig auf mich allein gestellt, ohne Funkgerät, ohne GPS-Peilsender, ohne Schusswaffen. Ich ging davon aus, dass meine Kollegen mir nach wie vor folgen konnten, aber ob sie das auch taten, stand auf einem anderen Blatt. Die Stadt hatte mir schließlich klar und deutlich zu verstehen gegeben, dass die Geldübergabe wichtiger war als meine persönliche Sicherheit.

Ich lief zur Dearborn Street, bog rechts ab und folgte der Washington Street in östlicher Richtung. Es war etwa dreißig Grad heiß und schwül. Die Sonne brannte mir in mein Gesicht, das vom Abschrubben im Krankenhaus immer noch rosa war. Ich schob mir die Sonnenbrille von der Stirn in die Augen und behielt einen gemächlichen Schritt bei. Trotzdem schlug mein Herz so heftig, als hätte ich einen Sprint hingelegt.

Eine Straße weiter bedeckte ein ungesunder Schweißfilm meine Haut, und ich hatte das Gefühl, dass mir jemand folgte. Ein Taxi der Firma Yellow Cab fuhr im Schritttempo mit einem Abstand von zehn Metern hinter mir her. Ich blieb stehen, tat so, als ob ich den Teleskopgriff an dem Koffer verstellte, und musterte das Taxi über den Rand meiner Sonnenbrille hinweg. Es hielt ebenfalls an. Da die Windschutzscheibe das Sonnenlicht reflektierte, konnte ich nicht viel sehen. Aber das Taxi war besetzt, und es hatte den Anschein, als säße ein einzelner Fahrgast auf dem Rücksitz.

Ehrlich gesagt wusste ich nicht, ob ich den Chemiker erkennen würde, selbst wenn ich ihm ins Gesicht starrte. Das Einzige, woran ich mich nach unserer kurzen Begegnung im Archiv erinnerte, waren das rote Muttermal und der Bart. Beide waren Teil seiner Verkleidung gewesen, genau wie die Augenklappe. Falls mir jemand mit einem einzigen hervorstechenden Merkmal über den Weg lief, war das vielleicht unser Mann. Aber selbst wenn er sich nicht verkleidete, konnte er jeder x-Beliebige sein – vielleicht sogar jemand, dem ich bereits begegnet war.

Ich hörte auf, an dem Koffer herumzufummeln, und ging weiter die Washington Street entlang. In meinem Rücken spürte ich, dass mir das Taxi weiterhin folgte. Schließlich tauchte es in meinem rechten Augenwinkel auf.

»Bald Übergabe durch einen Jogger«, sagte Augenbraue durch das offene hintere Fenster des Taxis.

Dann beschleunigte das Fahrzeug und bog nach rechts in die Wabash Avenue.

Das Handy klingelte. Ich drückte nach dem ersten Läuten die grüne Taste und fragte mich, ob der Chemiker wegen des Taxis ausrasten würde.

»Hallo?«

Eine Pause, dann: »Gehen Sie zum Art Institute und warten Sie auf der Treppe. Sie haben vier Minuten.«

Das lag etwa vier Straßenblocks von hier, einen nach Osten und drei nach Süden. Im Gehtempo würde ich es nicht rechtzeitig schaffen.

Ich fiel in einen Trab.

Normalerweise geriet ich bei einer Strecke von vier Straßenblocks nicht ins Schnaufen. Aber Hitze, Erschöpfung, Krankheit und eine zwanzig Kilo schwere Last sorgten dafür, dass ich nach hundert Metern wie ein Asthmatiker keuchte. Trotzdem lief ich in unvermindertem Tempo weiter und hielt in der Menschenmenge vor mir nach einem als Jogger getarnten Polizisten Ausschau, der mir etwas übergeben wollte – hoffentlich ein kaltes Bier.

Der Jogger pirschte sich wie ein listiger Fuchs von hinten an mich heran, nachdem ich in die Wabash Avenue abgebogen war, und lief ohne sichtbare Anstrengung an mir vorbei. Ich merkte erst, dass er es war, als ich in die Tasche meines Blazers langte.

Kein Bier, dafür ein Walkie-Talkie und ein drahtloser Ohrhörer. Ich schaltete das Gerät ein, ließ die eingestellte Frequenz unverändert und steckte mir den Ohrhörer mit integriertem Mikrofon ins Ohr.

»Hier ist Daniels«, sagte ich schnaufend. »Er will, dass ich zum Art Institute gehe.«

»*Hier spricht Reynolds vom Spezialeinsatzkommando.*« Es war der Cop mit den zusammengewachsenen Augenbrauen. »*Das wissen wir bereits. Miller hat ins Blaue geschossen. Das Handy, das der Chemiker Ihnen gegeben hat, ist das von Tracey Hotham. Wir hören mit und wir können Sie orten. Außerdem verfolgen wir seine Anrufe zurück. Das ist nicht ganz einfach, da er sie über einen PC leitet – einen von diesen Wählcomputern. Es ist nicht dasselbe Telefon, von dem aus er Sie das erste Mal angerufen hat. Das war ein Prepaid-Handy und wir empfangen davon keine Signale. Aber seinen neuen Standort müssten wir in ein paar Minuten haben.*«

Ich verschwendete keine wertvolle Energie mit einer Antwort. Das Art Institute war noch einen Straßenblock entfernt zu meiner Linken, und mir blieb nur noch eine Minute. Inzwischen lief mir der Schweiß in Strömen herunter und die Schulter schmerzte vom Ziehen des Koffers. Die Gehsteige waren voll, aber die meisten Passanten beachteten mich nicht, bis auf ein paar, die mir auswichen. Keiner bot einer Dame, die sich mit schwerem Gepäck abmühte, seine Hilfe an. Ich lief am Prudential-Hochhaus vorbei und erblickte in der Ferne die grünen Löwenskulpturen, die die Stufen vor dem Art Institute flankierten. Plötzlich klingelte das Handy.

»Daniels.«

»Gehen Sie jetzt zum Buckingham-Brunnen. Sie haben sieben Minuten.«

»Ich brauche …« Ich wollte *mehr Zeit* sagen, aber da hatte er schon aufgelegt. Der Brunnen lag nordöstlich von hier, insgesamt sechs Straßenblocks entfernt. Müde wie ich war, würde ich es niemals in sieben Minuten dorthin schaffen.

»Haben Sie das gehört?«, sprach ich ins Funkgerät.

»*Ja. Wir haben sein Telefon geortet, aber die Sache ergibt keinen Sinn.*«

»Wieso nicht?«, schnaufte ich.

»*Die Signale kommen anscheinend aus Algers Haus.*«

Der pensionierte Polizist, dessen Haus der Chemiker in eine tödliche Falle verwandelt hatte und dessen abgetrennte Finger wir im Kühlschrank gefunden hatten.

»*Wir schicken ein Team dorthin.*«

»Keine gute Idee. Das letzte Mal ...«

»*Wir passen auf. Aber Algers Haus liegt im Norden. Wie hat er es so schnell durch die ganze Stadt geschafft?*«

Ich gelangte zur Jackson Street, aber die Ampel war rot und ich konnte nicht auf die andere Seite. Das hielt mich auf, aber ich war für die Verschnaufpause dankbar.

»Möglich, dass er eine ferngesteuerte Videokamera irgendwo am Daley Center versteckt hat«, sagte ich. »Oder er hat uns von Weitem beobachtet. Oder er leitet seine Anrufe irgendwie über Algers Computer.«

»*Oder er hat einen Komplizen.*«

Diese Möglichkeit gefiel mir ganz und gar nicht. Ein Mann, der neben mir stand, warf mir einen Seitenblick zu und nahm sein Handygespräch wieder auf. Plötzlich sah ich in jedem Passanten einen potenziellen Spion. Oder einen potenziellen Giftmörder.

Die Ampel sprang um und ich rannte über die Straße. Als die Kofferräder an der Bordsteinkante hängen blieben, riss ich mir beinahe den Arm ab. Ich packte den Griff mit der linken Hand, wechselte jedoch zurück zur rechten, als ich keinen richtigen Rhythmus finden konnte. Von der Van Buren Street nahm ich eine Abkürzung durch die Sackgasse, die zum Congress Parkway führte, und schleppte mich schnaufend und keuchend die Brücke über die Gleise hoch.

Oben angekommen, fühlten sich meine Beine, Arme und Lunge wie Pudding an. Aber immerhin konnte ich vor mir den Buckingham-Brunnen sehen. Mit seiner Fontäne, die fast fünfzig Meter in die Höhe schoss, war der Springbrunnen einer der sichtbarsten Orientierungspunkte von Chicago. Ich dachte ernsthaft daran, hineinzuspringen und mich abzukühlen, sobald ich dort ankam. Oder meinen Durst zu stillen.

Der Zufall wollte es, dass ich mich in demselben Teil vom Grant Park befand, wo mir mein Vater vor langer Zeit diese drei Eiswaffeln gekauft hatte. Wo waren nur die Eisverkäufer, jetzt wo ich dringend ein Eis brauchte?

Obwohl ich den Columbus Drive noch nicht überquert hatte, klingelte mein Handy.

»Ich bin gleich da.«

»Zieländerung. Navy Pier. Folgen Sie dem Columbus Drive zu Fuß bis zur Grand Avenue. Sie haben fünfzehn Minuten.«

Dann beendete er das Gespräch. Diese miese Ratte ...

»*Lieutenant, hier ist Reynolds. Wir haben ein Team zu Algers Haus losgeschickt.*«

»Wozu? Damit Sie ihm die Hand schütteln und ihm gratulieren können, wenn er das Geld in Empfang nimmt?«

Das war nicht besonders nett, vor allem wenn man bedachte, welche Verluste das Einsatzkommando hatte einstecken müssen. Aber ich war erschöpft und schlecht gelaunt.

»*Wir werden das Haus observieren und warten. Der Bürgermeister will, dass wir den Zugriff erst vornehmen, wenn er uns grünes Licht gibt. Aber Sie können verdammt noch mal Gift darauf nehmen, dass wir den Kerl nicht aus den Augen lassen.*«

Reynolds klang wütend. Mir war klar, dass er sich genauso ungern an die vorgegebenen Regeln hielt wie ich. Vielleicht würde einer seiner Männer den Chemiker während der Observierung mit einem Kopfschuss erledigen. Der Gedanke entlockte mir ein Lächeln.

Ich legte vor der riesigen Wasserfontäne eine kleine Verschnaufpause ein. Der Wind blies mir einen Sprühnebel Wasser ins Gesicht. Ich hatte keine Ahnung, wie sauber es war, aber es fühlte sich toll an.

Bis zum Navy Pier waren es etwa eineinhalb Kilometer,

vielleicht ein bisschen mehr. Wenn ich es in einer Viertelstunde dorthin schaffen wollte, musste ich einen Zahn zulegen. Aber ein Gedanke ging mir nicht aus dem Kopf. Der Chemiker redete gern. Selbst als er mich mit dem toxischen TEPP vollgesprüht hatte, war er eine Weile geblieben, um zu plaudern. Bei seinen letzten Anrufen hingegen war er kurz angebunden gewesen. Entweder hatte er Angst, beim Telefonieren erwischt zu werden, oder …

»Reynolds, von welcher Nummer aus ruft der Chemiker an?«

Er las sie mir vor.

»Haben Sie versucht, dort anzurufen?«

»*Nein. Er darf nicht wissen, dass wir die Nummer haben.*«

Aber ich konnte ihn zurückrufen, ohne Verdacht zu erregen, dass ich seine Nummer kannte. Ich wählte die Rückrufnummer *69 und ließ es am anderen Ende zehnmal klingeln. Keine Antwort. Dann probierte ich es mit der Nummer, die Reynolds mir gegeben hatte. Wieder zehnmal Klingeln und keine Antwort.

Ich wartete. Wenn der Chemiker dachte, dass ich ihm blöd kommen wollte, würde er mich zurückrufen und mir einen Anschiss verpassen. Aber mein Handy klingelte nicht.

»Er ist nicht im Haus«, sagte ich. »Und er beobachtet mich auch nicht. Er ist bereits am Übergabeort.«

»*Sind Sie sich da sicher?*«

»Sagen Sie Ihren Leuten, sie sollen Algers Haus mit einer Wärmebildkamera absuchen. Ich wette, es ist leer.«

Ich wusste, dass ich recht hatte. Aber wie konnten wir diesen Umstand zu unserem Vorteil nutzen? Mir blieben noch vierzehn Minuten, um es zum Navy Pier zu schaffen. Wenn der Chemiker mich nicht beobachtete, konnte ich die Zeit für etwas anderes nutzen. Was konnten wir mit der gewonnenen Zeit anfangen?

»Besorgen Sie mir ein Transportmittel. Den nächsten Polizisten in der Gegend. Und wenn Rossi Zeit hat, soll er mitkommen.«

»Rossi?«

»Wenn es bei ihm nicht geht, versuchen Sie es mit Taurus oder Wesson oder Daewoo. Irgendeiner von den Typen.«

»Okay. Verstanden.«

Ich wartete zwei Minuten. Mein Atem und Herzschlag normalisierten sich wieder. Der Chemiker rief nicht an, um mich zu fragen, warum ich mich immer noch bei dem Springbrunnen aufhielt. Jetzt war ich mir sicher, dass er mich nicht beobachtete. Für einen Augenblick spielte ich sogar mit dem Gedanken, ein Taxi herbeizuwinken, mit dem nächsten Flug auf die Bahamas zu verschwinden und auszuprobieren, wie lange mir zwei Millionen Dollar reichen würden.

Plötzlich vernahm ich zu meiner Rechten ein Motorengeräusch und musste zweimal hingucken, als ich den Polizeimotorroller auf mich zukommen sah. Auf dem Gefährt saß kein anderer als der von Pferdescheiße traumatisierte Officer Buchbinder.

»Hallo, Lieutenant. Ich war der nächste Polizist. Was für ein Zufall!«

»Bringen Sie mich zum Navy Pier«, sagte ich und befestigte den Koffer mit Spanngurten auf dem Gepäckträger. »Und passen Sie auf Pferde auf.«

»Das brauchen Sie mir nicht extra zu sagen. Ich musste den Roller so lange schrubben, bis ich Pferdescheiße unter den Fingernägeln hatte.«

Er hielt mir die Hände hin, damit ich mich selbst überzeugen konnte. Ich verzichtete auf eine nähere Inspektion.

Ich setzte mich hinten auf den Roller und fragte: »Wo ist die Pistole?«

»Äh … wie meinen?«

»Rossi. Daewoo. Das sind Schusswaffenhersteller.«

»Ich habe gerade Falschparker aufgeschrieben. Niemand hat mir gesagt, dass ich Ihnen eine Pistole mitbringen soll. Es hieß nur, ich solle Sie abholen.«

»Dann geben Sie mir Ihre Waffe.«

»Warum?«

»Weil ich eine brauche«, zischte ich zwischen zusammengepressten Zähnen hindurch.

»Das ist meine Pistole. Ich habe sie gekauft.«

Es war gut, dass er mir das Ding nicht gab, denn ich hätte ihn damit erschossen.

»Nehmen Sie den Lake Shore Drive«, wies ich ihn an und drückte auf die Sprechtaste des Funkgeräts. »Reynolds, ich fahre auf dem LSD nach Norden. Rossi soll in der Monroe Street auf mich warten.«

»*Verstanden. Das Spezialeinsatzkommando hat das Haus mit der Wärmebildkamera abgesucht. Nichts.*«

Buchbinder weigerte sich, in den Lake Shore Drive einzubiegen.

»Worauf warten Sie noch, verdammt noch mal?«

»Da ist zu viel Verkehr.«

»Menschenskind, dann fahren Sie halt auf dem Gehsteig.«

»Was, wenn ich jemanden überfahre?«

»Buchbinder, fahren Sie endlich los, oder …« Womit drohte man am besten einem Polizisten, der Parksünder jagte? »Los, fahren Sie schon.«

Er überquerte die Straße und fuhr auf den Gehsteig.

»*Was machen wir als Nächstes, Lieutenant?*«

Ich musste meine Worte mit Bedacht wählen, da O'Laughlin mithörte.

»Ich glaube, er benutzt so einen automatischen Wählcomputer, wie er bei Telefonverkäufern üblich ist. Das bedeutet, dass er sich nicht in Algers Haus aufhält. Er hat die Sätze vorher aufgenommen und spult sie jetzt ab. Wenn Sie Ihr Team sicher in das Haus einschleusen können, finden wir vielleicht heraus, wo die Übergabe stattfinden soll. Dann können Sie dort Ihre Leute postieren, bevor er dort ist.« Ich fügte hinzu: »Nur zur Observierung.«

»*Verstanden.*«

»Heute sind viele Spaziergänger unterwegs«, jammerte Buchbinder. »Und Hunde.«

»Geben Sie Gas«, rief ich ihm zu.

Wir überholten ein paar Rollerblader, aber Buchbinder fuhr immer noch wie eine Oma bei Regen. Eine blinde Oma mit Gicht am Gasfuß.

Wenn ich eine Schusswaffe hätte und mit dem Chemiker für kurze Zeit allein sein könnte, würde es mir bestimmt nicht schwerfallen, Information über seinen Plan aus ihm herauszukitzeln. Das war zwar nicht unbedingt das, was die Polizeichefin, der Bürgermeister oder die Stadtverwaltung wollten. Aber diesen Psychopathen ungeschoren davonkommen zu lassen, ging mir nicht nur als Polizistin gegen den Strich, sondern würde weitere Menschen das Leben kosten. Davon war ich überzeugt.

Buchbinder fuhr jetzt ein klein bisschen schneller. Zu unserer Linken der Lake Shore Drive, auf allen acht Spuren dichter Verkehr. Rechts ein Grasstreifen mit Bäumen, dahinter der Michigan-See, auf dessen riesiger schwarzer Wasseroberfläche sich die Sonne spiegelte und winzige weiße Boote tummelten.

Ich sah auf die Uhr. Noch acht Minuten.

Vielleicht würde es klappen. Vielleicht …

»Hundescheiße!«, schrie Buchbinder.

Er riss den Lenker nach links, dann nach rechts und wich dem braunen Minenfeld aus, das den Gehsteig zierte.

»Es hat uns erwischt! Haben Sie gesehen, wie groß dieser Haufen war?«

»Verdammt noch mal, Buchbinder, Sie müssen ...«

Er riss den Lenker zu schnell herum. Der Roller geriet ins Schleudern und prallte gegen einen Baum, worauf wir beide durch die Luft flogen.

KAPITEL 28

Ich öffnete die Augen und fragte mich, was für einen verrückten Traum ich gehabt hatte. Mein Nacken schmerzte schlimmer, als wenn ich beim Schlafen falsch gelegen hätte. Außerdem pochte mir der Schädel, und jemand hatte das Dach von meinem Haus entfernt, denn über mir sah ich nur den blauen Himmel.

Ich hatte einen metallischen Geschmack im Mund, tastete vorsichtig meine geschwollenen Lippen ab und betrachtete meine Finger. Ein paar Grashalme und Blut klebten daran.

Ich blickte mich um und sah den See und die Autos. Jetzt wusste ich wieder, wo ich war. Der Motorroller lag zerquetscht wie eine Bierdose etwa fünf Meter von mir entfernt. Ein hochgewachsener Weißer beugte sich darüber und inspizierte den Schaden. Der Chemiker? Nein, der Typ war zu groß.

»Polizei«, sagte ich. »Gehen Sie da weg.«

Eigentlich wollte ich laut rufen, brachte aber nur ein Krächzen hervor. Ich blickte mich nach Buchbinder um und sah ihn ein paar Meter weiter auf dem Rasen sitzen. Er streckte die Hände aus und fixierte sie mit weit aufgerissenen Augen, wie Lady Macbeth.

»Nein, nein, nein, nein, nein!«, stöhnte er.

»Buchbinder? Alles in Ordnung bei Ihnen?«

Er streckte mir die Handflächen entgegen. Sie waren mit Hundescheiße beschmiert.

Als ich mich aufsetzte, wurde mir schwindlig. Jemand half mir beim Aufstehen. Jemand anders fragte, ob alles in Ordnung sei. Ich tastete nach dem Ohrhörer. Er war weg. Das Funkgerät auch. Zum Glück hatte ich noch das Handy. In dieser Hinsicht war ich nicht die Einzige, denn mehrere Leute hatten ihre Mobiltelefone gezückt und wählten die Notrufnummer 911.

»Polizei«, rief ich. »Tun Sie Ihre Handys weg.«

Ich wollte nicht, dass der Chemiker eine große Ansammlung von Rettungsfahrzeugen sah. Das würde ihn nur nervös machen. Anscheinend strahlte ich Autorität aus, denn die Leute steckten die Handys wieder ein. Jetzt musste ich nur noch mein Funkgerät finden. Ich ließ den Blick über die Rasenfläche zwischen mir und dem kaputten Roller schweifen.

»Ich hab sogar was im Gesicht!«, schrie Buchbinder hysterisch. Er wischte sich mit beiden Händen über das Gesicht, aber da sie bereits voller Scheiße waren, half ihm das auch nicht weiter.

Ich blickte wieder zu dem Roller und sah, wie dieser komische hochgewachsene Typ die Spanngurte losmachte und den Koffer an sich nahm.

Meine Hand fuhr reflexartig zum Holster, was mir genauso viel brachte wie Buchbinders Gesichtsreinigungsmanöver, und ich nahm die Verfolgung auf. Meine Beine bereiteten mir keine Probleme, aber meine Sicht war verschwommen und mein Nacken schmerzte, als hätte ich mit meinem Kopf Tetherball gespielt.

»Keine Bewegung! Polizei!«

Meine Stimme funktionierte wieder einwandfrei, aber anscheinend hatte der Große meine Aufforderung missverstanden, denn er lief in die Richtung davon, aus der Buchbinder und ich gekommen waren. Ich sah auf die Uhr. Noch sechs Minuten. Wenn ich mich jetzt umdrehte und losrannte, würde ich es vielleicht rechtzeitig zum Navy Pier schaffen. Aber ich hatte keine Waffe und würde der Stadt Chicago zwei Millionen schulden. Wenn ich diese Summe von meinem Gehalt abstottern müsste, könnte ich erst mit hundertdreiundsechzig Jahren in Rente gehen.

Ich lief dem Großen hinterher und verringerte die Distanz zwischen uns. Ein Teil von mir wollte ihm hinterherrufen: »Ist schon ganz schön schwer, den Scheißkoffer zu ziehen, oder?« Aber ich unterdrückte den Impuls, streckte stattdessen die Hand aus und bekam den Koffer an einem Riemen zu fassen.

Eins von Newtons Gesetzen trat nun in Kraft, irgendwas mit Gegenständen in Bewegung und Aktion und Reaktion, und ich riss ihn nach hinten, sodass er das Gleichgewicht verlor. Den Bruchteil einer Sekunde später schlug ich selbst mit dem Gesicht auf dem Asphalt auf. Der Große kam auf die Knie, ließ ein Klappmesser aufschnappen und fletschte die Zähne.

Für einen Messerkampf ist keine Zeit günstig, aber in diesem Augenblick war sie wirklich denkbar ungünstig.

»Ich bin von der Polizei«, sagte ich und bemühte mich, trotz meiner Angst und Erschöpfung streng zu klingen.

»Und ich bin Charlie Manson«, erwiderte er.

Na toll. Ein Verrückter.

Ich zog das Schmetterlingsmesser aus der Gesäßtasche, klappte langsam und mit übertriebener Geste die Griffhälften ein paarmal auf und zu, um diesem Loser zu zeigen, dass ich damit umgehen konnte.

»Ich bringe dich nicht um«, sagte ich und stand auf. »Ich steche dir bloß die Augen aus.«

Ich klappte das Messer erneut auf und zu, diesmal so schnell ich konnte. Sein Draufgängertum bekam einen Dämpfer.

»Verpiss dich, oder ich schneide dir auch noch die Ohren ab, sobald ich mit den Augen fertig bin.«

Ich wiederholte mein Manöver und schnitt mir dabei in die Finger. »Ach du Sch…«

Der Große sah mein Missgeschick und ging in gebückter Haltung auf mich los, das Messer mit der Klinge nach oben. Er versuchte, sie mir von unten ins Kinn zu rammen. Ich wich zurück und zuckte zusammen, als ich den Schmerz in meinem Nacken spürte. Wenigstens hatte er mich nicht erwischt. Er stach erneut zu und zielte diesmal auf meine Brust, aber ich drehte die Schultern zur Seite, sodass er nur den Stoff über meiner linken Brust traf. Zum ersten Mal in meinem Leben war ich froh, dass ich nur Körbchengröße B hatte.

Obwohl meine Finger bluteten, funktionierten sie uneingeschränkt und hielten das Schmetterlingsmesser fest umschlossen. Ich rammte ihm die Klinge etwa fünf Zentimeter tief in den rechten Unterarm, zwischen Speiche und Elle. Er ließ sein Messer ins Gras fallen, aber da meine Klinge noch in seinem Arm steckte, wurde mir das Balisong aus der Hand gerissen.

Er schrie auf, starrte auf den Griff, der aus seinem Unterarm herausragte, und zitterte am ganzen Leib.

»Lass es stecken«, riet ich ihm. »Wenn du es rausziehst, wirst du verbluten.«

Ich sah auf die Uhr. Noch vier Minuten und ein paar Sekunden. Ich eilte zu dem Koffer und stellte erfreut fest, dass er unversehrt war. Dann lief ich zurück zur Monroe Street. Meine Unterlippe war inzwischen so geschwollen, dass ich sie sehen konnte, wenn ich an der Nase vorbei nach unten schielte. Sie pochte bei jedem Schritt. Ich versuchte, den richtigen Rhythmus zu finden, aber meine Beine trugen mich nicht so schnell, wie ich es gerne gehabt hätte.

Ich lief an Buchbinder vorbei, der die Hände am Gras abwischte und jammerte: »Ich brauche ein feuchtes Reinigungstuch.« Einer der Schaulustigen zeigte auf mich und schrie. Ich muss wirklich schlimm ausgesehen haben, dass jemand so erschrocken reagierte. Aber dann kapierte ich, dass die Frau nicht auf mich, sondern hinter mich zeigte.

Ich drehte mich um. Der Große war nur ein paar Schritte von mir entfernt. Meinen Rat, die Klinge stecken zu lassen, hatte er nicht befolgt. Stattdessen hielt er das Messer in der Hand und hob es über den Kopf wie Mrs Bates in der Duschszene in *Psycho*. Sein Gesichtsausdruck verriet mir, dass er stinksauer auf mich war.

Ich blieb nach vier Schritten stehen, drehte mich um die Hüfte, schwang das rechte Bein nach oben und verpasste ihm einen gewaltigen Roundhouse-Kick in den Bauch. Die Wucht des Aufpralls stieß mich nach hinten, aber ich verlor nicht das Gleichgewicht. Der Große hatte nicht so viel Glück. Er landete auf allen vieren und röchelte. Mit fünf Schritten war ich bei ihm und trat ihm voll in die Fresse, worauf er der Länge nach auf dem Rasen zu liegen kam. Wahrscheinlich würde er dort bleiben, bis er verblutete.

»Buchbinder! Druckverband!«

Buchbinder starrte mich entgeistert an, als wäre meine Nase um mindestens zehn Zentimeter länger geworden. Ich änderte meine Taktik.

»Der Typ hat antibakterielle Reinigungstücher.«

Buchbinder eilte im Laufschritt zu ihm. Ich hielt auf die Monroe Street zu, den Koffer hinter mir herziehend. Noch zwei Minuten. Plötzlich hörte ich Buchbinder schreien: »Ich bin durch Kotze gekrochen!«

Und dann zerbrach ein Rad an dem Koffer.

Ich wuchtete den Koffer auf Hüfthöhe und hängte mir den Riemen über die Schulter. *Schwer* war nicht der richtige Ausdruck, *unmöglich* traf es schon besser. Ich konnte nicht rennen und verfiel in ein schnelles Humpeln. Die einzige Körperstelle, die mir nicht wehtat, war mein Arsch. Aber was nicht war, konnte noch werden.

Als ich die Kreuzung erreichte, blickte ich mich nach dem Polizisten um, der dort auf mich warten wollte.

Natürlich war da kein Polizist, wie nicht anders zu erwarten. Ich dachte an Herb, der jetzt an seinem Schreibtisch im Raubdezernat saß. Wahrscheinlich telefonierte er in der Gegend herum und versuchte, die verschwundenen Toiletten aufzuspüren. Bei dem Gedanken erblasste ich vor Neid und musste beinahe weinen.

Ein Auto hupte. Es war das Taxi von vorhin. Reynolds saß auf dem Rücksitz. Er öffnete die Tür. »Steigen Sie ein.«

Bei dem Gedanken, den schweren Koffer nicht mehr schleppen zu müssen, fühlte ich mich erleichtert wie ein zum Tode Verurteilter, der von seiner Begnadigung erfährt. Ich stellte ihn auf dem Rücksitz ab und setzte mich daneben. Reynolds wies den Fahrer an, uns zum Navy Pier zu bringen.

Ein Blick auf die Uhr verriet mir, dass die fünfzehn Minuten um waren.

»Rossi hab ich nicht gefunden, dafür habe ich Mr SIG Sauer mitgebracht.« Er gab mir eine P228 mit blauem Oberflächenfinish. Gespannt und entsichert.

»Danke. Mr SIG Sauer tut's auch.« Ich verstellte die Klettverschlussriemen an meinem Holster und steckte die Waffe hinein. »Sie sollten einen Krankenwagen zu dem Gehweg am Lake Shore Drive ein paar hundert Meter von hier schicken. Und sagen Sie denen Bescheid, sie sollen Handtücher dabeihaben.«

»Hatten Sie Schwierigkeiten?«

»Ein bisschen. Das Funkgerät hab ich auch verloren.«

Reynolds wühlte in seiner Tasche herum. »Hier ist ein Ersatzgerät.«

»Hatten Sie Glück mit Algers Haus?«, fragte ich und steckte mir den Ohrhörer ins Ohr.

»Es war schon wieder mit Sprengfallen präpariert. Es gab weder Tote noch Verletzte, aber mein Team kommt nicht an den Computer ran.«

»Dafür ist es wahrscheinlich sowieso zu spät. Wir probieren es mit Plan B.«

Reynolds musterte mich mit zusammengekniffenen Augen. »Sie wollen den Kerl umlegen?«

»Ich werde mich ein bisschen mit ihm unterhalten.«

»Das Arschloch hat viele Kollegen von mir auf dem Gewissen.«

Ich musste an Officer Sardina im Archiv denken. »Nicht nur von Ihnen.«

»Spielen Sie nicht den Helden. Wenn er Sie schief anguckt, legen Sie ihn um. Niemand wird eine Träne vergießen.«

»Und wenn noch mehr Menschen sterben müssen?«

»Das würden sie sowieso.«

Der Typ gefiel mir, trotz der zusammengewachsenen Augenbrauen. Der Taxifahrer bog in den Streeter Drive und ich bat ihn anzuhalten. Der Navy Pier war nur eine Straße weiter. Falls der Chemiker den Pier beobachtete, sollte er denken, dass ich zu Fuß kam.

»Viel Glück, Lieutenant.«

Reynolds reichte mir die Hand. Ich wollte die Geste erwidern, aber als ich die blutigen Finger sah, salutierte ich stattdessen. Dann zerrte ich den Koffer aus dem Taxi, hängte mir den Folterriemen über die Schulter und ging auf die riesigen Buchstaben zu, die mich am Eingang zum Navy Pier willkommen hießen.

KAPITEL 29

Der Navy Pier ist eine hundert Meter breite Seebrücke, die sich auf einer Länge von einem Kilometer nach Osten in den Michigan-See erstreckt. Sie beherbergt eine Reihe Touristenattraktionen, darunter ein Dutzend Restaurants, mehrere Kinos, über fünfzig Geschäfte, zwei Museen, ein Gruselkabinett, eine Minigolfanlage und ein Riesenrad.

Ich stand vor dem Eingangsgebäude, bekannt unter dem Namen Familienpavillon, und sah den Leuten beim Kommen und Gehen zu. Eine Minute verstrich, dann zwei. Ich fragte mich schon, ob der Chemiker kalte Füße bekommen hatte, doch dann klingelte das Telefon.

»Ist das eine automatische Durchsage?«, fragte ich.

»Gehen Sie auf der Grand Avenue nach Osten, am Biergarten und Tanzsaal vorbei, bis zum Ende der Seebrücke. Halten Sie nach dem Baum mit der roten Schleife Ausschau. Sie haben drei Minuten. Keine Tricks, sonst werden viele Menschen sterben.«

»Sind Sie ein psychisch kranker Bettnässer?«

Der Anruf war beendet. Eindeutig eine automatische Durchsage. Wahrscheinlich war der Chemiker bereits vor Ort, um sich zu vergewissern, dass die Luft rein war. Ich wuchtete den Koffer hoch und ging nach Osten.

Seit der Renovierung der Anlage vor etwa zehn Jahren

war ich nicht mehr am Navy Pier gewesen. Wenn ich nicht gekommen wäre, um einem Erpresser und Massenmörder Geld zu bringen, hätte ich die Musik, die grünen Laubblätter, die vielfältigen Gerüche und die Volksfestatmosphäre genießen können. Stattdessen bemühte ich mich, so schnell wie möglich vorwärtszukommen, und ignorierte die Signale meines Körpers, die mich zur Rast ermahnten.

Auf halbem Weg blieb ich stehen und verlagerte den Trageriemen von einer Schulter auf die andere. Meine Bluse war völlig durchnässt vom Schweiß und dem verspritzten Blut. Die Jeans war mit Grasflecken beschmutzt, die Einfassung meiner Armbanduhr hatte einen Sprung und meine Unterlippe war so dick geschwollen wie ein Football.

Die Drei-Minuten-Frist verstrich, dann vier Minuten. Ich humpelte weiter und gelangte schließlich nach genau fünf Minuten zum Ende der Seebrücke. Hinter dem Großen Tanzsaal befanden sich Sitzgelegenheiten im Freien, Flaggen, die einen Halbkreis bildeten, und ein paar Nadelbäume. Der in der Mitte, nahe dem Sicherheitsgeländer, hatte um den Baumstamm ein rotes Band.

Ich näherte mich langsam, teils aus Vorsicht, teils weil ich so erschöpft war, dass ich nicht schneller gehen konnte. Am Fuß des Baums lag ein weißer Briefumschlag unter einer dünnen Schicht Erde.

Ich blickte mich um, aber niemand schien mich zu beachten. In der Annahme, dass der Chemiker mich nicht töten würde, bevor er sein Geld bekam, fasste ich den Umschlag an den Ecken an und zog ein Blatt Papier heraus.

Jack, seien Sie ein braves Mädchen und werfen Sie den Koffer direkt vor Ihnen in den See, und zwar sofort. Warten Sie dann auf meinen Anruf.

Ich musste laut lachen. Der Dreckskerl war doch tatsächlich mit dieser Masche durchgekommen. Er hatte mich am Daley Center beobachtet und mich dann mithilfe seines Wählcomputers kreuz und quer durch die Gegend gescheucht. Währenddessen hatte er sich Taucherausrüstung angelegt und wartete jetzt im Wasser auf das Geld.

»Reynolds, der Chemiker hat mir eine Nachricht hinterlassen. Ich soll den Koffer in den See werfen. Wo ist das Polizeiboot?«

»*An der Anlegestelle im Burnham Park, etwa eineinhalb Kilometer von Ihrem Standort.*«

»Haben die Jungs Taucherausrüstung an Bord?«

»*Ich glaube schon. Bleiben Sie dran.*«

Ich wartete ein paar Sekunden. Draußen auf dem See glitt ein Ausflugsboot friedlich vorbei.

»*Sie haben die nötige Ausrüstung*«, sagte Reynolds, »*aber sie brauchen mindestens zehn Minuten, um sie anzulegen.*«

So viel dazu.

»Fragen Sie sie, wo er auftauchen könnte.«

»*Es gibt ein paar Anlegestellen und drei Strände. Vielleicht auch irgendwo draußen auf dem See. Da fahren Dutzende Boote herum.*«

Das war's dann wohl. Wir konnten nichts weiter tun.

Ich ging zum Sicherheitszaun, der mir nur bis zur Hüfte reichte, und stellte den Koffer auf die andere Seite. Dann kletterte ich darüber, ging die paar Schritte bis zum Ende der Seebrücke und starrte in das schwarze Wasser. An dieser Stelle war der See mindestens zehn Meter tief, vielleicht sogar mehr. Tiefer als einen oder zwei Meter konnte ich nicht sehen.

Aber der Chemiker würde den Koffer dank der hellgelben Farbe sehen können.

»Ich hoffe, das Ding fällt dir auf die Birne«, sagte ich und ließ ihn ins Wasser fallen.

Der Koffer traf mit einem lauten Platschen auf der Wasseroberfläche auf und ging sofort unter. Kein Wunder bei den etwa zehn Kilo schweren Platinmünzen, die sich darin befanden. Ich starrte ihm fast eine ganze Minute lang nach, bevor ich wieder über den Zaun stieg und mich auf eine Bank setzte. Von dort aus sah ich zu, wie die Wellen heranrollten.

KAPITEL 30

Der Chemiker taucht neben einer Seebrücke im Hafen von Chicago auf, nur etwas über einen Kilometer von der Stelle entfernt, wo er den Koffer an sich genommen hat. Er versenkt den Tauchscooter, der ihn so schnell hierher transportiert hat, und die noch halb volle Sauerstoffflasche im See. Es ist unwahrscheinlich, dass sie dort jemand findet, und falls doch, lassen sie sich nicht zu ihm zurückverfolgen.

Als Nächstes hängt er den Koffergriff an eine Belegklampe, streift die Schwimmflossen von den Füßen und zieht sich auf die Seebrücke hoch. Ein paar Meter weiter sitzen ein paar Leute in einem Boot, aber sie schauen nicht in seine Richtung.

Den Koffer aus dem Wasser zu bekommen, erweist sich als schwierig. Das Geld im Innern und das Leder sind völlig durchnässt. Als er den schweren Gegenstand auf die Seebrücke hievt, platzt ihm beinahe eine Ader in der Stirn. Als er es geschafft hat, schlendert er lässig zu der *Miss Maria K*, dem sieben Meter langen Boot, für das dieser Schiffsanleger gemietet ist, und holt den schwarzen Nylonsack unter der Abdeckplane hervor. Er blickt sich schnell in alle Richtungen um, bevor er den Koffer öffnet und das Geld, die Platinmünzen und die Filztasche voller ungeschliffener Diamanten anstarrt.

»Für dich, Tracey«, sagt er laut. Aber richtige Freude will bei den Worten nicht aufkommen.

Das ist schon in Ordnung so. Die Freude wird später kommen.

Er braucht eine halbe Minute, um den Inhalt des Koffers in den Nylonsack umzupacken. Als er fertig ist, wirft er den gelben Koffer ins Wasser, wo er langsam untergeht. Aus dem Taucheranzug zu schlüpfen ist so mühsam und umständlich, wie einen Fahrradschlauch unter den Mantel zu stopfen, aber er schafft es und steckt ihn zu seiner Beute in den Nylonsack. Nur mit einer Badehose bekleidet, hängt er sich den Seesack über die Schulter und geht die Seebrücke entlang zum Gehsteig und von dort weiter zum Parkplatz, wo sein Auto auf ihn wartet.

Er legt den Nylonsack in den Kofferraum, lässt den Motor an, wartet, bis die Ampel auf Grün schaltet, und biegt in die Monroe Street ein. Er fährt ziellos durch die Gegend und behält den Rückspiegel im Auge. Als er sicher ist, dass ihm niemand folgt, legt er den Akku in das Prepaid-Handy ein und ruft Lieutenant Daniels an.

»Daniels.«

»Hallo, Jack.«

»Sind Sie es diesmal oder schon wieder so eine automatische Durchsage?«

Der Chemiker lächelt. Die Frau hält sich für verdammt clever. Aber wieso ist er dann derjenige mit zwei Millionen im Kofferraum?

»Ich bin's. Sie hören übrigens das letzte Mal von mir. Sie haben sich an Ihren Teil unserer Abmachung gehalten, also halte ich mich auch an meinen. Heute heiratet ein prominenter Bürger von Chicago. Ich habe bei den Erfrischungen ausgeholfen. Wenn Sie die nicht rechtzeitig abfangen, wird es einen ziemlich toten Empfang geben.«

Er hatte diesen Spruch unbedingt loswerden wollen, aber er hört sich doch nicht so witzig an wie zuvor in seinem Kopf.

»Von wessen Hochzeit reden Sie?«, fragt Jack.

»Das müssen Sie schon selbst herausfinden. An Ihrer Stelle würde ich mich beeilen. Sie haben nur noch ein paar Stunden.«

»Und das war's dann? Sie werden in dieser Stadt keine weiteren Terroranschläge verüben?«

»Sie können sicher sein, dass ich nie wieder jemanden vergifte.«

»Sie lügen.«

Er lächelt. »Denken Sie, was Sie wollen. Ich habe meinen Plan durchgezogen. Jetzt verschwinde ich. Denken Sie an mich, wenn Sie wieder mal in ein Restaurant zum Essen gehen.«

»Sie sind ein Monster.«

»Leben Sie wohl, Lieutenant. Ich hoffe, es war Ihnen ein Vergnügen. Ich hatte einen Bombenspaß.«

Der Chemiker entfernt den Akku aus dem Handy und wirft ihn auf den Rücksitz, um ihn später zu entsorgen. Zu gerne würde er das Gefühl verspüren, etwas Großes vollbracht zu haben, aber es bleibt noch viel zu tun. In ein paar Stunden beginnt der Hochzeitsempfang und er möchte dabei sein und sich die Show ansehen.

Supermärkte und Restaurants lassen sich leicht sabotieren. Bei einem Hochzeitsempfang ist das schon schwieriger. Es erfordert eine Menge Arbeit und mehr als nur ein Quäntchen Glück. Aber es ist machbar, wenn man weiß, wie es geht.

Zwei Wochen vor dem Ereignis ruft man im Bankettsaal an und erkundigt sich beim Bankettserviceleiter, ob er den Getränkelieferanten wechseln möchte. Mit ein bisschen Small Talk findet man den Namen des gegenwärtigen Lieferanten heraus und sogar den Wochentag, an dem die Lieferung eintrifft.

Als Nächstes wartet man am Hintereingang des Saals, bis der Lieferant erscheint. Man folgt ihm auf seiner Route, bis sich eine Gelegenheit ergibt, ihn zu töten – es gibt eine Reihe von Toxinen, mit denen man einen Herzinfarkt vortäuschen kann. Dann wirft man einen Blick auf das Rechnungsklemmbrett, sucht nach der wöchentlichen Bestellung für den Bankettsaal und macht davon eine Kopie. Außerdem kopiert man seine Schlüssel und sieht im Laderaum des Lieferwagens nach, wie die bestellte Ware verpackt ist. Zuletzt legt man alles wieder zurück, wo es hingehört. Irgendwann findet jemand den Lieferwagen samt totem Fahrer.

Am Liefertag wartet man auf den neuen Fahrer an einem frühen Zwischenstopp auf dessen Route. Während er die Getränkekästen mit der Sackkarre auslädt, lässt er den Lieferwagen unbeobachtet. Mit der Schlüsselkopie verschafft man sich Zutritt zum Wagen und vertauscht die manipulierten Flaschen mit der Lieferung für den Bankettsaal. Vielleicht sind die Getränke nicht hundertprozentig dieselben, aber wen kümmert das? Bei genauerer Prüfung der Rechnung gibt es vielleicht ein paar Beanstandungen, aber von den manipulierten Flaschen kommen genug durch.

Der Chemiker hat diesen letzten Schritt heute früh am Morgen durchgeführt. Dabei ist ihm aufgefallen, dass auf dem Vordach über dem Eingang zum Bankettsaal für heute zwei Hochzeitsempfänge angekündigt wurden. Zum Glück hat er genug Alkohol vergiftet, um sämtliche Gäste beider Veranstaltungen zu töten. Er hat auch ein Dutzend Zweiliterflaschen Cola und Limonade manipuliert. Die winzigen Löcher, die die Injektionspistole hinterlassen hat, hat er mit Sekundenkleber versiegelt, damit die Kohlensäure nicht entweicht. Antialkoholiker und Kinder sollen schließlich auch auf ihre Kosten kommen.

Es ist durchaus möglich, dass die Polizei rechtzeitig interveniert und das Schlimmste verhindert. Aber das ist in Ordnung. So viel Arbeit es ihm auch gemacht hat, das Ganze ist nur ein Ablenkungsmanöver.

Die richtige Vorstellung hat noch nicht einmal begonnen.

KAPITEL 31

Ich ging zurück zum Streeter Drive, wo Reynolds im Taxi auf mich wartete.

»Vielleicht sollten wir in der Notaufnahme vorbeischauen«, schlug er vor.

»Ach, das ist nur eine geschwollene Lippe«, sagte ich. Es hörte sich wie *gefwollene Libbe* an. Ich gab ihm die SIG und das Funkgerät zurück.

»Was machen wir jetzt, Lieutenant?«

»Wir müssen zu einem Hochzeitsempfang. Wissen Sie zufällig, ob heute irgendwelche Promis heiraten?«

Ich rechnete nicht mit einer Antwort. Elitepolizisten lesen keine Klatschspalten. Apropos Klatschspalten ... Das brachte mich auf eine Idee. Ich rief die Auskunft an und erkundigte mich nach der Telefonnummer der *Chicago Tribune*. Dort ließ ich mich mit Twyla Biddle verbinden, einer Reporterin, die eine Kolumne über Prominente schrieb. Ich kannte sie nicht persönlich, war aber ein paarmal Gegenstand ihrer Kolumne gewesen, hauptsächlich im Zusammenhang mit einer Fernsehserie, bei der ich wider bessere Einsicht als Beraterin fungiert hatte.

»Lieutenant! Schön, dass Sie mich anrufen. Was haben Sie für mich? Hoffentlich ein paar pikante Details.«

Twyla hatte eine tiefe Whiskey-und-Zigaretten-Stimme, wie die Schwestern von Marge in der Serie *Die Simpsons*.

»Vielleicht. Ich würde gerne wissen, welche bekannten Einwohner von Chicago heute heiraten.«

»Wieso? Was haben Sie gehört?«

»Bloß Gerüchte und Anspielungen.«

»Ich lebe von Gerüchten und Anspielungen. Raus damit.«

»Nennen Sie mir Namen, und wenn an den Gerüchten etwas dran ist, haben Sie einen echten Knüller.«

Benutzten Reporter überhaupt den Ausdruck *Knüller?* Zumindest korrigierte Twyla mich nicht.

»Also, die Hochzeit der Woche kann nur die von Maurice Williams sein.«

»Wer ist das?«

»Ex-Baseballspieler. War Fänger bei den Chicago Cubs. Der hat 'nen Waschbrettbauch, von dem man ein sechsgängiges Menü essen kann. Und glauben Sie mir, wenn Sie fertig sind, wollen Sie den Teller sauber schlecken.«

»Wer noch?«

»William Kent. Immobilienmogul. Ihm gehört unter anderem das Krueger-Haus. Seine Tochter heiratet heute Abend. Und, ach ja, fast hätte ich's vergessen ... Corndog Watkins, lokale Blues-Legende. Heiratet 'ne fünfundvierzig Jahre jüngere Frau. Der Empfang findet heute Abend im Buddy Guy's Legends statt.«

Ich kritzelte die Informationen an den Rand einer Seite des Nachrichtenmagazins *Time* – keiner im Taxi hatte ein Blatt Papier für mich. »Sonst noch jemand?«

»Das sind die Wichtigsten.«

»Niemand aus der Politik?«

»Nicht dass ich wüsste. Warten Sie, ich sitze gerade an meinem Computer. Ich schau mal eben in den Heiratsanzeigen für die morgige Ausgabe.« Ich vernahm das leise Klappern von Tasten, viel mehr Anschläge pro Minute, als ich jemals schaffen würde. »Mal sehen ... der ist unwichtig, die ist unwichtig, der ist unwichtig, der ist ... halt, ich hab was. Die Hochzeit von Bains und Harlow. Jeremy Bains ist der Sohn eines Captains beim Chicago Police Department.«

Das hatte ich völlig vergessen. Captain Bains war heute nicht am Daley Center gewesen, weil sein Sohn heiratete. Vor zwei Wochen hatte jemand im Revier Spenden für ein Geschenk gesammelt.

»Das ist alles?«

»Alles, was wichtig ist.«

»Danke, Twyla. Wenn ich eine heiße Spur finde, sage ich Ihnen Bescheid.«

»Wie läuft's bei Ihnen sonst so, Lieutenant? Sind Sie immer noch mit diesem scharfen Steuerberater zusammen?«

Ich fragte mich, woher sie das wusste. Aber wahrscheinlich gehörte es zu ihrem Beruf, über solche Dinge Bescheid zu wissen.

»Wir sind verlobt. Er hat mir vor ein paar Tagen einen Heiratsantrag gemacht.«

»Herzlichen Glückwunsch! Und was macht dieser berühmte Privatdetektiv, mit dem Sie befreundet sind? Der, dem die eine Hand fehlt?«

»Die fehlt ihm immer noch.«

»Und was macht ...«

»Ich muss Schluss machen, Twyla. Nochmals vielen Dank.«

»Machen Sie's gut, Süße.«

Ich beendete das Gespräch und fragte mich, ob ich nächste Woche meinen Namen in ihrer Kolumne lesen würde. Und ob ich den Artikel aufheben würde. Eigentlich bin ich nicht der Typ, der Dinge hortet. Ich besitze nicht einmal Fotos von meiner ersten Hochzeit. Wir hatten uns damals nicht die Mühe gemacht, einen Fotografen anzuheuern. Die Ehe stellte sich zwar als ein Griff ins Klo heraus, aber trotzdem finde ich es immer noch schade, dass ich keine Bilder von mir im Brautkleid habe.

»Herzlichen Glückwunsch zu Ihrer Verlobung«, sagte Reynolds. »Obwohl ich gestehen muss, dass ich gehofft hatte, Sie wären Single.«

»Das liegt nicht an mir, sondern an meinem Aussehen«, sagte ich. »Männer fallen auf dicke, sinnliche Lippen herein.«

Es klang wie *schinnlische Libben*.

Reynold zog eine Augenbraue hoch – na ja, die rechte Hälfte seiner zusammengewachsenen Brauen.

»Für mich sind Sie die mutigste Frau, die mir je begegnet ist.«

»Danke. Und danke, dass Sie mir den Rücken frei gehalten haben.«

Wir wechselten einen oberflächlichen Blick, eine soziale Geste, mit der jeder von uns seine Bewunderung für den anderen ausdrückte.

»Wohin fahren wir jetzt?«, fragte er. »Zurück in Ihr Revier?«

»Zum Daley Center. Mein Auto steht noch dort.«

Reynolds nannte dem Taxifahrer das Fahrtziel. Ich rief Polizeichefin O'Laughlin an und ging mit ihr mögliche Vorgehensweisen im Hinblick auf die Hochzeiten durch.

»Vier Teams«, schlug ich vor. »Wir müssen Essen und Getränke überprüfen, nach Fallen suchen, das Personal fragen, ob jemand etwas Verdächtiges bemerkt hat, und möglicherweise alles konfiszieren.«

»Da werden ein paar Leute stinksauer sein«, sagte O'Laughlin.

»Nicht so sauer, als wenn sämtliche Hochzeitsgäste umkippen. Wir koordinieren die Aktion vom sechsundzwanzigsten Revier aus. Operationsbasis ist der Besprechungsraum. Ich bin in einer halben Stunde da.«

»Wir sehen uns dort.«

»Schön. Ich will meine Waffen wiederhaben.« Ich beendete das Gespräch und stieß Reynolds an. »Rufen Sie Ihr Team zusammen und besorgen Sie sich so viele zusätzliche Polizisten, wie Sie finden können.«

Er griff zum Funkgerät und ich rief das kriminaltechnische Labor an. Officer Hajek war gerade nicht da, dafür aber Dan Rogers, ein Cop, den ich kannte.

»Ich brauche vier Spurensicherungsteams mit kompletter Ausrüstung. Sie sollen in einer halben Stunde im sechsundzwanzigsten Revier sein.«

»Ich hab im Moment nur vier Leute hier.«

»Und Sie haben ein Telefon. Besorgen Sie sich mehr. Die Polizeichefin bewilligt die Überstunden.«

»Wirklich?«

»Ja. Beeilen Sie sich.«

Das Taxi setzte mich ab und ich fuhr zurück ins Revier. Statt der Kammerjäger war jetzt ein ABC-Abwehrteam im Archiv und kümmerte sich um die Giftentsorgung. Vielleicht war meine Nase überempfindlich, aber ich hätte schwören können, dass es im gesamten Gebäude nach ätzenden Chemikalien stank. Als ich mit dem Lift in den ersten Stock fuhr, versuchte ich, so wenig wie möglich zu atmen. Das Treppenhaus und die Damentoilette, wo ich das TEPP abgewaschen hatte, wurden gerade dekontaminiert. Ich suchte deshalb die Toilette am anderen Ende des Flurs auf.

Es dauerte volle zehn Minuten, bis ich das Blut und den Schmutz abgewaschen hatte. Meine Lippen waren geschwollen, meine Haare zerzaust wie ein Vogelnest. Außerdem war meine Jacke total durchgeschwitzt und hatte einen Riss an der Schulter. Kurzum, ich sah aus, als wäre ich gestern gestorben, aber niemand hatte mir etwas davon gesagt. Nicht ich war mutig gewesen, sondern Reynolds, weil er mich in diesem Zustand angemacht hatte. Vielleicht fand er nicht mutige Frauen attraktiv, sondern solche, die einem Mann Angst und Schrecken einjagten.

Ich fühlte mich genauso beschissen, wie ich aussah. In meiner Handtasche fand ich ein paar Ibuprofen-Tabletten und schluckte drei. Dann bürstete ich die Knoten aus meinen Haaren und verwendete gleich die Hälfte eines zweiunddreißig Dollar teuren Lippenstifts, um die Verletzung an den Lippen zu kaschieren. Leider hob ich sie damit erst recht hervor, wie wenn man einen Football rot anmalt. Um dies wieder auszugleichen, trug ich extradick Mascara auf sowie etwas Rouge, um die Wangen zu betonen. Ehe ich mich versah, sah ich aus wie eine Nutte – eine Nutte mit schlechter Frisur, die gerade eine Tracht Prügel eingesteckt hatte.

Also gut, dann eben kein Make-up. Ich schrubbte alles wieder ab, nur um hinterher doch wieder ein bisschen aufzutragen.

Als ich endlich wieder ein bisschen vorzeigbar aussah, ging ich zum Wasserspender und trank wie ein Kamel. Mit meiner geschwollenen Lippe war das gar nicht so leicht, aber das kalte Wasser fühlte sich erfrischend an. Für einen Augenblick sah ich doppelt, fing mich aber wieder und begab mich in das Besprechungszimmer A, wo über vierzig Cops, FBI-Agenten und Angehörige anderer Behörden auf mich warteten, darunter Leute von der Seuchenschutzbehörde, der Medizinischen Forschungseinrichtung der US-Armee für Infektionskrankheiten und der Weltgesundheitsorganisation.

Mein Vortrag war nicht sonderlich inspirierend, witzig oder gehaltvoll. Das machte ich alles wieder wett, indem ich mich kurzfasste.

»Ich habe vor Kurzem mit dem Chemiker gesprochen. Heute finden in Chicago vier Hochzeitsempfänge mit bekannten Persönlichkeiten statt, und wenn ich dem Mann Glauben schenken kann, hat er bei einer davon die Getränke vergiftet. Wir müssen alle vier dichtmachen, bis wir wissen, welche er sich zum Ziel erkoren hat. Ich brauche vier Teams. Jedes davon bekommt Kriminaltechniker mit voller Ausrüstung, ein paar

Leute vom Spezialeinsatzkommando, die nach Sprengfallen und unkonventionellen Brandvorrichtungen suchen, sowie so viele Uniformierte, wie wir bekommen können, um das Personal zu befragen. Soweit möglich, sollten wir auch die Brautpaare befragen, ob sie in letzter Zeit etwas Verdächtiges gesehen oder erlebt haben.«

Rogers hob die Hand. »Wie können wir vor Ort auf Toxine und Giftstoffe testen? Wir müssen die Proben ins Labor bringen und sie mit einem GCMS-Gerät analysieren. Wir reden hier von mehreren Hundert Proben.«

»Unser Kandidat lässt extreme Vorsicht beim Hinterlassen von Fingerabdrücken walten. Achten Sie auf Gegenstände, die abgewischt wurden, oder auf Handschuhabdrücke. Die Mitarbeiter in Schnapsbrennereien, Lieferanten, Hotelpagen, Barkeeper, Kellner, Serviceleiter ... sie alle hinterlassen an den Flaschen ihre Fingerabdrücke. Jede saubere Flasche verdient absolute Priorität.«

Ich sah, wie Rick in den Raum schlich und sich weiter hinten hinsetzte.

»Special Agent Rick Reilly von der Spezialeinheit für Gefahrstoffe des FBI hat in enger Zusammenarbeit mit einem Profiler-Team ein Täterprofil des Chemikers erstellt. Darin heißt es, dass der Chemiker kein Interesse mehr daran hat, unserer Stadt Schaden zuzufügen, da er sein Geld bekommen hat. Stimmt das, Special Agent?«

Rick erhob sich. »Das ist richtig. Wahrscheinlich ist der Chemiker im Augenblick kurz davor, das Land zu verlassen. Wir haben Teams an Busbahnhöfen und Flughäfen ...«

»Die nach einem triefend nassen Mann mit gelbem Koffer Ausschau halten«, fiel ich ihm ins Wort. »Das FBI-Profil stimmt hinten und vorne nicht, und ich will nicht, dass jemand Zeit damit verschwendet. Der Chemiker hält sich immer noch in der Stadt auf und wird versuchen, bei dem Empfang anwesend zu sein. Vielleicht als Gast oder Mitarbeiter getarnt. Oder vielleicht observiert er das Ganze von einem Versteck aus. Aber er will es auf jeden Fall sehen. Ich brauche Leute, die sämtliche Gäste und neue Mitarbeiter überprüfen, sowie Leute, die dort nichts zu suchen haben. Außerdem soll das Spezialeinsatzkommando die Örtlichkeiten observieren, um zu sehen, ob dort jemand Spion spielt.«

»Aber das Profil ...«, wandte Rick ein.

Ich beendete den Satz an seiner Stelle. »Ist scheiße. Rogers und Reynolds, teilen Sie Ihre Leute ein. Baker, Sie stellen die Teams zusammen. Wer noch keine spezielle Aufgabe zugewiesen bekommen hat, soll dorthin gehen, wo er glaubt, sich nützlich machen zu können. Jeder trägt ein Headset. Team Alpha kümmert sich um die Hochzeit von dem Baseballspieler – Baker, Sie haben das Kommando. Taylor, Sie führen Team Bravo und gehen zu der Hochzeit von diesem William Kent. Team Charlie ist für Corndog Watkins zuständig – Collins, das ist Ihr Team. Ich gehe mit Team Delta zum Bains-Empfang. Halten Sie Funkverbindung zueinander, und falls wir den Chemiker finden, will ich keine faulen Ausreden hören, warum uns der Kerl entwischt ist.«

Davy Ellis, der aussah, als käme er direkt vom Laufsteg einer Ralph-Lauren-Modenschau, hob die Hand.

»Der Bürgermeister hat aber gesagt ...«

»Der Bürgermeister hat gesagt, wir sollen ihn nicht während der Geldübergabe festnehmen. Die ist aber schon vorbei. Nicht wahr, Frau Polizeichefin?«

Alle Augen richteten sich auf O'Laughlin. Ihre Stimme strahlte weitaus mehr Autorität aus als meine.

»Wenn wir ihn finden, schnappen wir ihn uns.«

Ich erklärte die Besprechung für beendet und half Baker, die Teams zusammenzustellen.

Rick kam auf mich zu, ein grimmiger Ausdruck in seinem

sonst so hübschen, jungenhaften Gesicht. Er nahm mich am Ellbogen und zog mich auf die Seite. »Das war nicht gerade professionell, Jack.«

»Ungefähr so professionell, wie Sie sich verhalten haben, als Sie der Polizeichefin empfahlen, mich zu entwaffnen.«

»Sie hätten sonst eine Dummheit begangen.«

Wenigstens stritt er es nicht ab. Aber das machte den Vertrauensbruch auch nicht besser.

»Ich begehe öfter Dummheiten«, erwiderte ich und fügte meinen Worten extra Gewicht zu, indem ich ihn mit meinen Augen fixierte. Rick kapierte meine Botschaft und verschwand. In Zukunft würde es kein Techtelmechtel mehr zwischen mir und diesem heißen Typen vom FBI geben. Gegen gut aussehende Männer war nun wirklich nichts einzuwenden, aber Treue war viel besser.

Als mein Team zum Aufbruch bereit war, suchte ich die Polizeichefin auf. Sie war gerade in eine hitzige Diskussion mit dem PR-Fuzzi vertieft.

»Ich brauche meine Waffen«, sagte ich zu ihr.

O'Laughlin langte in eine ihrer riesigen Jackentaschen, die so groß waren wie bei einem Clownskostüm.

»Wenn Sie den Täter festnehmen oder töten«, gab Davy zu bedenken, »könnte es an die Öffentlichkeit dringen, dass die Stadt von seinem Plan wusste und dass wir ihm Geld gegeben haben. Denken Sie nur an die Welle der Empörung und die Prozessflut, die über uns hereinbrechen werden, ganz zu schweigen von dem Imageschaden für Chicago.«

»Im Augenblick geht es mir nur darum, ihn zu schnappen, damit nicht noch mehr Menschen sterben«, sagte ich in ruhigem Ton.

»Von diesen Schäden erholen wir uns nie ...«

»Ach ja, beinahe hätte ich es vergessen«, unterbrach ich ihn. »Als ich zuletzt mit dem Chemiker sprach, hat er mich gefragt, warum wir der Öffentlichkeit das mit dem Geld verschwiegen haben. Ich habe ihm empfohlen, sich an Davy Ellis von der Firma Ellis, Dickler und Scaramouche zu wenden. Schließlich waren Sie derjenige, der seine Story unter Verschluss gehalten hat. Darüber war er nicht gerade erfreut.«

Ellis' sonnengebräuntes Gesicht wurde plötzlich kreidebleich. Aus dem Augenwinkel heraus sah ich, wie die Lippen der Polizeichefin zuckten, als wollte sie ein hämisches Grinsen unterdrücken. Ich wandte mich ab, schob die Waffen in meine beiden Holster und machte mich auf den Weg ins Chateau Élan an der Ecke North Avenue und Clybourn Street, um Captain Bains die Festfreude zu verderben.

KAPITEL 32

Von außen sah das Chateau Élan aus, als hätte es ein Architekt aus dem alten Rom mit einem Säulenfetisch entworfen. Die Fassade hatte gleich zehn dicke, weiße Säulen, die ein gewölbtes Dach stützten. Sechs weitere Säulen zierten die Seiten des Gebäudes, und zwei trugen das Vordach über dem Eingang, auf dem ein Schriftdisplay mit Glückwünschen an Mr und Mrs Bains sowie Mr und Mrs Rothschild prangte.

Der Hausangestellte, der sich um den Parkdienst kümmerte, kam beflissen auf mich zu und wollte unbedingt mein Auto parken, bis ihm klar wurde, dass ich zur Polizei gehörte und deshalb wohl kein Trinkgeld für ihn herausspringen würde. Ich stellte den Wagen trotzdem im Valet-Bereich ab – schließlich war ich den ganzen Tag kreuz und quer durch die Gegend gelaufen. Eine Karawane Polizeiwagen, darunter auch der Bus mit dem mobilen Einsatzleitstand, folgte mir auf den Parkplatz. Wenn Bains auftauchte, würde ihn der Schlag treffen.

Im Foyer befanden sich ein paar Marmorstatuen, ein Springbrunnen und viele Blumen und Pflanzen. Ein Latino-Koch brachte mich zum Geschäftsführer, einem Mann namens Bob Debussey, der seinen spärlichen Haarwuchs durch geschicktes Kämmen kaschierte. Bob brach beinahe in Tränen aus, als ich ihm erzählte, was Sache war.

»Ach herrje! Das ist ja furchtbar. Ach herrje!«

»Wo lagern die alkoholischen Getränke?«

»Ach herrje. Wir haben einen Weinkeller und einen Kühlraum. Beide sind abgeschlossen. Ach herrje.«

»Wer hat die Schlüssel?«

»Ich und der stellvertretende Geschäftsführer, Jaime. Ach herrje.«

Zwischen einigen weiteren Dutzend Ach-herrjes erfuhr ich von ihm, dass in letzter Zeit kein neues Personal eingestellt worden war, dass niemand irgendwelche Verdächtigen gesehen hatte und dass die letzte Getränkelieferung heute Morgen eingetroffen war.

»Es haben eine Flasche Champagner und eine Flasche Oban gefehlt. Der Vater des Bräutigams wollte unbedingt diesen Scotch. Der Fahrer hatte den Champagner dabei, musste aber ins Lager zurückfahren, um den Scotch zu holen. So etwas wäre Marty nie passiert.«

»Wer ist Marty?«

»Der Fahrer davor. Ein toller Bursche. Ist vor ein paar Wochen an einem Herzinfarkt gestorben, gleich nachdem er unsere Lieferung gebracht hat. Ach herrje.«

Ich wies die Horde Polizisten, die ins Foyer strömten, an, das Personal zu befragen, Namen aufzuschreiben, das Grundstück zu sichern und nach versteckten Sprengfallen zu durchsuchen. Bob führte mich, Rogers und eine quirlige junge Kriminaltechnikerin namens Patti Hunt in den Weinkeller. Hunt schleppte einen großen schwarzen Koffer mit forensischen Lichtquellen, Roger einen Spurensicherungskoffer, wie ich ihn bei Hajek gesehen hatte. Bob fummelte mit den Schlüsseln herum und zitterte so heftig, dass ich den Luftzug spürte. Als er die Tür endlich aufbekam, zeigte er auf einen Stapel Kartons in der Ecke. Sie standen vor einem großen Weinregal, das die gesamte hintere Wand einnahm.

»Wir suchen nach Indizien, Leute«, erklärte ich dem Team,

»nicht nach Beweismaterial. Besorgen Sie mir ein paar Hinweise. Über die Verwendbarkeit vor Gericht machen wir uns später Sorgen.«

Hunt fand eine Steckdose für ihre forensische Lichtquelle und Rogers holte eine Spraydose mit Ninhydrin aus seinem Koffer. Ich streifte mir ein Paar Latexhandschuhe über und zog eine Flasche Perestroika-Wodka aus dem obersten Karton.

»Der Fahrer, der heute hier war«, fragte ich Bob, »hat der Handschuhe angehabt?«

»Ach herrje. Nein, ich glaub nicht. Er hat die Kartons auf einer Sackkarre reingebracht. An Handschuhe kann ich mich nicht erinnern.«

»Ist das der Scotch, den er vergessen hat?« Ich deutete auf die Flasche Oban auf einem Drahtgestell.

»Ja. Er hat sie mir vor circa einer halben Stunde gebracht. Hat gesagt, er sei sich sicher gewesen, dass er sie bei der ersten Fuhre dabeihatte.«

Rogers besprühte die Whiskey- und die Wodkaflasche. Hunt schaltete die forensische Lichtquelle an und tauchte damit die Flaschen in grünes Licht. Es gab keine Fluoreszenz.

»Das Gerät ist auf fünfhundertfünfundfünfzig Nanometer eingestellt«, sagte Hunt.

»Nini ist eine wählerische Dame«, sagte Rogers. »Probieren Sie es mal mit sechshundert.«

Hunt nahm die Einstellung vor und das Licht wechselte von Grün auf Orange. Die Beleuchtung brachte jetzt ein Dutzend gelbe Fingerabdrücke auf der Whiskey- und drei auf der Wodkaflasche zum Vorschein.

Rogers betrachtete sie durch eine Lupe.

»Handschuhe auf dem Wodka, mindestens sieben verschiedene Fingerabdrücke auf dem Scotch.«

Ich nahm noch eine Flasche aus dem obersten Karton und eine aus dem Karton darunter. Anschließend holte ich wahllos ein paar Flaschen aus den Regalen. Wir wiederholen die Prozedur mit dem Spray und der forensischen Lichtquelle.

»Nur Handschuhe auf den neuen Flaschen, lauter Fingerabdrücke auf den alten«, gab Rogers das Ergebnis bekannt.

»Der Lieferant trägt keine Handschuhe«, sagte ich, »und er verpackt die Flaschen selbst. Diese hier müssten also Fingerabdrücke haben, es sei denn, jemand hat sie abgewischt oder vertauscht.«

»Aber es sieht nicht danach aus, als ob sie jemand geöffnet hätte.« Hunt deutete auf die Verschlusskappe auf der Perestroika-Flasche. »Der Sicherungsring ist noch intakt.«

Sie hatte recht. Und mit der Injektionspistole, so stark sie auch war, konnte man nicht durch Glas spritzen. Ich stellte drei identische Flaschen Wodka auf den Fußboden und verglich die Abfüllpegel. Alle drei wichen ein klein bisschen voneinander ab. Hatte der Chemiker sie ungleich abgefüllt oder wiesen alle Flaschen geringfügige Unterschiede auf?

Ich schraubte bei einer Flasche die Verschlusskappe ab.

»Lieutenant«, sagte Hunt, »Sie wollen doch nicht etwa ein Schlückchen zur Probe trinken? Das ist eine denkbar ungeeignete Methode, um den Inhalt auf Toxine zu testen.«

Rogers hob die Hand. »Ich melde mich freiwillig.«

Ich kniff die Augen zusammen und musterte die Verschlusskappe. Auf den ersten Blick erkannte ich keine Anzeichen von Manipulation. Dann schnupperte ich daran. Es roch nach Wodka.

»Rogers, geben Sie mir bitte mal die Lupe.«

Ich hielt sie mir vors Auge und sah am Rand der Verschlusskappe einen winzigen Glassplitter. Als ich mit dem kleinen Finger über die Innenseite der Kappe fuhr, fühlte sie sich etwas rau an.

»Ich glaube, wir haben eine vergiftete Flasche gefunden ... es sei denn, die Meisterbrenner bei Perestroika verwenden gemahlenes Glas als geheime Zutat. Was kam noch mit dieser Lieferung?«, fragte ich Bob.

»Ach herrje, ach herrje. Ein paar Kästen Bier und Limo. Die sind alle im Kühlraum.«

Ich schickte ihn zusammen mit Rogers und Hunt los und öffnete zwei weitere Flaschen, eine mit Whiskey und eine mit Rum. Beide hatten ihren empfohlenen Tagesbedarf an Glassplittern überschritten. Ich rief die Polizeichefin an.

»Sieht ganz so aus, als hätte er es auf Bains abgesehen. Der Alkohol ist vergiftet. Ich lasse hier alles schließen.«

»Ich rede mit Ihrem Captain. Wir können den Empfang stattfinden lassen und dem Chemiker eine Falle stellen.«

»Das habe ich mir auch schon überlegt, aber das ist zu gefährlich. Vielleicht hat er noch andere Sachen manipuliert. Außerdem glaube ich nicht, dass Bains es gerne sieht, wenn wir auf der Hochzeit seines Sohnes einen Undercover-Einsatz durchziehen.«

»Sie haben recht, Lieutenant. Ich bin froh, dass ich Sie mit der Leitung der Ermittlungen in diesem Fall betraut habe.«

Gerne hätte ich sie daran erinnert, dass ich nicht ihre erste Wahl gewesen war, nicht einmal ihre zehnte. Stattdessen sagte ich: »Danke, aber es ist noch nicht vorbei.«

Ich beendete das Gespräch und wies die anderen Teamleiter an, auf zerbrochenes Glas unter den Verschlusskappen zu achten. Anschließend trommelte ich mein Team zu einer Lagebesprechung im Foyer zusammen.

»Wir haben Flaschen gefunden, von denen wir vermuten, dass sie vergiftet sind. Wie sieht's bei Ihnen aus, Reynolds?«

»Das Grundstück samt den angrenzenden Bereichen ist sauber. Keine Sprengfallen, keine Touristen im Umkreis von einem Straßenblock.«

»Rogers?«

»Das Bier ist vergiftet. Ich hab mir die Verschlusskappen

mit der Lupe angesehen. Sie weisen Spuren auf. Ein paar Zweiliterflaschen Limo wurden ebenfalls manipuliert.«

»Was haben wir sonst noch?«, fragte ich.

Ein Uniformierter namens Mathers sagte: »Nichts Ungewöhnliches in der Küche. Es gab heute ein paar Lieferungen, aber an denen war nichts faul.«

Ein anderer namens Parker fügte hinzu: »Es wurden keine Unbefugten im Haus gesichtet. Das Personal ist verunsichert, aber das war zu erwarten. Hier kennt jeder jeden und es gibt zurzeit keine Neuen. Wir haben zwei Latinos erwischt, wie sie versucht haben, durch den Hinterausgang zu türmen, aber die haben gedacht, wir wären von der Einwanderungsbehörde.«

»Okay, wir machen den Laden trotzdem dicht. Mathers, kümmern Sie sich ...«

»Sie können uns doch nicht einfach schließen!« Der Einspruch musste natürlich von Ach-herrje-Bob kommen. »Wir haben heute zwei Veranstaltungen. Die Leute vertrauen uns, dass wir diesen Tag zu einem der wichtigsten in ihrem Leben machen!«

»Tut mir leid, Bob. Zu riskant.«

»Aber Sie haben doch gesagt, dass in der Küche alles in Ordnung ist! Es ist doch bloß die Getränkelieferung von heute!«

»Das Risiko können wir nicht eingehen.«

Bob fing an zu weinen, hielt die Hände vors Gesicht und flüchtete Hals über Kopf aus dem Foyer. Dabei rannte er mit dem Kopf voraus in eine Gipsreplik des Davids von Michelangelo. Es war nicht witzig, sondern eher traurig. Nach dreißig Sekunden betretenen Schweigens nahm ich den Faden wieder auf.

»Mathers, teilen Sie fünf Leute ein. Sie sollen die Flaschen etikettieren und einpacken. Wir müssen die Speisekammer leer räumen und das Personal vorsichtshalber auf das Botulinumtoxin testen ...«

Bob kam zurück ins Foyer gestürmt, einen großen Topf voller Linguini in den Händen. Nudeln hingen ihm aus dem Mund.

Er schrie: »Ist doch alles in Ordnung!«, oder etwas in der Art. Mit vollem Mund verstand man ihn nicht besonders gut.

Keiner meiner Leute unternahm einen heroischen Rettungsversuch, indem er sich auf Bob warf und versuchte, ihm die Linguini aus dem Rachen zu ziehen. Keiner schrie: »Spucken Sie sie aus, Sie Idiot!« Stattdessen sahen wir schweigend zu, wie Bob die Nudeln verschlang, ohne tot umzufallen. Als er fertig war, hielt er beide Arme in einer Beifall heischenden Geste hoch. Aber niemand klatschte.

»Als Nächstes probiere ich die Suppe«, verkündete Bob und machte sich davon.

Captain Bains nutzte diesen günstigen Augenblick für einen Anruf bei mir und erging sich in Verwünschungen und Drohungen, bevor ich auch nur ein Wort hervorbrachte. Als er eine kurze Atempause einlegte, ergriff ich die Gelegenheit beim Schopf und lieferte ihm einen Lagebericht.

»Und was macht dieser Bob jetzt?«, fragte Bains, nachdem ich fertig war.

»Er steht einen Meter von mir entfernt und löffelt eine Schüssel Suppe, die für den Hochzeitsempfang gedacht ist.«

Bob nickte eifrig und hob den Daumen.

»Wie sieht er aus?«

»Er hat einen irren Blick.«

»Krank? Vergiftet?«

»Bis jetzt noch nicht.«

»Sagen Sie ihm, er soll sämtliche Gerichte vorkosten. Wenn er überlebt, machen wir weiter wie geplant. Und sagen Sie ihm auch, er soll zum nächsten Costco fahren und eine Wagenladung Alkohol besorgen. Meine Verwandtschaft ist äußerst trinkfreudig.«

»Das können Sie ihm gerne selber sagen. Wie war die Trauungszeremonie?«

»Die Blumen sehen beschissen aus. Eins von den großen Gestecken ist umgefallen, als sie sich das Ja-Wort gegeben haben, und der Ringträger schreit immer noch vor Angst. Ich werde den Floristen an seinen grünen Daumen aufhängen und ihn von sämtlichen Leuten aus meinem Revier mit Gummischläuchen auspeitschen lassen.«

»Freut mich zu hören, dass es gut gelaufen ist.«

»Ich mache mich gleich auf den Weg zu Ihnen. Geben Sie mir Bob.«

Ich gab das Telefon an den Geschäftsführer weiter und teilte meinem Team mit, dass wir vorerst nur die Getränke beschlagnahmen würden. Dann besprach ich mich mit Reynolds.

»Haben Sie Kontakt mit den Spezialeinsatzkommandos auf den anderen Hochzeiten aufgenommen?«

»Dort ist anscheinend alles in Ordnung.«

»Holen Sie sie hierher. Ich will Patrouillen und Wachposten auf dem Grundstück sowie zwei verdeckte Ermittler, die die Gästeliste überprüfen. Wie es aussieht, setzt Bains Hunderte Menschenleben aufs Spiel, nur um seinem Sohn nicht den Spaß zu verderben.«

»Das kann ich ihm nicht verübeln. Das Band zwischen einem Vater und seinem Kind darf man nicht unterschätzen.«

»Ja«, erwiderte ich und rief die Erinnerung an mich und meinen Vater im Grant Park vor mein geistiges Auge zurück. »Dieses Band kann nichts zerreißen.«

Ein paar Minuten später hatte ich mein Handy wieder, Bob naschte an einer Portion Cesar Salad mit Sardellen und Bains traf ein und warf uns alle mit unmissverständlichen Worten hinaus. Vielleicht hätte ich Widerstand geleistet, wenn es sich nicht um meinen Boss gehandelt hätte – oder vielleicht hätte ich mich auch mit ihm angelegt –, aber ich sah auf einmal wieder doppelt und war so erschöpft, dass ich im Stehen hätte einschlafen können.

Aus diesem Grund übergab ich das Kommando an Reynolds, setzte mich ins Auto und machte mich auf den Heimweg. Es war erst kurz nach zwölf Uhr mittags, aber mir kam es vor, als hätte ich ein ganzes Jahr lang nicht geschlafen.

Ich bezweifelte, dass wir den Chemiker heute noch schnappen würden. Falls er vorbeischaute, würden ihn die vielen Polizeifahrzeuge auf dem Parkplatz abschrecken. Aber ich war mir sicher, dass er uns irgendwann ins Netz gehen würde. Er hatte keine Mühe und kein Risiko gescheut, die Akten aus dem Archiv zu entwenden. Anscheinend enthielten sie Material, das er für schützenswert hielt. Und obwohl Alger und sein Partner tot und die Akten verschwunden waren, konnte ich mit einigem Aufwand immer noch an die Informationen herankommen.

Die Sache würde nicht mit einem dramatischen Feuergefecht oder einer wilden Verfolgungsjagd enden, sondern sang- und klanglos mit einem Haftbefehl und einer unauffälligen Festnahme. Aber enden würde sie, dessen war ich mir sicher.

Ich nahm die I-290 und fuhr nach Hause. Ich kam so zügig voran, dass ich die Strecke diesmal vielleicht sogar in unter einer Stunde schaffen würde. Ich würde duschen und mich ein bisschen hinlegen und später Latham besuchen.

Deshalb war ich nicht wenig überrascht, als ich die Ausfahrt nach Harlem nahm und nach Norden fuhr. Weder Bensenville noch das Krankenhaus lagen in dieser Richtung, dafür aber Elmwood Park, wo mein Vater Wilbur Martin Streng wohnte.

»Die Zeit ist dafür jetzt nicht günstig«, sagte ich zu mir selbst.

Und dennoch fuhr ich weiter, um einen Mann zu besuchen, von dem ich geglaubt hatte, dass er schon seit vierzig Jahren tot war.

KAPITEL 33

Der Chemiker fährt am Chateau Élan vorbei, sieht das Polizeiaufgebot auf dem Parkplatz und fährt mit unverminderter Geschwindigkeit weiter.

Die Bullen sind ihm schnell auf die Spur gekommen. Sehr schnell sogar. Aber das macht nichts, denn das hier ist nur ein Nebenschauplatz. Das Hauptgericht wird erst noch serviert.

Er denkt an morgen. Wenn alles nach Plan geht, wird die Zahl der Todesopfer in die Zehntausende gehen. Und es wird drastische Nachwirkungen geben. Panik. Ausschreitungen. Angst und Schrecken überall. Die Kriminalität wird außer Kontrolle geraten und keiner wird sie stoppen.

Es ist mehr als nur simple Rache. Das Ereignis wird der Welt eine wichtige Lektion lehren.

Und das Beste daran: Niemand wird es kommen sehen.

Er fährt nach Hause, um die letzten Vorbereitungen zu treffen.

KAPITEL 34

Was sagt man zu einem Toten? Ich begann mit: »Hallo.«
Elmwood Park schloss sich nahtlos an den Westen von Chicago an. Es war eine kleine, aber dicht besiedelte Gemeinde, die hauptsächlich aus Wohnvierteln mit überwiegend weißer Mittelschichtsbevölkerung bestand. Wilbur Streng wohnte an der Ecke Belden Avenue und Dreiundsiebzigste Straße in einem kleinen beigen Haus auf einem winzigen Grundstück, das von zwei ebenso kleinen Häusern flankiert wurde. Auf der Straße gab es genügend freie Parkplätze, aber aus Gewohnheit parkte ich vorschriftswidrig vor einem Hydranten.

Ich musste mich nicht erst emotional auf die Begegnung vorbereiten oder mein Make-up überprüfen oder überlegen, was ich sagen würde. Ich handelte, ohne groß nachzudenken, sozusagen mit eingeschaltetem Autopiloten. Nachdem ich den Wagen geparkt hatte, ging ich zu seiner Haustür und klingelte. Eine Minute später öffnete mir ein alter Mann.

Eigentlich hatte ich meinerseits eine emotionale Reaktion erwartet, bei der meine inneren Dämme einstürzten. Aber in diesem Augenblick empfand ich rein gar nichts. Die Person, die vor mir stand, besaß nicht die geringste Ähnlichkeit mit dem Vater, den ich aus Erinnerungen und von Fotos kannte. Seine Haltung war vom Alter gebeugt, weshalb er nicht größer war als ich. Auf dem Kopf mehr Leberflecken als Haare. Brille mit dicken Gläsern, viel lose Haut im Gesicht und am Hals. Schmächtige Statur, aber mit Bauch.

»Hab mir schon gedacht, dass du eines Tages bei mir auftauchst. Komm doch rein.«

Plötzlich bekam der Damm Risse. Ich hatte vergessen, wie seine Stimme klang. Ist das nicht seltsam, wenn man die Stimme eines Elternteils vergisst? Aber als die Worte aus seinem Mund kamen, wurde mir klar, dass ich sie überhaupt nicht vergessen hatte und niemals vergessen würde. Diese Stimme hatte mir unzählige Gutenachtgeschichten erzählt, meine Fragen über Löwen und Donner und Flugzeuge beantwortet, mir bei den Hausaufgaben geholfen und mir immer wieder *Ich hab dich lieb* gesagt. Und sie hatte mir drei Eiswaffeln gekauft und war nie wütend auf mich geworden.

Die Stimme meines Vaters. Die Stimme von Dad.

Ich bekam einen Kloß im Hals und spürte einen Druck auf der Brust, aber nach außen hin blieb ich ruhig.

»Du ... weißt, wer ich bin?«

»Hab dich oft im Fernsehen gesehen. Und in der Zeitung. Deine Mutter hat es dir endlich gesagt?«

»Sie hat mir erzählt, du wärst tot.«

Er nickte. »Es war einfacher so. Willst du nicht reinkommen?«

Ich war nicht sicher, ob ich das wirklich wollte. Aber dann traten meine Füße automatisch über die Schwelle. Als die Tür hinter mir zuging, fühlte ich mich wie in einer anderen Welt.

Im Haus war es dunkel und sauber und roch nach Zitronenreiniger und Zigarrenrauch. Wir gingen am Wohnzimmer vorbei, in dem eine Ledercouch, ein Fernseher und eine alte Hi-Fi-Anlage standen. An der Wand hingen Gemälde mit bewaldeten Landschaften in schweren verzierten Rahmen, wie sie in den Siebzigerjahren beliebt gewesen waren. Wände und Zimmerdecken waren mit Holz verkleidet und auch sonst war fast alles aus Holz. Die Küche hatte braune Fliesen und Tapeten und war sauber, aber ohne ausgeprägte persönliche Note.

»Möchtest du einen Kaffee? Ich hab noch etwas von vorhin übrig.«

Er deutete auf die grüne Kaffeemaschine auf dem Küchentresen. Eigentlich wollte ich keinen Kaffee, aber mir war plötzlich unwohl und ich brauchte etwas in der Hand.

»Ein Kaffee wäre nicht übel.«

»Milch und Zucker?«

»Schwarz.«

Er brummte, als hätte er diese Antwort erwartet, und holte eine Kaffeetasse aus dem Trockengestell für Geschirr im Spülbecken.

»Hab die Maschine jetzt schon seit dreißig Jahren. Damit kann man immer noch 'nen ordentlichen Kaffee machen.«

Küchengeräte verstieß er also nicht, nur Familien. Er gab mir die Tasse und ich war dankbar für die Wärme.

»Hat deine Mutter dir auch gesagt, warum ich gegangen bin?«, fragte er und setzte sich mir gegenüber an den Küchentisch.

»Sie hat mir einen Brief hinterlassen. Darin steht, du hättest uns gehasst und wolltest nie wieder etwas mit uns zu tun haben.«

Wilbur brummte wieder.

»Stimmt das?«, fragte ich.

»Nein. Ich habe dich und deine Mutter immer gemocht. Es hat mir sehr wehgetan, euch zu verlassen.«

»Warum hast du es dann getan?«

»Mir blieb nichts anderes übrig.«

Ich schluckte die Wut herunter, die sich wie ein Gewitter in meinem Kopf zusammenbraute.

»Eine andere Frau?«, fragte ich.

Wilbur lachte.

»Nein. Wenn es das gewesen wäre, hätte ich es deiner Mutter gesagt.«

»Was war es dann? Bist du eines Morgens aufgewacht und hast beschlossen, dass du keinen Bock mehr auf die Verantwortung hattest?«

Wilbur starrte mich lange an. Für einen Moment schien es, als wäre er mit offenen Augen gestorben. Ich wollte schon eine Hand nach ihm ausstrecken und seinen Puls fühlen, doch dann sagte er: »Wie geht's deiner Mutter?«

»Der geht's gut. Aber du weichst vom Thema ab.«

»Da hast du wohl recht. Ich ... habe oft über diesen Augenblick nachgedacht. Ich meine, dass du jetzt hier bist. Manchmal habe ich mir vorgestellt, dass du mich anschreist oder weinst oder mich sogar mit der Pistole bedrohst. In meiner Fantasie versuche ich dir jedes Mal zu erklären, wie es damals in den Sechzigerjahren gewesen ist. Es war nicht wie heute. Damals hat man von Männern erwartet, dass sie sich wie Männer benehmen. Ich hätte es mir leicht machen können. Ich hätte bleiben und euch etwas vormachen können.«

Jetzt drang doch ein bisschen von meiner Wut an die Oberfläche. »Du tust ja gerade so, als wäre es mutig gewesen, deine Familie zu verlassen.«

»Du hast mich gefragt, ob ich die Verantwortung nicht mehr wollte. Die wollte ich immer.« Wilbur bekam glasige Augen. »An dem Tag, an dem du geboren wurdest, habe ich geschworen ...«

»Hör auf!«

»... mich auf immer und ewig um dich zu kümmern. Dasselbe habe ich deiner Mutter an unserem Hochzeitstag versprochen.«

»Und deshalb bist du einfach abgehauen.« Ich verschränkte die Arme. »Du hast nie etwas von dir hören lassen, hast uns keinen müden Cent zukommen lassen.«

Wilbur ging zur Kaffeemaschine und holte eine frische Tasse aus dem Schrank. Er schenkte sich ein und nippte langsam daran.

»Es war einfacher, aus eurem Leben zu verschwinden, anstatt dich und deine Mutter mit den Tatsachen zu konfrontieren. Ich musste den Bösen spielen.«

»Wieso?«

»Weil die Wahrheit noch mehr wehgetan hätte.«

»Und was ist die Wahrheit?«

Wilbur antwortete nicht. Ich hatte von dem Theater die Schnauze voll. Es machte mich nur wütend. Also stand ich auf.

»Danke für den Kaffee, *Dad*. Vielleicht sehen wir uns in vierzig Jahren wieder.«

»Jacqueline, warte …«

Ich verließ die Küche und ging durch den Flur. Plötzlich sah ich ein paar Bilder an der Wand. Eins davon zeigte mich als Baby. Ich nahm es von der Wand und starrte es an.

»Warum hast du das!?«, schrie ich. »Du hast dieses Foto nicht verdient!«

Ich überlegte, ob ich es behalten oder an die Wand schleudern sollte. Doch dann sah ich ein anderes Foto, das meinen Vater mit einem anderen Mann zeigte. Beide trugen einen Smoking. Der Größe der Revers nach zu urteilen, war das Bild Mitte der Siebzigerjahre entstanden. Wilbur lächelte, der andere Mann ebenfalls. Außerdem hatte er einen Arm um die Hüfte meines Vaters geschlungen.

Mit einem Mal verschwand meine Wut, als hätte jemand eine Falltür unter ihr geöffnet. Ich nahm das eingerahmte Bild von der Wand und ging damit in die Küche.

»Du bist schwul«, sagte ich.

Wilbur machte den Mund auf und wieder zu. Er wiederholte die Geste ein paarmal, bevor er sprach, wie ein Fisch im Netz, der nach Luft schnappt.

»Ich glaube, ich wusste es schon immer, aber ich habe es verdrängt, bis ich dreißig war. Ich konnte es nicht akzeptieren und habe dagegen gekämpft. Damals galt Homosexualität als ein Zeichen von Schwäche und mangelnder Kontrolle. Oder sogar als Krankheit.«

Wilbur lächelte, aber der Schmerz war nicht zu übersehen.

»Die University of Chicago hatte zu der Zeit ein experimentelles Programm. Ich bin einmal die Woche hingegangen und hab mich mit Elektroschocks behandeln lassen. Aversionstherapie nannte sich das. Man hat mir pornografische Bilder mit homosexuellen Szenen gezeigt und mir einschlägige Literatur zu lesen gegeben. Und dann hat man mir einen Stromstoß verpasst. Nach heutigen Vorstellungen absolut barbarisch. So viel hat sich seitdem geändert.«

»Mom wusste nichts davon?«, fragte ich leise.

»Nein. Und ich konnte es ihr nicht sagen. Nicht nur weil ich sie damit dem Spott von Verwandten und Freunden ausgesetzt hätte, sondern auch weil es sie wirklich verletzt hätte. Sie hätte geglaubt, dass es ihre Schuld wäre, dass sie sich nicht genug Mühe gegeben oder etwas falsch gemacht hätte. Für sie wäre das schlimmer gewesen, als wenn ich sie einfach sitzen gelassen hätte, weil ich ein verantwortungsloses Arschloch war.«

Ich betrachtete erneut das Foto, das ihn und seinen Partner im Smoking zeigte, und stellte fest, dass er darauf glücklich aussah.

»Hast du …«

»Ich bin nie fremdgegangen, während ich mit deiner Mutter zusammen war. Kein einziges Mal. Aber ich konnte ihre Bedürfnisse nicht befriedigen. Wenn ich bei euch geblieben wäre, hätte ich euch etwas vorspielen müssen und wir alle hätten darunter gelitten.«

»Aber was war mit mir?«, fragte ich zaghaft.

»Deine Mutter hat dir doch erzählt, ich wäre tot. Wie konnte ich dich da besuchen? Natürlich habe ich regelmäßig Geld überwiesen, bis du deinen Collegeabschluss gemacht hast.«

Jetzt bekam ich auch glasige Augen. »Wie verantwortungsbewusst von dir.«

»Tut mir leid, Jacqueline.«

Ich wandte mich ab, damit er nicht sehen konnte, dass ich weinte.

»Als ich älter war und erwachsen wurde. Warum hast du dich nie bei mir gemeldet?«

»Das wollte ich auch. Ich hab's mir ständig vorgenommen.«

Ich wischte die Tränen von den Wangen.

»Ich muss jetzt gehen.«

»Bleib bitte noch ein bisschen.«

Ich sah ihm in die Augen.

»Vierzig Jahre, Wilbur. Du hast mein ganzes Leben verpasst.«

»Ich kann dir gar nicht sagen, wie schwer mir das gefallen ist. Wenigstens dachtest du, ich wäre tot. Ich dagegen wusste, dass du lebst. Ich habe mehr Zeit in Gedanken mit dir verbracht, als die meisten Väter tatsächlich mit ihren Kindern verbringen. Jeden Morgen bin ich aufgewacht und habe mir vorgenommen, dich anzurufen und mit dir zu reden.«

»Aber du hast es nicht getan.« Meine Tränen flossen inzwischen wie Bäche. »Als ich herausfand, dass du noch lebst, bin ich gekommen. Du wusstest, dass ich lebe, und bist nie gekommen.«

»Jacqueline...«

Ich flüsterte: »Es hätte mir nichts ausgemacht, dass du schwul bist.«

»Bitte bleib...«

»Leb wohl, Wilbur.«

Ich verließ sein sauberes kleines Haus, ging zu meinem

Wagen und heulte während der gesamten Fahrt zum Krankenhaus.

Als ich dort eintraf, schlief Latham gerade. Ich hielt seine Hand und dankte dem Universum, dass er eindeutig heterosexuell war. Außerdem beschloss ich, unseren Hochzeitsempfang im Chateau Élan abzuhalten, weil das Personal dort sich wirklich um die Gäste kümmerte.

Und nach der Hochzeit würde ich Wilbur ein Foto schicken, das mich im Brautkleid zeigte, und auf die Rückseite schreiben: *Schau mal, was dir sonst noch entgangen ist.*

KAPITEL 35

Das Läuten der Türklingel weckte mich auf. Da ich mein gesamtes Erwachsenenleben in Apartments gewohnt hatte, musste ich mich an das Geräusch einer richtigen Hausglocke erst gewöhnen. Ich blickte auf die Digitalanzeige meines Weckers und stellte fest, dass es kurz vor neun Uhr morgens war. Meinen Berechnungen zufolge hatte ich ganze acht Stunden geschlafen. Nach meinem Krankenhausbesuch am späten Abend hatte ich mir unterwegs eine Fertigpizza geholt und sie mit einem Sechserträger Goose-Island-Bier hinuntergespült. Nach dem Essen hatte ich im Home Shopping Network einen Haufen nutzlosen Kram bestellt, darunter einen Staubsauger, mit dem man sogar Bowlingkugeln wegsaugen konnte. So etwas ist natürlich unglaublich wichtig, da die meisten Haushalte in Nordamerika unter einer massiven Verunreinigung durch Bowlingkugeln leiden.

Es klingelte erneut an der Tür. Ich wälzte mich aus dem Bett und zuckte zusammen, weil mir alles wehtat, einschließlich meines Kopfs. Da ich eins von Lathams extralangen T-Shirts anhatte, das mir bis zu den Knien reichte, hielt ich mich für ausreichend bekleidet, um einem Besucher die Tür zu öffnen. Ein Blick durch den Spion ernüchterte mich sofort.

»Beeil dich, Jackie! Ich muss dringend aufs Klo!«

Harry McGlade. Er trug sein übliches Outfit, bestehend

aus einem total zerknitterten teuren Anzug und einem Hut à la Humphrey Bogart. Ich verdrehte die Augen. Ich hatte doch glatt vergessen, dass heute das Polizeifest war. Vielleicht würde er verschwinden, wenn ich nicht aufmachte.

»Ich weiß, dass du da bist. Dein Auto steht in der Einfahrt. Mach auf oder ich pisse in deinen Briefkasten.«

Da ich ihm dies ohne Weiteres zutraute, öffnete ich die Haustür.

»Mensch, Jackie, ich hab mir die Fahrt hierher mit einer gigantischen XXL-Limo versüßt. Jetzt ist meine Blase so voll, dass sie mir aufs Herz drückt. Wo ist die Toilette?«

»Geradeaus und dann rechts«, sagte ich. »Fass aber nichts an, vor allem keine Handtücher.«

Ich ging ins Schlafzimmer und zog mir eine Schlabberjeans von Yanuk, ein Golfhemd in Übergröße von Gap und ein Paar Laufschuhe von Nike an. Anstatt meine Haare zurechtzumachen, setzte ich mir eine Baseballkappe mit Cubs-Logo auf und steckte den Pferdeschwanz durch das Loch am Hinterkopf. Eigentlich hätte ich eine Dusche vertragen können, aber ich hatte Angst, McGlade unbeaufsichtigt in meinem Haus allein zu lassen.

Ich wusch mir das Gesicht und putzte mir vorsichtig die Zähne – meine Unterlippe war immer noch geschwollen. Dann begab ich mich in die Küche und fand dort McGlade vor. Er hatte sämtliche Schränke weit aufgerissen, wühlte in einem Tupperware-Behälter herum und steckte sich etwas in den Mund.

»Die Dinger hier sind alles, was du im ganzen Haus zu essen hast«, sagte er kauend, »und ich glaube, sie sind verdorben.«

»Echt? Die hab ich doch erst letzte Woche gekauft.«

»Das Zeug schmeckt wie Scheiße.«

»Dem Kater schmeckt's aber.«

Er starrte die Leckerlis an und verzog das Gesicht.

»Das ist Katzenfutter?«, sagte er ungläubig.

»Ja.«

»Leber und Zwiebeln?«

»Leber und Thunfisch.«

Er stellte das Gefäß auf den Küchentresen. »Hast du Pfefferminztabletten?«

»Nein, tut mir leid.«

»Wie sieht's mit Zahnseide aus?«

»Im Spiegelschrank im Bad.«

Er eilte davon. Ich schnupperte an den Leckerlis, schüttelte mich vor Ekel und legte sie zurück in den Schrank. Dann machte ich alle Schranktüren zu, trank ein großes Glas Wasser und verfluchte leise meine Entscheidung, mit Harry aufs Polizeifest zu gehen. Im Jahr davor hatte es in Indiana stattgefunden und ich hatte mich von Herb und seiner Frau überreden lassen hinzugehen. Es war voll, heiß und laut gewesen, mit Spielbuden, bemalten Gesichtern, Bier und Hotdogs zu überhöhten Preisen – und mit jeder Menge Macho-Box- und Schießwettkämpfen. Bei einem der Letzteren gewann ich den zweiten Platz, aber das hieß noch lange nicht, dass ich dabei Spaß gehabt hätte.

Harry kam zurück und schaute grimmig drein.

»Wolltest du mich nur verarschen, als du gesagt hast, das war Katzenfutter?«, fragte er.

»Ja.«

Er wirkte erleichtert. »Die Dinger sind also nicht für Katzen?«

»Doch, sind sie schon. Aber das mit letzter Woche war gelogen. Ich habe sie vor einem Jahr gekauft und mein Kater hasst sie.«

Ich hörte ein surrendes Geräusch und sah, dass McGlade seine Roboterhand zu einer Faust geballt hatte. Während er schmollte, bombardierte ich ihn erneut mit einer schlechten Nachricht.

»Ich fahre.«

»Kommt überhaupt nicht infrage. Ich bin schließlich ein Mann. Das wäre ja noch schöner, wenn wir die Weiber ans Steuer ließen. Das ist eine Form von Kastration.«

»Okay, dann pack deine Eier zusammen. Wir fahren los.«

Ich sah noch einmal nach, ob Mr Friskers Futter und Wasser hatte, und ging an Harry vorbei zur Tür hinaus. Er trottete wie ein Hund hinter mir her.

»Ich will fahren.«, sagte er.

»Das kannst du dir abschminken.«

»Hast du meine Corvette gesehen? Die geht ab wie 'ne Rakete.«

»Das glaub ich dir gern.«, antwortete ich.

»Wieso kann ich nicht fahren?«

»Weil ich fahre.«

Ich setzte mich hinters Steuer. Harry nahm auf dem Beifahrersitz Platz.

»Dein Auto ist Schrott.«, sagte er.

»Ich weiß.«

»Kann ich die Corvette in deine Garage stellen?«

»Das Garagentor ist kaputt.«

»Dein Haus ist Schrott.«, sagte er.

»Ich weiß.«

Ich fuhr aus der Einfahrt und Harry fummelte an meinem Autoradio herum. Lieber hörte ich Radio als sein dummes Geschwätz. Leider schaltete er es nach nur drei Takten des Songs »Free Bird« von Lynyrd Skynyrd aus.

»Dein Radio ist Schrott.«

»Wie wär's, wenn du mal eine Weile den Mund hältst?«

Er schaffte es gerade mal zwei Minuten. »Ich hab neulich angefangen, Gedichte zu schreiben«, sagte er.

Gott behüte mich davor!
»Schön für dich.«
»Es hilft mir, mit dem … na, du weißt schon, mit dem Schmerz umzugehen.«
»Hast du dir 'n Tripper eingefangen?«
»Ich meine den Verlust meiner Hand. Körperliche Schmerzen spüre ich kaum noch. Man hat mir ein Knochentransplantat aus Kohlefaser eingesetzt. Willst du sehen, wo es befestigt ist?«
»Nein.«
Er ignorierte meine Antwort, krempelte den Latexüberzug hoch und deutete auf die Stelle am Handgelenk, wo das Narbengewebe auf die Prothese traf. Es sah nicht so hässlich aus, wie ich mir vorgestellt hatte.
»Ich muss die Ränder ständig mit Deodorant einreiben, weil ich unter dem Latex wie verrückt schwitze. Die Hand hat neben den mechanischen Teilen myoelektrische Sensoren, die an meine Nerven und Muskeln angeschlossen sind. Die Finger bewegen sich durch Muskelkontraktion.« Ich hörte ein mechanisches Surren und Harrys Finger öffneten und schlossen sich. »Das gilt nur für Daumen, Zeige- und Mittelfinger. Ringfinger und kleiner Finger bewegen sich mit den anderen mit. Man kann aber ziemlich fest damit zupacken. Willst du mal sehen?«
McGlade fasste das Armaturenbrett mit der Prothese an und stieß mit seinen Fingern Löcher hinein.
»Harry!«
»Keine Sorge, mir ist nichts passiert. Es tut überhaupt nicht weh.«
Ich begutachtete den Schaden. Er war nicht besonders schlimm. Ich fuhr auf die I-190 in Richtung Skokie, vorbei am Flughafen O'Hare. Harry war für ein paar Sekunden erstaunlich ruhig.
»Na, was ist, willst du eins von meinen Gedichten hören?«
»Nein.«

»Nur ein kurzes.«

»Nein.«

»Es ist wirklich nur ganz kurz.«

»Es ist mir scheißegal, wie kurz es ist. Ich will es nicht hören.«

Ein paar Sekunden verstrichen.

»Willst du mein neues Handy sehen?«

»Nein.«

Er zog es trotzdem aus der Tasche seines zerknitterten Blazers.

»Es ist Telefon, Kamera und digitales Adressbuch in einem. Und man kann damit sogar im Internet surfen.«

»Hast du dich schon mal auf ADHS testen lassen?«, fragte ich.

Er drückte auf ein paar Tasten, worauf das laute Stöhnen einer Frau aus dem Gerät drang. »Das ist 'ne geile Webseite. Monstertitten.com. Kostet zwanzig im Monat, aber es gibt kostenlose Fünfzehn-Sekunden-Vorschauclips von sämtlichen Filmen. Wozu braucht man da eine Mitgliedschaft?«

Ich vernahm erneutes Stöhnen und anschließend das Iahen eines Esels.

»Oder schau dir das mal an.«

Er hielt mir die Kamera ins Gesicht. Ein Blitzlicht blendete mich.

»Was soll das, McGlade!«

»Hohe Bildauflösung, Punktdichte tausendfünfhundert dpi. Guck mal, wie scharf das Bild geworden ist. Ich kann die Poren auf deiner Nase zählen. Na ja, ich könnte es, wenn ich den ganzen Tag Zeit hätte.«

»Jetzt gib mal wieder Ruhe«, sagte ich. »Schauen wir mal, ob wir den Rest der Fahrt die Klappe halten können, okay?«

Die Ruhe dauerte nicht einmal eine Minute.

»Wie in alten Zeiten, oder, Jackie? Wir beide auf Streife.

Zwei junge Bullen, die krass drauf sind. Wir hatten eine Menge Spaß, stimmt's?«

»Na ja.«

Aus dem Augenwinkel sah ich, wie Harry versuchte, die Lüftungsschlitze für die Klimaanlage mit seiner Roboterhand zu verstellen, und sie abbrach. Er begutachtete das kaputte Teil für einen Augenblick, sah verstohlen zu mir herüber und versteckte es unter dem Sitz.

»Ich bereue es nicht, dass ich den Polizeijob an den Nagel gehängt habe.«

»Du hast ihn nicht an den Nagel gehängt. Man hat dich rausgeschmissen.«

»Ich vermisse ihn nicht. Private Ermittlungen sind viel besser. Jemand engagiert mich, ich kriege Kohle, der Auftraggeber ist dankbar. Nicht wie bei der Polizei, wo einen die meisten Leute hassen. Denk nur an die Fallen in diesem Haus. Da muss einer wirklich 'nen Hass auf die Polizei gehabt haben. Ich hab gehört, es war das Haus von 'nem Bullen.«

Plötzlich hatte ich ein dumpfes Gefühl, konnte es jedoch nicht genau ausmachen.

»Der Kerl hat tatsächlich eine Menge Cops getötet«, räumte ich ein und dachte an Sardina, Roxy und die beiden Polizisten in Cicero. Und an die scheinbar zufälligen Vergiftungen von Kollegen – drei bei Sammy's, zwölf in verschiedenen Restaurants im Stadtgebiet. Nicht zu vergessen das deutsche Feinkostgeschäft, das nur einen Straßenblock vom …

»Das fünfzehnte Revier.«

»Hast du was gesagt?«, fragte Harry. Er fasste sich gerade mit der Roboterhand in den Schritt.

»Könntest du bitte darauf verzichten, in meinem Auto an dir rumzuspielen?«

»Ich hab nur was zurechtgerückt. Aber es ist irgendwie seltsam, weil es sich wie die Hand von jemand anderem anfühlt.«

»Halt doch endlich mal die Klappe.«
»Wieso?«
»Ich denke nach. Sei einfach mal ruhig.«
»Ich war doch ruhig. Du hast mit dem Reden angefangen.«
»Harry, halt verdammt noch mal das Maul!«
»Mensch, bist du heute schlecht drauf. Gibt es keine Hormone für die Wechseljahre?«

Ich ignorierte ihn und konzentrierte mich auf sämtliche Restaurants und Lebensmittelgeschäfte, die der Chemiker vergiftet hatte. Als ich die Liste durchging, erkannte ich ein Strickmuster.

»Jedes Geschäft war nicht weiter als einen Straßenblock von einem Polizeirevier entfernt.«

»Häh?« McGlade spielte wieder an sich herum.

»Die Polizei. Der Chemiker hatte es von Anfang an auf die Polizei abgesehen. Sogar die Hochzeit ... der Sohn von Captain Bains. Wieso bin ich nicht schon vorher draufgekommen?«

»Weil du geistig behindert bist?«, schlug Harry vor. »Oder bist du senil und hast Alzheimer? Ich persönlich hätte nichts gegen Alzheimer einzuwenden. Man kauft eine Zeitschrift und kann sie immer wieder lesen, als wäre sie neu.«

Ich zog scharf die Luft ein und hatte einen dieser seltenen Momente, in denen sich plötzlich sämtliche Puzzleteile zusammenfügen. Wenn es dem Chemiker wirklich darum ging, der Polizei zu schaden, musste er dort zuschlagen, wo viele Polizisten an einem kleinen Ort zusammenkamen.

»Das Polizeifest«, flüsterte ich.

Über zwanzigtausend Cops, dazu die gleiche Anzahl von Familienangehörigen und Besuchern. Und alle zur gleichen Zeit am gleichen Ort.

»Ich glaub, ich hab dein Radio kaputt gemacht«, sagte Harry und hielt mir mit seiner Prothese einen Knopf hin.

Ich drückte das Gaspedal durch. Die Beschleunigung

reichte zwar nicht, um uns beide in die Sitze zu drücken, aber ich brachte die Karre schnell auf hundertdreißig.

»Was zum Teufel machst du da, Jackie?«

»Ich bete inständig, dass ich mich irre.«

KAPITEL 36

Skokie war mit über sechzigtausend Einwohnern und einer Fläche von ungefähr fünfundzwanzig Quadratkilometern einer der größeren Vororte von Chicago und grenzte im Norden an die Stadt an.

Ich verbrannte eine ganze Menge Reifengummi und jagte die Karre auf über hundertfünfzig hoch, musste jedoch bald wieder runter vom Gas. Der anfangs leichte Verkehr verdichtete sich zunehmend und verwandelte sich vor der Ausfahrt von der I-94 zur Touhy Avenue in einen Stau von mindestens eineinhalb Kilometern Länge. Und alles nur wegen diesem Polizeifest.

»McGlade, gib mir doch mal dieses Ding zwischen deinen Beinen …«

Ich bereute meine Worte, sobald sie mir aus dem Mund entwichen waren, aber ehe ich mich präzisieren konnte, sprang er bereits darauf an. »Du hast doch gesagt, ich soll nicht damit herumspielen.«

»Das aufsetzbare Blaulicht, du Klugscheißer. Auf dem Boden zwischen deinen Beinen.«

Er angelte danach und legte es sich auf den Schoß.

»Benutzt ihr die Dinger immer noch?«

»Die klassische Ausführung ist immer noch die beste. Schließ das Ding an und tu es aufs Dach.«

McGlade steckte das Kabel in den Zigarettenanzünder, worauf das Blaulicht zu rotieren begann.

»Die Minileuchte an meinem Schlüsselanhänger ist heller als dieses blöde Ding.«

»Tu's einfach aufs Dach.«

»Was ist das denn? Ein Saugnapf?«

»Aufs Dach, McGlade!«

Ich gab Gas und wechselte auf den Seitenstreifen. Meine Reifen wirbelten Kies auf. McGlade lehnte sich aus dem Fenster und befestigte das Blaulicht auf dem Autodach. Als er fertig war, ließ er sich in den Sitz fallen und schnallte sich wieder an.

»Wo ist die Sirene?«, fragte er.

»Es hat keine.«

McGlade schien darüber nachzudenken.

»Soll ich den Kopf aus dem Fenster halten und Heultöne von mir geben?«

Ich fuhr wieder auf die Fahrbahn, raste bei Rot über die Ampel und bog nach Osten in die Touhy Avenue ein. Dabei verfehlte ich einen Pick-up um einen halben Meter.

»Hast du den kleinen Hebel an dem Saugnapf runtergedrückt?«, fragte ich und riss das Lenkrad herum, um einen Auffahrunfall zu vermeiden.

»Da war ein Hebel?«

Ich tippte das Bremspedal an. Das Blaulicht fiel erst auf die Motorhaube und dann auf den Gehsteig, wo es in tausend Stücke zersprang.

»Scheiße!« Ich verzog das Gesicht. »Das Ding war ein Klassiker.«

»Mach dir keinen Kopf deswegen. Wenn du einen Liliputaner mit einer Lavaleuchte aufs Dach setzt, erzielst du den gleichen Effekt.«

Ich raste hupend an einem Jeep vorbei und bog nach rechts in die Lincoln Avenue.

»Wie alt ist die Karre?«, wollte McGlade wissen. »Das ist ein Baujahr, noch bevor es Airbags gab, stimmt's?«

»Mach dich beim Aufprall schlaff wie ein Sandsack. Damit erzielst du den gleichen Effekt.«

Ich hörte ein surrendes Geräusch und riskierte einen Blick. McGlade hielt den Türgriff mit seiner Roboterhand umklammert. Ich musste grinsen und schaute wieder auf den Tacho.

»McGlade, in welcher Straße findet das Fest statt?«

»Ecke Pratt Avenue und Central Park Avenue. Du kannst mich aber schon vorher absetzen. Da vorne ist gut. Oder hier. Oder bei dem Nagelstudio. Ich will mir schon länger mal wieder die Nägel machen lassen.«

Ich fuhr an dem Nagelstudio vorbei, schaffte es gerade noch bei Gelb über die Kreuzung und bog nach links in die Pratt Avenue ein. Dann trat ich auf die Bremse.

Die Straße war mit gelben Sägeböcken gesperrt. Dahinter tummelte sich eine Menschenmenge. Es waren Tausende.

»Wird verdammt schwer werden, 'nen Parkplatz zu finden«, sagte Harry.

Er hatte recht. Und weil die meisten Besucher Polizisten waren, waren sämtliche Hydranten bereits zugeparkt. Ich blieb mitten auf der Straße stehen, holte das Knöchelholster samt AMT Backup II aus der Handtasche und legte den Fuß auf das Lenkrad, um es mir um die Wade zu schnallen. Natürlich konnte Harry es nicht lassen, einen blöden Kommentar abzugeben.

»Für so 'ne alte Schachtel bist du ziemlich gelenkig. Kannst du die Beine hinter dem Kopf verschränken? Ich hatte mal diese Freundin ... na ja, Freundin ist vielleicht 'n bisschen zu viel gesagt.«

Ich schnappte mir meine Handtasche, sprang aus dem Wagen und stürzte mich ins Getümmel. Die Leute drängten sich Schulter an Schulter. Es herrschte Volksfestatmosphäre, komplett mit Musik, Spielbuden und jeder Menge Essen. Außer den obligatorischen Polizisten waren viele Frauen und Kinder anwesend, und jeder dritte Besucher aß oder trank etwas. Bier. Limonade. Gegrillte Maiskolben. Hotdogs. Nachos. Falls der Chemiker seine Toxine auf diese Veranstaltung losließ, würden viele Menschen sterben.

Ich drängte mich zu einem Popcornstand durch und fragte, wer für das Ganze verantwortlich war. Der Verkäufer hatte keine Ahnung, gab mir aber ein Programmheft. Ich klappte die darin enthaltene Karte auf und studierte den Grundriss des riesigen Festgeländes. Der Infostand befand sich genau in der Mitte. Ich lief, so schnell ich konnte, was in Wirklichkeit überhaupt nicht schnell war. Ich musste mir buchstäblich einen Weg durch die Menge bahnen, was mir einige böse Blicke und Verwünschungen einbrachte.

»Wozu die Eile?« Harry hatte es irgendwie geschafft aufzuholen und stand direkt hinter mir. »Meinst du, dieser Giftmischer will hier seine Nummer durchziehen?«

»Ich weiß nicht. Die Wahrscheinlichkeit ist jedenfalls hoch. Der Kerl hasst Polizisten, und hier hat er die Gelegenheit, einen ganzen Haufen zu töten.«

»Meinst du, er hat sich an den Brezeln vergriffen?«
»Ich weiß nicht.«
McGlade hielt mir eine große Brezel unter die Nase.
»Beiß mal rein und sag mir, ob man die essen kann.«
Ich stieß sie beiseite, drängte mich an den Rand der Menge und lief außenrum, was viel schneller ging.

»'n Haufen Leute«, sagte McGlade. Er hatte anscheinend den Biss in die Brezel riskiert, denn sein Mund war voll. »Was meinst du? Dreißigtausend? Vierzigtausend? 'n Riesenaufwand, so viele Menschen zu vergiften.«

Harry hatte recht. Bei den vielen Imbissständen war es unmöglich, alle oder auch nur die Hälfte abzudecken. Wie würde ich an seiner Stelle vorgehen? Gas? Ich sah einen Heliumtank, der zum Aufblasen von Ballons diente, und eine Abkühlstation, unter der die Leute hindurchgehen und sich mit einem Sprühnebel aus kühlem Wasser berieseln lassen konnten. Das Problem mit beiden war die Geschwindigkeit. Das Gift musste langsam wirken, damit es möglichst viele Menschen infizierte, bevor Panik ausbrach und die Menge das Weite suchte, oder sofort, damit es möglichst viele Menschen auf der Stelle tötete.

»Wie wär's mit einem Sprühflugzeug?«, fragte McGlade. »Damit könnte man Gas über die Menge versprühen.«

Harry tat so, als wäre seine Roboterhand ein Flugzeug, und machte Brummgeräusche, als er sie hin und her bewegte. Ich sah noch einmal auf die Karte, vergewisserte mich, dass ich mich nahe der Mitte des Festgeländes befand, und drängte mich wieder in die Menge. Vor dem Informationsstand wartete eine Menschenschlange. Ich drängelte mich vor und rief: »Wer ist hier verantwortlich?«

Der Typ hinter dem Tresen verschränkte die Arme.

»Schön hinten anstellen, Lady.«

»Ich bin Polizistin«, sagte ich.

»Wir sind hier auf dem Polizeifest. Jeder hier ist Polizist.«

Die Leute, an denen ich mich vorbeigedrängelt hatte, bekräftigten diese Aussage.

»Hören Sie«, sagte ich mit gesenkter Stimme, »ich arbeite an dem Chemiker-Fall. Haben Sie davon gehört? Ich glaube, er befindet sich hier und will eine Menge Menschen töten. Also, wer ist hier verantwortlich?«

»Jim. Jim Czaikowski. Ich hole ihn.«

Er sprach in sein Walkie-Talkie, das er am Gürtel trug. Eine Minute später betrat ein kleiner, gedrungener Mann mit einem gewachsten Zwirbelbart den Informationsstand.

»Ich bin Jim vom Skokie Police Department. Was ist los?«

Ich lehnte mich über den Tresen und sprach leise. »Wir

haben Grund zu der Annahme, dass diese Veranstaltung Ziel eines terroristischen Anschlags sein könnte. Ist Ihnen irgendetwas Ungewöhnliches aufgefallen?«

»Eigentlich nicht. Ich meine, es ist schon Albtraum genug, so ein Event auf die Beine zu stellen. Da kommt es immer wieder zu Pannen.«

»Was für Pannen?«

»Na ja, das Musikzelt ist zweimal eingestürzt, die Mülltonnen quellen schneller über als erwartet und so 'n Vollidiot hat zu viel gesoffen und 'nen Schädelbasisbruch erlitten.«

»Sind Sie sicher, dass Alkohol im Spiel war?«

»Ja. Er hat sich mit seinen Kumpels auf ein Wettsaufen eingelassen.«

»Sonst noch was? Probleme? Beschwerden? Vielleicht noch vor Festbeginn?«

»Ach ja, dieser verdammte Lastwagen mit den Dixi-Klos.«

Wo hatte ich erst vor Kurzem von Dixi-Klos gehört? Von Herb. Er fahndete nach einem gestohlenen Lastwagen.

»Was ist mit dem Lastwagen?«

»Der wurde ziemlich früh am Morgen mitten auf dem Festgelände abgestellt, aber nicht entladen. Diese ganzen Dixi-Klos stehen immer noch rum und nehmen Platz weg. Wir können sie nicht einmal selbst abladen, weil sie mit Ketten festgemacht sind.«

»Zeigen Sie's mir.«

Jim ging voraus und Harry trottete hinter mir her, einen Hotdog verspeisend. Wir gingen an einem Drehkarussell, einer Ringwurfbude und dem vorhin erwähnten Musikzelt vorbei, das anscheinend zum dritten Mal eingestürzt war. Schließlich tauchte vor uns eine Reihe von Schießbuden auf einem kleinen, unbefestigten Grundstück auf. Daneben parkte ein Sattelschlepper mit sechsunddreißig Dixi-Klos auf der Ladefläche.

»Igitt!«, rief McGlade. »Scheißhäuser!«

Jim spuckte ins Gras. »Jemand hat sie einfach hierhergebracht und stehen lassen. Und schauen Sie sich mal an, wie die aneinandergekettet sind.«

Ich trat näher heran und stimmte ihm zu. Die schweren, mit massiven Vorhängeschlössern versehenen Ketten bildeten ein Netz um die Toiletten und dienten offensichtlich einem Zweck, der über normale Sicherheitsvorkehrungen hinausging. Es hätte bestimmt eine Stunde gedauert, bis man alle Schlösser aufbekommen hätte.

Ich zog mein Handy aus der Tasche und rief Herb an.

»Hi, Jack. Ich hab von der Bains-Hochzeit gehört. Das hast du gut gemacht.«

»Danke. Sag mal, dieser gestohlene Lastwagen mit den Dixi-Klos, war das ein Sattelschlepper mit rotem Peterbilt-Fahrerhaus?«

»Ja.«

»Bist du auch auf dem Polizeifest?«

»Bernice und ich sind gerade im Musikzelt und schauen den Freiwilligen dabei zu, wie sie sich mit der eingestürzten Zeltplane abmühen. Warum fragst du?«

»Ich glaube, ich hab deinen Lastwagen gefunden. Ich bin vielleicht fünfzig Meter westlich von dir hinter dem Drehkarussell.«

»Bin gleich da.«

McGlade war inzwischen an der Fahrerseite hochgestiegen und spähte durch das Fenster. »Hey, Jackie, das solltest du dir mal ansehen.«

»Was ist da?«

»Eine Uhr.«

»Die meisten Lastwagen haben Uhren, McGlade.«

»Aber bei der hier läuft ein Countdown. 18:52 ... 51 ... 50 ...«

Das klang überhaupt nicht gut. Ich wandte mich Jim zu.

»Wir brauchen ein paar Werkzeuge. Bolzenschneider, eine Säge, irgendetwas, womit man die Ketten zerschneiden kann. Gibt es hier eine Lautsprecheranlage?«

»Im Musikzelt ist eine.«

»Kündigen Sie über Lautsprecher an, dass wir ein paar Leute vom Bombenentschärfungskommando brauchen.«

Jim verzog das Gesicht. »Wenn ich das mache, bricht Panik aus. Haben Sie schon einmal einen Menschenauflauf gesehen, der alles niedertrampelt?«

»Sagen Sie einfach, es gibt Freibier für Angehörige des Bombenentschärfungskommandos oder irgend so 'n Blödsinn. Und dann schnappen Sie sich den Erstbesten, der angelaufen kommt.«

Jim machte sich auf den Weg. Ich kletterte auf die Ladefläche und näherte mich vorsichtig einem der Dixi-Klos. Es war aus aquagrünem, glasfaserverstärktem Kunststoff, etwas über zwei Meter hoch und mit einem Vorhängeschloss gesichert. Das Ding ließ sich nicht vom Fleck bewegen, auch nicht, als ich mich fest dagegenstemmte. Ich schlug mit den Knöcheln dagegen und hörte ein dumpfes Geräusch, als ob es voll war. Ich kniete mich hin und versuchte, die Tür am unteren Rand aufzubrechen, konnte aber die Finger nicht in den Spalt bekommen.

Aber ich kannte jemanden, der das konnte.

»McGlade! Komm her!«

»Wo bist du?«

»Bei den Toiletten!«

»Ich muss aber jetzt nicht aufs Klo.«

Ich biss die Zähne zusammen, entspannte mich jedoch wieder, als ich daran dachte, dass man mit Harry Geduld haben musste. Der Mann hatte die emotionale Reife eines Dreijährigen.

»Harry, du willst doch, dass ich beim Bürgermeister ein gutes Wort für dich einlege, oder?«

Er schlenderte zu mir hinüber und starrte hoch.

»Was brauchst du, Schätzchen? Moralische Unterstützung?«

»Meinst du, du kannst eins von diesen Dingern mit deiner Roboterhand aufbrechen?«

»Vielleicht.«

Er versuchte, sich auf die Ladefläche hochzuziehen, brachte aber das Bein nicht über die Kante. Ich musste ihm helfen.

»Nicht so schnell. Ich muss mich ein bisschen ausruhen. Sei ein braves Mädchen und hol mir 'ne Limo.«

»Verdammt noch mal, Harry, wir haben keine Zeit für dumme Spielchen. Probier mal, ob du eins von diesen Dingern aufkriegst.«

Er seufzte, kroch zu dem Toilettenhäuschen und krempelte den Ärmel hoch. Ich sah ihm mit einer Mischung aus Faszination und Ekel zu, wie er die fleischfarbene Gummihaut zurückzog und den Blick auf eine gebogene Metallklaue mit einem Daumen und zwei Fingern freigab.

»Hier, Jackie. Halt mal meine Hand.«

Er warf mir den Gummiüberzug zu. Ich zuckte zusammen und fing ihn nicht auf, sodass er mir vor die Füße fiel. McGlade bemerkte es nicht. Er packte den unteren Rand des Dixi-Klos und schloss die Klaue. Der Kunststoff zerbarst mit lautem Knacken.

»Ach du Scheiße. Das ist ja ekelhaft.«

Als McGlade die Klaue zurückzog, war sie von einer braunen, schleimigen Substanz bedeckt. Er starrte die Hand grimmig an und hielt sie sich vorsichtig unter die Nase.

»Was zum Teufel ist das für ein Zeug? Riecht irgendwie nach Benzin.«

Ich ging zu ihm, obwohl ich überhaupt keine Lust dazu hatte. Das Zeug an seiner Hand sah wie Zahnpasta aus und war bräunlich-grau mit weißen und silbernen Flecken unterschiedlicher Größe.

»Probier mal.« Harry hielt mir die Klaue unter das Kinn. »Und dann sag mir, ob es giftig ist.«

Ich schob ihn beiseite und bückte mich zu dem Loch hinab, das er gemacht hatte. Der Benzingeruch war jetzt noch stärker und ein bisschen von dem Zeug war auf die Ladefläche ausgelaufen. Aus der Paste ragte ein Nagel hervor.

»Nicht anfassen!«

McGlade und ich blickten uns um. Jim kam in Begleitung eines großen Afroamerikaners herbeigeeilt, auf dessen T-Shirt stand: *Noch ein Kontaktverbot und ich bringe jemanden um.*

»Was ist das?«, fragte ich.

»Mein Name ist Murray. Ich bin vom Bombenentschärfungskommando beim Chicago Police Department.«

Murray kletterte auf die Ladefläche und stellte sich dabei viel geschickter an als McGlade. Er ging neben mir in die Hocke und spähte in das Loch. »Das ist ANC. Nicht kommerziell hergestellt, sondern selbst gemacht. Aber trotzdem effektiv. Bei dem hier wurde Aluminium beigemischt, das wirkt als Beschleuniger.«

»Es sind auch Nägel drin«, sagte ich. »Eine Splitterbombe?«

»Wahrscheinlich. Verdammt, das ist echt übel.«

»Eine Frage.« McGlade hob einen Arm. »Was ist ANC?«

»Ein hochexplosiver Sprengstoff. Besteht aus Ammoniumnitrat und Heizöl. Timothy McVeigh hat es 1995 bei dem Anschlag in Oklahoma City verwendet.«

»Oh mein Gott«, sagte McGlade und legte mir seine unversehrte Hand auf die Schulter. »Ich bin ja so froh, dass wir dein Auto genommen haben.«

Ich musste daran denken, was der Chemiker zu mir am Telefon gesagt hatte: *Ich hatte einen Bombenspaß.* Sein Versprechen, niemanden mehr zu vergiften, war also ernst gemeint.

»Sind die Zutaten nicht schwer zu bekommen?«, fragte ich.

»In manchen Bundesstaaten gibt es gewisse Beschränkungen

für den Erwerb von Ammoniumnitrat. Andere wiederum schreiben Zusatzstoffe vor, die die Herstellung von Sprengstoff erschweren. Leider gehört Illinois nicht dazu. Das Herstellungsverfahren ist nicht besonders leicht und wenig bekannt, aber jeder kann im Internet lernen, wie man ANC herstellt. Zum Glück machen die meisten Leute Fehler beim richtigen Mischungsverhältnis und sprengen sich selbst in die Luft.«

Murray klopfte gegen die nächsten beiden Dixi-Klos.

»Sind die alle voll?«

»Wir haben noch nicht nachgeschaut. Aber im Fahrerhaus ist eine Zeitschaltuhr.«

»Wo steht der Countdown gerade?«

»Wahrscheinlich bleiben noch etwa vierzehn Minuten.«

Murray sprang von der Ladefläche und ich hinterher.

»Können Sie eine Lastwagentür knacken?«

»Ja.«

Murray hob einen Betonblock auf, der zum Beschweren von Zeltplanen diente, und warf ihn durch das Fenster auf der Fahrerseite. Einen Augenblick später war er im Fahrerhaus und hielt die Zeitschaltuhr in den Händen.

»Schlechte Nachricht. Das ist nicht die Zeitschaltuhr, sondern nur eine Countdown-Uhr, die wahrscheinlich mit der Zeitschaltuhr synchronisiert ist und dem Fahrer anzeigen soll, wieviel Zeit noch bis zur Explosion bleibt. Ich vermute, die richtige Uhr und der Detonator sind in einem von diesen Stinkpötten versteckt.«

McGlade lachte. »Hehehe ... Stinkpötte.«

»Können Sie den Detonator entschärfen?«

»Vielleicht, vorausgesetzt wir finden ihn rechtzeitig. Kann sein, dass er nur aus ein paar Stangen Dynamit und einer Sprengkapsel besteht. Aber er ist in einem von diesen Dingern versteckt. Bis wir alle aufmachen und durchsuchen, vergehen Stunden.«

»Was machen wir dann?«

»Wir müssen das Gelände evakuieren.«

»Evakuieren?«, sagte Jim. »Das Fest hat über vierzigtausend Besucher.«

»Das ändert nichts daran, dass die Leute innerhalb von dreizehn Minuten und dreiundvierzig Sekunden verschwinden müssen.«

»Wie schlimm ist es?«, fragte ich.

»Schlimmer geht's kaum. Wenn das Zeug hochgeht, müssen alle im Umkreis von anderthalb Kilometern dran glauben.«

KAPITEL 37

14 Minuten

»Hab ich richtig gehört? Im Umkreis von anderthalb Kilometern?« Alle wandten sich zu Herb Benedict um, der hinter uns getreten war. Er trug ein blaues Hawaiihemd und eine kurze Khakihose. Neben ihm stand seine Frau Bernice. Sie hatte dasselbe Outfit an.

»Keine Angst, Fettwanst«, sagte McGlade. »Wenn dich die Explosion zu Boden wirft, prallst du ab wie ein Hüpfball und fliegst in Sicherheit.«

Herbs Hand fuhr zu seinem Hüftholster, aber seine Frau packte ihn rechtzeitig am Arm.

»Alle müssen hier weg.« Ich blickte mich spontan um und sah überall Leute, so weit das Auge reichte. Sie alle in Sicherheit zu bringen war …

»Unmöglich«, sagte Jim. »Wir kriegen sie niemals rechtzeitig hier raus. Und wenn wir es versuchen, lösen wir eine Panik aus und Hunderte werden zu Tode getrampelt.«

Murray stand die Angst ins Gesicht geschrieben, was mir wiederum Angst machte, denn die Jungs vom Bombenentschärfungskommando galten als absolut furchtlos.

»Keiner kommt hier rechtzeitig weg.« Murrays Stimme klang sanft und leise. »Ein halbes Kilo ANC-Sprengstoff macht einen metertiefen Krater und lässt die Trümmer etwa dreißig Meter weit fliegen. Und wir haben hier etwa achtzehn Tonnen von dem Zeug, etwa zehnmal so viel wie bei dem Anschlag in Oklahoma City. Noch dazu im Freien, wo nichts die Explosion abschwächt außer der Menschen. Und die können gegen Nägel, die mit einer Geschwindigkeit von dreieinhalbtausend Meter pro Sekunde fliegen, nichts ausrichten.«

Alle wichen von dem Lastwagen zurück, Jim sogar gleich mehrere Schritte.

»Jemand hat ihn hierhergefahren.« Ich überwand mich und berührte den Anhänger des Lastwagens. »Vielleicht können wir ihn an einen sicheren Ort fahren. Gibt es so was in der Umgebung? Jim, Sie sind doch von hier.«

»Ich ... ich weiß nicht recht. Hören Sie zu, wir sollten schleunigst verschwinden.« Jim schwitzte und sah aus, als wolle er jeden Moment das Weite suchen. »Wenn das Zeug in die Luft fliegt ...«

»Beantworten Sie die Frage.« Herbs Stimme klang schneidend.

»Es gibt ... äh ... es gibt ein paar Golfplätze ...«

»Und was ist drumherum?«, fragte Murray.

»Äh ... Häuser. Wohnsiedlungen.«

McGlade schnaubte verächtlich. »Diese ganze Stadt ist eine einzige Wohnsiedlung. Wenn man das Zeug irgendwo ablädt, dann wenigstens in einer Gegend, wo Reiche wohnen. Die sind versichert.«

Herb sah ihn grimmig an. »Hast du 'ne bessere Idee, du Linkswichser?«

»Wie wär's mit dem Michigan-See?«, schlug Harry vor. »Das Wasser dämpft die Explosionsenergie. Und es wird Platz für neue Strandgrundstücke geschaffen.«

Jim schüttelte den Kopf. »Der See ist zu weit von hier. Das schaffen Sie nicht rechtzeitig.«

»Flüsse?«, fragte ich. »Tiefe Löcher? Tunnel? Stadien?«
»Luftschutzbunker?«, fügte McGlade hinzu.

»Ein Fluss wäre nicht schlecht«, sagte Murray. »ANC ist wasserlöslich. Wenn es nass wird, könnte dies die Explosionskraft stark mindern.«

»Wie weit ist es zum Chicago River?«, fragte Herb.

»Na ja, ungefähr ... Moment! Da ist ja noch die Wasserwiederaufbereitungsanlage. Die Northside Water Reclamation Plant.«

»Was ist das? 'ne Kläranlage?«

Jim nickte. »Ja. Ungefähr drei Kilometer von hier. Sie ist groß und hat einen dicken Betonmantel. Und ein paar von diesen Absetzbecken sind ziemlich tief.«

»Was ist drumherum?«, fragte Herb.

»Südlich der Howard Street ein paar Büros. Im Westen Wohnhäuser, aber nicht sehr viele. Im Norden ein Golfklub und im Osten eine Fabrik, aber die hat heute geschlossen, genau wie die Büros.«

»Okay, Jim, hören Sie gut zu. Sie müssen dort anrufen, die Anlage räumen lassen und denen sagen, dass einer von ihnen mich anrufen soll. Außerdem müssen Sie den Golfklub und die Bewohner von diesen Häusern warnen. Lassen Sie evakuieren oder sagen Sie den Leuten, sie sollen sich im Keller in Sicherheit bringen.«

Ich gab Jim meine Handynummer. Er gab sie in sein Adressbuch ein und machte ein paar Anrufe.

»Du fährst?« Herbs fettes Gesicht war rot vor Wut.

»Ja«, sagte ich.

Er verschränkte die Arme. »Seit wann kannst du einen Sattelschlepper fahren?«

»Wie schwer kann das sein?«

»Kannst du überhaupt mit einer manuellen Gangschaltung umgehen?«

Jetzt verschränkte ich die Arme. »Ich hab anderen dabei zugeschaut. Ich komm schon zurecht.«

Harry schüttelte den Kopf. »Selbst wenn du 'nen PKW mit Gangschaltung fahren kannst ... bei 'nem Lastwagen ist das ganz anders. So 'n Ding hat ein Zehnganggetriebe und es ist nicht synchronisiert wie bei 'nem Auto.«

»Kannst *du* diesen Lastwagen fahren?«, fragte Herb ihn.

McGlade fuchtelte mit seiner Roboterhand vor Herbs Gesicht herum.

»Klar kann ich das, du Armleuchter. Ich schalte mit meinem Arsch.«

»Wieso schaltest du nicht mit deinem großen Maul?«, konterte Herb. »Das ist wie Schwanzlutschen ... damit hast du doch Erfahrung.«

McGlade zog erst die Augenbrauen zusammen und brach dann in schallendes Gelächter aus. »Hey, das war gar nicht so schlecht.«

Ich legte Harry die Hand auf die Schulter, um seine Aufmerksamkeit zu erlangen. »Was, wenn ich dir beim Schalten helfe?«

»Das ist zu schwer, Jackie. Du musst die Motordrehzahl und die Getriebedrehzahl angleichen. Das läuft nach einem bestimmten Rhythmus ab. Wenn du das nicht hinkriegst, würgst du den Motor ab. Im schlimmsten Fall machst du das Getriebe kaputt. Außerdem ist es sauschwer, so ein Ding zu lenken.«

Herb sagte: »Du bist ein Feigling.«

McGlade nickte. »Das auch.«

»Harry, wenn du es schaffst, vierzigtausend Menschen das Leben zu retten, die Hälfte davon Bullen, gibt dir der Bürgermeister eine Schanklizenz für 'ne Bar mitten im Lincoln-Park-Zoo.«

Harrys unrasiertes Gesicht verzog sich zu einem Grinsen. »Im Zoo? Meinst du wirklich?«

»Ich habe ein paar Berechnungen angestellt.« Murray hielt einen Taschenrechner in seinen großen Händen. Wahrscheinlich hatten Bombenentschärfer immer einen dabei. »Wenn die Ladung hochgeht, müssen Sie mindestens eineinhalb Kilometer entfernt sein, um eine Überlebenschance zu haben. Jemand muss Ihnen im Auto folgen, damit Sie sofort abhauen können, nachdem Sie aus dem Lastwagen gesprungen sind. Dafür brauchen Sie mindestens neunzig Sekunden.«

Herb nickte. »Das kann ich machen.«

Ich fragte: »Was machen?«

»Ich warte dort mit dem Auto auf euch und bringe euch in Sicherheit.«

»Herb ...«, riefen Bernice und ich im Chor.

»Wenn ihr beide es schafft, den Lastwagen rechtzeitig zur Kläranlage zu fahren, hole ich euch dort ab.« Herb gab seiner Frau einen Kuss auf die Stirn. »Es wird schon gut gehen, Liebling.«

Bernice legte ihm die Hände auf die Wangen und fing an zu weinen.

»Ich warne dich, Herb Benedict. Wenn du in die Luft fliegst, suche ich mir einen jüngeren Mann.«

McGlade hob die Hand. »Ich bin jünger. Und bei mir besteht kein Risiko, dass ich die Frau erdrücke.«

»Wie gefährlich ist es, dieses Zeug zu transportieren?«, fragte ich und behielt dabei Herb im Auge, um mich zu vergewissern, dass er McGlade nicht erschoss.

»ANC ist ziemlich stabil«, sagte Murray. »Selbst wenn man ein paar Schüsse darauf abfeuert, explodiert es nicht. Der Transport dürfte kein Problem sein, solange Sie unterwegs keinen Unfall bauen.«

»Wir werden uns Mühe geben.«

»Kann ich sonst noch was für Sie tun?«, fragte Murray.

»Machen Sie uns den Weg bis zur Straße frei. Die Leute

müssen aus dem Weg, damit wir durchfahren können.« Ich sah Harry an. »Bist du dabei oder nicht?«

»Ich krieg auch ganz bestimmt die Schanklizenz?«

»Ich garantiere dir, dass der Bürgermeister höchstpersönlich bei der Eröffnung dabei sein wird.«

McGlade grinste. »Alles klar, alte Freundin. Dann wollen wir denen mal zeigen, wo der Hammer hängt.«

»Okay, es kann losgehen.« Ich warf einen Blick auf den Lastwagen und verzog das Gesicht. »Weiß jemand, wie man einen Sattelschlepper kurzschließt?«

KAPITEL 38

9 Minuten

Wir verschwendeten zu viel Zeit mit dem Versuch, den Lastwagen zu starten. McGlade brach die Abdeckung des Lenksäulengehäuses auf und versuchte, mehrere Drähte miteinander zu verbinden, erreichte damit aber nur, dass die Armaturenbrettbeleuchtung an- und ausging. Herb steckte den Kopf durch die Tür. »Es sind die roten Drähte.«

»Mit denen hab ich's versucht, aber es passiert nichts.«

Ich sah den Countdown weiterlaufen und mir wurde immer schlechter.

»Bist du sicher, dass du sie miteinander verbunden hast?«

»Natürlich! Quetsch doch deinen fetten Arsch durch die Tür und überzeug dich selbst.«

»Du hast den zweiten Gang eingelegt.«

»Das muss so sein. Wenn du nicht aufhörst rumzumeckern, steck ich dir meine Klaue so tief in den ...«

»Ist da ein brauner Draht?«, fragte hinter uns eine Stimme. Jemand hatte sich zu unserer kleinen Gruppe hinzugesellt. Eine große junge Frau namens Renée Davidson mit brünetten Haaren und Tattoos auf den entblößten Armen. Anscheinend war Bernice losgegangen und hatte jemanden geholt, der sich auskannte.

»Ja«, sagte McGlade. »Da ist ein brauner.«

Davidson stieg auf das Trittbrett neben der Fahrertür. »Die roten sind die Zünddrähte, der braune ist der Anlasserdraht. Legen Sie den braunen blank und berühren Sie damit die roten.«

»'nen Draht blank zu legen ist mit einer Hand schwierig. Schweinchen Dick hat die anderen blank gelegt und ist beinahe in der Tür stecken geblieben.«

»Lassen Sie mich mal ran«, sagte Davidson.

»Gerne. Wir müssen ja nicht erst Ihre Hüften mit Fett einschmieren, damit Sie durch die Türöffnung passen.«

McGlade machte ihr Platz. Davidson zog ein Taschenmesser hervor und beugte sich unter das Lenkrad. Fünf Sekunden später stotterte der Motor und erwachte dröhnend zum Leben.

»Die Lenksäule ist noch gesperrt«, sagte sie. »Wenn Sie lenken wollen, müssen Sie zuerst den Mechanismus aufbrechen. Er ist in der Zündung.«

»Das ist für mich kein Problem«, sagte McGlade, hielt seine Klaue an den Schlüsselschalter und zerbrach den Mechanismus.

»Können Sie einen Lastwagen fahren?«, fragte ich Davidson.

Sie ließ die Schultern hängen. »Ich bin mit meinen Kindern hier. Das Risiko kann ich nicht eingehen. Tut mir leid.«

Sie sah nicht so aus, als täte es ihr leid, aber ich konnte es ihr wirklich nicht übelnehmen. Ich bedankte mich für die Hilfe und blickte ihr nach, wie sie davontrabte. Herb sah auf die Uhr.

»Ich warte dort auf euch, Jack. Mein Wagen steht etwa drei Straßen weiter. Ich muss mich beeilen.«

»Viel Glück«, sagte ich.

Er nickte mir zu und verschwand in der Menge.

»Nicht rennen!«, rief McGlade ihm nach. »Du könntest einen Herzinfarkt bekommen!«

Ich rannte um den Lastwagen herum zur Beifahrerseite, hielt mich am Seitengriff fest und schwang mich auf den Sitz. Für einen Augenblick überlegte ich, ob ich mich anschnallen sollte, ließ es aber bleiben. Angesichts der achtzehn Tonnen Sprengstoff in meinem Rücken brachte das sowieso nichts. Harry schloss die Tür, verstellte den Fahrersitz und fummelte am Außenspiegel herum. Dann blickte er zu meinem hinüber.

»Jackie, kannst du deinen Spiegel ein bisschen nach vorne kippen?«

Ich kurbelte das Fenster herunter, streckte die Hand nach dem Spiegel aus und erstarrte. Am unteren rechten Rand befand sich deutlich sichtbar ein perfekter Fingerabdruck. War er vom Chemiker? Der Mann hatte stets fanatisch darauf geachtet, nirgendwo Abdrücke zu hinterlassen. War er nur ein einziges Mal leichtsinnig gewesen? Wahrscheinlich hatte er sich gedacht, dass der Lastwagen ohnehin in die Luft fliegen würde.

»Jackie, der Spiegel.«

Ich kippte ihn etwa zwei Zentimeter nach vorne.

»Besser so?«

»Keine Ahnung. Dein großer grauhaariger Schädel ist im Weg.«

»Fahr endlich los, McGlade.« Ich wühlte in der Handtasche nach meinem Lidschatten.

»Ich fahr ja schon los. Okay. Mal sehen. Gas geben ... Drehzahl erhöhen ... Kupplung drücken ... in den Leerlauf schalten ... wo ist der verdammte Leerlauf ... verdammt noch mal, Jackie, hilf mir, das Ding in den Leerlauf zu schalten.«

Er versuchte, mit der Roboterhand zu schalten, aber die Klaue rutschte dauernd vom Schaltknauf ab.

»Wo ist er?«

»In der Mitte.«

Ich mühte mich mit dem Schalthebel ab und stieß ihn in die Mitte.

»Okay, ich trete jetzt auf die Kupplung und du legst den ersten Gang ein.«

Ich tat wie mir geheißen, und der Lastwagen ruckelte, bewegte sich aber nicht.

»Hoppla, da hab ich wohl was falsch gemacht.«

Der Lastwagen bewegte sich nicht vom Fleck, aber die Drehzahlen lagen im roten Bereich und das Fahrerhaus hüpfte auf und ab.

»McGlade, es ist wahrscheinlich keine gute Idee, den Sprengstoff durchzuschütteln.«

»Ich überlege ... Warte ...«

»Harry ...«

»Scheiße! Die Feststellbremse für den Anhänger.« Er packte einen anderen Hebel und zog ihn nach hinten. Der Lastwagen machte einen Satz nach vorn. »Mein Fehler.«

Er fuhr von dem unbefestigten Grundstück herunter und dann auf dem Pfad, den Murray uns freigeräumt hatte, durch die Menschenmenge hindurch. Ich fand den Lidschatten und tupfte mit dem Pinsel in das lila Puder. Als ich den Fingerabdruck auf dem Spiegel bestäubte, ertönte plötzlich ein ohrenbetäubender Lärm und ließ das Fahrerhaus zittern. Vor Schreck ließ ich beinahe den Pinsel fallen und hätte mir fast in die Hose gemacht. McGlade hatte am Seil gezogen, mit dem man die Hupe betätigte.

»Verdammt noch mal, Harry, ich dachte schon, wir würden in die Luft fliegen.«

»Die Leute sollen mir gefälligst aus dem Weg gehen.«

Ich schaute zur Windschutzscheibe hinaus und sah einen Mann im Rollstuhl, der sich etwa zwanzig Meter vor uns befand. »Pass auf den Behinderten auf!«

»Ich hab ihn gesehen.«

Wir näherten uns dem Mann bis auf zehn Meter.

»Du fährst direkt auf ihn zu.«

»Er soll uns aus dem Weg gehen.«

Noch fünf Meter. Harry ließ noch einmal die Hupe aufheulen.

»HARRY!«

Wir stießen gegen den Rollstuhl, worauf dieser mit hoher Geschwindigkeit zur Seite flog.

»Um Himmels willen, McGlade! Du hast ihn angefahren!«

»Er hätte schneller aus dem Weg gehen müssen.«

»Er war behindert!«

»Du tust ja gerade so, als hätte ich ihm das Leben ruiniert. Dabei war er doch eh schon ein Krüppel.«

Mein Handy klingelte und ich nahm das Gespräch an.

»Daniels.«

»Jim Czaikowski hat gesagt, ich solle Sie anrufen. Ich bin Dalton Forrester von Northside Treatment. Sie wollen eine Bombe in meine Anlage bringen?«

»Das habe ich in der Tat vor, Dalton.«

»Wir versorgen fast zweihunderttausend Wohnhäuser und Geschäfte mit frischem Wasser. Wenn die Anlage in die Luft fliegt, sind die wochenlang ohne Wasser.«

»Es ist eine einfache Rechnung, Dalton. Menschen ohne Wasser sind immer noch besser als Wasser ohne Menschen. Haben Sie Ihr Personal evakuiert?«

»Ja. Ich bin als Letzter gegangen. Jetzt fahr ich heim zu meiner Familie, etwa acht Kilometer entfernt. Ist das weit genug?«

»Das müsste reichen. Wo ist die beste Stelle, um die Ladung loszuwerden?«

»Sie fahren einen Lastwagen, oder? Vermeiden Sie die Absetzbecken. Das sind die runden. Die sind nicht besonders tief. Außerdem könnten Sie mit ihrem Fahrzeug an den Maschinen hängen bleiben, die den Schlamm abschöpfen. Versenken Sie das Zeug lieber in einem der Belüftungsbecken. Die sind quadratisch, ungefähr viertausend Quadratmeter groß und sechs Meter tief. Dort bauen Mikroorganismen die organischen Abfälle ab. Wenn Sie von der Howard Avenue in die Anlage kommen, biegen Sie links ab und fahren in westlicher Richtung. Und viel Glück bei der Hinfahrt ... die Straßen sind alle gesperrt.«

Czaikowski hatte schnell gehandelt. Ich bedankte mich bei Dalton, beendete das Gespräch und widmete mich wieder dem Fingerabdruck. McGlade hupte erneut und ich hörte jemanden schreien.

»'ne alte Frau«, sagte Harry. »Ich bin gerade noch an ihr vorbei. Glaub ich jedenfalls.«

»McGlade, du musst ...«

»Ich biege jetzt in die Pratt Avenue ab. Halt dich fest, es wird verdammt eng.«

Der Laster rammte zwei parkende Autos, die in verschiedene Richtungen flogen, als wären sie Spielzeug, dann fuhr er auf den Gehsteig und hielt direkt auf ein Bürogebäude zu. McGlade kämpfte mit dem Lenkrad und wir schrammten gerade noch an der Ziegelmauer vorbei, zurück auf die Fahrbahn.

»Okay, ich fahre jetzt auf die Hamlin Avenue. Bist du bereit zum Schalten?«

Ich hatte mich auf den Fingerabdruck am Außenspiegel konzentriert. Der Lidschatten war zwar kein Fingerabdruckpulver, aber er haftete an den Ölen und hob die Linien hervor.

»Jackie? Hörst du mir überhaupt zu?«

»Ja, Harry. Sag einfach, wenn's so weit ist.«

»Okay, Gas ... Kupplung ... Leerlauf ... Scheiße!«

Vor uns auf der Hamlin Avenue staute sich der Verkehr. Sämtliche Autos standen still.

McGlade trat auf die Bremse und die Reifen quietschten, aber der Lastwagen ächzte nur und fuhr mit unverminderter Geschwindigkeit weiter.

»Die Handbremse!«, schrie er und griff mit der Klaue nach dem Hebel.

Ich blickte zum Seitenfenster hinaus und sah erschrocken zu, wie der Anhänger seitlich ausscherte und der Lastwagen wie ein Taschenmesser zusammenzuklappen drohte.

KAPITEL 39

6 Minuten

Sergeant Herb Benedict läuft mit gezogener Pistole den Gehsteig entlang, vorbei an einer langen Schlange wartender Autos. Den eigenen Wagen kann er nicht nehmen, denn der ist von drei anderen Fahrzeugen zugeparkt. Die Straßen sind verstopft und der Verkehr steht still. Ganz Skokie ist ein einziger riesiger Parkplatz. Herb hält nach einem Fahrzeug Ausschau, das nicht festsitzt, egal welches. Aber sogar die Kreuzungen sind komplett verstopft. Um ihn herum ertönen Hunderte Hupen, dazwischen wütende Schreie. Bis zur Kläranlage sind es noch drei Kilometer, und wenn er nicht bald ein Auto findet, werden Jack und McGlade sterben. Um Harry wäre es zwar nicht schade, aber Jack ist für ihn wie eine Schwester.

Ins Raubdezernat zu wechseln war die schwierigste Entscheidung, die Herb je getroffen hat. Er fühlte sich dabei, als hätte er seine beste Freundin verraten und im Stich gelassen. Am Anfang hat er gehofft, dass Jack von selbst darauf käme, wie gefährlich ihre Arbeit geworden ist, und ihm folgen würde. Aber das hat sie nicht getan.

Jack riskiert weiterhin ihr Leben für den Job, denkt Herb, und hier bin ich mal wieder und laufe der Gefahr entgegen anstatt von ihr weg, um Jack das Leben zu retten.

Plötzlich hört er hinter sich Motorengeräusch. Er bleibt stehen und dreht sich um. Ein Auto, dessen Fahrer vom Stau die Nase voll hat, fährt den Gehsteig entlang. Ein älteres sportliches Modell, entweder ein Dodge Challenger oder ein Pontiac GTO. Perfekt. Herb steckt die Neunmillimeter in den Hosenbund und hält seine Polizeimarke hoch. Er kann das Fahrzeug beschlagnahmen und ...

Der Wagen beschleunigt. Entweder hat der Fahrer ihn nicht gesehen oder es ist ihm egal. Herb schreit, aber seine Stimme geht in dem Hupkonzert unter. Er weiß, dass das Auto ihn überfahren wird, und versucht auszuweichen.

Der Wagen schert im letzten Moment nach rechts aus, doch das Heck streift Herb und schleudert ihn gegen ein Schaufenster. Er prallt von der Scheibe ab und stürzt auf den Gehsteig, wo er reglos in einer sich ausbreitenden Blutlache liegen bleibt.

KAPITEL 40

5 Minuten

»Leg den Gang ein!«, schrie McGlade. Seine Stimme klang eine Oktave höher als sonst. Ich half ihm, den Schalthebel in den zweiten Gang zu zerren. Das Fahrerhaus bebte und machte einen Satz nach vorn. Hinter uns schlingerte der Anhänger hin und her, fand aber schnell die Spur wieder. Das bewahrte uns davor, dass Zugmaschine und Anhänger wie ein Taschenmesser zusammenklappten, aber es bewahrte uns nicht vor der Autoschlange, die fünfzig Meter vor uns stand und rasant näher kam.

Harry riss das Steuer nach rechts und manövrierte den Lastwagen auf den gepflegten Rasen vor einem Bürogebäude. Er kurbelte weiter am Lenkrad, bis wir hinter dem Gebäude auf dem Parkplatz herauskamen und direkt auf einen Zaun zusteuerten.

»McGlade ...«

»Keine Angst, ich mache das dauernd, wenn ich Grand Theft Auto spiele.«

»Das ist doch ein Computerspiel.«

»Pac-Man ist ein Computerspiel. Grand Theft Auto ist eine Lebensart.«

Der Sattelschlepper brach durch den Zaun, als wäre er

überhaupt nicht da gewesen. Plötzlich fanden wir uns im Ladebereich einer Fabrik wieder.

»Schalt bei drei runter. Eins ... zwei ... drei.«

Ich half ihm, in den ersten Gang zu schalten. Das Fahrzeug wurde langsamer, was es McGlade ermöglichte, eine scharfe Kurve zu nehmen. Wir sprangen über einen Bordstein und kamen auf der Morse Avenue heraus. Als ich auf den Countdown-Zähler schaute, wurde mir schlecht. Wir waren immer noch fast zwei Kilometer von der Kläranlage entfernt und fuhren obendrein in die falsche Richtung.

»Da vorne sind Bahngleise«, sagte Harry. »Ich hab 'ne Idee.«

McGlade steuerte den Lastwagen nach links und wir fuhren parallel zu den Gleisen auf dem Kies. Die Böschung hatte eine leichte Steigung, vielleicht fünf Grad, aber das Fahrzeug kippte nicht um.

»Schalten wir in den zweiten Gang ... jetzt!«

Der Lastwagen beschleunigte. Ich lauschte dem Motorengeräusch, schätzte die Drehzahl und schaltete in den dritten Gang, dann in den vierten. Die Fahrbahn war schräg geneigt und holprig, aber wir kamen gut voran und keine Autos standen uns im Weg. McGlade summte den Song »Convoy« aus dem gleichnamigen Film, lag aber ein paar Töne daneben. Ich widmete mich erneut dem Fingerabdruck auf dem Außenspiegel.

»Gib mir dein Handy«, sagte ich.

»Mein neues? Wieso?«

»Mach's einfach.«

»In der rechten Hosentasche. Bedien dich.«

Ich streckte die Hand nach seinem Schoß aus, hielt dann aber inne. Es war, als würde man die Hand bewusst in eine Mausefalle stecken. Aber da mir nichts anderes übrig blieb, fuhr ich mit einem Finger in die Tasche und schauderte.

»Es ist ganz unten. Du musst tiefer rein.«

Ich wollte es tun, doch dann dämmerte es mir.

»Wie kannst du mit deiner Roboterhand etwas in die rechte Hosentasche stecken?«

Er grinste verlegen.

»Du hast mich durchschaut. Es ist in meiner Jacke.«

Ich murmelte ein leises *Arschloch* und fand ziemlich schnell das Hightech-Handy in seiner Jackentasche.

»Wie benutze ich die Kamera?«

»Geh erst ins Menü.«

Ich starrte auf das Gerät, das auf mich komplizierter wirkte als das Steuerungspult eines Atom-U-Bootes.

»Ist das ein Touchscreen?«

»In der Mitte des Tastenfelds ist eine Menütaste.«

»Wie sieht sie aus?«

»Wie eine Menütaste eben aussieht. Es steht *Menü* drauf.«

»Da sind sechstausend Tasten.«

»Gib's her.«

»Harry, schau auf die …«

Die Reifen stießen gegen die Gleise und hüpften drüber, sodass es den gesamten Lastwagen nach rechts zog. Wir fuhren über eine Eisenbahnschwelle nach der anderen und hatten jedes Mal das Gefühl, als würde der Lastwagen auseinanderbrechen.

»Runterschalten!«, schrie McGlade und griff mit der Linken nach der Handbremse. Ich zwang den Schaltknüppel in den Leerlauf und versuchte, das Lenkrad zu halten, während wir langsamer wurden und schließlich stehen blieben.

Ich warf einen Blick in den Außenspiegel und stellte zu meiner Verwunderung fest, dass der Anhänger noch da war.

»Schau her.« Harry riss mir das Handy aus der Hand und drückte auf etwas. »Das hier ist die verdammte Menütaste. Bist du jetzt zufrieden?«

»Ich wäre zufriedener, wenn wir weiterfahren würden. Wir haben nur noch …«

Ein schrilles Pfeifsignal unterbrach mich. Gleich danach ertönte ein vertrautes *Ding-Ding-Ding*, das von der Kreuzung weiter vorne kam.

»Nein!«, rief Harry. »Das darf doch wohl nicht wahr sein.«

Ich spähte mit zusammengekniffenen Augen in die Ferne und sah einen kleinen Punkt näher kommen. Es war ein Zug.

KAPITEL 41

4 Minuten

»Mach den Motor an, McGlade!«

»Meinst du wirklich?«

Ich verfluchte mich dafür, dass ich Jim nicht gesagt hatte, er solle auch den gesamten Zugverkehr einstellen lassen. Aber hinterher ist man immer schlauer. Harry hielt mir seinen Arsch vor die Nase und bückte sich unter die Lenksäule, wo er an den Drähten herumfummelte.

»Der braune, oder?«

»Ja, halte den braunen und den roten zusammen.«

»Es ist zu dunkel. Die sind alle braun. Warte.«

Er langte in die Hosentasche – die linke – und zog einen Schlüsselbund heraus.

»Scheiße! Meine Minileuchte ist kaputt.«

»Mach die Tür auf, McGlade, damit das Sonnenlicht reinkommt.«

»Das Ding hatte eine Fünf-Jahres-Garantie.«

»McGlade!«

Schließlich öffnete er die Tür und stieg auf das Trittbrett. Ich riskierte einen Blick auf den herannahenden Zug. Obwohl ich Entfernungen nur schlecht schätzen kann, kam es mir vor, als trennten uns nur noch dreißig Sekunden von dem Aufprall.

Mich erfasste der irrationale Impuls, aus dem Fahrerhaus zu springen und um mein Leben zu rennen. Vielleicht war es gar nicht mal so irrational. Wie dem auch sei, es war sinnlos. Verängstigt wie ich war, würde ich nie eineinhalb Kilometer in dreißig Sekunden schaffen. Ich fragte mich, ob mir nicht in diesem Moment etwas Ergreifendes über mein Leben, meine Vergangenheit oder meine Träume durch den Kopf gehen sollte, aber das Einzige, worauf ich mich konzentrieren konnte, war der Fingerabdruck. Wenn ich schon sterben musste, dann sollte wenigstens der Chemiker geschnappt werden.

Ich spielte mit dem Handy-Menü herum, bis ich den Kamera-Button fand, und hielt das Gerät vor den Fingerabdruck.

»Ich halte jetzt die Drähte zusammen. Es passiert nichts.«

Wieder ertönte ein Pfeifsignal, diesmal lauter und tiefer.

»Sind wir im zweiten Gang?«, fragte McGlade.

Ich machte das Foto und drückte auf die Menütaste, um zur E-Mail-Funktion zu gelangen.

»Jackie! Leg den zweiten Gang ein!«

Ich blickte in Richtung Zug. Er war verdammt nahe. Es war ein Pendlerzug des lokalen Nahverkehrssystems METRA, wahrscheinlich voll besetzt. Ich packte den Schaltknüppel, aber er bewegte sich nicht.

»Die Kupplung, McGlade!«

Er drückte mit der Hand auf die Kupplung, ich schaltete in den zweiten Gang und der Lastwagen erwachte dröhnend zum Leben. Uns blieben vielleicht noch zehn Sekunden bis zum großen Knall. Ich hörte ein ohrenbetäubendes Kreischen, als der Zug zu bremsen versuchte. McGlade setzte sich wieder ans Steuer und ließ den Motor aufheulen. Wir legten den ersten Gang ein, der Lastwagen machte einen Satz nach vorn, Harry gab Gas. In letzter Minute schafften wir es über die Gleise und die Böschung hinunter in Richtung Straße. Der Zug kreischte an uns vorbei.

»War doch nicht so schlimm«, sagte McGlade und bog in den St. Louis Drive. »Wir hatten noch ganze sechs Sekunden, bis uns der Zug erwischt hätte.«

Ich spürte einen Kupfergeschmack im Mund. Vor Angst hatte ich mir so fest in die Innenseiten der Wangen gebissen, dass ich blutete.

Auf dem St. Louis Drive fuhren keine Autos. Von hier bis zur Kläranlage waren es nur noch ein paar Straßenblocks.

»Hoffen wir, dass dein fetter Partner schon da ist.«

»Er wird da sein.«

Ich tippte Hajeks E-Mail-Adresse zu Ende, die ich mir gemerkt hatte, und schickte ihm das Foto des Fingerabdrucks. In die Betreffzeile schrieb ich *Chemiker*. Dann rief ich Herb an, bekam aber nur eine automatische Durchsage.

»Ihr gewünschter Gesprächspartner ist zurzeit nicht erreichbar. Bitte rufen Sie später wieder an.«

Ich versuchte es noch einmal, mit dem gleichen Ergebnis. Auch beim dritten Mal hatte ich kein Glück. Ich sah auf die Uhr. Uns blieben noch etwas mehr als zwei Minuten.

Nicht genug, um rechtzeitig davonzukommen.

Wenn Harry jetzt aus dem Fahrzeug sprang, würde er vielleicht ein anderes Auto finden, das ihn aus der Gefahrenzone brachte, oder einen Keller, in dem er Schutz suchen konnte.

»Du musst raus, McGlade.«

»Wo raus?«

»Aus dem Lastwagen. Ich kann Herb nicht erreichen. Wenn alle Straßen so verstopft sind wie die Hamlin Avenue, wird er es nicht rechtzeitig schaffen.«

Harry sah mich an. »Du meinst, wir sollen den Lastwagen einfach hier auf der Straße stehen lassen?«

»Nein.« Ich schluckte. »Ich fahre ihn allein zur Kläranlage.«

»Verstehe. War schön, dich gekannt zu haben, Jackie.«

Er schwang die Fahrertür auf.

Zwei Sekunden verstrichen. Fünf. Aber er sprang nicht raus.

»Verdammt, Harry, jetzt spring endlich.«

Ich schubste ihn, aber er bewegte sich nicht.

»Harry! Los jetzt!«

McGlade machte die Tür wieder zu.

»Der Fettwanst wird da sein. Ich kann den Kerl zwar nicht ausstehen, aber er wird es irgendwie schaffen.«

»Und wenn nicht? Willst du nicht weiterleben?«

McGlade trommelte mit den Fingern aufs Lenkrad.

»Erinnerst du dich noch an das Ende von dem Film *Zwei Banditen*? Wo Butch Cassidy und Sundance Kid aus dem Gebäude rennen und der gesamten bolivianischen Armee gegenüberstehen? Und plötzlich friert das Bild ein, weil man weiß, dass beide sterben werden?«

»Ja«, sagte ich.

»War das nicht die coolste Szene im ganzen Film?«

Ich wusste, wie er das meinte, und spürte einen Kloß im Hals. »Ja, das war ziemlich cool, Harry.«

McGlade sah mich an und zwinkerte mir zu.

»Die Endstation ist gleich da vorne, Butch.«

Harry bog nach rechts in die Howard Street. Das weiträumige Gelände der Kläranlage lag jetzt direkt vor uns. Ein grünes Stück Land, mindestens achthundert Meter lang und vielleicht einen Kilometer breit.

Wir bogen nach links in die Zufahrtsstraße und fuhren an zwei hohen Ziegelbauten vorbei. Ein massives schwarzes Lüftungsrohr verlief zwischen ihnen und erstreckte sich weiter in die Ferne wie eine Einschienenbahn. Der Eingang war von Bäumen umgeben, wahrscheinlich um den unschönen Anblick zu kaschieren. Blumen hätten wohl besser gepasst. Der Fäkalien- und Abwassergeruch wurde immer stärker, je näher wir kamen. *Miefig* war ein gutes Wort dafür, aber *ekelhaft* passte noch besser.

»Du glaubst, das ist schlimm?«, fragte Harry. »Wenigstens müssen wir hier nicht arbeiten.«

»Fahr nach links. Wir suchen die Belüftungsbecken!«

»Die runden da?« McGlade deutete auf eine Ansammlung von acht Absetzbecken zu unserer Linken, jedes so groß wie ein großes Schwimmbecken.

»Nein. Das große da vorne.«

Es sah aus wie ein kleiner, dreckiger See, abgesehen davon, dass es ein perfektes Rechteck war. Und das Zeug, das auf der Oberfläche schwamm, waren keine Algen.

»Was machen wir jetzt?«, fragte Harry. »Rausspringen und den Lastwagen reinschlittern lassen?«

»Das ist wahrscheinlich am besten.«

»Soll ich langsamer fahren?«

Ich stellte fest, dass wir ungefähr dreißig Stundenkilometer fuhren.

»Wozu? Wenn wir uns beim Springen verletzen, spüren wir es sowieso nicht lange.

McGlade steuerte den Lastwagen auf das Wasser zu und wir machten beide unsere Türen auf.

»Wenn es ein Leben nach dem Tod gibt«, sagte er, »dann schuldest du mir dort Sex.«

Ich blickte hinaus, um zu sehen, wie schnell der Boden unter uns vorbeizog, und erinnerte mich daran, dass Angst in diesem Augenblick keine Rolle mehr spielte. Dann sprangen Harry und ich gleichzeitig aus dem Fahrerhaus.

KAPITEL 42

Ich kam auf dem Asphalt auf wie ein Fallschirmspringer, die Fußknöchel eng nebeneinander, die Knie angewinkelt. Leider genügte das nicht, um den Aufprall abzufedern. Ich schlitterte über den Asphalt wie ein Stein, der über eine Wasseroberfläche hüpft, und landete nach ein paar Purzelbäumen im Gras.

Als die Welt sich nicht mehr um mich drehte, spürte ich, dass ich mir den rechten Knöchel verstaucht hatte, und über meine linke Handfläche zog sich eine Abschürfung, so als hätte ich sie an eine Bandschleifmaschine gehalten.

Ich setzte mich auf und spürte einen heftigen Schmerz am Kopf. Nach ein paar Sekunden fand ich nahe meinem Scheitel eine blutende Beule. Die Baseballkappe mit dem Cubs-Logo hatte ich verloren.

Zu meiner Linken vernahm ich Würgegeräusche und Schreie. McGlade kroch aus dem Belüftungsbecken und sah aus wie ein Sumpfungeheuer, das aus dem Morast auftaucht. Er torkelte auf mich zu und spuckte braunes Wasser aus. Bei näherem Hinsehen erkannte ich mehrere bunte Gegenstände, die an seinem Körper klebten.

»Du hast ein … Kondom an deiner Schulter.«

Er betrachtete es und schnippte es mit seiner Klaue weg.

»Igitt! Und was zum Teufel ist dieses Ding aus Plastik?«

»Das ist eine Einführhilfe.«

»Will ich wissen, was man damit einführt?«

»Wahrscheinlich nicht.«

Der Lastwagen war fast vollständig in der Brühe untergegangen. Aus dem Fahrerhaus blubberten immer noch Luftblasen. Die vom Aufprall verursachten Wellen sorgten im gesamten Becken für Turbulenzen und schwemmten dreckiges Wasser an Land. Mission erfolgreich beendet. Trotzdem fiel es mir schwer, mich über das Erreichte zu freuen. Trotz der Betonwände und des Wassers würde die Explosion die gesamte Anlage zerstören. Wir waren also so gut wie tot.

McGlade wischte sich Schlamm aus dem Gesicht und betrachtete mich mit einem lüsternen Grinsen.

»Also ... was ist jetzt mit dem Sex, den du mir noch schuldest?«

Ich sah auf die Uhr. »Uns bleiben nur noch fünfzig Sekunden.«

»Ich brauche nur dreißig.«

»Tut mir leid, Harry. Selbst wenn du nicht mit Fäkalien beschmiert wärst.«

Er zog einen Schmollmund.

»Komm schon, Jackie. Ich wusste schon immer, dass du eine Kleinigkeit für mich übrighast.«

Ich lachte. »Die Kleinigkeit hängt zwischen deinen Beinen.«

McGlade musste ebenfalls lachen, und kurz darauf fielen wir uns in die Arme und lachten wie verrückt. Als ich sah, dass er mich wie ein Schutzschild in Richtung Lastwagen hielt, musste ich noch mehr lachen.

»Du bist echt ein Arschloch, McGlade.«

»Du magst mich. Gib's zu.«

»Ich gebe überhaupt nichts zu. Ich ...«

Plötzlich kam von Süden ein mechanisches, rumpelndes Geräusch, das immer lauter wurde.

»Ein Hubschrauber.« McGlade schirmte die Augen mit der Hand ab und spähte in die Ferne. »Leck mich doch am Arsch!«

»Worauf du einen lassen kannst.«

Als das Ding sich deutlich abzeichnete, erkannte ich einen Polizeihubschrauber, der mit hoher Geschwindigkeit auf uns zuraste. Ich sah auf die Uhr. Uns blieben noch fünfzehn Sekunden.

»*WIR HABEN KEINE ZEIT ZU LANDEN!*«, schallte es aus dem Megafon. Die Stimme war nicht zu verkennen.

Herb.

»*HALTET EUCH AN DER LEITER FEST! WIR KÖNNEN NUR EINEN ANFLUG MACHEN!*«

Harry und ich sahen zu, wie unter den Kufen eine Rettungsleiter herabgelassen wurde. Der Hubschrauber ging so tief, dass das untere Ende der Leiter über den Asphalt kratzte und Funken sprühte. Bei der Geschwindigkeit würde sie uns die Zähne ausschlagen oder die Schultern auskugeln. Mit beidem konnte ich leben.

Neun Sekunden vor der Detonation traf uns die Leiter mit der Wucht eines Frontalzusammenstoßes. Ich schaffte es, mit einem Arm zwischen die Sprossen zu greifen, und bekam einen Schlag auf die Brust, der mir den Atem nahm und wahrscheinlich ein paar Rippen brach. Ich wurde emporgerissen, Harry ebenfalls. Der Hubschrauber stieg rasant in die Höhe. Geschwindigkeit, *g*-Kraft und Luftwiderstand waren zu hoch und ich konnte mich nicht mehr festhalten.

Ich ließ los und fragte mich, was mich zuerst töten würde – der Aufprall auf dem Boden oder die Explosion.

KAPITEL 43

4 Sekunden

Zu meiner Überraschung fiel ich nicht.

McGlade – diese dumme, prollige, widerwärtige Nervensäge – schlang die Beine um meine Hüfte wie bei einem Feuerwehrrettungsgriff. Mit zusammengekniffenen Augen blickte ich gegen den Fahrtwind und sah, wie er sich mit seiner Roboterhand an einer Leitersprosse festhielt.

Je höher wir stiegen, umso kleiner erschien die Kläranlage unter uns, bis sie völlig unter der Wolkendecke verschwand. Ich klammerte mich mit einem Arm an Harrys Hüfte und mit dem anderen an der Leiter fest.

Und dann kam die Explosion.

Es war kein Knall, sondern eher ein dumpfes Grollen. Ein greller Lichtblitz brach durch die Wolken, gefolgt von einem Schwall heißer Luft und umherfliegenden Trümmern. Der Hubschrauber schaukelte wie ein Spielzeugboot in einem Orkan, neigte sich zur Seite, bis die Leiter sogar höher war als der Propeller, und wieder zurück. Ich musste erneut loslassen, aber Harry zum Glück nicht. Ich schloss fest die Augen und verlor jegliches Gefühl dafür, wo oben und unten war. Ich wusste nur, dass ich noch lebte, und war verdammt dankbar dafür.

Plötzlich waren die Turbulenzen vorbei. Der Pilot bekam den Hubschrauber wieder unter Kontrolle und ging in den Sinkflug, was meine Muskeln und Gelenke erheblich entlastete und das Festhalten fast zu einem Kinderspiel machte. Wir tauchten durch die Wolkendecke, und als ich zur Kläranlage hinunterblickte, sah ich dort nur noch eine riesige Rauchsäule. Die Wohnhäuser im Westen und die Geschäfte im Süden sahen jedoch intakt aus. Es war seltsam still, und mir wurde bewusst, dass ich von der Explosion vorübergehend taub geworden war. Irgendwie machte mir dies keine Angst, sondern wirkte beruhigend auf mich.

Wir landeten auf dem Rasen des Golfplatzes, der allerdings nicht mehr grün war. Überall lagen Schlamm und Abfall und Trümmer herum, sodass es aussah wie auf einer Müllhalde. Vom Himmel fiel immer noch ein übel riechender, schwarzer Nieselregen. Als meine Füße den Boden berührten, schrie ich vor Schmerzen. Mir taten fünf verschiedene Stellen weh, aber es ging mir immer noch besser als McGlade. Blut lief aus seinem Armstumpf über die Prothese, und die Schulter war sichtbar ausgekugelt. Er hatte die Augen geschlossen und bewegte sich nicht, aber die Beine umschlangen immer noch meine Hüfte.

»Harry!«, schrie ich und hörte kaum meine eigene Stimme.

Eine Menge Fragen schossen mir durch den Kopf. Hatten ihn Splitter getroffen? Ein Nagel von dieser Bombe? Innere Verletzungen? Eine schnell wirkende Infektionskrankheit von den Fäkalien, in denen er herumgeplanscht hatte?

Ich schüttelte ihn. McGlade öffnete ein Auge.

»Ist es vorbei?«, fragte er.

Ich nickte.

»Leben wir noch?«

Ich nickte wieder.

Er lächelte. »Für einen Moment habe ich glatt gedacht, wir hätten ein ernsthaftes Problem.«

Ich lächelte zurück. »Gut gemacht, Sundance.«
»Jetzt schuldest du mir aber wirklich Sex.«
Ich löste mich aus Harrys Umklammerung und schaffte es, auf die Beine zu kommen, wenn auch unter Schmerzen. Ein paar Meter weiter wurde der Hubschrauber abgeschaltet. Ein angeschlagener Herb sprang heraus und humpelte mit besorgter Miene auf uns zu.
»Jack! Alles in Ordnung?«
Er kam langsam zu mir und ich schlang die Arme um ihn.
»Danke, Herb.«
Seine starken Arme klopften mir auf den Rücken. »Irgendeiner muss ja deinen Arsch retten.«
Als das Ritual vorüber war, löste ich mich von ihm und musterte ihn. Herb sah nicht viel besser aus als ich – abgeschürfte Knie, blutender Kopf, zerrissenes Hemd.
»Was ist passiert?«, fragte ich.
»Kleiner Autounfall. Halb so schlimm. Ich hatte Glück, dass mein Handy nicht kaputtging, sonst hätte ich nicht den Hubschrauber anfordern können.«
Ich hörte ein schwaches Geräusch. Es war Musik, irgendein Heavy-Metal-Song aus den Achtzigerjahren.
»Apropos Handy.« Herb deutete auf mich. »In deiner Tasche.«
Ich holte Harrys Handy heraus und wunderte mich, dass es noch ganz war. Ich musste mir auch eins von diesen Dingern besorgen.
»Daniels«, meldete ich mich.
»Lieutenant? Sind Sie das? Hier ist Hajek vom Labor. Haben Sie mir den Fingerabdruck von diesem Handy aus geschickt?«
»Ja. Was haben Sie?«
»Ich habe eine Spur. Der Abdruck ist von einem Postangestellten namens Carey Schimmel.«

Den Namen kannte ich.

»Das war doch der Typ, der den Erpresserbrief im Büro der Polizeichefin abgegeben hat. Der mit dem Botulinumtoxin.«

Auf einmal war mir klar, warum der Chemiker so sorgsam darauf bedacht gewesen war, nirgendwo Fingerabdrücke zu hinterlassen. Postangestellte sind im öffentlichen Dienst und müssen sich bei der Einstellung Fingerabdrücke abnehmen lassen. Die von Schimmel waren also registriert. Seine knappe Aussage fiel mir wieder ein, und ich hätte mir am liebsten in den Hintern getreten.

»Er hat gesagt, er hätte Handschuhe getragen. Aber auf dem Brief waren keine anderen Abdrücke außer denen, die die Leute im Polizeipräsidium hinterlassen hatten. Verdammt, wie konnten wir das nur übersehen?«

Hajek stöhnte. »Es hätte uns sofort ins Auge springen müssen. Der Brief hätte im Postamt durch ein Dutzend Hände gehen und daher mehrere Abdrücke aufweisen müssen. Hat er aber nicht, weil Schimmel der Einzige war, der den Brief in der Hand hielt. Haben wir eigentlich nachgeprüft, ob das Präsidium überhaupt auf seiner Route liegt?«

»Nein«, sagte ich und kam mir wie ein Volldepp vor. »Ist er vorbestraft?«

»Nein, er ist sauber. Aber ich habe seine aktuelle Adresse. Er wohnt in Forest Glen.«

Das war ein Stadtteil im Norden von Chicago, nur ein paar Kilometer entfernt.

»Rufen Sie die Polizeichefin an. Sie soll uns eine richterliche Anordnung besorgen. Wir sind in zwei Minuten da.«

»Warten Sie, ich maile Ihnen eine JPEG-Datei von seinem Führerscheinfoto.«

Ich sagte Herb und der Hubschrauberpilotin, einer Frau namens Leaky Bescheid. Sie funkte den Stützpunkt an und ließ sich die Koordinaten geben. Als Nächstes kümmerte ich mich um Harry. Anscheinend hatte er es irgendwie geschafft, die Schulter wieder einzurenken, aber nicht ohne Folgen. Er stöhnte vor Schmerzen, und Tränen hatten kleine saubere Rinnsale auf seinen ansonsten schmutzigen Wangen hinterlassen.

»Hast du zufällig Morphin dabei, Jackie? Oder Crack?«
»Du bekommst bald ärztliche Hilfe, Harry.«
»Bringst du mich ins Krankenhaus?«
»Nein, du bleibst hier.«
»Das werde ich nicht.«
»Wir schicken dir einen Krankenwagen.«
»Das wäre nicht schlecht, aber ich muss leider mitkommen.« Er deutete auf seine Roboterhand, die immer noch die Leitersprosse umklammerte. »Die geht nicht auf.«

Gegen Herbs lautstarken Protest halfen wir McGlade in den Hubschrauber.

»Fass mir bloß nicht an den Arsch«, warnte Harry Herb.
»Ich werde mich zurückhalten.«
»Und auch nicht an den Pimmel, du Vielfraß.«
»Ich hab dir das Leben gerettet. Wie wär's mit einem Dankeschön?«

»Mal ganz ehrlich ... du bist doch nur deshalb so schnell gekommen, weil du dachtest, ich hätte 'nen Krapfen in der Tasche.«

»Mensch, du bist echt ein Arschloch.«

Während des Flugs spielte ich mit Harrys Handy herum und verband mich mit dem Internet. Ich musste durch eine Flut von E-Mails mit pornografischem Inhalt waten, bis ich Hajeks Mail mit dem Foto fand. Carey Schimmel war ein durchschnittlich aussehender, fünfunddreißig Jahre alter Weißer mit dunkelblonden Haaren und braunen Augen, die ich sofort wiedererkannte. Es waren dieselben Augen, in die ich im Archiv geblickt hatte.

Ich googelte nach Carey Schimmel und stieß auf einen Link zu einem fünf Jahre alten Zeitungsartikel über einen Prozess:

Lebensgefährte der ermordeten Frau rastet vor Gericht aus

Merle und Felicity Hotham aus Cicero einigten sich heute außergerichtlich mit der Stadt Chicago in einem Zivilprozess wegen Todes durch Fremdverschulden. Die Hothams hatten dem Chicago Police Department vorgeworfen, wegen einer verspäteten Reaktion auf einen 911-Notruf den Tod ihrer Tochter mitverschuldet zu haben.

Die neunundzwanzig Jahre alte Tracey Hotham wurde letzten August von dem wegen Mordes rechtskräftig verurteilten Martin Welch bei einem Überfall getötet, ein brutaler Vorgang der länger als fünfzig Minuten gedauert hatte. Hotham hatte angeblich genau in dem Moment 911 angerufen, als Welch in das Apartment in Chicago eindrang, das sie mit ihrem Verlobten Carey Schimmel teilte. Welch schlug, vergewaltigte und erwürgte die Frau während eines dreiundfünfzig Minuten dauernden Martyriums, das kurz vor dem Eintreffen der Polizei endete.

Quellen zufolge lag die Summe, auf die man sich außergerichtlich einigte, weit unter der ursprünglich geforderten Entschädigung von zwei Millionen Dollar. Schimmel reagierte Berichten zufolge empört auf die Bekanntmachung und beschimpfte die Eltern von Hotham als »Feiglinge«. Als er daraufhin aus dem Gerichtssaal entfernt wurde, skandierte er: »Das System funktioniert nicht.« Welch wurde wegen des Überfalls zu einer lebenslänglichen Haftstrafe verurteilt, die er zurzeit im Staatsgefängnis von Joliet verbüßt.

Ich gab Herb eine Zusammenfassung.

»An seiner Stelle wäre ich auch sauer«, sagte er. »Aber nicht so sauer, dass ich die halbe Stadt vergiften und versuchen würde, vierzigtausend Menschen in die Luft zu jagen.«

Wir landeten einen Straßenblock von Schimmels Haus entfernt auf einem leeren öffentlichen Baseballfeld. Ich überprüfte mein Knöchelholster, in dem immer noch die AMT Backup II steckte. Leaky sperrte den Waffenschrank des Hubschraubers auf und bot Herb einen 40-Millimeter-Multifunktionswerfer mit zehn nichttödlichen »Beanbags« an. Sie bestanden aus großen silbernen Geschossen, die mit Schießpulver gefüllt waren, aber statt einer Kugel oder Schrotmunition einen kleinen, mit Granulat gefüllten Beutel aus Nylongewebe verschossen. Sie trafen mit einer Geschwindigkeit, die ausreichte, um einen hundertfünfzig Kilo schweren Footballspieler umzuhauen.

»Meinst du wirklich, du bist fit genug für so was?«, fragte mich Herb. »Du siehst ziemlich ramponiert aus.«

»Ich werde es überstehen. Und du? Das hat nun wirklich nichts mit Einbrüchen und Raub zu tun.«

»Ich würde das um nichts in der Welt verpassen wollen.« Herb schob die letzte Patrone in den Zylinder seiner Waffe und schloss die Kammer. »Meinst du, er hält sich noch in der Stadt auf?«

Ich dachte daran, wie sehr der Chemiker die Polizei hasste – so sehr, dass er einige Jahre auf die Planung seines ausgeklügelten Racheakts verwendet hatte. »Ich bin mir sicher. Er wollte unbedingt den großen Knall hören.«

»Was ist mit der richterlichen Anordnung?«

»In diesem Fall liegt ein hinreichender Verdacht vor. Wir haben Grund zu der Annahme, dass der pensionierte Polizist Jason Alger gegen seinen Willen in Schimmels Haus festgehalten wird.«

»Das genügt mir.« Herb grinste und fügte hinzu: »Partnerin.«

Er half mir aus dem Hubschrauber, und wir machten uns daran, dem Chemiker einen Besuch abzustatten, den er nicht erwartete und der ihm bestimmt nicht gefallen würde.

KAPITEL 44

Die Explosion ist spektakulär. Carey Schimmel steht in seinem Garten und spürt sogar den Boden unter seinen Füßen beben, obwohl er mehr als zehn Kilometer entfernt ist. Der Chemiker hat lange von diesem Tag und diesem Augenblick geträumt. Jetzt ist er endlich da.

Nach sechs Jahren, drei Monaten und fünfzehn Tagen hat er sich endlich Genugtuung verschafft.

Er sieht ein paar Minuten lang zu, wie die Rauchwolke in den Himmel steigt, und geht dann ins Haus, um das Ausmaß der Zerstörung in den Nachrichten zu sehen.

Die ersten Berichte sind bruchstückhaft, aber das hat er nicht anders erwartet.

»In Skokie ereignete sich eine Explosion. Wir melden uns mit weiterer Information, sobald sie eintrifft.«

Es wird viel spekuliert. Eine Gasleitung? Terroristen? Die ersten Kameras vor Ort zeigen Rauch und Trümmer. Er macht sich eine Portion Popcorn im Mikrowellenherd und wartet gespannt auf die Übertragung des Gemetzels.

CNN bringt eine Spezialsendung, Fox News ebenso. Kanal 5 und Kanal 9 unterbrechen ihr Programm mit neuesten Nachrichten. Aber keiner weiß Genaues. Er überlegt, ob er anrufen und den Redaktionen auf die Sprünge helfen soll. Vielleicht wird er das morgen tun, von dem Strandbungalow aus, den er in Mexiko gemietet hat. Er wird über den Chemiker auspacken und darüber, was die Regierung von Chicago verheimlicht hat.

»Ich hab es ihnen gezeigt, Tracey«, sagt er. »Davon werden sie sich nicht so schnell erholen.«

Rache ist süß.

»*Wie soeben bekannt wurde, fand die Explosion in der Northside Water Reclamation Plant in der West Howard Street in Skokie statt. Bisher liegen keine Meldungen über Tote und Verletzte vor.*«

Das Lächeln in Schimmels Gesicht erstarrt. Was soll das denn? Ein Verschleierungsversuch? Ein Komplott der Regierung?

Er sieht sich die Live-Berichterstattung an. Die Bilder zeigen die gesprengte Kläranlage und die Trümmer, die überall herumliegen. Sind das womöglich alte Aufnahmen, mit denen man die Wahrheit verschleiert?

Nein. Es sind eindeutig Bilder aus Skokie, und was sie zeigen, geschieht jetzt. Aber wie sind sie ihm auf die Schliche gekommen? Woher konnten sie wissen, dass ...

Plötzlich ertönt lautes Pochen an der Haustür. »Carey Schimmel, hier ist die Polizei!«

Schimmel denkt nicht lange nach, sondern reagiert sofort. Er vermutet, dass die Polizei auch den Hintereingang besetzt hat. Deshalb geht er in die Küche, steigt auf das Spülbecken und klettert mit dem Kopf voraus durch das Fenster. Das Geld liegt noch im Haus, aber das ist ihm egal. Fliehen kommt nicht infrage. Er ist entschlossen, so viele Bullen wie möglich zu töten, bevor sie ihn überwältigen.

Er springt auf den Rasen und rennt zum Gewächshaus. Dort hat er die Injektionspistole versteckt. Der Chemiker ist bereit zum letzten Gefecht.

KAPITEL 45

»Stehen bleiben!«

Schimmel blieb nicht stehen und ich schoss nicht. Er hatte zehn Meter Vorsprung und lief schnell, und mit meiner kurzläufigen AMT Backup II würde ich nur Kugeln verschwenden. Mein schneller Blick auf ihn hatte nicht genügt, um festzustellen, ob er bewaffnet war.

»Herb! Zum Hinterausgang!«

Ich setzte humpelnd die Verfolgung fort. Mein Fußknöchel war von dem Sprung aus dem Lastwagen geschwollen, aber die Schmerzen waren klein im Vergleich zu meiner Entschlossenheit. Diesmal würde ich den Kerl nicht entwischen lassen.

Er blieb vor dem Gewächshaus stehen – einem großen Bauwerk aus Glas, das den größten Teil des Gartens einnahm – und fummelte an der Tür herum. Ich holte bis auf etwa drei Meter auf und schrie: »Hände hoch!« Er gehorchte nicht und ich gab zwei Schüsse ab, aber er reagierte schnell und duckte sich, sodass beide Kugeln ihr Ziel verfehlten. Bevor ich erneut zielen konnte, war er bereits in seinem Todesgarten.

Herb gesellte sich vor dem Eingang zum Gewächshaus zu mir, forderte mich auf, ein paar Schritte zurückzutreten, und feuerte zwei Beanbag-Geschosse durch die geschlossene Tür. Das Glas ging in Scherben und ich stürmte durch die Öffnung ins Innere, die Waffe mit beiden Händen umklammert.

Sofort umgab mich feuchtschwüle Hitze. Das Gewächshaus war größer, als es von außen den Anschein hatte. Ungefähr so groß wie ein kleines Haus, mit Wänden aus durchsichtigem Kunststoff. Überall um mich herum wucherten Pflanzen in mehreren Reihen, manche bis zur Glasdecke. Blumen in allen erdenklichen Farben, Bäume, Ranken, sogar ein mit bräunlichem Moos bewachsener Tisch. Es roch wie in einem tropischen Regenwald und mir lief bereits der Schweiß über die Stirn.

Da es hier eine Menge Verstecke gab, wäre es vernünftiger gewesen, wenn ich auf Verstärkung gewartet oder das gesamte Gebäude niedergebrannt hätte. Die Pflanzen sahen harmlos aus, aber ich wusste es besser. Jede davon versprach eine andere schreckliche Todesart.

Ich bewegte mich langsam vorwärts, die Arme dicht am Körper, vorsichtig darauf bedacht, nichts zu berühren. Herb folgte ein paar Schritte hinter mir und nahm die linke Seite, während ich mich rechts hielt. Wir hatten vor, uns am Rand entlangzuarbeiten und uns in entgegengesetzten, konzentrischen Kreisen zu bewegen, bis wir die Mitte erreichten.

Ich schlich an einem Beet mit leuchtend roten Blumen vorbei und unterdrückte den Impuls, einen Strauß zu pflücken. Hinter ihnen befanden sich ein großer Komposthaufen, ein Kühlschrank, eine Werkbank, eine Palette, auf der sich braune Kisten stapelten ...

Ich blieb wie angewurzelt stehen.

»Oh mein Gott!«

Das waren keine Kisten, sondern Bienenstöcke. Die Bienen bemerkten meine Anwesenheit und schwärmten zu Hunderten aus, um sich den Eindringling näher anzusehen.

Ich versuchte, mir alles ins Gedächtnis zu rufen, was ich über Bienen wusste – und das war viel, nachdem ich vor Jahren beinahe an einem Bienenstich gestorben war. Zucker und

Parfüm zogen sie an. Sie griffen schwarze Gegenstände an und reagierten aggressiv auf Provokationen. Sie hassten abrupte Bewegungen oder laute Geräusche. Wenn man von einer Biene gestochen wurde, blieb der Stachel im Fleisch stecken und das Insekt starb, aber der Stachel pumpte weiterhin Gift in den Körper. Kohlendioxid und menschlicher Atem wirkten ebenfalls anziehend auf Bienen. Jedes Jahr starben in den USA hundert Menschen an Bienenstichen, meistens aufgrund von Allergien wie der meinigen. Bei einem Stich wurden Pheromone freigesetzt, die andere Bienen verleiteten, an derselben Stelle zu stechen. Aber sämtliche Experten versicherten übereinstimmend, dass Bienen einem nichts taten, wenn man sie in Ruhe ließ.

All diese Dinge gingen mir durch den Kopf, während die Bienen um mich herumsummten. Eine landete auf meinem nackten Arm, eine andere flog mir ins Gesicht und prallte an meiner Nase ab. Ich hielt den Atem an, schloss die Augen und versuchte, mein Zittern unter Kontrolle zu bringen. Ich musste mich langsam und vorsichtig zurückziehen und das Gewächshaus verlassen, aber meine Beine gehorchten mir nicht. Das hier war noch viel schlimmer als die Kakerlaken, schlimmer als alles, was mir bisher über den Weg gelaufen war. Die Angst verschlug mir sogar die Sprache.

Es summte so nah an meinem Ohr, dass ich zusammenzuckte. Bienen krochen mir über die Hände, den Hals, das Gesicht. Manche hielten in ihrer Bewegung inne und suchten nach einer guten Stelle, wo sie mich stechen konnten.

»Angst vor Bienen, Lieutenant?«

Ich linste durch die zusammengekniffenen Augen und sah den Chemiker neben den Bienenstöcken stehen, weniger als drei Meter von mir entfernt. In der Hand hielt er die Injektionspistole. Ich hob meine Waffe.

»Wenn Sie schießen, stechen sie«, warnte er mich. »Das sind sehr aggressive Bienen. Ich mag sie nicht in meiner Nähe,

aber reiner Honig enthält ziemlich viele Botulinumtoxin-Sporen. Es ist gar nicht so leicht, diese Bakterie zu züchten. Man muss jahrelang herumexperimentieren. Ich musste Dutzende schmerzvolle Stiche über mich ergehen lassen. Normalerweise gehe ich hier nur mit Schutzkleidung rein. Warum haben Sie solche Angst? Sind Sie etwa gegen Bienenstiche allergisch?«

Ich versuchte, auf die Körpermitte zu zielen, aber meine Arme zitterten so heftig, dass ich die Waffe nicht ruhig halten konnte. Ich war vollkommen hilflos. Eine Biene setzte sich auf meine Lippe und versuchte, mir in die Nase zu kriechen. Ich zuckte zusammen und musste beinahe heulen.

»Ich wette, Sie sind allergisch. Sie sehen total verängstigt aus. Gar nicht wie die harte Polizistin, für die ich Sie am Telefon gehalten habe. Ich mache Ihnen einen Vorschlag ... ich werde Ihnen einen Gefallen tun.«

Er kam langsam auf mich zu, und ich spürte, wie mir die Knie schlotterten.

»Das hier ist mit Ricin geladen.« Er hielt die Injektionspistole hoch. »Wird aus dem Wunderbaum gewonnen. Das Gift wird Sie schnell töten. Ich kann nicht garantieren, dass es schmerzlos wirkt, aber es ist immer noch besser, als an einem anaphylaktischen Schock zu ersticken.«

Er kam noch einen weiteren Schritt näher. Meine Beine gaben unter mir nach und ich fiel auf den Hintern. Den Bienen gefiel die plötzliche Bewegung nicht und ihr Summen wurde lauter.

»Was haben Sie gemacht?«, fragte der Chemiker. Er wirkte erstaunlich ruhig und gefasst. »Haben Sie den Lastwagen vom Festgelände zur Kläranlage gefahren?«

Ich nickte und zwang mich dazu, etwas zu unternehmen. Ich dachte über Tapferkeit nach. Ich hatte schon oft Angst gehabt, aber noch nie in dem Maße, dass sie mich lähmte. Selbst als ich den Lastwagen gefahren und dem sicheren Tod ins Auge geblickt hatte, hatte ich funktioniert. Warum ließ ich mich von ein paar lächerlichen Bienen ins Bockshorn jagen?

»Wo bleibt Ihre Verstärkung? Ich hab nur den Fettwanst gesehen. Sind Sie bloß zu zweit?«

Ich sagte: »Mehr sind unterwegs«, und war überrascht, wie resolut ich klang.

»Dann muss ich mich wohl beeilen. Ich dachte schon, das wäre das letzte Gefecht, mein persönliches Alamo. Aber wenn Sie nur zu zweit sind, kann ich Sie beide töten und entkommen. Und dann kann ich wieder ganz von vorne anfangen.«

Er hob die Injektionspistole und kam vorsichtig noch einen Schritt näher. Ich hob die AMT Backup II. Meine Hand zitterte nicht mehr. Wenn ich jetzt starb, musste es halt so kommen. Hatte ich diesen Gedanken erst einmal akzeptiert, verschwand die Furcht wie von selbst.

Schimmel hielt inne und wirkte verunsichert.

»Wenn Sie auf mich schießen, werden die Bienen Sie stechen.«

»Ein fairer Kampf«, sagte ich und biss die Zähne zusammen.

»Jackie! Runter!«

Ich blickte nach links und sah McGlade in ein paar Metern Entfernung, eine Pistole in der Linken. Er drückte sechsmal ab. Wie erwartet verfehlten sämtliche Schüsse ihr Ziel und trafen statt Schimmel die Bienenstöcke.

Die Bienen waren nicht besonders erfreut darüber. Ein ganzer Schwarm fiel über Harry her.

Ich machte genau in dem Moment eine Rolle rückwärts, als Schimmel eine Giftwolke auf die Stelle spritzte, an der ich bis eben gestanden hatte. Dann sprang er nach rechts und flüchtete zum hinteren Ende des Gewächshauses.

Ich bewegte mich weiterhin im Krebsgang rückwärts, um den Bienen zu entkommen, aber sie interessierten sich nicht mehr für mich und ließen stattdessen ihre Wut an McGlade aus. Er rannte an mir vorbei, während ein Bienenschwarm um ihn herumschwirrte, machte kehrt und flüchtete in die entgegengesetzte Richtung. Dabei schrie er die ganze Zeit: »SIE STECHEN MICH! SIE STECHEN MICH!«

Ein Knall zu meiner Rechten, gefolgt von einem lauten Schrei. Die Polizei verwendete Beanbag-Geschosse, um den Gegner durch Schmerzeinwirkung kampfunfähig zu machen. Sie waren nicht tödlich, taten aber beim Aufprall so weh, dass der Getroffene sich wünschte, sie wären es. Ich humpelte in Richtung des Geräuschs und sah, wie Schimmel sich neben einem kleinen Aquarium auf dem Boden wälzte. Die Jetpistole lag etwa einen Meter entfernt und Herb beugte sich über ihn.

»Wo hast du ihn getroffen?«, fragte ich.

»In den Bauch. Soll ich noch mal?«

»Nicht nötig. Ich glaube, er hat genug.«

Schimmel stöhnte und rollte sich in der Embryohaltung zusammen.

»Hast du Handschellen?«, fragte Herb.

»Nein. Du?«

»Nein. Vielleicht sind welche im Hubschrauber. Ich …«

Der Chemiker rollte auf die Knie, streckte die Hände nach dem Aquarium aus und hob es hoch. Bevor er es auf uns werfen konnte, traf Herb ihn mit einem Beanbag-Geschoss am Bein.

Schimmel brach zusammen. Das Aquarium fiel auf ihn und zerbrach. Wasser, Steine und bunte Schneckenhäuser ergossen sich auf seinen Körper.

Er stöhnte.

Und dann fing er an zu schreien.

KAPITEL 46

Später erfuhr ich, dass es sich bei den bunten Kreaturen in diesem Aquarium um Kegelschnecken handelte. Diese Tiere sind extrem giftig. Anscheinend waren die Schnecken nicht besonders erfreut darüber gewesen, dass jemand ihren Lebensraum auf so brutale Art und Weise zerstört hatte. Sobald sie auf Schimmel gelandet waren, brachten sie ihre Missbilligung zum Ausdruck.

Zuerst schrie er. Dann bekam er Krämpfe. Dann spuckte er Blut.

Carey Schimmel starb kurz vor dem Eintreffen des Krankenwagens. Bestimmt hätte es ihm gefallen, dass dieser nur vier Minuten gebraucht hatte.

Außer dem Krankenwagen traf auch ein volles Polizeiaufgebot ein. Die Spurensicherung. Das Spezialeinsatzkommando. Hundestaffeln. Ich hatte den Eindruck, dass es ihnen in erster Linie darum ging, die Angelegenheit abzuschließen und die Leiche des Mannes zu sehen, der ihnen so viel Kummer verursacht hatte. Ein Polizeihund fand noch eine weitere Leiche, die sich unter Schimmels Komposthaufen verbarg. Aufgrund der abgetrennten Finger bestand kein Zweifel, dass es sich um den pensionierten Polizisten Jason Alger handelte.

Als die Rettungssanitäter einen am ganzen Körper angeschwollenen Harry McGlade in ihren Wagen trugen, bat ich sie, einen Moment zu warten. Ich wollte unbedingt mit dieser Nervensäge reden, die mir wieder einmal den Arsch gerettet hatte.

»Gute Arbeit, McGlade.«

»Danke.«

Seine Aussprache war nicht besonders gut, da ihn eine Biene in die Zunge gestochen hatte.

»Wo hattest du die Pistole her?«, fragte ich ihn.

»Aus dem Hubschrauber. Ich hab sie im Cockpit gefunden, während ihr mit dem Multifunktionswerfer herumgespielt habt.«

»Deine Hand war also überhaupt nicht an der Sprosse festgeklemmt?«

Er lächelte und sah dabei aus wie ein verbeulter Kürbis. »Ich wusste doch, dass du meine Hilfe brauchen würdest.«

Ich klopfte ihm auf die Schulter. »Sobald ich wieder in meinem Büro bin, rede ich mit dem Bürgermeister und sorge dafür, dass du deine Kneipe bekommst.«

Er schüttelte den Kopf. »Keine Kneipe.«

»Ich dachte, du wolltest eine Schanklizenz.«

»Ich bin kein Kneipenwirt«, haspelte Harry und starrte mich entschlossen an. »Ich bin Privatdetektiv.«

Ich grinste. »Und was ist aus dem Dichter geworden?«

»Das bin ich auch. Willst du ein Gedicht hören?«

»Aber nur ein kurzes.«

»Das hier heißt ›Oma‹. Bist du bereit?«

»Ja.«

»Meine Oma scheißt ins Bett, das find ich nicht besonders nett.«

Er wartete auf meine Reaktion.

»Bleib lieber bei deinen privaten Ermittlungen«, riet ich ihm, bevor ich mich abwandte, um Herb zu suchen. Er beendete gerade ein Telefongespräch mit seiner Frau.

»Wie lautet das Urteil?«, fragte ich.

»Ab morgen bin ich wieder im Morddezernat. Bernice meint, es wäre egoistisch von mir, meine Talente mit Einbrüchen und Diebstählen zu verschwenden.«

Wir umarmten uns. Es fühlte sich gut an.

»Willkommen daheim.«

»Sie hat auch gesagt, dass es bei der Explosion weder Tote noch Verletzte gegeben hat. Die Kläranlage und das Wasser haben ihre Wucht eingedämmt. Der Bürgermeister will ihr, mir, dir und diesem Trottel McGlade Schlüssel für das Rathaus übergeben.«

»Eine neue Handtasche wäre mir lieber. Meine ist mit dem Lastwagen in die Luft geflogen.«

»Es hätte viel schlimmer kommen können.«

»Das ist doch wohl nicht dein Ernst? Die Handtasche war von Gucci.«

Herb schlug vor, mit mir ein Taxi zurück nach Skokie zu teilen und dort unsere Autos abzuholen, aber ohne meine Autoschlüssel ging das nicht. Die waren in der Handtasche, zusammen mit meinem Bargeld und meiner Kreditkarte.

»Kommst du überhaupt in dein Haus?«, fragte Herb.

»Nein.«

»Willst du bei uns übernachten, bis du alles geregelt hast?«

Ich blickte an Herb vorbei zu Special Agent Reilly, der auf uns zukam.

»Nicht nötig«, sagte ich. »Ich kenne jemanden, der mich gerne mitnimmt und mir einen Schlafplatz für die Nacht anbietet.«

»Bist du dir sicher?«, fragte Herb.

Ich dachte darüber nach. Gründlich.

»Ja, ich bin mir ganz sicher.«

»Okay, dann bis bald, Partnerin.«

»Tschüss, Herb.«

Er watschelte davon und ich wartete auf Rick.

KAPITEL 47

»Danke, dass du mich angerufen hast. Ich weiß, wir haben uns nicht gerade unter den besten Umständen getrennt.«

Der Eisenhower Expressway war voll wie immer, sogar an einem Sonntag. Aber anstatt mich davon frustrieren zu lassen, gab ich mich dem fast schon beruhigenden Rhythmus des zähflüssigen Verkehrs hin.

»Das hat nichts zu bedeuten«, sagte ich zu ihm. »Ich brauche nur eine Mitfahrgelegenheit und einen Platz zum Schlafen.«

»Das verstehe ich.«

Wir schwiegen eine Weile.

»Bist du verletzt?«

»Ein bisschen. Hab mir den Knöchel verstaucht und eine Beule am Kopf geholt.«

Er nahm die rechte Hand vom Lenkrad und wollte mir an den Kopf fassen. Ich machte einen Rückzieher.

»Entschuldigung«, sagte er.

»Es ist … noch zu früh. Wir müssen es langsam angehen. Ich bin mir nicht einmal sicher, ob das richtig ist.« Ich lachte ohne Humor. »Mom wird mich dafür hassen.«

Wilbur lächelte. »Deine Mutter ist zäh und stur, aber sie würde dich niemals hassen.«

»Auf jeden Fall hasst sie dich.«

»Es hätte ihr nicht gutgetan, wenn ich damals bei ihr

geblieben wäre. Sie hat von mir nicht die Liebe bekommen, die sie verdient hat. Außerdem habe ich sie zurückgehalten.«

»Was meinst du damit?«

»Sie wollte schon immer Polizistin werden. Hat dauernd darüber geredet, als wir miteinander gingen. Aber nach der Hochzeit hat sie das Thema fallen lassen. *Verheiratete Frauen bleiben daheim,* sagte sie. *Ich bin jetzt Hausfrau und Mutter.* Als ich euch verließ, habe ich ihr angeboten, euch beide zu unterstützen. Deine Mutter hat Unterhaltszahlungen für dich akzeptiert, aber nicht für sich. Eine stolze Frau. Genauso stark wie du.«

»Wilbur, ich fühle mich wirklich nicht wohl dabei, wenn du über mich redest, als würdest du mich kennen. Woher willst du wissen, ob ich stark bin?«

»Ich weiß es einfach.«

Ich wandte mich von ihm ab und schloss die Augen, bis wir bei ihm zu Hause ankamen. Ich dachte an Rick und an seinen letzten Annäherungsversuch im Haus von Schimmel und wie leer es sich angefühlt hatte. Dann dachte ich an Latham und an die Gelegenheit, die ich mir hatte entgehen lassen, indem ich nicht sofort mit *Ja* auf seinen Heiratsantrag geantwortet hatte. Ich fragte mich, ob ich es irgendwie wiedergutmachen konnte.

Ich musste eingeschlafen sein, denn das Nächste, was ich wahrnahm, war das Öffnen der Autotür. Wilbur hielt sie mir auf und grinste verlegen.

»Bist du dir sicher, dass das in Ordnung geht?«, fragte ich und bereute augenblicklich meine Worte. Ich wollte nicht undankbar wirken.

»Es ist mir ein Vergnügen. Hast du Hunger?«

»Nein. Ich bin einfach nur müde.«

»Ich habe ein Gästezimmer. Es ist schon eine Weile nicht mehr benutzt worden, aber im Schrank ist saubere Bettwäsche.«

Ich biss mir auf die Zunge, um nicht Danke zu sagen, und ging mit Wilbur ins Haus.

»Es ist das letzte Zimmer am Ende des Flurs. Ich hol dir frische Bettwäsche.«

Mir war es egal, ob die Bettwäsche frisch oder schmutzig war, solange keine Bienen darauf herumkrochen. Ich war so müde, dass ich überall hätte schlafen können. Aber als ich das Zimmer betrat und das Licht anmachte, fiel sämtliche Erschöpfung von mir ab.

An der Wand hingen drei große Bilderrahmen mit Dutzenden von Fotos, jedes individuell eingerahmt. Und auf jedem war ich zu sehen.

Der erste Rahmen war voller Bilder aus meiner Kindheit. Babyfotos. Schulfotos. Die meisten davon kannte ich aus den Fotoalben meiner Mutter.

Aber der zweite Rahmen enthielt völlig neue Bilder – neu für mich zumindest. Sie zeigten mich als Teenager. Ich hatte für keines davon posiert; sie waren von der Seite, aus der Deckung hinter Autos und Bäumen heraus oder von Weitem mit einem langen Teleobjektiv aufgenommen worden. Es gab auch ein paar deutlichere Bilder aus der Nähe – von meinen Abschlussfeiern in der Highschool, im College und an der Polizeischule. Bei Letzterer schüttelte mir der Bürgermeister die Hand.

Als ich im dritten Rahmen Bilder von meiner Hochzeit sah, kamen mir die Tränen. Ich besaß keine Hochzeitsfotos, und es war ein unglaubliches Geschenk, mich im Brautkleid zu sehen. Das Foto war ein wenig unscharf, als hätte es der Fotograf eilig gehabt. Als ich das Glas berührte, entwich aus meiner Kehle ein Seufzer. Die nächsten Fotos zeigten mich, wie ich mit Mom auf den Traualtar zuging und Ringe mit Alan austauschte. Eins war sogar dabei, wo wir uns küssten.

»Ach herrje. Tut mir leid, Jacqueline. Ich hätte dir vorher Bescheid sagen müssen.«

Ich blickte zu Wilbur, der mit zusammengelegten Betttüchern in der Türöffnung stand. »Du warst ... auf meiner Hochzeit?«

»Ich musste mich im Hintergrund halten, weil ich nicht wollte, dass deine Mutter mich sieht. Jacqueline, bitte denk jetzt nicht, dass ich ein verrückter Stalker bin ...«

»Und auf meinen Abschlussfeiern?«

»Ja. Ich hab mir nichts Böses dabei gedacht. Ich war so stolz auf dich und ...«

Ich breitete die Arme aus und schlang sie fest um ihn. So fest, dass ich Angst hatte, ihn zu erdrücken.

»Ich war dir also doch nicht egal, stimmt's?«

»Natürlich nicht. Du bist doch meine Tochter. Ich habe dich immer geliebt.«

Ich schluchzte, rieb mir die Augen und fing mich wieder ein bisschen.

»Ich habe dich auf meiner Hochzeit vermisst.«

»Ich war da. Versteckt im Hintergrund.«

»Ich habe den Tanz mit dir vermisst. Ich weiß noch, wie ich mir damals gedacht habe, wie schade es war, dass es keinen Vater-und-Tochter-Tanz gab.«

Wilbur sagte: »Das lässt sich nachholen.« Dann schaltete er den Radiowecker auf dem Nachtkästchen ein. Ein Oldies-Sender erwachte zum Leben und spielte eine klassische Melodie von Frank Sinatra. Wilbur machte eine Verbeugung. »Darf ich dich um diesen Tanz bitten?«

Ich kicherte und kam mir plötzlich wie ein kleines Mädchen vor. »Ich glaube, das lässt sich arrangieren.«

Er konnte besser tanzen als ich. Nach ein paar missglückten Drehungen beließen wir es dabei, uns einfach nur gegenseitig zu halten, und bewegten uns in kleinen Kreisen.

»Weißt du«, sagte ich, »ich bin jetzt mit einem anderen Mann zusammen.«

»Wie heißt er?«

»Latham.«

»Der Steuerberater? Der, den du während deiner Ermittlungen zum Lebkuchenmann-Fall kennengelernt hast?«

Ich hielt ihn auf Armeslänge. »Woher weißt du das?«

»Soll ich dir mein Notizbuch mit den Zeitungsausschnitten über dich zeigen?«

Ich lachte und umarmte ihn erneut.

»Vielleicht später, Dad.«

»Wirklich?«

»Ja«, sagte ich und legte den Kopf auf seine Schulter. »Wirklich.«

EPILOG

Drei Wochen später

Ich betrachtete Latham von hinten, wie er zwischen zwei parallel verlaufenden Stangen stand und von seiner Physiotherapeutin zu einem weiteren Schritt ermuntert wurde. Er machte den Schritt und noch ein paar mehr, bis er das Ende der Stange erreichte und sich umdrehte. Ich trat von hinten an ihn heran und küsste ihn auf die Wange. »Hallo, Süßer.«

»Bist du gekommen, um mich hier rauszuholen, Jack? Es ist wie ein Straflager. Schreckliches Essen, unerträgliche Folterqualen.«

»Kann ich ihn mir einen Moment ausleihen, Julie?«, fragte ich die Therapeutin.

»Nur für eine Minute. Dann geht's zur nächsten Übung.«

Latham verdrehte in gespieltem Horror die Augen. »Mein Gott, wie ich das hasse. Trag mich hier raus, Jack. Ich hab keine Lust mehr zu gehen. Gehen wird überbewertet.«

»Latham, lass uns einen Moment lang ernst sein. Kannst du das?«

»Natürlich.«

»Ich weiß, wir wollten erst wieder über unsere Verlobung und Eheschließung reden, wenn du wieder zu hundert Prozent fit bist. Aber so lange kann ich nicht warten.«

Latham starrte mich so intensiv an, dass ich das Gefühl hatte, er könne meine Gedanken lesen.

»Was willst du damit sagen, Jack?«

Ich klatschte in die Hände und das Mariachi-Trio kam herein und füllte den Fitnessraum der Klinik mit Musik. Latham grinste mich an, als ich vor ihm auf ein Knie ging. Ich war viel nervöser, als ich gedacht hatte.

»Latham Conger, du bedeutest mir mehr als jeder Mann, den ich bisher kannte, und ich will nicht länger mit der Verlobung warten, denn jede Minute ohne dich ist eine Minute, in der ich innerlich sterbe.«

»Wirklich? Du stirbst innerlich?«

Ich nahm seine Hand und zog den Ring aus meiner Tasche. Es war ein Goldring mit einem darin eingefassten einzelnen Diamanten. Ich hatte Angst, aber wenn ich dazu fähig gewesen war, Bienen zu überstehen, die auf mir herumkrabbelten, konnte ich alles überstehen.

»Willst du …«

»Falsche Hand, Jack.«

Ich nahm seine andere Hand.

»Willst du …«

»Wow, das ist ja ein toller Ring.«

»Latham Conger«, sagte ich laut, damit er mich nicht wieder unterbrach, »willst du mich heiraten?«

Er lächelte mich an und mein Herz schmolz.

»Ja, das will ich.«

DANKSAGUNG

Ein riesiges Dankeschön an alle meine Fans. Ohne euch hätten Jack und ich nicht diese tolle Karriere machen können. Leute, ihr seid einfach die Besten!

Printed in Dunstable, United Kingdom

"Of course, Mr Stainton."

The man called Möller carefully shut the glass door, waited for a moment to make sure that Mr Stainton had settled down in the next room and was not listening outside; then he picked up a phone on the desk.

"Operator, get me Station Three." There was a pause. "Hullo? Is that Station Three? Sister Fernandez. Is that you? Look here Sister, this isn't good enough. I have old man Stainton here moaning at me on the usual net. Did you forget to give him his injection this morning? Look at the register at once. Yes, I'll wait. You really must be more careful, Sister."

Stainton disregarded this, gave the briefest of taps and walked straight in.

The man at the desk looked up as he entered.

"Why good morning, Mr Stainton. What an unexpected pleasure. How are you? What a fine morning it is to be sure. What a pity we can't be outside enjoying it."

"Quite," said Mr Stainton brusquely, sitting down unasked on a leather chair opposite the man's desk. "But I haven't come to pass the time of day, Möller. You know that I have better things to do, as I'm sure you have."

"Yes indeed," said Möller. "But if I can help in any way..."

"That's why I'm here." Mr Stainton thought he could detect a note of nervousness, or apprehension in Möller's manner. Well, he had a lot to answer for.

"The plane," said Mr Stainton.

"Ah yes, the plane."

"Revoltingly cramped, and the pilot must have been drunk or something. A very bumpy journey indeed."

"Yes of course, Mr Stainton."

"I must say that the discourtesy I was subsequently shown was most unpleasant, and I have come here this morning to ask you to do something about it. I am sure if *he* knew, he would not tolerate this situation for one instant. After all, it was my doing in the first place. I made all the arrangements. Most ungrateful, don't you think?"

"Most, Mr Stainton. I quite agree. We'll have to see what we can do. Now if you wouldn't mind waiting next door in my secretary's room, I'll see if I can rectify matters at once. Please . . ." Möller opened a glass connecting door to his secretary's office. The other room was empty. "Would you mind waiting here just a moment or two, Mr Stainton?"

"Very well, but please be quick, Möller. I've had enough of this," Mr Stainton said severely.

223

own Letters of Credence as Ambassador Extraordinary and Plenipotentiary from the United States of America to the Court of St James."

How very nice for Mr James A. Friedman, thought Mr Stainton. It must give a man a real kick to be appointed to a post like that. He cast his eye across the page to his other favourite reading material, the obituaries. He very nearly did not recognise the name Geoffrey Benner, the former Member of Parliament who had retired several years ago. That was the thing about obituaries; they were always so kind, so selective in what they said.

"Oh dear, oh dear," said Mr Stainton out loud. A young gentleman who was passing stopped and asked him if he was all right.

"Oh ... oh, yes ... yes thank you very much indeed," said Mr Stainton very quickly. "Just a bit of bad news that's all."

"I'm so sorry," said the young gentleman. He looked concerned. A nice looking man and very polite. So unusual these days. He folded *The Times* up thoughtfully. Oh dear, oh dear, he said again, but this time to himself.

Mr Stainton went on his way. Up the steps and along the corridor to his seat by the pillar. The view of the mountains was glorious from there.

But the seat was pulled forward again. In the chair was sitting a middle-aged woman with dyed blonde hair. She was knitting something with fuzzy pink wool. She had a sort of smirk on her face as if she realised that she had taken his chair, as if she knew it would annoy him. But she could not possibly know.

For a second time Mr Stainton was upset, but not too upset. He was also quite determined. There was a time and a place for everything. He turned and walked purposefully back along the corridor and stopped at a polished wooden door. There was a name-plate on the door and a typewritten notice which said please knock and wait. Mr

no-one should have taken it by then.

He walked slowly along a corridor, down a few steps, holding on to the handrail as he went. There was a large hall and the newspaper kiosk was at the far side of it. One or two people were standing waiting. As he watched, they moved to stand in a sort of queue. Good, the papers had arrived.

He waited his turn. Service was slow. There was a man in front who seemed to be buying up everything. Then he did not have enough money. The kiosk woman got annoyed and the customer looked upset. Not quite right in the head, Mr Stainton said to himself. He looked impatiently round the hall as he waited; there were workmen everywhere putting up carnival decorations. Dear, dear, was it that time of year already; and it was so much noisier here than he remembered it had been in the old days, back home. Still, the girl would be pleased. She would come and see him and tell him how used she was to it all now. He often wondered that she wasn't just waiting to go back...

Pulling himself together with a start, Mr Stainton found himself at the head of the queue. He asked for the London *Times* and the *Frankfurter Allgemeine*. The woman unwrapped them from their airmail wrappings for him. He paid her and walked slowly back across the hall and then stopped for a moment just short of the foot of the stairs. He folded the German newspaper carefully and tucked it under his arm. Then, ignoring the news pages of *The Times*, he turned to the page just past the centre fold of the paper. Like many elderly people he was a traditionalist, and his favourite reading was the Court Circular.

Buckingham Palace: the tenth of February.

"'His Excellency the Honourable James A. Friedman was received in audience today by Her Majesty The Queen and presented the Letters of Recall of his predecessor and his

221

Epilogue

WILHELM STAINTON PULLED himself rather more upright in his chair by the marble pillar and watched the bustle of people passing along the corridor. Few of them looked at him. When they did, they saw a tall, well-kept old gentleman of perhaps about seventy, neatly dressed in an old-fashioned double-breasted suit, dark material with a sober stripe in it, a white shirt and perfectly knotted silk tie. The white handkerchief in the breast pocket over-flowed a little too much, to indicate a daring flamboyance. The pointed shoes were carefully polished.

Mr Stainton felt a little tired that morning, but still alert and attentive. Perhaps it was the high mountain air. He crossed his legs carefully to avoid spoiling the crease in his trousers, and watched a pretty young blonde girl he had noticed once before tripping past in an attractively short skirt. Behind her came an Indian woman pushing a metal trolley containing cans. It looked heavy. He un-crossed his legs again. Nowadays he could not keep them crossed for long without getting pins and needles in them. He shot the cuff of his white shirt up a fraction and looked at his watch. It was quarter to twelve. The news-papers should have arrived.

He stood up slowly, testing each leg carefully before putting his full weight on it. Then he pushed his chair back very slightly so that it was partially hidden behind the pillar; he liked that particular seat. It was an excellent vantage point from which he could watch the world go by without exposing himself too much to everyone's gaze. With any luck, he would be back within ten minutes and

getting away with a lot. We're not going any further with him, whether he knew the whole Hitler story or not. He got off lightly."

"There's another important thing that hasn't been developed properly," Helen went on, with a face that was just too solemn. "I find you revoltingly self-complacent, and far too attractive."

"Oh yes? Well I'm glad about the last bit. I thought you just behaved that way to get my money. I can't think what other reason..."

She leapt on Pringle then, and he had one of the answers all over again.

be in the Foreign Office too. So you see, you and I are linked professionally."

"Professional, eh?"

"D'you think I'm amateur, then? Is that all the gratitude?" She made a grab at him, and, as was the nature of their relationship, that was the end of any serious conversation for the next hour or so. Then she got up and made coffee for them both, and they sat drinking it.

"D'you think he'll turn up again?" she asked.

"Who?"

"Middleton. I met him with Daddy the other day. I thought he was rather nice. Very distinguished looking." She knew most of the story now.

"I should think not," he said, quoting Gilbert Winter. "And without him there is no final proof."

"But what makes a man like Middleton, or Schenker just give up and float away without a fight? He had so much to lose."

"In the long run he had more to gain. And he's not going off to live in a garret somewhere. The bet is he's already drinking Planter's Punch and crunching cashew nuts with his buddies in great comfort somewhere. He'll have stashed away a lot of money and it's just been sitting there waiting for him along with his new name, personality, and life. A very agreeable retirement with wine, women and the Horst Wessel song round the fire of an evening."

"What about a man like your Sir Geoffrey Benner? Why does he break after so many years? Thirty years of silence and then he spills all the beans?"

"He was presented with a *fait* almost *accompli*. He tried to be a Quisling and failed. He had no option this time, and he hasn't got a South American estate to fall back on. He has his safe constituency seat, which he'll continue to have and to hold for the few years left before he retires. I find that very understandable. He admitted only to the inevitable. And he was better off helping a little and

218

send every reporter in the room rushing to the nearest telex and telephone.

"The blame, gentlemen, is not that previous Administrations failed to uncover the greatest escape of all history, the escape of the greatest single enemy this country has ever known. Not that they failed to discover that he lived among us in peace and security for many years. But there is blame that a man, a figure central to this present Administration, knew of this fact, was party to its concealment, was predominant in its successful outcome. In consequence, this man must be judged by all fair men as being totally and absolutely unfit to hold the high office that is presently his."

Those words were never spoken. There was no need for them. The United States Administration had too many problems to cope with in that month and in the months that followed. There was only routine regret when a Senator was rapidly nudged into resigning due to ill-health, and moving from there into forced obscurity. For what was one Senator Dwight Mainfare to stand in the way of what a President later and publicly called "that greatest and most important of all links extending between the people of the world today, that bond, that series of bonds, which binds the United States of America with its friends and allies throughout Western Europe."

Thus the words of diplomacy.

"Why were you christened Helen; why not Helena?"

"Mother was English, didn't I say?" She was curled up beside Pringle in her usual manner, hair streaming down her face in a way he found continuously appealing. She was wearing his towelling dressing-gown again, half fastened by the belt round her waist.

"They met just before the war, and married as soon as they got in contact again after it. Helluva fuss in Mother's family, marrying a German and so on. And she used to

Pennsylvanian estate explained why he had decided to bring Mainfare down with him when he disappeared. It was a throwaway line about Mainfare never really having been a Nazi, never having had the opportunity to realise what the war was all about, sitting in the security of the United States. He had not suffered for the Cause; he was not even a German, but despite this, he had taken charge when the little party had first arrived from South America. And he had remained in charge. Schenker said nothing explicit but the man that was revealed by the tape showed that this had left its mark; there had been something akin to jealousy that an outsider should be in command. While Schenker remained close by Mainfare's side that was a supportable situation, but now what remained of the organisation could not be run by someone who did not really belong.

The British Ambassador passed over a copy of the tape the next day. If this failed to have an effect, the Secretary of State would speak to Senator Waring. He would reveal that Wilhelm Schenker and Henry Middleton were one and the same. With Middleton's continued non-appearance, the media would have a field day. Sometime after, if more pressure was needed, the Senator might agree to hold a press conference in Washington, and announce that he had tape-recorded evidence which proved that as far back as August 1967, and almost certainly well before that, the chief colleague, collaborator and patron of Henry Middleton had been Senator Dwight Mainfare, and that the title deeds of a certain Pennsylvanian estate had, at the time of Hitler's death at a clinic near there on the thirteenth of August, 1967, been in the possession of the self-same Senator.

One might speculate on the words with which Senator Waring might end his press conference, words that would

But while the tape ended there, the younger of the two men, Wilhelm Schenker's story had continued. As far as the British authorities were concerned, he had been only a name on a card in an office in Lower Regent Street, London S.W.1. He had also been a name on cards in the Documentation Centre in Berlin, in an office in Vienna, and in a computer in Washington. He was listed as a link man in the neo-Nazi movement. But no one bothered much about digging out such cards in the late 'sixties. He had nothing to do with nuclear weapons nor strategic secrets nor the Cold War; there was no money nor interest nor effort available to investigate such smaller delinquents, though they had been party to the sins of the Third Reich.

It was three or four years later that the identity of the companion of the man who died began to interest a very small number of people within the Western Intelligence community. Around the end of 1970 there was evidence to suggest that a branch of Israeli Intelligence also had begun to show some interest. But, for reasons unknown, the American agencies which in March, 1962, and again in September, 1967, began making similar discreet investigations abandoned their efforts to do so, following a directive which reportedly came from the top. Until January, 1972, while the existence of Wilhelm Schenker was known about in these limited circles, there were many gaps in the dossier, including the fact that he had once been an assistant adjutant to the Führer or, even less so, that the Führer might have been alive, in body if not in mind, as late as the thirteenth of August, 1967.

They sat together after the tape had run its course and discussed its story more as a human document than as a political testament or in relation to how they were going to use it. A sentence on the tape around the time when Schenker was telling about Mainfare's provision of the

215

silently loyal community moved them over many borders. Near Philadelphia in Pennsylvania, a large house was bought, fortified and beautified for them by an American sympathiser, Dwight Mainfare. It was from that time that Schenker's close relationship with Mainfare dated. It was from those beginnings that the political careers of both men became inextricably cemented together.

With the passage of time, tensions over discovery were dissipated. The money was invested, and did well. A little of it disappeared and then there were only three men left, for two men were found dead in a New York warehouse, and the Mafia were blamed. There were others in the sidelines of the main arena who knew the old cause, but not even they knew of the existence of the man. Three left of the core, though, besides Mainfare, there were a dozen more in the know. It was a new dedication, a new secret now. Of the three, one more died, but he was old, the death was from natural causes, and the body was flown home to the Rhineland for burial. Of those who left Berlin in the early hours of twenty-ninth April, 1945, only two men were left by March 1962. A middle-aged man and an old man, a geriatric mumbling case, almost bald, with a shaven upper lip. The right arm and hand were so withered and twisted, could they once have stretched out and up at a defiant forty-five degrees; could that hand have bent backwards in an awkward skew salute? But the body must have had some hidden, inner resilience to outlast nearly all the others. It took five and a half more years, until August, 1967, before the Führer of the Third Reich, Adolf Hitler, born Schicklgruber, died in that Philadelphia clinic of a complex pulmonary failure at the age of seventy-eight.

As the men sat listening in the flickering candle light, the last words that came from the tape recorder were: "And I was there when the end came."

* * *

a new one. It was about then on the tape that Wilhelm Schenker's story turned from the impersonal to the personal. He began to tell of his own rôle in the affair, how he had flown out with the party from Berlin, how he had stayed with them until they reached the security of the Madrid sanctuary. Then he had been sent back, back into the fear and ruins of the Third Reich, equipped with a new, temporary identity, that of a young communist who had been imprisoned for his opposition to the Nazi regime, who had escaped, who had been working for its overthrow. And he went back with one main purpose, to find and bring out the hidden funds to finance the greatest escape of all time.

Schenker skimmed briefly over the dangers, the frustrations of his work over the next eight or nine months, the moments of real fear when he was on two occasions nearly uncovered by the Allied authorities, once through his own carelessness, once betrayed by a fellow German who held some of these secret funds and was more than unwilling to part with them to finance the future life of his Führer. Schenker told of a party of ten loyal men who gathered secretly one night to surround a prosperous house on the outskirts of Hamburg in which lived this man who was now co-operating to a greater or lesser degree with the Allies. The next day, those Allied Authorities briefly investigated another unexplained murder in the brutal aftermath of the War when old scores were paid off with impunity.

The bulk of Wilhelm Schenker's great work was completed when the small but heavy crates of gold were secretly ferried north first to Sweden and then on by a long and dangerous route to the coffers of a Swiss bank. Nine months later Wilhelm Schenker had rejoined the party in South America to be given a hero's welcome in return for bringing the promissory notes to an amount enough to finance a small kingdom. This wealth and a

213

preservation that outlasted his escape from a bullet and two hundred litres of kerosene by only a single day.

"The collapse was brief; the strained recovery held for some nine months until he realised that the egg he had created was shattered beyond repair. Physical prostration caused by unaccustomed climatic conditions followed the nervous collapse which had, as its final trigger, the death of a young dog called Wolf.

"After that flight in the small plane there had been a day near Berchtesgaden, a two week stay in a well prepared castle in hospitable Spain. Then on to a great estate by swamp for over two and a half years. The host, German and Nazi to the core, overwhelmed with pride and devotion at first, eventually was more than glad to see the sad group leave his life. He had his estate to look after. The staff might turn. One man had, and a bullet and the fish had found him. It was a strain too great even for a great cause. And mental instability in the central figure distressed, even revolted him.

"The blonde woman had left first to an ant-ridden typhoid grave in a corner of the garden by a huge tree. The central figure had been sick over the last days and had not attended her last moaning hours, nor had he gone to the little ceremony of burial. As the few left the upturned earth, the magnificent cultured host muttered, "The bitch has had her last lay," and a Spanish gravedigger who understood too much German was deeply shocked.

"With one other dead and two more disloyally fled to seek salvation elsewhere on their own, five men after two and a half long years, went north.

"Morale was low, but comfort was not lacking, and this somewhat eased the strain of the constant fear of discovery."

A candle flickered and went out. Pringle stood up to light

"The next day, the twenty-fifth, the Russians first began shelling the Chancellery. Four days later, at about one a.m. on the morning of Sunday, twenty-ninth April, 1945, von Greim and Hanna Reitsch left in their small plane, with the futile task of arresting Heinrich Himmler for high treason. About two hours later there was the marriage to Eva Braun, with Goebbels and Bormann as the witnesses.

"There are many versions of what happened thereafter. At four a.m. on the twenty-ninth of April the Führer supposedly signed his lengthy Last Will and Testament announcing that he was going to die in the name of his cause. Early on Monday, thirtieth April, Blondi his dog was destroyed, but where was her puppy Wolf, born in March, which he used to fondle in his lap during these last days? Erich Kempa, his chauffeur, was sent out to get two hundred litres of petrol; he brought it back in jerry cans. At 3.30 on Monday, April thirtieth, 1945, a party of SS men carried two bodies out to the garden, supervised by the batman, Heinz Linge. The two heads were concealed by blankets, but on one body the black trousers and the special boots were recognised as they dangled loose. Bormann told Admiral Doenitz about the joint suicide; the latter did not announce the death till a strange twenty-four hours later. Bormann and a number of others are said to have escaped on the night of the first to second of May, 1945.

"'An hour after Hanna Reitsch's plane took off in the early hours of the Sunday morning, a second, well-equipped plane followed it south. Flying low, it was spotted by a US anti-aircraft detachment, but the strange wing markings made the victorious but confused soldiers hesitate too long before firing.

"'Eight men, one woman and a small puppy besides the air crew. The ruthless man, leaving behind a carnage and a misery perhaps more terrible than any one single figure in history had done before him, had a desire for self-

adjutant, and Martin Bormann, urged him to adopt that very day, the already carefully formulated plan of escape by air along the ever narrowing corridor between the advancing American and Russian armies to make his last stand at the National Redoubt near Berchtesgaden where various of his Commands and Ministries had already moved.

"But he sat in his room below a painting of Frederick the Great and he hesitated. That same day, the last top-level meeting of all the major leaders of the Third Reich met in the conference room of the bunker. They were all nervous; there was a great deal of squabbling and as no smoking or drinking was allowed in the bunker, there were no easy ways to relieve the tension. Göring, Himmler, Ribbentrop, Bormann, Speer and the Service Chiefs advised unanimously that he should leave. But still he hesitated. Between then and the twenty-third, many left for the south; even his personal adjutant, Shaub, and his strange doctor, Morell, left him. With him remained the Goebbels family, Stumpfegger his surgeon, his valet Heinz Linge, and his SS adjutant Gunsche. By the evening of the twenty-third he had decided to stick it out in Berlin, and he is supposed never to have wavered in this decision from them on.

"On the twenty-fourth of April, Colonel-General Ritter von Greim, who was commander of Air Fleet Six, flew in with the young woman pilot Hanna Reitsch; the reason for his strange summons was apparently only to be told that he was now the commander of the Luftwaffe in succession to Göring. It was a high, if doubtful, honour. They braved death in their small plane, flying low over the tree tops to avoid the radar screens. The Colonel-General was wounded in the process, and the Führer came personally and told him, as von Greim lay on the operating table with Stumpfegger cutting at his leg. It was a strange journey only to receive a new command that could have been passed to him by telegraph.

A number of men sat down that evening in Winter's room to listen to the whole tape. There was a power cut and they had to use candles, but the tape recorder was rigged up to work from batteries. It was a strangely effective setting to hear in the flickering light, the disembodied voice of Wilhelm Schenker telling his story in a thin tired voice.

"'In the mid-nineteen-seventies it is hard for rational men to believe that the last Tzar of All the Russias, Nicholas II, was so unprepared, so misinformed and so misguided by his secret police, so unprotected by the security afforded by his vast wealth and connections that he allowed himself and all his family to be surprised by events that should not have surprised him, and later to be assassinated in that room at Ekaterinburg. Could a man alone and unaided, with a mail-order gun, shoot a President dead at Dallas? Could a British and French government coldly conspire a Suez crisis? Did a divorce alone cause the abdication of a King? Did a Führer commit suicide among the ruins of his grey Berlin bunker?

"'The man who died on the thirteenth of August 1967 in a certain Private Clinic on the outskirts of Philadelphia, was born at six-thirty in the evening of the twentieth of April 1889 in the Gasthof zum Pommer in the little town of Braunau. By the twentieth of April, 1945, his fifty-sixth birthday, he had already been living for some weeks in the two-storied bunker some sixty feet below the garden of his Berlin Chancellery. There were forcefully gay birth-day celebrations among his staff. On that day, his mind was not made up as to whether to leave. His propaganda chief, who that day also broadcast an ironic message of thanks to the Führer from the German people, was urging him to hold out in Berlin, but this advice came from the man who some days later poisoned his five children before he and his wife committed suicide. The others there, Eva Braun, General Burgsdorf his chief military